Cole Brannignan

Nahtod

Irland-Thriller

edition krimi

Irland-Thriller

Kacar, Ali: Nahtod. Irland-Thriller. Hamburg, edition krimi 2022

1. Auflage 2022
ISBN: 978-3-948972-67-7

Dieses Buch ist auch als eBook erhältlich und kann über den Handel oder den Verlag bezogen werden.
ePub-eBook: ISBN 978-3-948972-68-4

Lektorat: Robien Schmidt-Jansen, Bergheim; Bianca Weirauch, Weida
Umschlaggestaltung: © Annelie Lamers, edition krimi
Umschlagmotiv: © Brett Sayles/pexels.com; Struktur Schrift © pixabay.com; Lichtrefelex © Ydlabs/freepik.com

Mehr zum Autor auf Instagram unter »cole_brannighan« und auf seiner Webseite unter »www.cole-brannighan.de«.
Danke an Susanne Däbritz.

Bibliografische Information der Deutschen Nationalbibliothek: Die Deutsche Nationalbibliothek verzeichnet diese Publikation in der Deutschen Nationalbibliografie; detaillierte bibliografische Daten sind im Internet über https://www.dnb.de abrufbar.

Die edition krimi ist ein Imprint der Bedey & Thoms Media GmbH, Hermannstal 119k, 22119 Hamburg.

---

https://www.edition-krimi.de
Gedruckt in Deutschland

»Für das Land, in dem meine Seele zur Welt kam.«

1 McMurrough Villa

Anna Caffrey

Aschgraue Wolken krochen über den Himmel und hauchten eine dünne Schicht aus Nieselregen auf die Scheibe des rostigen, zitronengelben VW Käfers. Die Motorhaube, die sich hinten befand, war notdürftig mit Kabelbinder an der Karosserie befestigt und klapperte unter den arrhythmischen Schlägen, die den in die Jahre gekommenen Antrieb hin und wieder durchschüttelten.

Anna Caffrey schob sich eine haselnussbraune Haarsträhne hinters Ohr, nahm die schwarze Hornbrille ab und wischte sich die Tränen mit dem Ärmel ihrer Langstrickjacke weg. Danach setzte sie sich ihre Brille wieder auf und blinzelte ein paarmal, um den Schleier vor den Augen aufzulösen. Über die Billiglautsprecher kratzte der Popsong *Everybody Hurts* von R.E.M., in dem der Sänger flehentlich einen Schmerz besang, in dessen Klang die Bruchstücke ihres eigenen zerrissenen Herzens vibrierten.

Anna schob die Akten auf dem Beifahrersitz beiseite, kramte zwischen Papieren und einer ganzen Armada geklauter Werbekugelschreiber eine Tüte mit Schokokaramellbonbons hervor und stopfte sich eine Handvoll davon in den Mund. Als die Süßigkeiten auf ihrer Zunge zu schmelzen begannen, wischte sie sich mit dem Handrücken den Rotz von der Nase ab und schluckte hastig, nur um den Refrain mitzusingen. »Everybody hurts … sometimes.«

Vor ihrem geistigen Auge flimmerten die tonlosen Bilder ihrer kaputten Beziehung wie eine Filmrolle durch einen alten Vorführprojektor. Sie hatte sich trotz besseren Wissens in den Macho verliebt, der ihr nicht guttun würde. Und nach eineinhalb Jahren Auf und Ab war einfach so Schluss. *»Du bist besessen von deiner Karriere, bist Mitte dreißig und willst noch immer keine Kinder. Ich kann so nicht weitermachen. Alles, was du von meinem Geld gekauft hast, behalte ich, den Rest kannst du zurückhaben«*, hatte er geschrieben. Der Brief war mit der Post auf dem kleinen Schreibtisch gelandet, den sie sich mit einer Praktikantin in einem abgelegenen Teil der Unibibliothek teilte. Der Schock nach dem Lesen des Briefs, der nicht mehr als eine Kurzbotschaft gewesen war, hatte sie ihren gesamten Heimweg über begleitet. Und es war nicht besser geworden, als sie festgestellt hatte, dass er die Schlösser seiner Eigentumswohnung ausgewechselt und ihre Wäsche, ihr Glätteisen und ihre Schminksachen in den Flur des Mehrfamilienhauses gestellt hatte. Mehr als einen Wäschekorb füllte das Ganze nicht. Wenn man von einer gestörten Beziehung in die andere hineinvagabundierte, verlor man mit dem Vertrauen in den Silberstreif am Beziehungshorizont auch die ein oder andere Habseligkeit, bis alles, was man besaß, mehr oder weniger in einen Koffer passte.

Kein klärendes Gespräch; keine Message auf dem Handy; keine Abschiedsworte.

Was war schiefgelaufen? Ging es wirklich um Zukunftspläne oder gab es da eine andere Frau? Dieses Schwein hatte sie abserviert, als wäre sie der Festtagsbraten, den man nach Weihnachten einfach in die Mülltonne kippte. Natürlich wollte sie auch Kinder, doch wenn sie jetzt schwanger wurde, dann würde sie die Promotion nie schaffen. Verstanden Männer denn nicht, wie schwer Frauen der Spagat zwischen Karriere und Familie fiel? Es waren doch höchstens noch ein oder zwei Jahre, ein Zeitraum, der überschaubar war. Oder war sie wirklich besessen und selbst das Schwein?

Nein, nein und nochmals nein.

So einfach war das nicht. Sie hatte öfter beobachtet, wie er anderen Frauen hinterhergeschaut hatte. Da er in seiner Lederjacke und mit dem kantigen Kinn zum Anbeißen aussah, war es nicht immer leicht gewesen, ihn vor den Blicken anderer Frauen abzuschirmen. Auch das war ein Kampf, den Männer nicht verstanden. Obwohl sie die Vierzig erst in fünf Jahren erreichen würde, merkte sie, dass sie nicht mehr den Körper einer Zwanzigjährigen besaß. Eine Tatsache, die sich wie ein Fallbeil in Zeitlupe durch ihr Leben schnitt. Männer blieben noch lange knackig und reiften sogar mit dem Alter. Aber von Frauen wurde ewige Schönheit erwartet, ein Idealzustand, den die Schwerkraft mit der Unerbittlichkeit eines Mühlsteins zermalmte. Sie hatte sich lange mit Genderstudien beschäftigt, wobei es um soziale Unterschiede zwischen Mann und Frau, Emanzipation und Feminismus ging, doch die wahre Natur der Dinge weigerte sich, Tinte auf einer wissenschaftlichen Arbeit zu werden. Schließlich gab es nur die eine Wahrheit, und zwar, dass Männer Schweine waren und sich ungerechterweise dabei auch noch wohlfühlten.

Sie zog die Nase hoch und schluckte die letzten Karamellreste hinunter. Schon wieder hatte sie ein Ereignis aus der Bahn geworfen und sie an der Weggabelung ihres Lebens auf einen Umweg getrieben.

Auf dem letzten Schild, am Rand der Überlandstraße, hatte sie gelesen, dass es bis nach Killarney noch fünf Kilometer waren. Doch entlang der grünbraunen Büsche und vereinzelter Bäume auf der Herbstwiese wirkte alles gleich, sodass sie nicht abschätzen konnte, wie viel Strecke sie bereits gefahren war. Nicht einmal Schafhirten waren unterwegs. Die saßen bestimmt gemütlich hinter ihren Breitbildfernsehern und wetteten auf das Fußballspiel der Galway United gegen die Finn Harps. Bisher hatte sie nicht einmal eine Mannschaft aus der irischen Liga gekannt, doch nach einem Gespräch mit dem Tankwart, nach dessen Sportmonolog sie ernsthaft überlegt hatte, sich die Pulsadern aufzuschlitzen, hatten sich einige Informationen unabänderlich in ihr Gehirn gebrannt.

Sie wartete noch einen Moment, bis die Scheibe kaum noch Sicht auf die Straße bot, dann schaltete sie den Wischer ein. Die Gummiblätter waren so abgenutzt, dass sie Schlieren zogen und die Sicht nur wenig verbesserten. Beim nächsten Hügel schaltete sie einen Gang herunter und ließ den Motor in höherer Drehzahl arbeiten. Mit einer etwas heftigeren Zuckung des Antriebs schwappte ein Schluck Kaffee aus ihrem Becher in der Ablage auf das rissige Leder des Schaltsacks. Sie suchte die Hosentaschen ihrer Jeans vergeblich nach einem Taschentuch ab. Danach griff sie unbeholfen nach hinten und tastete über den Wäschekorb mit ihren Habseligkeiten, schnappte sich ein Kleidungsstück und wischte die Flüssigkeit auf. Bei genauerem Hinsehen war es die pinkfarbene Unterhose mit Spitze, die sie zum Geburtstag ihres Freundes gekauft hatte. Kurzerhand kurbelte sie das Fenster herunter und warf sie hinaus. Kalte Luft strömte in den Innenraum und Regentropfen benetzten ihren Oberschenkel. Das Nieseln hatte sich zu einem leichten Tröpfeln gesteigert. Sie kurbelte das Fenster wieder hoch und drehte die Heizlüftung an. Sofort roch der Innenraum nach dem süßen Aroma, das ein ananasförmiger Lufterfrischer am Lüftungsgitter verströmte.

Als der Käfer sich die letzten Meter zum Scheitelpunkt der Kuppe hochgeröchelt hatte, erblickte Anna das durch den Wind aufgewühlte Wasser des mitternachtsblauen Lough Leane. Wegen des Regens konnte sie nicht über den gesamten Killarney-Nationalpark blicken, geschweige denn bis zum anderen Ufer, wo sich die Stadt befand. Anna schaltete den Scheibenwischer auf Dauerbetrieb und bog an einem Schild mit der Aufschrift *McMurrough Villa* ab. Der schmale Weg schlängelte sich durch ein kleines Waldstück und führte zum Wendehammer an einem mit Efeu überwucherten Gebäude. Tupfenweise lugten rostrote Backsteine aus dem Bewuchs hervor und standen in Kontrast zu den weißen Sprossenfenstern, die der Fassade sowie dem vom Alter ergrauten Satteldach eine strenge Schärfe verliehen. Einzig die runde, turmartige Ausbuchtung auf der rechten Seite schien den Bau etwas aufzulockern, da auch das Gesindehaus mit den Stallungen, das nebenan stand, dem strengen Stil des Haupthauses treu war.

Anna fuhr über den Kies der Auffahrt und parkte an der Seite eines olivgrünen Land Rovers. Neben dem dunklen Geländewagen kam sie sich in ihrem Käfer so klein vor.

Mit einem letzten Zuckeln des Motors stellte sie ihn ab und schaute zum Hauseingang, der auf seinen zwei Flügeln einen geschnitzten Schild mit einem stilisierten Wildschwein trug. Fast übergangslos peitschte der Regen zu einem Prasseln auf.

Anna lächelte schief. Jetzt, da sie aussteigen musste, ging das bescheidene Wetter erst richtig los. Andererseits passte es zu ihrem Leben – von der Traufe in den Regen und vom Regen in die Traufe. Vielleicht würde das Prasseln wieder nachlassen? Sie nahm sich eine Akte mit der Aufschrift *Flooding – Bedeutung für die kognitive Verhaltenstherapie* vom Beifahrersitz und überflog kurz das Projekt, das auf dem Stapel ungeliebter Themen der Forschung für eine Dissertation auf dem altehrwürdigen Mahagonitisch ihres Doktorvaters gelegen hatte. Ungeliebt, verachtet und ins Abseits gedrängt, hatte es letztlich den Weg zu *Anna-Bad-Luck-Caffrey* gefunden. Schon als Professor Kent die Akte unter seinem Kaffeebecher hervorgezogen hatte, wäre es nichts als gesunder Menschenverstand gewesen, wenn sie kategorisch abgelehnt hätte. Anna war keine Frau für die Praxis, sondern eher für die Theorie im sicheren Büro. Doch als frisch gebackene Obdachlose war die Macht des Wortes *Nein* geschmolzen, als man ihr vorgelesen hatte, dass ihr während des gesamten Projekts gratis Kost und Logis zustehen würden. Natürlich war ihr der kapitale Haken aufgefallen, mit dem Kapitän Ahab seinen Moby Dick zweifelsohne gleich am Anfang des Romans hätte erlegen und sich nicht über etliche Seiten durch sein maritimes Martyrium durchquälen müssen. Doch wie immer musste es noch ein Umweg sein, eine Verlängerung, ein großer Bogen, der sie mit dem Lächeln eines Männerschweins angrinste. Manchmal gab es einfach nicht genug Eiscreme, um sich all den Frust hinunterzufressen.

Sie überflog kurz die Informationen über die drei Patienten, die aus unterschiedlichen Teilen Irlands stammten. Der erste war Declan Shannahan, ein Schüler, achtzehn Jahre alt, kurz vor seinem Abschluss, der unter einer wachsenden Sozialphobie und Ängstlichkeit litt. Der zweite war Mick Brennan, einundzwanzig, ein narzisstischer Kleinkrimineller, den ein Richter namens Farlane auf Bewährung gesetzt hatte. Und eine Frau, vierundzwanzig, Kay McLennan, arrogant, mit autoaggressiven Tendenzen, die nach einer Drogenkarriere versuchte, ihren Sohn aus der Obhut des Jugendamts zu befreien. Sie hatte mit 135 den höchsten IQ von den dreien. Alle von ihnen hatten Nahtoderfahrungen hinter sich und litten unter wahnhaften Störungen mit Angstattacken, die sie nachts in Form von Albträumen plagten. Außerdem befanden sie sich seit über zwei Jahren in Therapie, jedoch ohne Erfolg. Ihre behandelnden Psychologen hatten sie bei dem Projekt angemeldet.

Anna blätterte weiter, entdeckte mehrere Blätter mit einem groben Ablaufplan des Projekts und einer Beschreibung. Darin stand, dass jeder Patient jeweils einen wiederkehrenden Traum beschreibe, in dem ein bestimmter Ort vorkäme. Da es in Killarney gleich drei Plätze gäbe, die der Schilderung sehr nahekämen, sei die Kleinstadt zur Durchführung der Therapie ausgesucht worden. Beim *Flooding* sollen die Patienten mit dem auslösenden Reiz überflutet werden, um die Angst zu überwinden. Doch dabei hatte sie ein flaues Gefühl im Magen, da solche Experimente außerhalb der kontrollierbaren Umgebung von Kliniken zu viele Risiken bargen, insbesondere wenn ein Betroffener Gefahr lief, einen Zusammenbruch zu erleiden. Eine Wahnvorstellung war immerhin der Versuch der menschlichen Psyche, auf eine extreme Situation mit einer Notlösung zu reagieren. Außerdem stellte die Psychological Daily, der Auftraggeber, keine Medikamente zur Verfügung und die Gruppe war zu klein, um solide Ergebnisse zu erzielen, die nicht von anderen Fachleuten auseinandergenommen werden konnten. Auch wenn es Nordpolforscher reizte, einzigartige Phänomene zu beobachten, während sie die Eisschicht auf ihrem Kaffee mit dem Löffel durchstoßen mussten, wollte Anna Caffrey nichts lieber als eine klinische Studie mit Blindtests, Vergleichsgruppen und einer möglichst hohen Wiederholungsrate. Sie hatte schon einmal erlebt, wie eine Kollegin von der Fachwelt zerrissen worden war, da ihren Ergebnissen die wissenschaftliche Nachvollziehbarkeit gefehlt hatte. Nach einem Jahr war sie dann an der Kasse einer Burgerbude gelandet, da ihr Name zu nichts mehr taugte, als das Schildchen einer verschwitzten Uniform zu zieren, die nur knapp mehr Charme besaß als die von einem Clown.

Auf allen Seiten war der Briefkopf mit dem Logo vom Wissenschaftsmagazin Psychological Daily zu sehen, zwei rote Dreiecke, die wie eine Sanduhr mit den Spitzen aufeinander zeigten. In der Fachwelt der Psychologie richteten sich viele Leute nach den Expertisen dieses Magazins und außerdem erhielt ihre Uni diverse Stiftungsgelder über die Zusammenarbeit mit ihm.

Auf der letzten Seite gab es einen kurzen Abriss über das Setting. Die McMurrough Villa stand im Besitz von Lady Marla McMurrough – der letzten Erbin einer Familiendynastie – und wurde regelmäßig für Seminare, Workshops und Tagungen vermietet. Der Zeitraum der Anmietung für dieses Projekt betrug einen Monat und umfasste ein Sonderbudget, das auf einer beigefügten blauen Kreditkarte für alle Ausgaben im Rahmen der Forschung zur Verfügung stand.

Anna steckte die Karte ein und warf einen Blick in den Rückspiegel. Ihr Eyeliner war völlig verlaufen und ihre Augen sahen verquollen aus. Sie holte aus ihrer Designerhandtasche, die sie auf dem Grabbeltisch eines Discounters erstanden hatte, ihr Schminkset und reparierte ihr Make-up. Schon nach den ersten Ausbesserungen entspannte sie sich, legte alles beiseite und lehnte sich zurück.

Das Prasseln des Regens hämmerte wie Trommelfeuer auf das Blech ihres Wagens, den sie von ihrer verstorbenen Oma geerbt hatte. Auch wenn sie beide eher eine stiefmütterliche Beziehung gehabt hatten, fühlte sie sich sicher und geborgen in diesem Auto, das sie seit Beginn ihres Studiums und nun auch auf ihrem Weg zum Doktortitel begleitete. *»Sieh zu, dass dich ein reicher Mann heiratet, sonst wird nix aus dir«*, hatte Oma immer gesagt, wenn sie Anna von oben bis unten gemustert und für nicht gut genug befunden hatte. Noch heute dachte sie mit Unbehagen an die Frau, die ihre Enkeltochter nach dem Unfalltod ihrer Eltern großgezogen hatte.

Langsam wurden ihre Lider schwer, der Lärm fallender Tropfen verdichtete sich zu einem Rauschen, das sich wie eine dicke Decke um ihre Sinne legte und sie von der Welt isolierte.

* * *

Anna erwachte fröstelnd. Im Käfer war es kalt geworden, während der Regen nachgelassen hatte und der Abend gedämmert war. Lichter strahlten aus den Fenstern der Villa und warfen Lichtkegel auf die Veilchenbeete davor.

Anna packte ihre Akten zusammen, steckte sie in die Tasche mit dem Notebook und stieg aus dem Auto. Die Tür quietschte blechern in ihren Angeln.

Als sie in eine Pfütze trat, biss sie sich beim Anblick der eingesauten Stiefeletten auf die Unterlippe. »Echt jetzt? Das auch noch?«, zischte sie und lief zum Eingang, wo sie mit dem Türklopfer in Form eines Eberkopfs anklopfte.

Es dauerte eine Weile, bis jemand aufmachte.

»Guten Abend, Lady Caffrey«, begrüßte sie ein Mann Mitte fünfzig in kariertem Tweedanzug, der so felsgrau wie der Schieber war, den er auf dem Kopf trug. Er hatte grau melierte Bartstoppeln und trug eine erdbraune Fliege. Er kniff kurz die Augen mit den Krähenfüßen an den Seiten zusammen und schenkte ihr dann ein gemessenes Lächeln, das zu seiner steifen Körperhaltung passte.

»Sie kennen meinen Namen?«, fragte Anna.

»Sehr wohl, Mylady. Sie sind der letzte Gast auf der Liste. Die anderen sind bereits auf ihren Zimmern. Ich bin

Vernan, der Alltagsmanager von Lady McMurrough, und heiße Sie herzlich willkommen.« Er ließ sie eintreten und schloss die Tür hinter ihr.

Anna staunte nicht schlecht, als sie unter einen ausladenden Kristallkronleuchter trat und eine breite Treppe mit geschwungenen Geländern betrachtete, die in den ersten Stock hinaufführte. Holzvertäfelungen reichten an allen Wänden brusthoch, darüber war der Putz mintgrün gestrichen und mit Gemälden behangen, die Menschen mit aristokratischen Gesichtszügen in opulenter Bekleidung abbildeten.

»Möchten Sie einen Whiskey am Kamin, Mylady?«

Ein ganzes Fass davon und eine Tonne Eiscreme, dachte Anna und rang sich zu einer moderaten Antwort durch. »Ja, das wäre nett.«

Vernan brachte sie in einen Raum, der nach gegerbten Tierhäuten und Möbelpolitur roch. Es war ein Jagdzimmer, mit Sofas im Chesterfield-Stil. Das rotbraune Leder war mit vielen Knöpfen zu einzelnen, gewölbten Quadraten abgesetzt. Farblich passten sie zu den unzähligen Jagdtrophäen an den Wänden. Ausgestopfte Fasane, blanke Rehbockschädel und etliche kleine Vögel zierten die Wände ringsherum. Die größte Trophäe, der Kopf eines mitternachtsschwarzen Ebers mit dolchlangen Hauern, hing über dem Kamin. Mit seinen Glasaugen wirkte er fast, als stecke noch die unbändige Wut des Waldes in ihm. Er war so gewaltig, dass sich Anna fragte, wie man solch ein Tier überhaupt erlegen konnte. Die Frage wurde ihr durch eine Sammlung von Flinten und Pistolen beantwortet, die stumm hinter dem Glas eines mahagonifarbenen Wandschranks ruhten.

»Bevorzugt Mylady einen speziellen Whiskey?«

»Nein, äh, überraschen Sie mich.«

Vernan nickte und verließ sie.

Anna stand im Raum und blickte sich um. Obwohl es hier eine außerordentlich große Zurschaustellung des Todes gab, würde sich diese Örtlichkeit gut für die Therapie eignen. Die Sessel sahen bequem aus und würden auch bei längeren Sitzungen keine Haltungsschmerzen auslösen. Außerdem liebte sie Kamine, auch wenn sie nie den Luxus hatte genießen dürfen, einen eigenen zu besitzen.

Sie stellte sich ans Feuer und genoss die Wärme, die davon abstrahlte, während das Holz knackte und einzelne Funken nach oben stoben. Anna schaute zur Tür, danach schlüpfte sie aus ihren Stiefeletten, zog sich die Socken ab und glitt mit den Füßen wieder in die nassen Schuhe. Da vor dem Kamin eine Hitzeschürze stand, drapierte sie die Socken so dahinter, dass diese nicht auffallen würden. Sie wusste nicht, ob sie in ihrem Wäschekorb, der die Habseligkeiten ihres gesamten Lebens barg, ein weiteres Paar dabeihatte, doch zumindest wollte sie heute Abend wieder trockene Füße haben.

Anna zog ihr Handy aus der Tasche und prüfte ihre Nachrichten. Außer den Mitteilungen von der Uni gab es sonst nichts. Ihr Freund hatte sich nicht gemeldet, ihr keine reuige Nachricht geschickt und klargestellt, dass er einen Fehler gemacht hatte.

Vernan kam zurück. »Mylady«, sagte er trocken und stellte auf dem niedrigen Couchtisch aus Wurzelholz einen Silberteller mit einem eckigen Kristallglas und einer Flasche Whiskey ab. »Ich habe mir erlaubt, Ihnen den Wildhound 83 Single Malt zu servieren. Er stammt aus der örtlichen Destillerie, deren Besitzer ihn persönlich und regelmäßig zur McMurrough Villa liefert.« Er goss einen Schluck ein. »Ich hoffe, er mundet Ihnen.«

Anna wusste nicht, ob ihre Entscheidung, einen Whiskey zu sich zu nehmen, gut war, da sie eher Wein bevorzugte. Dennoch nahm sie das Glas entgegen und roch. Es lag eine malzige Note über dem Gesöff und das erste Nippen war weit weniger grauenvoll, als sie es sich ausgemalt hatte.

Vernan schnappte sich einen Schürhaken von der Wand und spießte ihre Socken hinter der Hitzeschürze auf.

Obwohl Anna das wohlige Brennen des Alkohols in ihrer Kehle und anschließend im Magen genoss, wuchs das Gefühl, bei einer Peinlichkeit ertappt worden zu sein. Sie hoffte, dass er die Schamesröte in ihrem Gesicht aufgrund des Feuerscheins nicht so leicht erkennen würde.

»Mylady, bei Strümpfen mit hohem Polyesteranteil rate ich zu mehr Abstand vom Kamin«, bemerkte er und steckte den Haken am Griff in eine Fuge zwischen der Kamineinmauerung. »Mit diesem Abstand kann ihre Bekleidung besser trocknen und gerät nicht in Gefahr, zu verbrennen.«

Anna wusste nicht, was sie davon halten sollte. War das eine herablassende Bemerkung oder wollte er ihr tatsächlich dabei helfen, trockene Füße zu bekommen? »Danke, Vernan, das ist nett von Ihnen«, sagte sie unsicher.

»Sehr gerne. Für die Schuhe würde ich zunächst das Ausstopfen mit Zeitungspapier und für die Restfeuchtigkeit einen Schuhspanner empfehlen. Das Trocknen an der Feuerstelle würde das Leder zäh und brüchig werden lassen. Wenn Sie möchten, stellen Sie später Ihre Schuhe einfach vor Ihre Zimmertür, das Hausmädchen wird sich darum kümmern.«

Langsam verstand Anna, dass der Mann es ernst meinte und sie nicht auf den Arm nahm. »Das wäre sehr nett. Ach, ist es möglich, dass ich diesen Raum für meine Arbeit nutzen kann?«

»Natürlich, Mylady. Ihnen steht jeder Raum samt Reitstall und Gesindehaus zur Verfügung, alles, bis auf das Gemach von Lady McMurrough. Außerdem gibt es Verpflegung. Die Hausdame, Isabella, stellt Ihnen im Esszimmer Mahlzeiten bereit, Frühstück um 9:00 Uhr, Abendessen um 20:00 Uhr. Getränke können Sie jederzeit ordern und die Zimmer werden jeden Tag gesaugt und gereinigt.«

Anna fühlte sich wie im Luxusurlaub, den sie nie gehabt hatte. Getränke inklusive, Housekeeping und eine Ausstattung wie im *Four Seasons* Hotel. Es war zwar keine Klinik, doch es war eine Atmosphäre, in der sich zumindest entspannt arbeiten lassen würde.

»Lady Caffrey, haben Sie Gepäck im Wagen?«

»Ja.«

»Ich kann es für Sie holen.«

Wieder so ein Luxusangebot, allerdings musste sie ablehnen, da ihr der Wäschekorb irgendwie peinlich war. »Danke, das mache ich morgen früh selbst. Können Sie meinen Patienten bitte Bescheid geben, dass ich sie alle drei hier in einer Stunde zum Kennenlernen erwarte?«

»Sehr gerne, Mylady«, erwiderte Vernan und verschwand.

Anna holte ihr Notebook heraus, legte es zusammen mit den Akten auf den Tisch und fuhr das Programm hoch. In den Sekunden, die es brauchte, checkte sie noch einmal ihre Nachrichten auf dem Handy. Noch immer gab es nichts Neues von ihrem Freund.

Als ihr Computer bereit war, öffnete sie ein Fenster und gab die Grunddaten des Projekts in die Eingabefelder ein.

Nach einer Weile hatte sie für jeden der drei eine digitale Akte angelegt und las die E-Mail ihres Doktorvaters:

Hallo Anna,
ich hoffe, Sie sind gut angekommen. Ich wünsche Ihnen viel Spaß mit dem Projekt. In dem Universitätszimmer, wo Ihr Schreibtisch steht, gab es einen

Wasserschaden, eine Leitung in der Wand ist geplatzt. Ihre Tischnachbarin hat all Ihre Sachen in Sicherheit gebracht. Die drei Kartonboxen stehen jetzt bei mir, hinter dem Bücherregal.
Also, bis bald.

Anna ließ die Schultern hängen. Ein Wäschekorb und drei Kartonboxen – zu mehr hatte sie es bislang nicht gebracht. Sie wollte antworten, als sie das Knarzen von Treppenstufen vernahm.

Sie richtete sich die weiße Bluse, bis sie den Duft nach nassem Hund wahrnahm. Sie stand schnell auf und ließ die Socken vom Schürhaken in ihrer Strickjackentasche verschwinden. Keine Sekunde zu früh.

»Hi«, sagte ein schlaksiger, junger Mann, dem der erste Oberlippenbart spross. Er zog sich die Kapuze vom Parka und dann die von seinem Hoodie herunter und wischte sich das lockige Haar aus der Stirn.

Anna ging zu ihm, lächelte und gab ihm die Hand. »Ich bin Anna Caffrey, Psychotherapeutin, und als Doktorandin an der Dublin University tätig, Genderstudies. Schön, dass Sie hier sind und an diesem Projekt teilnehmen.«

Der Junge musterte sie kurz. »Ich bin Declan Shannahan, Schüler der Abschlussklasse.«

Als er sich an der Wange kratzte, erkannte Anna, dass alle seine Fingernägel abgekaut waren. Sie mutmaßte, dass er unter hoher Anspannung stand, die wahrscheinlich mit seinen Angstzuständen zusammenhing, die in der Akte erwähnt wurden.

»Denken Sie, dass Sie mir helfen können?«, wollte er wissen.

»Ja, deswegen bin ich hier. Nehmen Sie ruhig Platz. Da Sie der Erste sind, können Sie sich einen beliebigen aussuchen.«

Declan sah sich um und setzte sich auf die Couch gegenüber dem Eingang, sodass er die Wand hinter sich hatte.

Anna hatte das erwartet. Declan schien jemand zu sein, der alles im Blick haben und niemanden hinter sich wissen wollte. Er schien ein klassischer Einzelgänger zu sein. »Gut, dann ...« Bevor sie weiterreden konnte, kam eine junge Frau herein und ließ sich auf die Couch gegenüber von Declan sacken. Mit ihrem Mantel, dem Top und der Lederhose, die so wie ihr Make-up und ihre Haare rabenschwarz waren, wirkte sie wie ein vampirisches Chamäleon auf dem dunklen Möbelstück. Einzig ihre blasse Haut und die eine giftgrün gefärbte Haarsträhne stachen aus der Dunkelheit ihrer Erscheinung hervor. Die silbernen Totenkopfringe auf ihren Fingern glänzten, als sie ihren Bobschnitt richtete.

Mit einem Gesicht, dem jegliche Emotion fehlte, nickte sie kurz zur Begrüßung. Nicht mit dem Kopf nach unten, sondern nach oben, wie es jene taten, die ihr Haupt vor niemandem beugten.

»Ich bin Anna Caffrey, Psychotherapeutin, und als Doktorandin an der Dublin University tätig. Schön, dass Sie hier sind und an diesem Projekt teilnehmen. Es ist für Sie kostenlos, da die Psychological Daily für alles aufkommt. Und Sie sind ...?«

»Hier.« Die Antwort war flapsig.

»Sie sind Kay McLennan, nehme ich an?«

»Und ich nehme an, dass Sie eine Versagerin sind.«

Anna war wie vor den Kopf gestoßen, dennoch hatte sie gelernt, sich nie vor Patienten Blöße zu geben und jede Äußerung zu nutzen, um hinter die Beweggründe jeglicher Bemerkung zu gelangen. »Wie kommen Sie darauf?«

»Da vorne liegt ein Stapel mit Akten, in denen wahrscheinlich alles über mich drinsteht, was Sie wissen müssen. Dennoch wollen Sie von mir erfahren, wer ich bin – erstens. Zweitens, Sie sind in den Dreißigern und tragen keinen Ehering. Drittens, aus Ihrer Tasche schaut ein Paar Socken hervor, die wahrscheinlich so nass wie Ihre billigen Schuhe sind, und viertens, Sie sind nun die sechste beschissene Psychologin, die versucht, mich zu therapieren, wobei das Ausbildungslevel mit der Wahrscheinlichkeit der Behandelbarkeit meiner Sache gesunken ist. Lassen Sie mich raten: Niemand an der Uni hat sich um die Arbeit mit uns dreien gerissen, oder?«

Anna schluckte innerlich. Dieses junge Ding hätte gut und gerne die zynische Schwester von Sherlock Holmes sein können. Natürlich versuchte Kay nur, ihre Grenzen auszuloten und die Intelligenz ihres Gegenübers abzuschätzen, doch sie hatte gleich mehrere wunde Punkte getroffen und das nur nach ein paar Sekunden der Beobachtung. Anna ließ sich nicht darauf ein, stattdessen erwiderte sie den Angriff mit dem, womit die Patientin nichts anfangen konnte: Gleichmut.

»Danke, Miss McLennan, schön, dass auch Sie Platz genommen haben.«

»Bitte schön«, ätzte sie zurück. »Spielen wir jetzt Vertrauensspiele wie Eisscholle, fallen lassen und aufgefangen werden oder so?«

»Nein, wir warten noch auf …«

»Mick Brennan, hübsche Frau«, vollendete der eintretende junge Mann ihren Satz. Er sah aus wie das Produkt einer unheiligen Ehe zwischen einem Seemann und einem Hipster. Er war wahrscheinlich der einzige Mensch, der eine marineblaue Strickmütze mit einem anthrazitfarbenen Sakko kombinierte. Es hätte lächerlich gewirkt ohne seinen kräftigen Körperbau und sein Lächeln, das wie die Sonne durch seinen feuerroten, gestutzten Vollbart strahlte. Er war das lebende Beispiel dafür, dass nicht Kleider Leute, sondern Leute Kleider ausmachten. Er musterte sie mit einem unverhohlenen Fahrstuhlblick. »Wenn ich gewusst hätte, dass Psychologie so schön sein kann, hätte ich meinen Berufswunsch überdacht.«

Kay lachte auf. »Beruf? Du arbeitest bei deinem Vater im Pub als Barmann und fährst mit gestohlenen Autos in Blumenläden hinein. Da kann man kaum von Beruf sprechen, oder?«

»Vampirella ist wieder mal high, was? Die Welt ist gar nicht mehr so lustig, wenn man sich die Nadel aus dem Arm zieht«, erwiderte er.

»Ich bin eine Goth, du Prolet!«

Anna hob beschwichtigend die Hände. »Wir werden noch genug Zeit haben, um all das zu besprechen. Kennen Sie sich bereits?«

Declan zog sich die Kapuze über den Kopf und roch kurz an dem Whiskey, um ihn gleich darauf wieder abzustellen. »Wir drei sind seit gestern hier, dabei sind wir uns ein paarmal über den Weg gelaufen.«

Anna wollte sich setzen, als sie merkte, dass Mick Brennan sich auf ihren Sessel pflanzen wollte. Das musste sie gleich unterbinden, da dies eine typische Reaktion eines Alphas war, der damit seine Stellung in der Gruppe unterstreichen wollte. »Mr Brennan, würde es Ihnen etwas ausmachen, sich gegenüber dem Tisch zu setzen?« Sie hatte ihre Bitte als Aufforderung betont.

Er hielt inne, drehte sich zu ihr um und verbeugte sich. »God save the Queen.« Dabei schenkte er ihr ein Lächeln, das selbst einen Schelm zurück zur Narrenausbildung an den Hof schicken würde.

Anna nahm wieder in ihrem Sessel Platz, wartete, bis Mr Brennan saß, und schätzte kurz die Dynamik der Gruppe ab. Anscheinend hatten zwei Drittel ihrer Patienten ein Problem mit Autoritäten. Vielleicht war es besser, einen alternativen Weg einzuschlagen und nicht in die ausgewetzte Kerbe zu schlagen, mit der ihre Standeskollegen den Baum nicht hatten fällen können. »Wenn Sie einverstanden sind, nutzen wir das *Sie* mit unseren Vornamen.«

Keiner erwiderte etwas.

»Gut«, begann Anna. »Wie Kay bereits erkannt hat, habe ich Ihre Akten gelesen. Anscheinend konnte Ihnen nicht einer meiner Kollegen helfen, Ihre Störungen zu überwinden. Ich bin nicht meine Kollegen und Ihnen bietet sich hier eine einmalige Gelegenheit, sich selbst mit meiner fachlichen Unterstützung zu erforschen.«

»Ich erforsche mich auch gerne … und andere«, grätschte Mick dazwischen.

»Wie schön, dass Sie uns das mitgeteilt haben, Mick. Also, zurück zu unserem Projekt, bei dem wir die Technik des *Flooding* einsetzen werden. Dabei werden Sie dem größten Auslöser Ihrer Angst direkt ausgesetzt, was zu einer Reizüberflutung führen und ihre Sinne so überladen soll, dass Sie so etwas wie einen Reset erleben. Und ich muss Sie auch gleich darauf hinweisen, dass dies nicht so einfach abläuft wie die Gesprächstherapie, die sie alle bereits kennen. Ich möchte, dass wir uns jeden Abend hier treffen, eine Stunde vor dem Essen. Dabei werden wir unsere Sitzungen als Gruppe führen. Je nach Fortschritt, werden wir das Ganze mit Ausflügen zu besonderen Orten ergänzen, wo sie das *Flooding* erleben sollen, um somit das Besondere …«

»Besonders? Was wollen Sie damit andeuten, dass wir nicht normal sind? Wollen Sie jetzt auch das Wort *wahnhaft* verwenden, das mir gerne angehängt wird?«, fragte Kay gereizt.

»Sie alle stammen von unterschiedlichen Orten aus Irland. Sie werden von Albträumen und Schlaflosigkeit geplagt und haben in ihren vorherigen Therapiesitzungen beschrieben, dass sie nachts Bilder von bestimmten Begebenheiten quälen. In Killarney gibt es Plätze, die ihren Schilderungen sehr nahekommen, weshalb das Ganze hier stattfindet. Es ist nicht mein Job, zu prüfen, ob Ihre Schilderungen der Realität entsprechen oder wahnhaft sind. Es geht nur um die Konfrontation. Außerdem ist Wahn per Definition nichts anderes als eine irrige Annahme, der man zu viel Bedeutung bemisst.« Sie nahm sich drei Bögen aus der Akte und schob jedem einen über den Tisch zu. »Bitte lesen Sie sich in Ruhe noch einmal alles durch, danach unterschreiben Sie. Da die Konfrontationstherapie nicht ungefährlich ist, geht es um den Haftungsausschluss.«

»Ein Freibrief zur Körperverletzung, total praktisch«, bemerkte Mick. »Wenn ich das nächste Mal jemandem eine verpasse, lasse ich ihn so ein Ding ausfüllen. Hatte ich so was nicht schon bei meinem Psychodoc unterschrieben?«

»Ja, das stimmt. Sie haben eingewilligt, dass Ihr jeweiliger Psychologe für Sie nach einer anderen Maßnahme suchen darf, einer, die einen anderen Ansatz verfolgt. Allerdings müssen Sie sich noch einmal gesondert mit unserem Vorhaben hier einverstanden erklären.«

Alle drei unterzeichneten das Dokument.

»Nun gut, meine Dame, meine Herren, wir starten morgen Abend mit der ersten Sitzung. Kommen Sie um 18:00 Uhr hier in dieses Zimmer. Bis dahin können Sie sich frei beschäftigen.«

Declan war der Erste, der aufstand. Er zog sich die Kapuze an den Schnürsenkeln so weit zu, dass nur noch ein Loch für sein Gesicht blieb, und dampfte ab. Mick hing sich an ihn dran, legte ihm die Hand auf die Schulter und flüsterte ihm etwas zu, während sie fortgingen.

»Dieser Mick ist ein Arsch!«, bemerkte Kay und starrte ihm Speere in den Rücken. »Wie lange müssen wir das hier durchziehen?«

»Einen Monat, das geht schnell vorbei.«

Kay schüttelte den Kopf und rauschte ab.

Vernan schritt an ihr vorbei und kam herein. »Lady Caffrey, Ihr Zimmer ist bereit, soll ich es Ihnen zeigen?«

»Ja, bitte«, sagte Anna und begleitete Vernan die Treppe hoch. Ihr Füße schmatzten geräuschvoll in den nassen Stiefeletten.

Am Ende eines langen Flurs schloss Vernan eine Tür auf, schaltete das Licht ein und übergab ihr den Schlüssel. »Die Handtücher und die Seifen sind frisch. Einen schönen Abend, Mylady.« Er verneigte sich und ließ sie allein.

Anna machte die Tür zu und freute sich über den Anblick des Himmelbetts, das unter einer verzierten Stuckdecke stand. Schwere Brokatvorhänge, die links und rechts an der Wand gerafft waren, säumten das Fenster, vor dem ein kleiner Schreibtisch mit Stuhl stand. Die Tapeten an den Wänden zeigten florale Muster in Frühlingsfarben auf grünem Untergrund. Sogar die Tür zum Bad war tapeziert.

Sie legte ihr Notebook und die Akten auf dem Tisch ab und öffnete die Tür zum Badezimmer, dessen Anblick ihre wildesten Fantasien bestätigte. Alle Armaturen waren golden und die Wanne stand frei, mitten im cremefarben gekachelten Raum. Obwohl sie noch etwas an der Dokumentation arbeiten wollte, drehte sie das Wasser auf, fand ihre Wunschtemperatur und goss etwas von der Badelotion hinein, die am Waschbecken stand. Es duftete herrlich nach Rosenessenz.

Sie setzte sich an den Rand der Wanne und schaute auf ihrem Handy nach der Uhrzeit. Es war 22:30 Uhr. Fast unwillentlich glitt ihr Zeigefinger auf den Nachrichtenchat mit ihrem Freund … oder Ex? Es fiel ihr schwer, in diesen Kategorien zu denken, da der Bruch zu schnell und abrupt gekommen war.

Sie begann zu tippen. »*Hi Jeff, ich wollte nur*«, dann verwarf sie die Nachricht und begann erneut. »*Wollen wir nicht über alles reden?*« Sie verwarf den Text erneut. Was konnte man schreiben, wenn man Antworten auf so viele Fragen suchte, sich aber nicht kleinmachen wollte?

Sie legte das Handy zur Seite und wollte sich ausziehen. Dabei fiel ihr ein, dass das Hausmädchen ihre Schuhe mit Zeitung trocknen würde. Sie zog sie aus und stellte sie vor die Zimmertür. Danach entkleidete sie sich und stieg in die Wanne, die noch nicht einmal zur Hälfte voll war. Die Wärme des Wassers fühlte sich unendlich gut an. Sie nahm sich einen Waschlappen von der Ablage, tauchte ihn ins Wasser und legte ihn sich aufs Gesicht. Egal, was dieses Projekt bringen würde, wenn ihre Abende so ausklingen konnten, war es gar nicht schlecht.

»In meiner gesamten Dienstzeit bei den McMurroughs bin ich stets allen Gästen mit Höflichkeit begegnet. Außer einem, der es wagte, Eiswürfel in einen Single Malt Whiskey zu geben.«

Vernan Doyle, einziger Satz seiner Rede zu seinem zwanzigsten Dienstjubiläum

2 So läuft das hier

Anna Caffrey

Anna rieb sich noch den Schlaf aus den Augen, als sie in den lichtdurchfluteten Speisesaal trat, der nach Kaffee roch. Es war ein Wintergarten, in dem mehrere Bistrotische mit weißer Decke und Holzstühlen standen. Jeder Platz war mit glänzendem Besteck und feinen Porzellantellern mit Goldrand eingedeckt. Auf der anderen Seite stand eine lange Anrichte mit Frühstücksspeisen. Dampf drang aus silbernen Warmhalteschalen, die neben Brotkörben mit Toast, einem Arrangement aus Teebeuteln und Marmeladen sowie mehreren Kannen Kaffee standen.

Anna nahm sich einen Teller und klappte die Deckel der Schalen auf. Sie bediente sich an den Bohnen und Würstchen darin, griff sich zwei Stücke goldbraunen Toast und schenkte sich Kaffee ein. Mit ihrem Frühstück setzte sie sich ans Fenster und blickte aus den Glaskacheln der großen Sprossenfenster. Draußen, auf der Terrasse, standen schmiedeeiserne Stühle und Tische auf dem gepflasterten Boden. Dahinter schloss eine grüne Wiese an, die einen Hügel zu Bäumen und Büschen hinaufführte. Anna vermutete, dass dahinter der Lough Leane lag, an dessen Ufer die Ausläufer der Stadt Killarney grenzten.

Sie nahm einen Schluck Kaffee, der zwar etwas stark war, sich aber dennoch schwarz trinken ließ. Danach belegte sie ihren Toast mit Bohnen und biss ab. Während sie kaute, füllte allein der dumpfe Klang des Pendels einer antiken Standuhr, die auf der anderen Seite stand, den Raum. Wahrscheinlich war es sonst nicht so ruhig hier, wenn auch andere Gäste da waren. Die Menge an Frühstück, die die Hausdame aufgetischt hatte, reichte für zwanzig Personen. Vielleicht war sie es gar nicht gewohnt, für weniger zu kochen. Andererseits wusste Anna nicht, wie viel Personal hier im Haus arbeitete, was sich ebenfalls bediente. Wie auch immer es sein mochte, sie genoss den Luxus, für einen Moment alles für sich allein zu haben.

»Guten Morgen«, grüßte eine alte Dame, die den Speisesaal betrat. Sie trug ein eisblaues Kleid mit einem dazu passenden Hut mit Netz und einer Rosennachbildung auf der geschwungenen Krempe. Mit ihren weißen Haarsträhnen, die darunter hervorlugten, und ihrer vornehmen Haltung ähnelte sie der englischen Königin. Sie nahm sich einen Kaffee von der Anrichte und setzte sich ohne ein weiteres Wort an Annas Tisch.

»Sie sind gestern angereist, nicht wahr, meine Verehrteste?«, fragte sie vornehm.

Anna fand die ungebetene Nähe etwas dreist, gab sich aber locker. »Ja, gestern Abend. Ich bin Anna Caffrey und komme aus Dublin.«

»Dublin? Dort lebt ein Onkel von mir. Ich bin gerne zu Besuch bei ihm. Sagen Sie, mein Kindchen, sind die Menschen dort noch immer so schrecklich ungepflegt und rüpelhaft?«

Anna überlegte, welch Greis der Onkel sein musste, wenn schon die Nichte nicht mehr taufrisch war. Vielleicht hatte sie ihn schon länger nicht mehr besucht. »Nein, Dublin ist jetzt größer und es kommen Menschen aus aller Welt dorthin.«

»Sogar aus Wales?«

»Ja, Waliser sind auch dort. Aber ich meine noch weiter entfernte Orte.«

»Das alles verändert sich so schnell. Wissen Sie, Kindchen, ich war schon auf der Welt, als Ihr Vater noch klein war.«

»Sind Sie Lady McMurrough?«

»Ach, wo sind meine Manieren? Ja, ich bin Marla und lebe seit meiner Geburt hier vor den Toren von Killarney, das damals nicht mehr als eine Ansammlung von kleinen Häuschen war. Mein Mann ist öfter dort und organisiert Treiber für seine Jagden.«

»Leben Ihre Kinder auch hier?«

»Ach Kindchen, nicht jedem Paar sind Kinder vergönnt. Mein Mann hatte drei Frauen vor mir, doch nicht eine konnte ihm Nachkommen schenken. Ich denke, dass es an ihm selbst liegt. Aber wir haben einen Zögling, unseren Jagdhund Bran, er ist unser Ein und Alles. Wie sieht es bei Ihnen aus, wo leben Sie mit Ihrer Familie?«

Anna hielt ihre rechte Hand hoch und zeigte ihr den nackten Ringfinger. »Ich bin ... ledig.« Sie wusste nicht, wieso sie so viel Intimes preisgab, aber die Dame war ihr irgendwie sympathisch.

»Das tut mir leid.«

»Ja, mir auch. Sagen Sie, wie haben Sie beide es geschafft, über so viele Jahrzehnte zusammenzubleiben?«

»Man muss sich Freiräume lassen und einander überraschen können.«

»Überraschen? Das hat mein Ex auch mit mir gemacht, es kam tatsächlich unerwartet. Und das nur, weil ich noch etwas Zeit brauche. Hatten Sie nie den Wunsch, etwas zu werden, mehr aus sich zu machen?«

»Wer in der Grafschaft Kerry in die McMurroughs eingeheiratet hat, steht bereits ganz oben. Ich wüsste nicht, wie ich noch mehr aus meiner Stellung machen sollte.«

Anna schaute die Frau eine Weile an. Die Dame hatte einen alten Kopf, ein altes Denken und noch eine antiquierte Vorstellung von der Welt. Dennoch war sie beneidenswert, da sie auf ihre Art Karriere gemacht und eine Stellung erreicht hatte, die mit Heirat, Familie und Position vereinbar war. Andererseits war sie von ihrem

Mann und dessen Wohlwollen abhängig und musste sich immer fügen. Oder war es Anna, die alles falsch sah? Jeder Mensch lebte in seiner eigenen Welt und hatte eigene Wunschvorstellungen von dem, was er im Leben erreichen wollte.

»Kindchen, warten Sie nicht zu lange. Und wenn Sie einen Rat brauchen, können Sie sich gerne an mich wenden. So, ich muss mich jetzt um Bran kümmern, der müsste hier irgendwo faulenzen. Sie haben ihn nicht zufällig gesehen?«

»Nein, ich habe Ihren Hund nicht gesehen.«

Die Dame trank aus. »Einen schönen Tag«, sagte sie und verließ den Speisesaal.

Als Anna aus dem Fenster blickte, sah sie Kay, die mit dem Handy draußen auf und ab lief. Sie sah zornig aus und machte wilde Gesten, während sie telefonierte.

Anna schmunzelte. Jeder Mensch trug sein eigenes Päckchen mit sich herum. Möglich, dass sie diesem Mädchen helfen konnte, vielleicht aber auch nicht. Dabei fiel ihr ein, dass sie langsam ihren Käfer ausräumen musste, da sie das Gefühl frischer Unterwäsche vermisste. Doch vorher wollte sie sich noch ordentlich den Bauch vollschlagen. Im Moment war das Wichtigste der Autotank, dafür musste es einfach reichen. Allerdings gab es auch noch die Kreditkarte der Psychological Daily … Vielleicht war es besser, den Bogen nicht zu überspannen.

* * *

Das Orange der Dämmerung drang durch die Lücken der Wolkenrudel, die über den Himmel zogen. Mit dem niedrigen Sonnenstand dehnten sich die Schatten des Haupthauses über das Gesindehaus und die Stallungen.

Vernan stand an der Seite eines braunen Pferdes und bürstete seine Flanke. Er hielt es mit der Linken am Zügel und arbeitete in ruhigen, gezielten Bewegungen jeden Zoll des muskulösen Körpers ab.

Anna saß in ihrem Käfer und bewunderte Vernan dafür, wie er sich seiner Aufgabe hingab. Sein Handeln strahlte eine Ruhe und Zufriedenheit aus, die alles, was er tat, ganz natürlich wirken ließ, als habe es seine eigene Ordnung. Ganz im Gegensatz zu *Anna-Bad-Luck-Caffrey*. Auf ihrem Schoß lag das Notebook, auf dem sie ein Konzept für die heutige Sitzung entworfen hatte. Allerdings wollte sie eine Sicherheitskopie auf einem anderen Datenträger erstellen. Schließlich war die Dokumentation das Herzstück eines jeden Projekts.

Sie suchte die Ablagefächer und das Handschuhfach ab. Außer Strafzetteln und einer alten Schachtel mit Zigaretten konnte sie nichts finden. Erst als sie den Beifahrerfußboden absuchte, entdeckte sie zwischen zerknüllten Burgerverpackungen endlich ihren USB-Stick. Sie steckte ihn in die Buchse und legte mehrere Ordner an. Zwischendurch schaltete sie das Radio ein und lauschte den Klängen des Klassiksenders.

Plötzlich fiel ihr ein, dass sie auf diese Weise schon einmal die Batterie des Wagens ruiniert hatte. Ohne laufenden Motor würde sie sich wieder entladen. Sie drehte den Schlüssel im Zündschloss und wollte das Auto starten, doch außer einem Röcheln passierte nicht viel. Auch der zweite und dritte Versuch gingen in die Hose. Anna schaltete das Radio aus, legte das Notebook beiseite und nahm sich eine Kartonbox mit Werkzeug aus dem Kofferraum, der sich bei ihrem Käfer vorne befand. Eine Tatsache, an die sie sich erst hatte gewöhnen müssen. Mit einem Seitenschneider schnitt sie den Kabelbinder an der hinteren Klappe los und öffnete die Motorhaube. *»Das* *bisschen Motor kann sogar eine Frau«*, hatte der Mechaniker herablassend gesagt und ihr kurzerhand die Schwachstellen gezeigt, die regelmäßig gewartet werden mussten, damit es nicht wieder zu Startproblemen kam. Sie hatte sich nicht einmal ein Viertel davon gemerkt, doch sie wusste, dass der eine Schlauch vom Filter mit dem Motor verbunden werden musste. Das Strumpfband, das bereits in Fetzen hing, hatte sich gelöst und war in ein bewegliches Teil geraten.

Anna suchte in der Box zwischen Schraubendrehern, Zangen und Schrauben ein Tapetenmesser heraus und schnitt damit die verhedderten Nylonfasern durch, um sie entfernen zu können. Danach startete sie den Anlasser und ging wieder nach hinten zum Motor. Das Teil wackelte in seiner Einfassung und machte Geräusche, die sogar ein mechanischer Laie als untypisch einstufen würde.

»Kein gesunder Sound, Anna. Sie sollten sich 'n neuen anschaffen«, bemerkte Mick, der wie aus dem Nichts neben ihr stand.

»Was? Äh, ja, der ist schon älter. Ich mag Oldtimer«, log sie. In Wahrheit konnte sie sich nichts Besseres leisten und war auf ihren liebens- und hassenswerten Schrotthaufen angewiesen.

»Gut, dass wir uns hier treffen, Anna. Ich muss heute Abend nach Killarney, hab übers Internet 'n Date klargemacht. Man muss den Ort abchecken und so. Daher kann ich heute nich' kommen.«

Anna fand das gar nicht gut. Sie beugte sich über den Fahrersitz, stellte den Motor ab und lehnte sich gegen den Kotflügel. Sofort kehrte wieder Stille ein, als sei das Wehklagen des Käfers ein Fremdkörper in der Idylle der klanglosen Welt des Anwesens gewesen.

»Mick, Sie sollten das verschieben. Schließlich müssen sich die anderen auch an die Vereinbarungen halten.«

»Die andern können Sie in der Pfeife rauchen, ein verklemmter Schüchterling und eine Drogensüchtige. Ich hab gerade erst meine Sozialstunden abgeleistet und brauch jetzt meine Freiheit, verstehen Sie?«, fragte er und strahlte sie schelmisch an.

»Ich denke, es läuft besser, wenn wir unser Programm durchziehen.«

Ein Schatten glitt über Micks heitere Miene. Er trat dicht an sie heran und blickte auf sie herab, da er größer war. »Nein, ich sage Ihnen jetzt, wie das hier läuft!«, begann er mit erhöhter Stimme. »Ich gehe heute zu meinem Date und Sie tragen schön brav ein, dass ich teilgenommen hab und Sie mir total dabei geholfen haben, ein besserer Mensch zu werden, kapiert?«

Anna wagte kein Wort zu erwidern. In klinischen Projekten hätte es einen kräftigen Pfleger gegeben, der jetzt aufgestanden und die Situation entschärft hätte, doch hier war sie auf sich allein gestellt. Sie schluckte und drehte sich zur Seite, als sie ein Wiehern vernahm.

Vernan hatte beim Bürsten innegehalten und blickte zu ihnen rüber, danach machte er weiter.

Mick schaute zu ihm, dann auf Anna und strahlte wieder, als wäre nur eine Wolke über den heiteren Himmel gezogen.

»Danke, dass Sie mich decken, Anna. Ich komme am Abend oder morgen früh wieder, je nachdem, ob das Foto der Tussi im Internet echt is'.«

Als er über die Auffahrt nach der ersten Kurve hinter den Bäumen verschwunden war, wagte Anna wieder einzuatmen. Erst jetzt merkte sie, dass ihr Herz raste. Es war heftig gewesen, wie er von heiter auf psycho gewechselt hatte. Obwohl sie aus seiner Akte wusste, dass der Richter ihn zu Sozialstunden und einer anschließenden Therapie verurteilt hatte, war sie geschockt von der Art, wie er sich durchgesetzt hatte. Seine Bewährung schien ihn dabei überhaupt nicht zu kümmern.

Es passierte schon wieder – man sagte ihr, wie es zu laufen hatte, und es gab keine Chance, das zu ändern. Es war ihr peinlich, so vorgeführt worden zu sein.

Aus dem Augenwinkel nahm sie wahr, wie Vernan das Pferd in den Stall zurückführte. Zu ihrem Glück hatte seine Gegenwart ausgereicht, um die Situation zu entschärfen.

Sie setzte sich ins Auto und schloss die Tür. Legte die Stirn gegen das Lenkrad und atmete eine Weile durch. Dann richtete sie sich wieder auf, nahm sich die Zigarettenschachtel aus dem Handschuhfach, öffnete die Tür einen Spalt und zündete sich eine davon an. Nicht rauchen, ein Jahr lang, dann ist die Sucht vorbei. Zumindest war das ihr Plan gewesen. Wozu gab es Pläne, wenn das Leben seine eigenen hatte? Es war eine Niederlage, aber eine, die die Sucht etwas dämpfte. Der heiße Qualm strömte in ihre Lungen und linderte den Schmerz ihrer gekränkten Selbstsicherheit.

Ihr Telefon klingelte.

»Anna Caffrey, hallo?«

»Hallo Anna, wie geht es Ihnen?«, begrüßte sie die Stimme auf der anderen Seite der Leitung. »Hier ist Professor Kent. Sind Sie schon in Killarney angekommen?«

»Ja und ich konnte bereits die Patienten kennenlernen.«

»Ah, wunderbar. Wie gefällt Ihnen die Villa?«

»Ist wie im Hotel, ein bisschen ungewohnt. Dr. Kent, denken Sie, ich könnte das Projekt in eine klinische Umgebung verlegen?«

»Nein, Psychological Daily hat das Ganze klar umrissen. Außerdem gibt es weder in Killarney noch in der Nähe eine entsprechende Einrichtung.«

»Könnte ich dann vielleicht einen Pfleger hierher bestellen oder einen Kollegen?«

»Anna, Sie schaffen das auch allein. Ich glaube an Sie.«

»Aber …«

»Ich glaube an Sie«, unterbrach er Anna. »Ich werde Ihre Fortschritte mitlesen, schicken Sie mir diese einfach so oft Sie können. Also, machen Sie's gut.« Er legte auf.

Anna schüttelte den Kopf. Es war immer dasselbe mit dem Mann. Er besaß die Gabe, jedes Problem so lange zu ignorieren, bis es sich von selbst auflöste. Es war einfach nicht möglich, ein Gespräch mit ihm zu führen, bei dem man der Sache auf den Grund gehen konnte. Obwohl er ihr Doktorvater war, ließ er sie im Stich.

Sie aschte das Türmchen auf ihrer Zigarette ab, nahm noch ein paar Züge und schnickte den Stummel auf den Schotter. Danach legte sie den Stick und die Zigarettenschachtel auf das Notebook und stieg damit aus. Ein kurzer Blick auf ihre Armbanduhr verriet ihr, dass sie nur noch fünf Minuten bis zum Beginn der ersten Therapie hatte.

Anna eilte ins Haus und betrat das Jagdzimmer.

Außer ihr war niemand da.

Sie legte ihre Sachen auf dem Tisch ab und ging ins erste Stockwerk. Dabei begegnete sie Declan, der eine selbst gedrehte Zigarette im Mund hatte. Unter seinen Augen hingen dunkle Ringe und sein Gesicht wirkte zerknautscht.

»Hallo Declan, Sie sehen müde aus, alles in Ordnung?«

Declan fuhr sich durch die Haare, die wie ein Fransenschleier vor seinen Augen hingen. Er nahm die Zigarette in die Hand und machte eine ausholende Geste. »Ich weiß nicht, seit ich hier bin, schlafe ich noch schlechter.«

»Machen Sie sich keine Sorgen, die Therapie wird Ihnen helfen. Sie können hinuntergehen, ich komme gleich nach.«

Während Declan die Treppe hinunterlief, überlegte Anna, in welchem der Zimmer sich Kay befinden mochte. Als sie zurücklief, fand sie zufällig ein umgekehrtes Kreuz, das jemand in den Lack des Türrahmens eingeritzt hatte. Es war kein Kunststück, zu erraten, wer hier sein Domizil bezogen hatte.

Sie klopfte an. »Kay, kommen Sie bitte ins Jagdzimmer.«

Keine Antwort.

Sie klopfte erneut.

Vernan kam die Treppe hoch. Er balancierte ein kleines Teeservice auf seinem Silbertablett und nickte ihr zu. »Ist alles zu Ihrer Zufriedenheit, Lady Caffrey?«

»Ja, alles gut. Wissen Sie zufällig, wo Miss McLennan ist?«

»Sie hat ihr Zimmer heute noch nicht verlassen«, antwortete er und lief an ihr vorbei zu einem der anderen Zimmer.

Anna donnerte mit der Faust gegen die Tür. »Kay?«

»Ja, was ist denn!?«, drang Kays Stimme nach außen.

»Wollen Sie nicht herunterkommen?«

»Wenn Sie mich so fragen, dann nein.«

»Declan ist auch schon da, wir warten auf Sie.«

»Und Mick?«

»Der ist für heute entschuldigt.«

»Aha, ist doch Quatsch! Der macht, was er will, so sieht es aus, Sie haben versagt.«

Anna biss sich auf die Unterlippe und verkniff sich ein kindisches *stimmt doch gar nicht*. Wie sollte eine Gruppenbehandlung funktionieren, wenn nur eine Person daran teilnahm? Während sie mit ihren Nägeln an dem Kreuz auf dem Türrahmen herumkratzte, überlegte sie sich einen anderen Ansatz. »Seit wann sind Gothic-Leute Satanisten?«

»Was?«

»Hier auf dem Türrahmen ist ein umgekehrtes Kreuz eingeritzt. Ich denke nicht, dass Lady McMurrough mit diesem Vandalismus einverstanden sein wird und …«

Bevor sie aussprechen konnte, riss Kay die Tür auf, suchte den Rahmen ab und presste die Lippen zu einem

Schlitz aufeinander. »Dieser bekloppte Mick, was glaubt der, wer er ist?«

»Die Schnitzerei ist von ihm?«, wollte Anna wissen.

»Von wem denn sonst?«

»Also?«

»Also was?«

»Kommen Sie jetzt hinunter?«

»Das Jugendamt ruft mich gleich zurück, die wollen mir meinen Sohn nicht zurückgeben und haben den bescheuerten Richter auf ihrer Seite. Und das alles nur, weil mein Ex behauptet, ich hätte einen Rückfall! Ich habe jetzt keinen Kopf für so Psychosachen.«

Anna wollte etwas erwidern, doch die Worte blieben ihr im Hals stecken, als die Tür so dicht vor ihrer Nase zuknallte, dass sie diese mit ausgestreckter Zunge hätte berühren können.

»Lassen Sie mich in Ruhe!«, schallte es von drinnen.

Anna machte einen Schritt zurück und fasste sich an die Nase, nur um sicherzugehen, dass sie nicht gebrochen war. Langsam lernte sie dieses Projekt zu hassen. Die Patienten waren keine jungen Erwachsenen, sondern Kinder, die tobten und rebellierten. Keine andere Psychologin würde sich ganz allein solch einer Aufgabe stellen, da es nichts anderes als lebensgefährlich war. Das passte mal wieder zu ihrem Bad Luck, zu ihrem Pech, das wie Teer an ihr klebte, egal was sie dagegen tat. Ihre Lungen verlangten nach einer Zigarette, nein, nach zwei und einer für zwischendurch. Obwohl sie einen Monat Zeit hatte, wurde ihr klar, dass sie den gesamten Ablauf des Projekts ändern musste. Zumindest hatte sie Declan, der wahrscheinlich unten wartete. Solange sich die anderen verwehrten, würde sie eine Einzeltherapie mit ihm machen und die Fortschritte dann später unter den Gruppensitzungen subsummieren.

Anna stieg die Treppe hinunter und betrat das Jagdzimmer.

Von Declan keine Spur.

Auf der Suche nach ihm ging sie in den Speisesaal. Die Tische waren bereits für das Abendessen eingedeckt.

Durch das Fenster konnte sie Declan sehen, wie er draußen auf der Terrasse saß und rauchte. Die Art und Weise, wie er den Qualm einsog und die Zigarette hielt, verriet ihr, dass es kein Tabak war, den er so leidenschaftlich rauchte. Mit bekifften Menschen ließen sich keine Sitzungen abhalten, daher war die Sache für heute gelaufen.

Sie ging zu ihm nach draußen und setzte sich ihm gegenüber auf einen schmiedeeisernen Stuhl. Die Beine kreischten unter ihrem Gewicht, als sie ihn mit ihrem Hintern zurechtschob.

Declan machte große Augen und hielt den Joint hinter seine Rückenlehne.

»Ist schon gut, Declan, früher habe ich das Zeug auch geraucht.«

»Echt?«, fragte er verwundert und atmete erleichtert Rauch aus.

»Ja, das ist heute keine große Sache mehr.«

»Machen wir noch die Sitzung?«

»Nein, die fällt heute ins Wasser.« Sie zündete sich eine Zigarette an und nahm einen tiefen Zug. Sofort beruhigten sich ihre Nerven. Die Psychologin in ihr bewarf sie mit lateinischen Fachbegriffen für ihr Verlangen, tobte sich in den triebgesteuerten Theorien von Sigmund Freud aus, wurde dann aber brachial von ihrem inneren, kleinen Kind von hinten erschlagen.

Sucht war brutal angenehm.

»Das Marihuana tut mir gut, gegen die Albträume. Ich will mal probieren, ob ich das verschrieben bekomme«, sagte Declan. Mit Zeigefinger und Daumen hielt er den

Joint, wie mit einer Pinzette, während die Spitze unter seinem Zug aufglühte. Declan inhalierte tief, blies langsam aus und aschte ab. »Ich hasse Irland. Grüne Wiesen, so weit das Auge reicht. Auf einer Butterpackung sieht das toll aus, das war's aber auch schon. Es gibt keine Sandstrände. Stattdessen Regen, Regen und bei gutem Wetter Graupelschauer. Und dieser Himmel ... eine Marmorplatte auf meinem Grab. Nachts, wenn ich wach bin, denke ich, wie es wäre, wenn ich am Strand liegen würde, eine kühle Brise über meine Haut streicht und die Hitze des Tages fortträgt. Und das Beste daran wäre, dass ich ohne Angst die Augen schließen und so tief schlafen würde, dass ich am nächsten Mittag in meiner Liege aufwachen, mich umdrehen und weiterschlafen würde. Keine Ahnung, ob andere Menschen verstehen, was für ein Luxus der Schlaf ist. Und wie es sich anfühlt, sich davor zu fürchten, wieder eine Nacht im Schlaf-Wach-Kampf verbringen zu müssen.« Er aschte wieder ab.

Anna betrachtete Declan. Seine Augen waren gerötet und er redete mehr, als er wahrscheinlich wollte. Er war high. Doch vielleicht war dies die einzige Möglichkeit, die Therapie zu beginnen. Schließlich oblag ihr das Verfassen des Berichts und sie würde hinterher den Zustand ihres Patienten als *bewusstseinsklar* beschreiben.

»Erzählen Sie mir von Ihren Träumen«, forderte sie.

Declan reichte ihr den Joint.

Anna lehnte ab.

Doch Declan ließ nicht ab und bot ihr weiterhin an, mitzurauchen. »Ist mehr Tabak drin als Marihuana, das knallt nicht so sehr, wie Sie denken, keine Sorge.«

Anna ahnte, dass sie als ehemalige Kifferin seinen Respekt erhalten hatte. Jetzt abzulehnen, würde ihren kleinen Erfolg zunichtemachen. Wieder ließ sie sich überreden, umstimmen und zu etwas bewegen, was sie eigentlich nicht wollte.

Sie trat ihre Zigarette auf dem Boden aus, griff nach dem Joint und nahm einen Zug. Den filterlosen Tabakrauch war sie nicht mehr gewohnt, es kratzte in ihrem Hals, doch nach einem kurzen Huster ging es wieder. Sie gab wieder an Declan ab und spürte die erste Wirkung. Ihr Körper fühlte sich schwerer an, aber auch lockerer.

Declan atmete durch, bevor er sprach. »Ich war schon immer ein Sonderling, ein Außenseiter. Meine Mitschüler haben mich immer gequält, weil ich so ein Loser bin. Eines Tages haben sie mich nach dem Schwimmunterricht im Becken abgepasst. Der Lehrer war mit anderen Schülern im Umkleidebereich. Zwei Jungs kamen zu mir ins Wasser und versuchten, mich hinunterzudrücken. Ein Dritter stand am Beckenrand und trat mir auf die Hand, mit der ich mich festgekrallt hatte. Sie lachten und ahmten meine Hilfeschreie mit Babystimme nach. Als mich die Kraft verließ, wurde ich unter Wasser gedrückt, so lange, bis ich das Bewusstsein verlor.« Declan erzählte mit tonloser Stimme, als wäre diese Episode ein Film auf einer alten VHS-Kassette, die er so oft gesehen hatte, dass die Ränder bereits fleckig waren.

Anna stutzte. »Waren Sie tot?«

»Keiner weiß, wie lange das war, aber ja.«

»Und dann, Declan, was ist dann passiert?«

»Ich wachte auf und blickte auf den bärtigen Schwimmlehrer, der mit panischem Gesichtsausdruck über mir kniete. Er schlug mir ein paarmal auf die Wange und kreischte immer wieder meinen Namen. Die anderen Vierzehnjährigen standen alle im Kreis um mich herum, als wären sie Eisskulpturen. Unter mir fühlte ich den harten Fliesenboden, nass und kalt.« Declan inhalierte noch einmal und warf den Stummel auf den Boden. »Danach wurde ich nie wieder fertiggemacht, was noch schlimmer war. Alle haben einen Bogen um mich herum gemacht, als wäre ich ein Alien oder so. Ich war tot und doch lebte ich wieder. Der *Zombie,* so nannten sie mich.«

»Was haben Sie erlebt, als Sie tot waren?« Annas Zunge fühlte sich träge und dick an.

»Es … es war so unfassbar. Ich war in einem Tunnel und lief auf dieses Strahlen zu, das warm und gut war. Kein Schmerz, keine Kälte, keine Sorgen; alles war von mir abgefallen, als sei es nur ein Gedanke an eine schlechte Welt gewesen, ein Echo aus der Ferne, das verhallte. Aber da war noch mehr, die Kälte kam zurück, schluckte mich, klatschte wie Wasser über meinem Kopf zusammen. Als ich auftauchte, stand ich vor einem Ufer, das mit Schilf bewachsen war. Der Himmel über mir war grau und leblos und vor mir stand dieser Turm am Wasser, der wie der abgebrochene Zahn eines Riesen aussah.«

Ob wahnhaft oder nicht, war es wirklich eine gute Idee, Declan mit einem ähnlichen Gebäude zu konfrontieren? Man konnte nicht abschätzen, was mit seiner Psyche und seinem körperlichen Befinden passieren konnte, wenn die Begegnung stattfand. Sie wollte sich Notizen dazu machen, ihr Notebook holen und einen Sitzungsbericht schreiben, doch ihr Gehirn fühlte sich bereits wie eine Murmel an, die in ihrem Kopf voll zähflüssigem Honig bei jeder Bewegung träge hin und her rollte.

Anna ließ sich in ihren Stuhl sinken und legte den Kopf an die Rückenlehne. Sie hatte Hunger, wollte etwas Süßes, träumte von Pancakes und Zimtschnecken vom Bäcker. Sie beschloss, sich noch etwas vom Abendessen, das das Hausmädchen bereits klappernd hinter ihr im Speisesaal vorbereitete, mit aufs Zimmer zu nehmen und den Tag genüsslich mit einem Vollbad enden zu lassen.

»Mein Mann war stets begehrt unter Frauen. Er hatte Charme und einen knackigen Po. Eines Tages hat ihm meine Freundin schöne Augen gemacht. Ich habe ihr zehn Sekunden Vorsprung gegeben, bevor ich die Flinte geholt und sie zum Teufel gejagt habe.«

Lady McMurrough, Memoiren einer Dynastie, Kapitel 6, »Edelfrauen schlafen nicht – sie wachen«

3 Begegnung mit der Angst

Anna Caffrey

Anna eilte die Treppe hinunter zum Speisesaal. Nach dem Drogenerlebnis von gestern Abend hatte sie so tief geschlafen, dass sie nun fast zu spät zum Frühstück kam.

Als sie den Saal erreichte, erblickte sie die Hausdame Isabella an der Anrichte. Sie wischte sich die Hände an der weißen Schürze sauber, die sie über ihrem geblümten, erdbraunen Kleid trug. Eine Strähne ihres silbrig blonden Haars hatte sich unter der Kopfhaube gelöst und hing über ihre mit Sommersprossen bedeckte Stirn, während sie die Stecker der Warmhalteboxen aus der Wand herauszog.

»Guten Morgen, bin ich zu spät für das Frühstück?«, fragte Anna mit einem entschuldigenden Gesichtsausdruck.

Isabella warf ihr einen scharfen Blick zu, den nicht einmal die Grübchen ihrer pausbackigen Wangen abmildern konnten. Es war ihr anzumerken, dass sie diesen Satz nicht das erste Mal hörte. »Machen schnell bedienen«, antwortete sie mit russischem Akzent. »Ich abräumen dann später.« Sie ließ von dem Gerät ab und lief aus dem Saal.

Anna war erleichtert, da ihr Magen knurrte und sie unbedingt die Gratisverpflegung nutzen wollte. Als sie sich kurz umschaute, sah sie auch Declan, der über einem Teller Rührei mit Speck saß. Hinter ihm, draußen auf der Terrasse, lief Kay auf und ab, während sie aufgeregt in ihr Handy plärrte.

Zwei von drei, dachte Anna und nahm sich Toast, Butter und Kaffee. Sie wollte einen Platz zum Sitzen suchen, als ihr Declan den Sitz an seinem Tisch anbot.

»Hier ist noch frei, Anna.«

Sie war froh über sein Angebot, da sie nun wusste, dass sie einen Zugang zu ihm aufgebaut hatte, der hoffentlich auch ohne Marihuana halten würde.

Declan räumte zwei verschmutzte Servietten weg und machte ihr Platz. Er deutete mit dem Daumen nach draußen und grinste. »Ich bin seit einer Stunde hier, so wie die draußen. Die telefoniert, als würde die Flatrate morgen abgeschafft werden.«

»Scheint wichtig zu sein«, murmelte Anna und bestrich ihr Brot.

»Ich habe vorhin am Fensterglas gelauscht. Es scheint um ihren Sohn zu gehen, das Jugendamt und so. Ich glaub, sie ist voll kaputt, so wie die herumschreit.«

»Mir scheint, dass sie immer mit dem Kopf durch die Wand will«, erwiderte Anna, nahm einen großen Bissen vom Toast und spülte mit Kaffee nach. Kay war für eine Psychologin nicht schwer zu verstehen. Eine Frau, die um ihre überdurchschnittliche Intelligenz wusste, diese aber nicht so einsetzen konnte, wie sie wollte. Wer mit der Frustration darüber nicht klarkam, konnte leicht in die Drogenschiene abrutschen.

Declan nahm noch eine Gabel voll Rührei und zog die Brauen zusammen. »Ist das sehr heftig?«

»Was denn?«

»Dieses *Flooding*, tut das weh?«

Anna biss erneut ab und ließ sich für die Antwort Zeit. »Nein, nicht wirklich. Aber Ihre Sinne werden Alarm schlagen, Ihr Puls wird ansteigen und es könnte sein, dass Ihnen schwindelig wird.« Sie überlegte, ob es nicht klüger war, weniger offen zu sein. Schließlich ging es hier um die Konfrontation, nicht um das Ausweichen.

»Ich will das machen, verstehen Sie? Es muss ein Ende haben, ich habe die Angst satt und will endlich wieder klarkommen und kein Freak mehr sein!« Er machte ein ernstes Gesicht.

»Wenn Sie möchten, können wir gleich heute Ross Castle besuchen.« Es war die Örtlichkeit, die im Projekt für Declan vorgeschlagen worden war.

Declan schaute aus dem Fenster, während er antwortete. »Heute ist besser als morgen. Ich will es.«

Anna zückte ihr Handy und informierte sich über die Sehenswürdigkeit. Anscheinend konnte man nur über eine Führung ins Innere gelangen und musste vorher buchen. Sie tippte sich durch mehrere Menüs und fand eine Gruppe, in der es heute noch freie Plätze gab. Sie holte die Kreditkarte, die ihr die Psychological Daily zur Verfügung gestellt hatte, und reservierte.

»Ich habe jetzt vier Plätze gebucht, in einer Stunde geht die Führung los. Ich werde gleich Kay Bescheid geben …«

»Bescheid über was?«, fragte Kay und betrat durch die Terrassentür den Speisesaal. Ihre Finger krampften sich um das Telefon, als wolle sie es zu einem Diamanten zusammenpressen. Sie nahm sich einen Orangensaft und setzte sich mit angriffslustiger Miene zu den beiden. Ihr Eyeliner war verwischt, als habe sie ein paar Tränen vergossen.

»Guten Morgen, Kay, gerade hatte ich sie erwähnt …«

»Bin ich Kino?«

Anna ging nicht darauf ein. »Ich plane, sie drei heute zu einem Ausflug nach Ross Castle mitzunehmen.«

»Dann planen Sie mal weiter, aber ohne mich.«

»Wollen Sie nicht mit? Die Bewegung würde Sie auf andere Gedanken bringen.«

»Das Sorgerecht für meinen Sohn bringt mich auf andere Gedanken. Außerdem kriegen Sie nicht mal diesen Proleten Mick in den Griff, wieso sollte ich Ihre offensichtlich drittklassige Fachkenntnis dann überhaupt anerkennen?« Kay stand einfach auf und ging wieder zurück auf die Terrasse.

Anna trank ihren Kaffee mit einem langen Schluck aus, denn der Brocken Stolz, den Sie hinunterwürgen musste, hatte seine Widerhaken in ihren Hals gestoßen. In der Theorie war Psychologie der Schlüssel zum Verständnis eines jeden Menschen, doch die Praxis besaß nicht einmal ein Schlüsselloch an seiner zehn Meter hohen Burgmauer. »Nun gut, Declan, dann eben ohne Kay. Ich schaue mal nach Mick.« Sie erhob sich und prallte fast gegen Lady McMurrough.

»Kindchen, wieso diese Eile?«

»Verzeihung, ich hatte Sie nicht gesehen. Wie geht es Ihnen?«

»Gut, wenn ich nur Bran finden könnte. Heute Morgen hat er sich eine Wurst geschnappt und sich irgendwo verkrochen, wissen Sie zufällig, wo er ist?«, fragte sie und nestelte dabei an den weißen Handschuhen, die sie heute trug.

»Nein, leider nicht. Ich hoffe, Sie finden ihn.« Anna nickte ihr zu und lief die Treppe hoch. Ganz offensichtlich hatte die Dame sie darum gebeten, ihr bei der Suche nach dem Hund zu helfen, doch Anna hatte jetzt keinen Kopf dafür und näherte sich dem einzigen offenen Zimmer, vor dem zwei zerknautschte, leere Bierdosen lagen.

Mick lag in seiner Tagesbekleidung und Mütze bäuchlings auf der Bettdecke. Auf dem Boden um ihn herum lagen verstreute Klamotten und weitere Bierdosen.

Anna klopfte an den Türrahmen. »Guten Morgen.«

Keine Reaktion.

»Guten Morgen!«, wiederholte Anna, diesmal eindringlicher.

Mick wuchtete sich zur Seite und schmatzte, während er sich die Augen rieb. »Was is'n?«

»Wir machen heute einen Ausflug.«

»Zur Schnapsbrennerei?«, fragte er schlaftrunken.

Anna ahnte, dass das nichts werden würde. »Wir können das nicht immer so machen. Morgen müssen Sie sich auf unser Projekt einlassen.«

Mick setzte sich im Bett auf, streckte sich durch und kam zu ihr an die Tür. Die Kissennaht des edlen Tageskissens und ein aufgestickter Specht hatten sich in sein Gesicht gegraben und dort ihr Abbild hinterlassen. Er schenkte ihr ein Lächeln, das heller als die Sonne strahlte. »Ich hab Ihnen doch schon erlaubt, dass Sie alles über mich schreiben dürfen, was Sie wollen. Geheilt, voller Erfolg, zehn von zehn Punkten, erfolgreich exorziert … Also alles, was so kluge Leute wie Sie eben schreiben.«

»Das kann ich nicht machen.« Anna spürte einen Funken des Widerstands in sich glimmen. Sie hatte Angst, da Mick etwas Brutales ausstrahlte, das unter seiner Oberfläche schwelte. Aber sie wollte sich heute nicht geschlagen geben.

Er lachte gekünstelt wie ein Adeliger am Hof. »Das haben wir hinter uns. Sie tun, was ich sage, kapiert? Ich gehe nur dahin, wo's was zum Saufen gibt.« Er machte eine tiefe Verbeugung und legte sich ins Bett.

»So können Sie sich selbst nicht helfen«, begann Anna. Doch ihrer Stimme fehlte die Kraft, überhaupt sich selbst davon zu überzeugen.

Erfolglos zog sie wieder ab und ging nach draußen. Sie versuchte, ein heiteres Gesicht zu machen, als sie Declan auf dem Hof begegnete.

»Er kommt nicht mit, was?«

»Er begleitet uns morgen«, log sie, ohne ihm in die Augen zu blicken. Eine frische Brise aus Richtung der Villa fuhr über ihre Bluse und sie zog ihren Strickmantel etwas enger um sich.

Die Wolken am Himmel spiegelten sich im Glanz des Land Rovers, an dessen Motorhaube Vernan mit einem braunen Lappen stand und mit kreisenden Bewegungen den Lack polierte.

Anna stieg in den Käfer, lehnte sich rüber und zog den Knopf der Beifahrertür hoch. Während Declan einstieg, kurbelte sie das Fenster herunter und drehte den Schlüssel in der Zündung. Der Motor sprang klappernd an, röchelte und ging wieder aus. Beim zweiten Versucht trat sie immer wieder die Kupplung, doch es nützte nichts. »Komm schon«, murmelte sie und versuchte es wieder und wieder. Irgendwann lehnte sie die Stirn gegen das Lenkrad und versuchte, den Reiz zu unterdrücken, vor ihrem Patienten zu fluchen. Dass das Auto nicht ansprang, fühlte sich wie ihr persönliches Versagen an.

In der Einfahrt knirschte der Kies, als Vernan mit dem Land Rover neben sie fuhr. »Lady Caffrey, verzeihen Sie, fast hätte ich vergessen, dass ich Sie fahren sollte, nach …?«

»Ross Castle.«

»Ja, jetzt, da Sie es sagen, fällt es mir wieder ein. Der Wagen ist poliert und aufgetankt, genau wie geordert.«

Anna schenkte ihm ein dankbares Lächeln. Vernan war sogar fast noch besser als die Badewanne in ihrem Zimmer. Sie stieg aus und wechselte zusammen mit ihrem Patienten den Wagen.

Anna ließ sich in das weiche Polster der Rückbank sinken und sog den Geruch von Neuwagen gierig in ihre Lungen. Auch wenn der Duft nichts anderes als eine Mischung aus den giftigen Ausdünstungen von Kunststoffen war, genoss sie es, damit ihren Organismus luxuriös zu schädigen.

Vernan setzte sich hinters Steuer und schaute über den Rückspiegel zu ihr. »Kommen Lady McLennan und Sir Brennan nach?«

»Nein, äh, die beiden bleiben auf ihren Zimmern.«

Vernan schenkte ihr ein einfühlendes Zwinkern und fuhr los.

***

Grau marmorierte Wolken zogen über den Himmel und reichten bis weit hinter die grünen Hügel am Horizont. Die Trübnis des Firmaments spiegelte sich auf der Oberfläche des Lough Leane, die sich unter dem Wind kräuselte, der das Schilf am Ufer mit seiner Kraft zur Seite beugte.

Ein breiter Burgturm erhob sich aus dem Hügel mit kurzem Gras und sah mit seinen ungeraden Zinnen wie der Unterkiefer eines titanischen Raubtiers aus, das das Himmelsgewölbe über ihm aufzureißen drohte.

Eine Touristengruppe verließ über den Steg ein Tourboot, das vor wenigen Augenblicken angelegt hatte. Sie waren mit Selfiesticks, Rucksäcken und Karten bewaffnet und sammelten sich am Ufer.

Anna beobachtete Declan, der neben ihr saß. Seit sie das Gemäuer gesehen hatten, war er schweigsam geworden. Wie gebannt starrte er nach vorne und hatte die Brauen zusammengezogen.

»Wie geht es Ihnen, Declan?«, fragte Anna und begann damit ihre Arbeit.

Vernan hatte das Auto auf dem Rasen geparkt und wartete.

Declan brauchte eine Weile, bis er antwortete. »Diese vielen Menschen, ich hab's nicht so mit Ansammlungen.«

»Keine Sorge, wir können uns etwas abseits halten. Wie steht es mit dem Ort, bewegt er etwas in Ihrem Inneren?«

»Ich … es sieht etwas anders aus als in meinen Träumen, ich hatte mir mehr erwartet.« In seiner Stimme klang ein Hauch von Enttäuschung mit.

»Sollen wir warten oder sind Sie bereit für den nächsten Schritt?«

»Ich fühle mich nicht anders als sonst, wir können aussteigen.«

»Gut. Vernan, danke für die Fahrt, ich würde Sie wegen der Abholung anrufen, ist das okay?«

»Natürlich, Lady Caffrey.«

Anna stieg mit Declan aus und lief mit ihm zur Gruppe. Anders, als sie erwartet hatte, zeigte Declan noch immer keine Anzeichen körperlicher oder psychischer Anspannung. Er vermittelte eher den Eindruck, als besuche er lediglich einen ihm bekannten Ort.

Die Gruppenführerin, eine ältere Dame mit rubinroten Locken und einer dünnen Regenjacke, hielt ein Klemmbrett in der Linken und zählte mit der Rechten alle Leute ab. Dabei bewegten sich ihre Lippen, als helfe ihr das bei der Konzentration. Nachdem sie fertig war, machte sie sich Notizen auf ihrem Papier und steckte das Schreibmaterial in ihren Rucksack. Als sie ihn geschultert hatte, lächelte sie die Versammelten an. »Willkommen am Lough Leane, dem größten der drei Seen im Killarney-Nationalpark. Hinter mir sehen sie die Burganlage Ross Castle, die ein Mitglied des O'Donoghue-Clans im späten fünfzehnten Jahrhundert erbauen ließ. Als eine der letzten Festungen hat sie damals Oliver Cromwell während der irischen Konföderationskriege Widerstand geleistet. Nach mehreren Ereignissen, die ich ihnen innerhalb der Anlage erläutern werde, fiel sie letztlich in staatlichen Besitz. Bitte folgen Sie mir und betreten Sie nicht die abgesperrten Bereiche.« Sie drehte sich um und ging durch das offene Tor.

Anna warf einen flüchtigen Blick über die Kanonen, deren Oberflächen sich im Laufe der Zeit durch Rost und Witterung wie Blätterteig lösten und mit Schichten von

Lack festgeklebt waren. Mehrere Touristen trennten sich von der Gruppe und stellten sich für Selfies mit den alten Waffen an die Zinne.

Die Reiseführerin zeigte hoch zu den Pechnasen, die aus Schlitzen aus dem Bergfried ragten, und beschrieb deren Funktion.

Anna hörte ihr nur mit halbem Ohr zu. Stattdessen starrte sie auf das Pärchen, das vor ihr stand und immer wieder Küsse miteinander austauschte, beiläufig, beim Umdrehen, beim Blick auf die gemeinsame Fotokamera und wenn sie sich etwas zuflüsterten. Merkten die beiden nicht, dass sie nicht allein waren? Und gab es für solche Dinge nicht Hotelzimmer? Anna hasste die beiden für ihre augenscheinlich junge Liebe und ihr Geturtel. Sie waren blind für die niederschmetternde Zukunft, in der jeder von ihnen eigene Interessen und Ziele verfolgte und sie ohne Gnade umsetzen würde, sobald die rosarote Brille gefallen war. Und dennoch wünschte sie sich, diese Brille wieder zu tragen, ebenfalls blind zu sein und sich in einer rosaroten Wolke aufzulösen. Anna unterdrückte den Drang, den beiden aus Eifersucht die Augen auszukratzen, und besann sich auf ihre Arbeit. Was jetzt zählte, war ihr Patient, der in diesem Moment … weg war.

Anna schaute sich überall um, konnte aber Declan nicht finden. Stand er noch abseits der Gruppe oder hatte er aufgrund seiner Sozialphobie das Weite gesucht?

Sie schob sich durch die Gruppe und lief um den Bergfried. Zu ihrer Erleichterung fand sie ihn vor einem offenen Eingang, der mit einem roten Seil abgesperrt war.

»Declan, wir müssen bei der Gruppe bleiben.«

Er wandte ihr sein blasses Gesicht zu und stand für einen Moment so reglos wie eine Statue vor ihr. Statt etwas zu sagen, berührte er das rote Seil, stieg darüber und ging hinein.

»Was zum …«, zischte Anna und hoffte, dass niemand in ihre Richtung blickte. In ihrem Kopf schrillten alle Alarmglocken, da dies nichts anderes als Einbruch war, wenn man das in einem historischen Gemäuer überhaupt so bezeichnen konnte. Doch andererseits interessierte sie sich auch, wie das hier weitergehen würde, und folgte ihm.

Im Erdgeschoss gab es einen Kamin, einen großen Holztisch und Schießscharten in den dicken Mauern, die nur wenig Licht ins Innere durchließen.

Wie ein Zombie taumelte Declan zur Wendeltreppe auf der anderen Raumseite. Die Stufen unter seinen Füßen waren durch den Gebrauch der Jahrhunderte glatt und abgerundet.

Anna stützte sich an der Außenwand ab und hatte keinen Sinn für den Ausblick aus den Schießscharten im Gemäuer. Sie wollte nicht riskieren, auszurutschen oder gegen Declan zu prallen, wenn er plötzlich stehen bleiben sollte. Schließlich kannte sie das *Flooding* nur aus der Theorie, so wie die meisten anderen Dinge ihres Berufs, den sie bisher eher auf akademischer Basis ausgeübt hatte. Die wenige Praxis, die hin und wieder nicht vermeidbar war, hatte sie in klinischen Studien zusammen mit anderen Kollegen gesammelt.

Declan lief vorbei an den Zugängen zu den anderen Ebenen, beschleunigte seine Schritte und rutschte fast an einem verirrten Kiesel aus. Er gab ein Ächzen von sich, das unter dem Stöhnen des Windes, das den Turm durchdrang, kaum hörbar war.

Anna blieb hinter ihm, schloss auf und wäre fast in ihn hineingelaufen, als Declan plötzlich an einer Tür stehen blieb. Sie verkniff sich jeden Kommentar und versuchte, ihn nicht in seiner Konzentration zu stören. Dennoch beobachtete sie jede seiner Bewegungen und wollte bereit sein, wenn es ihm schlecht ging.

Declan umfasste mit zitternder Hand den schmiedeeisernen Griff. Ein Schweißtropfen lief ihm die Schläfe herunter, während seine Atmung abflachte.

Anna stellte sich neben ihn. »Was fühlen Sie hier?«, fragte sie zaghaft.

Declan krallte sich fest an den Griff. Sein Kiefer zitterte und er wirkte verkrampft.

»Declan, sprechen Sie mit mir.«

»Ich kann mich nicht bewegen, ich habe Angst«, stammelte er.

Sie schaute auf die mit Eisen beschlagene Eichentür, deren Holz trocken und verwittert aussah. »Was ist dahinter, Declan?«

»Angst … so viel Angst.«

»Ich bin bei Ihnen, wir werden gemeinsam diese Tür durchschreiten. Wir werden uns der Angst stellen.« Anna wusste, dass nicht ihre Worte, sondern der Klang ihrer Stimme über die Stärke ihres Motivationsversuchs entschieden. Noch schwang ihre eigene Unsicherheit darüber mit, sie könne außerhalb des akademischen Rahmens in der Praxis versagen. Daher versuchte sie, so viel Selbstsicherheit und Ruhe wie möglich in ihre Worte zu legen.

»Ich werde sterben, Anna!« Seine Atmung flachte weiter ab.

Anna legte ihm die Hand auf die Schulter und suchte seinen Blick. Seinem Gesicht fehlte jegliche Farbe und seine Augen waren weit aufgerissen, als würde er gleich in Panik verfallen. »Declan, Sie werden nicht sterben. Es sind nur Emotionen und Botenstoffe, die Ihnen das suggerieren. Sie sind weit stärker als die Angst und Sie werden sich ihr heute stellen.« Die letzten Worte sagte sie sehr langsam und deutlich. »Atmen Sie.« Es war eine Aufforderung, die nicht nur Declan, sondern auch sie selbst betraf. Wenn der Druck außer Kontrolle geriet, könnte der Patient zusammenbrechen und die Erklärung gegenüber dem Rettungsdienst, der dann den Turm besteigen und Fragen wegen ihrer unangemeldeten Therapie mit Einbruchcharakter stellen würde, hätte nichts anderes zur Folge als Ermittlungen durch die Polizei. Ganz zu schweigen von den gesundheitlichen Folgen für Declan. Daher blieb nur zu hoffen, dass alles gut ging. Und wieder einmal hatte sie ihr Schicksal nicht in der Hand und sie fragte sich, wie es passieren konnte, dass ihr Glück nun auf den Schultern dieses verzweifelten jungen Mannes lag.

Als hätte ihr Herz einen Hieb mit der Peitsche bekommen, begann es plötzlich wild in ihrer Brust zu pochen.

Declan biss die Zähne zusammen. Spucke spritzte durch die Zahnlücken, während er wie eine Gebärende hechelte.

»Das machen Sie sehr gut. Wir sind jetzt hier und werden das durchstehen. Also, was erwartet uns hinter dieser Tür, außer dem Gefühl, das unser Eindringen verhindern will?« Ihre Stimme zitterte ein wenig.

»Ich … glaube … Höhe, ich habe Angst zu fallen. Ich werde fallen und sterben.«

»Welche Bilder haben Sie in Ihrem Kopf?«

»Oben, unten, Himmel und Erde, alles in einem Wirbel verschmolzen … Ich kann nicht …«

»Doch, Sie können und Sie werden. Ich zähle bis drei. Eins …«

Declan legte die linke Hand aufs Holz, um sich zu stützen, da seine Knie zitterten.

»Zwei …«

Er legte den Kopf in den Nacken.

»Drei.«

Declan schrie, drückte den Griff herunter und warf die Tür auf.

Wind strömte an ihnen vorbei und ließ den Saum von Annas Strickjacke tanzen.

Sie gingen langsam zusammen raus.

Ein Rabe stand auf einer Schieferplatte des Satteldachs, das rundherum mit einem Wehrgang hinter den Zinnen umfasst war. Er legte sein Haupt mit einer ruckartigen Bewegung, wie nur Vögel sie vollführen konnten, schief und starrte die Ankömmlinge an. Danach sprang er hoch, spreizte in einer Bö die Flügel und ließ sich mit einem Gleitflug vom Dach tragen.

Declan wankte an die Zinnen und lehnte sich mit der Schulter an. Seine Gesichtszüge entspannten sich, während sich seine Atmung beruhigte. »Ich dachte, es wäre … wäre anders«, stammelte er.

Anna überlegte, ob diese Aktion eine Initialzündung für die Überlegung sein würde, dass er diesem Ort mehr beimaß, als tatsächlich dran war. Zumindest hatte er das ohne Zusammenbruch überstanden und Annas Name würde heute nicht in eine Polizeiakte wandern. Langsam beruhigte sich ihr Herzschlag. Sie ging an die Turmkante und schaute weit über das Land. Bäume mit rostroten und goldenen Blättern reihten sich im Umland auf den Hügeln, deren Gipfel unter blassem Dunst verschwammen. Ihre Hänge reichten bis zum Lough Leane, auf dem kleine Boote zwischen den Inseln fuhren und die Stege von Ross Castle anliefen.

Anna fühlte sich so durchwachsen wie das Wetter. Nur langsam begriff sie, auf welch waghalsiges Projekt sie sich hier eingelassen hatte. Zweifel nagten an ihrem Herzen, ob im weiteren Verlauf mit viel Glück alles so gut laufen würde wie die heutige Situation. War es das wirklich wert, für kostenloses Essen und Wohnen all dies auf sich zu nehmen?

Es gab im Moment nur ein Ziel: ihre Promotion.

Wie hatte sie diese nur gefährden können, nur weil sie Nahrung und Obdach brauchte? Auch wenn es seine Vorteile hatte, in einer Villa zu wohnen, sie wollte mit Professor Kent sprechen, um aus der Sache auszusteigen, solange ihr Ruf noch nicht beschädigt war. Ihre Kollegen, vor allem die männlichen, würden sich über sie lustig machen. *»Anna-Bad-Luck-Caffrey hat ihrem Namen alle Ehre gemacht«*, würden sie sagen, doch das war ihr egal. Es gab auch Methoden, mit dem Spott umzugehen. Einfach hinter dem Schreibtisch vergraben, so lange, bis Gras über die Sache gewachsen war und keiner mehr Anstoß an ihrem Versagen nahm. Ducken, Ohren zu und durch – eine Methode, die sie schließlich so weit gebracht hatte, würde auch nun wieder helfen.

* * *

Der Regen prasselte in der Abenddämmerung gegen die Fensterscheibe über dem Schreibtisch, auf dem mehrere aufgeschlagene Bücher neben dem Laptop lagen. Davor stand eine brennende Lavendelduftkerze, deren Duft das ganze Zimmer erfüllte.

Anna lag auf dem Bett, hatte ihre kurzen Wohlfühlsachen an und lackierte sich die Fußnägel. Den überflüssigen Lack streifte sie an ihren Zehenspreizern ab und achtete darauf, vom Nagelbett bis nach oben einen glatten Anstrich zu erhalten. Währenddessen schmolz die Vollmilchschokolade in ihrem Mund. Es war das allerletzte Stück nach dem letzten Stück.

Neben ihr lag das Buch Arten von Traumata, das sie bis zur Hälfte durchgelesen hatte. Unter Studenten war es als *Abbruchschinken* verschrien, da allein ein Blick auf seinen Umfang viele Erstsemester das Studium quittieren und ein zweites Leben als Taxifahrer beginnen ließ.

Auf den Buchseiten prangten Schokoladenabdrücke, die ihr die Bibliothekarin mit einem Todesblick bei der Rückgabe vergelten würde.

Anna fühlte sich besser. Auch wenn sie kein Modepüppchen war, tat ihr die Selbstverschönerung gut. Natürlich erschien es ihr als Psychologin widersinnig, sich mit so belanglosen Dingen wie Nagellack zu beruhigen. Dennoch gehörte dies zu den Wohltätigkeiten, die in der Praxis einen Effekt hatten, der sich nicht in Büchern erfassen ließ.

Sie steckte den Pinsel in die Flasche zurück, legte den Lack beiseite und griff nach ihrem Handy. Obwohl sie schon vor fünf Minuten den Status ihres Ex gecheckt hatte, drängte die Masochistin in ihr darauf, ihn noch einmal zu überprüfen. *Jeff ist in einer festen Beziehung mit Juliette,* stand unter seinem Profilbild, das Anna an einem verregneten Tag wie dem heutigen von ihm zu Hause geschossen hatte. Das cremefarbene Hemd ließ seine azurblauen Augen stärker leuchten. Der Status neben dem Bild war noch vor drei Tagen ein anderer gewesen. Nur drei Tage. Mehr hatte es nicht gebraucht, um sie einfach durch eine andere zu ersetzen. Und dann musste es dem Namen nach auch noch eine Französin sein, als wollte er der Welt damit sagen, dass er nun eine sinnlichere Frau brauchte, eine Partnerin, die schon allein aufgrund ihrer Herkunft die Weiblichkeit in Person darstellte. *Juliette,* las Anna und versuchte, diesen Namen, der einen pelzigen Nachgeschmack in ihrem Verstand hinterließ, sacken zu lassen. Wahrscheinlich war er mit ihr fremd gegangen, als er noch mit ihr zusammen gewesen war. Anna hatte vor einer Stunde in den sozialen Netzwerken nach ihr recherchiert und herausgefunden, dass sie eine Boutique für Hochzeitsmode in Dublin betrieb und eine eigene Webseite besaß. Das Geschäftscredo lautete *Liebe, Familie, Zukunft*. Was für ein Hohn, aus der

Feder einer Frau, die die Liebe einer anderen zerstört hatte und es verdiente, dass man ihr dafür die Augen auskratzte und sie den Raben zum Fraß vorwarf. Anna hasste sie, hasste die Bilder mit den glücklichen Ehepaaren auf ihrer Website, hasste das dumme Grinsen auf ihrem Profilbild und vor allem die frische Liebe, auf deren rosaroter Wolke Juliette wahrscheinlich gerade schwebte. Vielleicht schneiderte sie schon ihr eigenes Hochzeitskleid und machte Zukunftspläne mit ihrem Geliebten.

Anna hatte mehrere schlechte Bewertungen für die Hochzeitsboutique verfasst und die Texte veröffentlichen wollen, doch als sie gelesen hatte, dass Juliette ein Viertel ihrer Einnahmen an die Kinderkrebshilfe spendete, hatte sie es nicht übers Herz gebracht, ihre Hate Posts im Kommentarfeld unter dem Downloadformular für Spendenmittel einzufügen.

Juliette war tatsächlich perfekt.

Eine erfolgreiche Frau mit Ansehen, einer Ader für Mildtätigkeit, einem Geschäft, einem Sinn für Familie und einer hübschen Figur. Neben ihr kam sich Anna so unscheinbar vor wie Aschenputtel, die eines Tages von einer besoffenen, unfähigen Fee heimgesucht wurde, die alles, was mies war, nur noch verschlechterte.

Anna öffnete ihr eigenes Profil. Ihr Foto zeigte sie mit Lesebrille am Schreibtisch, wie sie versuchte, gebildet und akademisch zu wirken. Welcher Mann strebte nach solch einer Mauerblume? Und ihre Freundesliste las sich wie das Personalregister aller Leute, die an der Uni arbeiteten. Es waren alles nur berufliche Kontakte: Doktoren, Professoren, Habilitanden und Nachnamen, die sich aufgrund von Familientradition wiederholten. Der Kader einer Sportmannschaft der Sitzfleischathleten.

In ihrem Beziehungsstatus stand noch immer *ist in einer festen Beziehung mit Jeff.* Zwar krampfte ihr Herz bei dem Gedanken, sich selbst auf Single zurückzusetzen, doch es würde irgendwie verzweifelt aussehen, wenn sie ihn nicht änderte. Mit einem kurzen Tippen war es auch schon geschehen. Nun war sie wieder Single.

Zurück am Anfang. Resettet.

Sie brach sich ein weiteres, aller-, allerletztes Stück Schokolade aus der Tafel neben ihr, schob es sich in den Mund und warf ihr Handy auf die andere Seite des Betts. Um sich abzulenken, nahm sie sich das Fachbuch und ging noch einmal die Stelle durch, die sie gelb markiert hatte.

»*… wird die Nahtoderfahrung, kurz NTE, sehr unterschiedlich beschrieben. Doch es gibt universell gleiche Grundmuster, die sich grob in den Einstieg, die Terminalphase, die Rückkehr und das Nachbeben einteilen lassen. Tatsächlich erklären, je nach vorliegender Studie, ca. 20–40 % aller Menschen, die eine Reanimation hinter sich haben, eine außerkörperliche Erfahrung gemacht zu haben. Zwischen 70–80 % dieser Leute haben dabei Frieden und Glück gespürt; manche begegnen in der Terminalphase Jesus, andere ihrem Vater oder ihrer Mutter, die sie durch das Erlebnis begleiten. Oft wird ein Licht am Ende eines Tunnels geschildert, das möglicherweise mit der Unterversorgung des Sehsinns und dem Verlust der Randwahrnehmung zu tun haben könnte. Außerdem kann die religiöse/kulturelle Einbettung des Betroffenen eine Erklärung dafür sein, weshalb Figuren aus der Bibel oder anderen Niederschriften auftauchen. Die wissenschaftlichen Erklärungen für die NTE sind strittig, denn nach der Nulllinie beim EEG, welches die Ströme im Kopf misst, dürfte es nicht zu solchen Erlebnissen kommen, wenn man davon ausgeht, dass das Bewusstsein rein an das Gehirn als Organ geknüpft ist. Demnach ist die Theorie, dass die NTE ein reines Produkt des Gehirns sein soll, insgesamt umstritten. Die Bedeutung der Forschung für die Psycho-*

logie ergibt sich oft im Nachbeben, bei dem den Betroffenen bei der Bewältigung des Traumas geholfen werden muss. Die Therapie kann lange andauern und sollte behutsam, vielleicht auch unter einem tiefenpsychologischen Ansatz durchgeführt werden.«

Anna griff sich die Akten ihrer Patienten vom Beistelltisch und überflog noch einmal die Auswertungen der jeweiligen Psychologen. Sie hatten ihren jeweiligen Patienten nicht helfen können, trotz langwieriger Einzelbehandlungen. Und jetzt erwartete die Psychological Daily tatsächlich, dass dieses Projekt innerhalb weniger Wochen den schwer therapierbaren Hilfesuchenden Abhilfe brachte. Dabei war es nicht einmal möglich, diese zu einer Gruppe zusammenzuführen, was nicht nur an ihren teenagerhaften Bockbeinigkeiten, sondern auch am Schweregrad ihrer jeweiligen Traumata lag.

Obwohl Declans Schilderung mit dem Licht nach einer klassischen NTE klang, hatte er eine Angst aus diesem Ereignis mitgenommen, die so groß war, dass sein Verstand sogar nach einer bildlichen Manifestation gesucht hatte, um damit klarzukommen. Verhielt es sich bei Mick und Kay auch so wie bei Declan? Erwuchsen ihre Störungen ebenfalls aus dem Nachbeben eines negativen Nahtoderlebnisses? Möglich, dass Declans überweisender Psychologe um seinen Ruf gefürchtet hatte und daher eher von wahnhaften Störungen berichtete als von dem, was Declan ihr selbst erklärt hatte. Das alles war harter Tobak. Hier brauchte es mehr als Anna Caffrey. Vielleicht war es an der Zeit, an dieser Stelle einen Cut zu setzen, das Ganze zu beenden, bevor jemand Schaden nahm. Denn die drei Patienten brauchten tatsächlich Hilfe, von jemandem mit Praxiserfahrung und einem Medikamentenblock und nicht von einer Schreibtischtäterin.

Sie griff zum Handy, es war bereits 18:30 Uhr. In den Kontakten wählte sie Professor Kent aus und hoffte, dass er auch heute noch länger arbeitete.

Es klingelte.

»Guten Abend, hier ist Professor Kent.«

»Hallo Dr. Kent, ich bin's, Anna Caffrey.«

»Ich grüße Sie, wie geht es Ihnen? Ich habe Ihre Daten von heute Nachmittag durchgelesen, das haben Sie gut gemacht, nur weiter so.«

»Genau darüber wollte ich mit Ihnen sprechen. Ich denke nicht, dass ich den Patienten helfen kann.«

»Ach, Unsinn. Sie haben das erste *Flooding* durchgeführt und liegen damit gut im Zeitplan. Und keine Sorge wegen Ihres Schreibtischs, der Wasserschaden ist behoben und Sie erhalten jetzt einen eigenen neben dem von Professorin Fielding.«

»Danke, das ist wirklich großzügig, aber noch einmal zurück zum Thema. Ich erwäge, das Projekt abzubrechen, da hier schwere Traumata vorliegen. In so kurzer Zeit ist die Gefahr groß, dass die Überforderung …«

»Anna, machen Sie einfach alles so, wie es die Psychological Daily von Ihnen erwartet«, unterbrach er sie höflich, aber bestimmt.

»Nein, Dr. Kent, Sie hören mir nicht zu, ich …«, begann Anna erneut mit einem Anflug von Verärgerung in der Stimme.

»Anna, jetzt reißen Sie sich mal zusammen!«, sagte der Professor barsch. »Die Psychological Daily ist einer der Hauptsponsoren unserer Uni und wir sind auf deren Gelder angewiesen. Der Titel Ihrer Arbeit in Killarney lautet *Flooding – Bedeutung für die kognitive Verhaltenstherapie.* Parallel dazu läuft noch ein weiteres Projekt des Auftraggebers mit dem Titel *Weshalb Therapien ohne den Einsatz von Psychopharmaka zum Scheitern verurteilt sind.* Verstehen Sie das?«

Anna war verdutzt. »Was hat das mit meinem Thema …«, sie stockte für ein paar Sekunden und jonglierte dabei einen Gedanken in ihrem Kopf. »Die Psychological Daily braucht ein erfolgloses Beispiel, das ich liefern soll, um damit die Arbeit über Psychopharmaka zu untermauern?«

»Ja genau, so einfach ist das. Sie sind die Blindstudie, sozusagen das Gegenbeispiel. Kein Mensch erwartet oder will, dass Sie Erfolg haben. Sie müssen das Ganze einfach nur abschließen, dokumentieren und abgeben. Keine Verzögerung, keine Verschiebung, das kann nicht so schwer sein, oder?«

»Und wem soll das alles nützen?«

»Auch die Psychological Daily erhält ihre Gelder und es würde mich nicht wundern, wenn ab und an ein Pharmakonzern auf der Liste der großzügigen Spender stehen würde.«

Anna dachte nach. Wenn sie keinen Erfolg haben musste, dann konnte sie nur gewinnen. Der Professor hatte recht, das konnte tatsächlich nicht so schwer sein. »Dann … dann muss ich nicht viel machen?«

»Ganz genau. Erledigen Sie einfach nur Ihren Job, liefern Sie die Daten und bescheren Sie unserer Uni damit die Gelder, die unsere Gehälter zahlen. Gruppentherapie und *Flooding,* mit jedwedem Ausgang, so schwer kann das nicht sein. Und lassen Sie sich eine Teilnehmerliste bei den Gruppensitzungen unterschreiben, darauf besteht die Psychological Daily wegen der Vergleichbarkeit mit anderen Studien.«

Anna fiel eine tonnenschwere Last von den Schultern. »Also Dienst nach Vorschrift?«

»Nichts anderes. Machen Sie es genau wie die anderen, promovieren Sie und Sie werden sehen, dass Sie bald Dr. Anna Caffrey sind. Na, wie klingt das?«

»Das ist mein Traum.«

»Na dann, machen Sie mal weiter. Und gönnen Sie sich etwas, die Psychological Daily hat Ihnen nicht umsonst eine Kreditkarte beigelegt. Sie haben bestimmt Ausgaben, die sich nicht vermeiden lassen. Verschleiß an Hosen, Blusen, Handtaschen, das kann vorkommen und darf ersetzt werden.«

Langsam fiel der Groschen. Anna war anfangs nicht klar gewesen, dass die Zeitschrift sich ihre Leistungen erkaufte. »Ist das etwa Bestech …«

»Nein, ist es nicht. Hier geht es um eine kleine Aufmerksamkeit, genau wie Spesen, das ist etwas anderes. Also genießen Sie auch mal die schönen Seiten, auf Wiederhören.« Professor Kent legte einfach auf.

Anna schob das Handy beiseite. Das Telefonat war anders verlaufen als erwartet, aber sie fühlte sich nun erleichtert. Trotzdem musste sie noch immer die Patienten zur Gruppe vereinen, was ein Problem darstellte, das fast unüberwindlich schien. Zusätzlich galt es noch, die erste Reizüberflutung mit Declan auszuwerten und zu schauen, wie es mit seiner Therapie weitergehen sollte. Es blieb nur abzuwarten, wie sich das *Flooding* bei Ross Castle auf seinen heutigen Schlaf auswirken würde.

Wieder drehten sich ihre Gedanken nur um die Arbeit. Vielleicht hatte ihr Doktorvater recht, womöglich war es an der Zeit, auch die guten Seiten ihres Berufs zu genießen.

Sie nahm sich die Kreditkarte aus der Akte und jonglierte sie zwischen ihren Fingern. War es richtig, sie zu benutzen? Ein Taxi nach Killarney zu nehmen, sich nach einer Kfz-Werkstatt für ihren Käfer umzuschauen und vielleicht auch einen hübschen Typen aufzureißen, damit sie endlich mit Jeff, der neuerdings auf französische Froschschenkel stand, abzuschließen? Es wäre der erste Abend, den sie nur für sich haben würde, der erste seit … keine

Ahnung wann. Dieser Gedanke fühlte sich verdammt gut an, schmeckte in ihrem Verstand nach der Schokolade, die sich nicht einfach kaufen ließ … oder vielleicht doch?

* * *

Das Klappern einer Pferdekutsche mit drei besoffenen, grölenden Männern schallte laut durch die nächtliche Gasse, die an beiden Seiten von bunten Läden gesäumt wurde. Der Kutscher machte Klicklaute und lenkte sein Gefährt – zum Unmut eines Pub-Betreibers, der seine Stühle vom Gehweg abräumte und im letzten Moment wegspringen konnte – in eine scharfe Linkskurve an der nächsten Kreuzung. Die Pferde hatten Schaum an den Nüstern. Unter ihrem Schnauben bildeten sich Blasen, auf denen das gelbe Licht der alten Straßenlaternen glänzte. Unzählige Insekten tummelten sich in ihren Lichtkegeln und belästigten jeden neuen Pferdekarren, der sich in ihre Nähe wagte.

Anna wunderte sich über die Kutsche und die vielen Touristen, die Killarney bevölkerten. Zwei von ihnen standen an einem der moosgrünen Briefkästen, die wie kleine Säulen aus dem Boden ragten, und schossen eine Serie von Selfies in kniender, stehender und angelehnter Pose. Anscheinend zogen der Nationalpark und die Sehenswürdigkeiten mehr Menschen an, als es für eine knapp fünfzehntausend Seelen zählende Gemeinde zu erwarten gewesen wäre.

Sie blickte entlang der Straße auf die unzähligen Werbeschilder, die auf schmiedeeisernen Gestängen über den roten, grünen und blauen Läden hingen und in einer Bö hin und her wippten. Anna entdeckte auf der anderen Straßenseite einen Pub, der ihr mit seiner türkisfarbenen Fassade und dem Namen Doug's Harp zusagte. Durch die Schaufenster konnte sie erkennen, dass es noch nicht so voll war wie in manchen Kneipen in Dublin, wo man die eigenen Grübeleien nicht mehr hören konnte.

Sie schaute nach rechts und links, ließ einen schwarzen Mercedes vorbeifahren und wechselte die Seite. Noch bevor sie den Gehsteig erreicht hatte, trat sie im Rinnstein auf einen Pferdeapfel. »Oh, typisch *Anna-Bad-Luck-Caffrey*!«, jammerte sie und versuchte, die am Schuh klebenden Überreste am Bordstein abzustreifen. Als das Gröbste weg war, klebte immer noch ein Rest davon an der Oberkante des Absatzes. Anna versicherte sich, dass niemand zu ihr herübersah, nahm ein Taschentuch aus ihrer Handtasche und wischte den Rest weg. Danach richtete sie sich die knappe Lederjacke, mit der sie ihre Strickjacke ersetzt hatte, und hoffte, dass sie ihr Make-up nicht übertrieben hatte. Schließlich hatte sie in ihrem Dasein am Schreibtisch im hinteren Teil einer Bibliothek nie wirklich auf ihre Schminke achtgeben müssen. Bei dem Gedanken nahm sie sich die Sehhilfe ab. Auch wenn die Ferne jetzt etwas verschwommen war, hoffte sie, nun weniger wie ein Mauerblümchen zu wirken.

Als sie die Bar betrat, schlug ihr warme Luft und treibendes, irisches Violinenspiel entgegen. Es war gerade so laut, dass sich die Leute auf den Hockern an den Stehtischen und an der Bar noch miteinander unterhalten konnten, ohne zu schreien.

Anna ging an einer Backsteinwand, die mit Bilderrahmen und Fotos praktisch tapeziert war, vorbei und streifte mit ihren Blicken die Schwarz-Weiß-Fotos von Sportmannschaften, bis sie sich an die Bar setzte.

Der Barkeeper polierte ein Bierglas und glotzte wie gebannt auf den Fernseher, der an einem Rohr von der Decke hing. Es war ein Rugbyspiel, das irgendwo auf der Welt ausgetragen wurde, wo es noch hell war. Weder die

Namen der Teams noch den Spielstand konnte sie ohne ihre Brille erkennen.

Anna hatte diesem Sport nie etwas abgewinnen können, bei dem sich erwachsene Männer wegen eines unförmigen Balls die Köpfe einschlugen, in denen nicht mehr als eine Haselnuss kullern mochte. Doch sie mochte die Hintern dieser Kerle und ihre kräftigen Körper, die sich auch ohne Sehhilfe erahnen ließen.

»Hallo, könnte ich bitte ein Guinness haben?«, fragte Anna zaghaft.

Dem Mann stand der Mund offen, er war ganz und gar vom Match eingenommen und hatte sie nicht einmal bemerkt. Wahrscheinlich polierte er das Glas, das bereits wie ein Diamant glänzte, seit Beginn des Spiels.

»Hey, Doug! Ein Guinness für meine hübsche Begleitung und gib mir auch eins!«, rief ein kräftiger Mann, der sich neben sie auf den Hocker setzte. Er nahm sein Basecap ab und fuhr sich über die schwarzen Haarstoppeln. Danach holte er einen Kamm aus seiner marineblauen Regenjacke und fuhr sich damit über den Kopf. Als er mit seiner sinnlosen Aktion fertig war, starrte er sie mit einem Grinsen an, als habe er sein erstes Erfolgserlebnis auf der Toilette gehabt.

Anna war überrascht, wie schnell das in Killarney lief. Anscheinend hatten die Menschen hier wenig Berührungsängste. Jetzt blieb nur noch zu hoffen, dass seine Anmache etwas mehr Eleganz entwickeln würde.

Sie wartete vergebens.

Der Mann sagte nichts und wandte seinen Blick nicht von ihr ab, als er die beiden Getränke in Empfang nahm und ihr eins davon über die Theke zuschob.

Anna machte sein Schweigen nervös. »Schön dich kennenzulernen?«, bot sie ihm an und hoffte, dass er einen so einfachen Satz zustande bringen würde.

»Nein, das geht mal gar nicht«, sagte er mit amüsiertem Unterton. »Diese Anmache ist lahm und zieht überhaupt nicht.«

»Was? Du hast dich doch neben mich gesetzt und hast Erwartungen, dass etwas läuft«, erwiderte sie empört. Die Art und Weise, wie er die behaarten Arme verschränkte und den Kopf schüttelte, irritierte sie.

»Erwartungen? Also das geht mir zu schnell, ich will Kerzen, ein Dinner und ein paar nette Worte über meine Figur – Blumen wären auch nicht schlecht.«

Anna blinzelte und saß einfach nur da, ohne dass sie wusste, was hier gerade passierte.

»Ich bin Angus und du überlegst gerade, ob das die schlimmste Anmache ist, die du je erlebst hast oder ob der Typ vor dir den Verstand verloren hat, was?«

»Das sind beides keine guten Optionen für dich«, bemerkte sie trocken.

»Stimmt, aber eins habe ich bereits erobert, deine Aufmerksamkeit.«

Es waren nicht unbedingt die Worte, die er sprach, denn egal was er jetzt noch hinzufügte, sein Kopf war genauso wenig dicht wie eine alte Socke. Dennoch strahlte er Selbstsicherheit aus und wirkte mit seinen breiten Schultern nicht unattraktiv. Insgesamt war er annehmbar und schien einen Sinn für Humor zu haben, wobei er nicht der Typ Bad Boy war, auf den Anna stand. Für einen Moment führte sie sich vor Augen, dass die bösen Jungs ihr bisher nicht gutgetan hatten. Vielleicht war es an der Zeit, das Beuteschema zu erweitern. Doch so einfach würde sie es ihm nicht machen. Sie nippte an ihrem Guinness und genoss das Prickeln auf ihrer Zunge. »Aufmerksamkeit wird oft mit Interesse verwechselt«, warf sie ihm lapidar entgegen.

»Und gute Jungs mit Aufschneidern«, konterte Angus.

Anna gefiel sein Kampfesmut und die Art, wie er an seiner Sache dranblieb. »Ich bin Anna Caffrey. Seid ihr Männer aus Killarney immer so direkt zu Fremden?«

»Liegt uns im Blut. Ich betreibe eine Frühstückspension um die Ecke und beherrsche den Satz *Meine Mutter ist ein Esel* in dreiundzwanzig Sprachen.«

»Wozu brauchst du diesen Satz?«

»Denk mal nach, wenn einer mit dir um den Preis feilschen will oder denkt, dass man es mit einem Landei wie mir machen kann, dann kommt der echt gut.«

»Wäre ein Pferd nicht besser, weil es klüger ist?«

»Esel sind wie Pferde, nur mit Charakter und dem nötigen Rückgrat, auch mal Nein zu sagen. Wir Menschen hier in Killarney sind offene Leute, doch wir sind auch clever und widerborstig, wenn es sein muss. Und, was machst du so, wenn du hier nicht gerade ahnungslose Landeier angräbst?«

Da war es wieder, die Macht des Wortes *Nein*. Angus schien damit kein Problem zu haben. Anscheinend musste man nur die DNA eines Esels haben, um es über die Lippen zu bringen. »Ich wohne zurzeit in der McMurrough Villa und betreue ein paar junge Erwachsene.«

»Klingt nach Stress.«

Anna atmete tief ein und aus. Bei dem Gedanken an Micks herrische Art und die frechen Worte von Kay krampfte sich ihre Seele zusammen. »Hm, ja, das ist es auch. Ist wie ein Flohzirkus mit Elefanten, die man versucht, in eine Streichholzschachtel zu quetschen.«

»Nichts, was man in Killarney nicht in den Griff kriegen könnte. Hier wird jeder glücklich.«

»Was kann man hier machen, außer Kutsche fahren?«

»Oh, dieser Ort bietet viel mehr als das. Beispielsweise haben wir den besten Whiskeybrenner in ganz Südirland. Der alte Major beliefert von hier aus die ganze Welt mit dem guten Wildhound 83 Single Malt.«

»Und was nützt mir das?«

»Buch doch eine Whiskeyverkostung, das kommt immer gut an. Der Major bietet die manchmal auch persönlich an, das ist hier der Renner in Sachen kulturelle Bildung, schon allein wegen seiner speziellen Art.«

Anna dachte über die Idee nach. Auch wenn sie den Alkoholkonsum von Mick nicht unterstützen wollte, würde er sich solch einem Ausflug anschließen, was vielleicht auch Auswirkung auf Kay haben würde. »Das könnte tatsächlich klappen. Wie kann ich das buchen?«

»Du schickst ihm eine Rabenbotschaft.«

»Echt jetzt?«

»Das war ein Scherz, wir sind keine kompletten Hinterwäldler. Einfach anrufen, sag der Lady am Telefon, dass du Angus kennst, dann bekommst du eine Verkostung vom Major persönlich.«

»Kennst du ihn?«

»Manchmal helfe ich ihm aus, als Fahrer oder im Lager, bringt mir ein paar Extragroschen ein.«

Anna nahm einen Schluck von ihrem Bier und hätte es fast wieder ausgespuckt, als der Wirt mit erhobenen Armen zu jubeln begann.

»Goal! Verdamm' mich Jungs, so macht man das!«, rief er und strahlte dabei wie ein Honigkuchenpferd. Er zapfte sich selbst ein Bier, brüllte »Cheers!« und kippte es mit einem langen Zug hinunter.

»Unser Barmann schließt gerne Wetten auf sein Team ab«, meinte Angus und schüttelte den Kopf. »Solche Leute darfst du gar nicht ernst nehmen, früher haben wir sie mit einem Ring an der Nase über den Marktplatz geführt. Heute gibt es Piercings und politisch korrekt ist das mit dem Marktplatz auch nicht mehr … aber wir machen es trotzdem«, fügte er hinzu und grinste so breit, dass man die Lücke zwischen seinen Schneidezähnen sehen konnte. »So wie es aussieht, ist das Spiel zu Ende, gleich kommen die Feierwütigen, dann kann man sich hier nirgends mehr gepflegt unterhalten. Wenn du willst, kann ich dir meine Pension zeigen, dort ist es ruhig und die Gäste sind angenehm.«

Anna wusste, wohin das führen würde. Ein Großteil von ihr wollte ablehnen, schaffte es aber nicht, denn das *Nein* wohnte im Keller und hatte nichts zu melden. Doch ihr fiel ein, dass sie sich die Beine nicht rasiert hatte. Es war keine bewusste Entscheidung gewesen, mehr ein Übergehen des Notwendigen. Als Psychologin, die genug über Sigmund Freud gelesen hatte, wusste sie, dass einen jeden Menschen das Unterbewusste beeinflusste, da dort verborgene Wünsche und Empfindungen herumlungerten, mit denen man sich nicht direkt auseinandersetzen wollte oder konnte. Vielleicht war sie noch nicht bereit für einen neuen Mann und kam schwerer über das Ende der Beziehung hinweg, als sie es sich eingestand. Oder war es die Angst, wieder eine Enttäuschung zu erleben? Manchmal hasste sie sich dafür, dass sie Dinge wie Beischlaf, Beziehung und Liebe nicht so beiläufig konsumieren konnte wie Fertigpizza. Sie wollte in allem mehr sehen als die Oberfläche mit dem glänzenden Geschenkpapier.

»Na wie sieht es aus, ja oder nein?«, wollte Angus wissen.

Anna versuchte, um das *Nein* herumzudrucksen, da er sich wirklich bemühte und sie Skrupel hatte, seine Gefühle zu verletzen. »Heute ist schlecht, ich muss zurück in die Villa. Aber gib mir doch einfach deine Nummer, ja?«

Angus kniff die Augen zusammen und legte den Kopf schräg, als überlege er, ob das eine Abfuhr war, doch dann nahm er eine Visitenkarte aus der Innentasche seiner Jacke und gab sie ihr.

Anna nahm sie entgegen, als ihr noch etwas einfiel. »Kennst du einen guten Mechaniker für mein Auto?«

»Hier gibt's nur einen, Alien Pete, der arbeitet am nördlichen Stadtrand.« Er nahm die Karte noch einmal zurück, schrieb eine weitere Nummer unter seine eigene und gab sie ihr wieder.

»Alien?«, fragte Anna.

»Keine Sorge, der tut keinem was. Er glaubt nur, dass er mal von Aliens entführt worden sei.«

Anna fand das nicht beruhigend. Vielleicht war es doch besser, eine Weile Vernans Hilfsbereitschaft in Anspruch zu nehmen und sich fahren zu lassen.

Sie wollte ihre Kreditkarte fürs Bier zücken.

»Das geht auf mich«, sagte Angus und lächelte sie an. »Wenn du mal ein Zimmer außerhalb der Villa buchen möchtest, ruf einfach an.«

Anna nickte, schenkte ihm ein Lächeln und verließ den Pub.

* * *

Das Licht des Halbmonds drang spärlich durch die kahlen Äste, die wie ein Dach über den Schotterweg ragten, der durch ein kleines Waldstück zur McMurrough Villa führte. Wie ein Hauch diffuser Stofflichkeit lag es blass über den niedrigen Nadelbüschen, die sich als Gestrüpp aus Schwarz kaum vom Boden abhoben.

Anna zuckte zusammen, als etwas Geflügeltes von einem Ast flog und auf der anderen Seite zwischen den Bäumen verschwand. Sie bereute, dass sie sich nach dem Pubbesuch in den kleinen Weinladen mit den krebsroten Stühlen auf der Straße in Killarney verliebt und definitiv ein Glas Rotwein zu viel getrunken hatte. *Ich kann den Al-*

kohol herauslaufen, war der blöde Gedanke gewesen, der sie dazu trieb, allein durch die Finsternis zu wandern, doch er schmolz zusammen mit ihrem Mut dahin.

Es war so ruhig, dass sie ihren eigenen Herzschlag in ihren Ohren rauschen hören konnte. Erst als sie um die letzte Kurve bog und die beleuchteten Fenster der Villa erblickte, wagte sie weiter zu atmen. Ihre Schritte beschleunigten sich fluchtartig, als könne sie die Dunkelheit mit einem letzten Griff wieder hineinziehen, wenn sie nicht schnell genug lief.

Dann betrat sie den Kies in der Auffahrt. Da ihre Füße in den Stiefeletten schmerzten, zog sie ihre Schuhe aus, nahm sie an den Hinterriemen und genoss die kleine Massage der Steinchen unter ihren malträtierten Fußsohlen.

Als sie die Tür hinter sich schloss, lehnte sie sich mit dem Rücken an und holte tief Luft.

Die Flure der Villa waren beleuchtet, doch bis auf das Jagdzimmer, aus dem ein orangefarbenes Flackern auf ein tanzendes Kaminfeuer hinwies, lagen die einzelnen Räume in völliger Dunkelheit.

Sie betrat den Raum mit den vielen Jagdtrophäen und stellte sich an den Kamin. Die Holzscheite waren bereits mit einem Wellenmuster aus Glut und Asche überzogen und zu einem Haufen zusammengefallen, an dem nur noch wenige blaue und orangefarbene Flammen züngelten.

Anna streckte die freie Hand aus und wärmte sich. Unter anderen Umständen wäre es ihr im Halbdunkel mit den ausgestopften Tieren unheimlich gewesen, doch nach der Geisterbahn des Todes durch das kleine Waldstück erschien ihr alles halb so wild, solange sie ein Dach über dem Kopf hatte.

»Na, kein Glück gehabt, was?«

Anna erschrak und fuhr herum.

Kay lag in den Schatten des Feuers auf der Couch. Ihre Bekleidung und ihre Haare waren so schwarz, dass ihr hell geschminktes Gesicht und ihre Hände in der Luft zu schweben schienen. Sie waren das Gegenstück zu dem synchronen Glanz des Feuertanzes in den Glasaugen der ausgestopften Tiere, die wie ein Geschworenengericht der Toten auf Caffrey herabschauten.

Annas rechte Hand wanderte fast unbewusst zu ihrer Stirn, um ein Kreuz zu machen, doch im gleichen Augenblick wurde ihr bewusst, wie lächerlich sie damit gewirkt hätte. Sie leitete die Bewegung um und schob ihre Brille in der Hoffnung hoch, dass es wie eine natürliche Bewegung aussah. »Äh, Glück, wieso denn das?«

»Ach bitte, hören Sie auf mit der dämlichen Rolle der ach so Heiligen. Das Aufreißer-Make-up, das Reinschleichen, die Lederjacke – und Sie sind bereits um Mitternacht wieder hier … Sie waren auf der Jagd, ganz klar. Und so wie ich Sie einschätze, ging die Sache schief, hab ich recht?«

Anna wusste nicht, wie Kay es jedes Mal schaffte, dass sie sich vor ihr entblößt fühlte. Es forderte ihr viel Beherrschung ab, nicht zu stottern und eine Antwort herauszubringen, die nicht nach einem Kleinkind im Trotzmodus klang. »Das ist meine Sache. Und wenn Sie reden möchten, steht Ihnen nach wie vor der Platz in der Therapiegruppe zur Verfügung.«

»Die Therapie kann mich mal, das hat bisher nicht geholfen und wird es auch jetzt nicht. Psychologen haben doch alle einen an der Klatsche, die sollen sich erst mal selbst in den Griff kriegen, bevor sie am Kopf anderer herumklempnern.«

»Wie kommen Sie auf so etwas?«

»Dazu muss man kein Genie sein. Wer Menschen manipulieren kann, der geht in die Wirtschaft oder an die

Börse, wo es das große Geld gibt. Und die anderen, die Schwachen, werden als die fucking *Mitte der Gesellschaft* bezeichnet, was nichts anderes als den produktiven Pöbel darstellt, den man schön ausbeuten kann.«

Eine törichte Sekunde lang überlegte Anna, ob Kay nicht doch ein Vampir war. Klug, kalt und abwartend. Die Art und Weise, wie dieses Mädchen Zusammenhänge aneinanderreihte, Schlüsse zog und die Energie, mit der sie diese vertrat, wirkten einschüchternd. Jedes Mal, wenn sie wieder einen ihrer altklugen Sprüche in den Raum warf, fühlte sich Anna, als würde man mit einer Scheuerbürste über ihre Gehirnwindungen schrubben. Kay machte ihr Angst. Angst vor Bloßstellung. Angst davor, das Wortgefecht zu verlieren. Angst vor der Angst. *Angst ist nur ein Gefühl, eine Reaktion des Körpers auf eine vermeintlich gefährliche Situation,* ermahnte sie sich selbst. Um einer direkten Konfrontation zu entgehen, wechselte sie das Thema. »Wenn ich Glück habe, kann ich für uns morgen eine Whiskeyprobe organisieren. Ich hoffe, dass Sie dabei sind.«

»Sie und Glück, das passt nicht zusammen«, erwiderte Kay und verengte die Augen, als analysiere sie ihr Gegenüber.

Anna fühlte sich einer weiteren Attacke ausgesetzt, hier vor dem Kamin, unter den Augen des Schwurgerichts der Toten. *Nur die Ruhe, das ist nur eine Patientin, das ist rein beruflich, nimm es nicht persönlich.* Dennoch war es ein Stich in den Teil ihres Herzens, der noch nicht mit Hornhaut überzogen war. Es brauchte mehrere Herzschläge, bis sie sich zu einer Antwort durchringen konnte. »Das ist nur eine Phrase. Glück, Glaube, Pech, das sagt man nur so.«

»Ach echt? Ich habe doch gesehen, wie Sie vorhin fast ein Kreuzzeichen gemacht haben. Sagen Sie, wann haben Sie eigentlich aufgegeben?«

»Ich …«, ihr fiel keine Antwort ein. Sie war wie blockiert.

Kay stand auf und schüttelte den Kopf, bevor sie ohne ein weiteres Wort das Jagdzimmer verließ.

Anna kamen die Tränen und sie war froh, dass es niemand sehen konnte. Das Gespräch war wie eine Vergewaltigung ihres Mutes gewesen und hatte ihr wieder einmal klargemacht, dass ihr Platz hinter dem Schreibtisch war, verborgen zwischen Büchern und Akten, weit weg von Menschen, die einen verletzen konnten. Zum Glück erwartete die Psychological Daily keine erfolgreiche Behandlung – lediglich das Versagen reichte aus – und darin hatte sie Erfahrung. Es blieb ihr nur zu hoffen, dass der morgige Tag besser verlaufen würde.

»Konsumieren Sie illegale Rauschmittel, Miss McLennan?«
»Nein, ich bin clean, Officer, kann ich weiterfahren?«
»Sicher, dass Sie keine Drogen genommen haben?«
»Drogen? Ja. Ich habe Koffein konsumiert, etwas Tabak und habe eine Kopfschmerztablette genommen.«
»Wollen Sie mich auf den Arm nehmen?«
»Nein, ich versuche Sie ernst zu nehmen, was mir immer schwerer fällt. Wenn Ihre beschissenen Fragen weiterhin so unpräzise sind, spritze ich mir vielleicht noch eine Kopfschmerztablette in die Vene.«

Aussage von Kay McLennan, Fahrzeugkontrolle mit anschließender Untersuchungshaft

4 Rechtsmedizin

Scott O'Connell

Scott presste die Fäuste so fest zusammen, dass seine Knöchel im sterilen Krankenhausflur knackten. In seinem Inneren tobte ein Sturm, der an die Fundamente seiner seelischen Stabilität brandete. Wie das Gegenteil zu seinem inneren Chaos saß sein Bruder Liam vor ihm auf einem Besucherstuhl, in Anzug und Krawatte mit ordentlich zur Seite gescheitelten schwarzen Haaren. Er hatte die Arme vor der Brust verschränkt und blickte nachdenklich in die Ferne.

Ein bärtiger Arzt mit Brille kam aus der Rechtsmedizin und schaute sie beide an. »Sind Sie Scott O'Connell, der Verlobte?«, wollte er wissen.

Scott bekam keinen Ton heraus. Er nickte einfach und folgte dem Arzt, der Liam mit einer Geste gebot, draußen zu warten.

Die Sohlen des Arztes quietschten auf dem PVC-Boden, während er zu einer der polierten Edelstahltüren der Kühlkammern ging, die die komplette Seite des von grellen Deckenleuchten erhellten Raums einnahmen. Er öffnete die Tür und zog einen langen Rollwagen heraus, der mit einer weißen Plane abgedeckt war. Das metallische Geräusch war genauso klinisch wie alles andere um sie herum.

Scott stellten sich alle Nackenhaare auf, als die Kälte der Kammer nicht nur seine Haut, sondern auch sein Herz erfasste.

Der Arzt zog die Abdeckung bis zu den Schultern herunter. »Eigentlich dürften Sie die Leiche während der laufenden Ermittlung überhaupt nicht sehen, aber Ihr Vater hat hier im Ort einen gewissen Einfluss«, erklärte der Mediziner.

Scott hatte diesen Termin illegal erzwungen, doch das war ihm egal. Denn er musste es mit eigenen Augen sehen.

Er starrte wie gelähmt auf Caitlins blasses Antlitz. Am Hals trug sie das grasgrüne Froschtattoo, das sie sich nach einer durchzechten Nacht mit ihren Freundinnen hatte stechen lassen. Es war das Einzige an ihr, das lebendig wirkte. Ihr Gesicht schien, als sei es das einer anderen. Obwohl es die gleichen Züge hatte und die feuerroten, lockigen Haare, die sie stets offen getragen hatte, es auch jetzt noch einrahmten, war es fahl und wirkte ohne ihr Lächeln fremd.

Seine Augen taten sich schwer, es mit dem fröhlichen Menschen in Einklang zu bringen, mit dem er seit Wochen so viele sehnsüchtige Chatnachrichten ausgetauscht hatte, während er als Sanitäter an Bord eines Marineschiffs der Coast Guard stationiert gewesen war. »Wie ist es passiert?«, wisperte er.

»Die Untersuchungen sind noch nicht abgeschlossen«, begann der Arzt trocken. »Zumindest kann ich bestätigen, dass es kein natürlicher Tod war. Wenn Sie Fragen haben, wäre es besser, wenn sie sich an die Polizei wenden.«

Scott nickte. Er war betäubt. Unfähig zu sprechen oder eine Emotion zu zeigen.

Während der Arzt den Leichnam abgedeckte und wieder in die Kühlkammer schob, ging Scott wie in Trance nach draußen, wo ihn Liam in Empfang nahm.

»Scott, es tut mir so leid für dich. Egal was du brauchst, ich bin für dich da.«

»Nach Hause, einfach nur nach Hause«, stammelte Scott und ließ sich zum Auto führen. Die Welt um ihn herum wirkte wie in Watte gepackt, dumpf und unwirklich, als wäre sie nicht ein Teil seiner selbst und er nicht ein Teil von ihr.

Es gab eine Außentür, ein Auto, ein starker Motor heulte auf. Alle Eindrücke kamen nur zeitverzögert bei ihm an.

»Wir fahren zu Mum und Dad, dort kannst du dich ausruhen. Die Polizei hat uns alle schon befragt, Detective Bayne kommt heute Abend zu uns, die wollen dich auch noch sprechen.«

Liams Worte hallten so lange in Scotts Kopf nach, bis sie jeglichen Sinn verloren.

Als Scott ausstieg, konnte er nicht glauben, wie schnell sie schon zu Hause waren. Oder wie langsam? Sein Empfinden für Zeit versagte den Dienst.

Mum und Dad nahmen ihn mit traurigen Gesichtern in Empfang und drückten ihn. Das Parfum seiner Mutter drang an seine Nase, es roch nach Rosen und einem Hauch von Zuhause.

Scott bekam nicht mit, wie er die Treppe zu seinem alten Kinderzimmer hochging, die Tür hinter sich schloss und sich mit dem Rücken aufs Bett legte, doch die Geborgenheit seiner Kindheit, die dem Schreibtisch, dem mit Fußballstickern beklebten Schrank und der CD- und Videospielesammlung im Regal anhaftete, holte ihn langsam wieder zurück in die Realität. Die Zeit in seinem Jugendzimmer war stehen geblieben, nicht jedoch jene in der Realität, in deren Verlauf ihm jemand seine Verlobte genommen hatte. Während seine Betäubung Stück für Stück wegbröckelte, krochen Schmerz und Trauer in seine Mitte. Er schlug die Hände über dem Gesicht zusammen und begann zu weinen. Es tat so unfassbar weh, als würde man ihm ein heißes Messer in sein Herz stoßen, immer und immer wieder.

»Und dies, meine jungen Studentinnen und Studenten, ist der Leichnam, den uns die Polizei gestern übergeben hat. Falls jemand den Kopf dazu sucht, der liegt in Kühlkammer drei.«

Prof. Dr. Killian, Kleines Handbuch der Pathologie, Kapitel 8, »Erbrechen und andere Körperreaktionen von Erstsemestern – Es sind die kleinen Dinge«

5 Wildhound 83

Anna Caffrey

Vernan überholte eine Kutsche, die seit einer Minute seine Weiterfahrt verlangsamt hatte. Der Motor des Land Rovers heulte in der hohen Drehzahl auf und neigte den Kaffee, der in der Ablage stand, bis zum Rand des Bechers, bevor das Auto wieder vor dem Pferdegespann einscherte. Danach suchte er im Radio nach einem Sender und blieb kurz bei *Bloody Sunday* von U2 hängen. Nach einem nachdenklichen Blick zu Anna, die auf dem Beifahrersitz ihren Kaffee lieber in den Schoß nahm, griff er wieder zum Regler.

»Lassen Sie das, Vernan, der Song rockt mich so was von«, sagte Mick und lehnte sich von der hinteren Sitzbank nach vorne über die Zwischenablage. Er regelte die Bässe über das Menü hoch und nickte im Takt mit. »Es geht ums Massaker von 1972, als dreizehn katholische Demonstranten von den Briten gekillt wurden. Der Scheiß geht mir echt unter die Haut.« Er wiegte mit geschlossenen Augen den Kopf im Rhythmus der wummernden Bässe.

»Als ob du Blödmann dich für Politik interessieren würdest, dir geht es doch nur darum, mal wieder im fucking Mittelpunkt zu stehen«, meinte Kay, die neben ihm saß.

Anna konnte noch immer nicht fassen, dass die Idee mit der Whiskeyverkostung alle drei herausgelockt hatte. Dieser Angus, der die Pension betrieb, verstand mehr von ihren Patienten als sie selbst. Vielleicht war es tatsächlich ein Vorteil, wenn die eigene Mutter ein Esel war.

»Hey, Kay, was regst du dich über mich auf? Chill mal und rauch 'n paar Räucherstäbchen«, erwiderte Mick und lehnte sich nach hinten zurück. »Bist du nich' politisch, wenn du nachts auf Friedhöfen einbrichst und Ziegen für deine dunklen Götter opferst?«, sagte er mit einem Tonfall, als würde er Kindern eine Gutenachtgeschichte erzählen.

»Du bist echt so bescheuert, du kannst eine Goth nicht von einer Satanistin unterscheiden! Wenn wir später Whiskey trinken, dann solltest du aufpassen, dass du dir nicht die zwei Gehirnzellen wegsäufst, die du zum Geradeausgehen und blöde Sprüche machen brauchst.«

»Verdammt, du hast recht, wenn die beiden weg sind, dann bin ich nix weiter als 'n Blutsauger wie du.«

Als Antwort gab Kay lediglich ein Zischen von sich.

»Ladys, Sirs, wir wären am Ziel«, bemerkte Vernan und fuhr auf den Bordstein. »Rufen Sie mich einfach an, wenn Sie mich brauchen sollten.«

Anna bedankte sich und stieg aus, um die Brennerei in Augenschein zu nehmen.

Es war ein Komplex aus gemauerten, scheunenähnlichen Gebäuden aus Sand- und Basaltstein, deren Fensterrahmen im selben Burgunderrot wie die Schiebetore lackiert waren. Die Bauten reihten sich um einen Hof, in dem zwei Laster und ein alter Traktor standen, dessen Motorhaube eine Patina aus Rost und abblätterndem Lack trug. Über dem Haupthaus hing ein Schild mit der Aufschrift *Wildhound Distillery since 1868*.

»Na also, jetzt versteh'n wir uns«, sagte Mick und nickte Anna anerkennend zu. Danach klopfte er Declan etwas zu fest auf die Schulter und präsentierte ihm mit einer Handgeste die Brennerei, als wäre es seine eigene.

Anna lief mit den dreien über den gepflasterten Platz, über dem eine Note von Ammoniak schwebte, zum Haupthaus.

Eine Dame in Krawatte und Anzug nahm sie in Empfang. »Guten Tag, wie kann ich Ihnen weiterhelfen?«, fragte sie mit heller Stimme. Sie stand hinter einem Tresen und legte ihre Hände auf der Marmorplatte ab.

»Guten Tag, ich bin Anna Caffrey. Ich habe heute früh eine Verkostung für vier Personen gebucht.«

Die Dame schaute auf ihren Computerbildschirm, gab ein paar Befehle über die Tastatur ein und nickte dann. »Ja, hier habe ich die Reservierung. Die Zahlung über Kreditkarte wurde akzeptiert. Kommen Sie mit, ich geleite Sie erst durch die Destillerie, danach gehen wir zusammen zur Verkostung in den Keller, wo unsere Fässer lagern. Unser Chef, der Major, wird sich persönlich um Sie kümmern. Da Sie spät dran sind, verkürzen wir die Führung zugunsten der Verkostung, da der Major Unpünktlichkeit hasst.«

»Major?«, fragte Anna. »Ist er im Militär?«

»Nicht aktiv, aber das ist sein Spitzname, den er sich im Laufe seines Lebens erworben hat.«

Sie verließ ihren Arbeitsplatz und ging durch eine Tür in die sich anschließende Werkhalle.

Sie liefen über einen Metallsteg, der einen Schritt über dem Boden schwebte. Rechts und links davon erhoben sich große Kupferkessel aus dem Boden und mündeten in schmale Rohre, die nach mehreren Bögen dann wieder im Boden verschwanden.

»Unser Whiskey wird in dieser Reihenfolge hergestellt: Mälzen, Trocknung, Schroten, Maischen, Fermentation, Destillation, Fassabfüllung, Reifung, Komposition und Bottling. In den Kesseln um uns herum passiert die Destillation, dabei ist die Länge des Kontakts mit dem Kupfer entscheidend, da dies einen milderen oder schwereren Brand erzeugt. Die Zutaten bestehen aus Gerste, Hefe und Wasser, wobei das Letzte davon den größten Einfluss aller Ingredienzien auf den Geschmack hat. Der andere, prägende Teil der Produktion ist die Technik, das Lagern in unseren hauseigenen Fässern und ein Gefühl für die besondere Note.« Sie winkte einem Mann mit weißem Schutzanzug, der an einem Kessel stand, ihr zunickte und dann weiter die Werte von einer Messanzeige auf sein Klemmbrett übertrug.

Die Mitarbeiterin ging weiter und brachte die Truppe über eine weitere Tür in ein Lagerhaus.

Anna hatte das Gefühl, auf einer Wolke des Wohlbefindens zu schweben. Die Patienten lauschten aufmerksam den Worten der Tourleiterin, leisteten keinen Widerstand und bockten nicht herum. Dies war das erste Mal, dass sich so etwas wie ein Gruppengefühl einstellte. Nach und nach ließ sie sich auch selbst innerlich auf diesen Ausflug ein und schaute auf die gestapelten Jutesäcke in den Schwerlastregalen.

»… und hier vorne ist unser Aufzug ins Herzstück unserer Destillerie, dem Keller, wo unser flüssiges Gold lagert.« Die Tourleiterin lief bis zur Stirnseite der kleinen Halle und blieb dann vor der zweiflügeligen Aufzugtür stehen. »Vorher gab es an dieser Stelle nur einen Flaschenzug, mit dem man eine Plattform hoch- und herunterlassen konnte, doch die Technologie hat die Arbeit der Brenner erleichtert.« Sie öffnete die quietschende Tür und gebot mit der Hand, einzutreten. Als die Gruppe in der Fahrgastzelle war, fuhr der Lift ein Stockwerk nach unten und stoppte mit einem leichten Nachwippen.

Die Brennereiangestellte öffnete die Tür und trat mit allen hinaus in einen breiten Gewölbekeller, der von Industrielampen mit grünen Schirmen beleuchtet wurde. Das Licht ließ das Rotbraun der beidseitig gestapelten Fässer stumpf wirken. Auf den Deckeln prangten jeweils dreistellige Nummern in nicht zusammenhängender Reihenfolge.

Als die Mitarbeiterin der Destillerie sprach, klang ihre Stimme dumpf im Gewölbe wider. »Hier unten gibt es mehrere Räume und Gänge. Einst wurden die Räumlichkeiten hier unten sternförmig angelegt, doch nach und nach wurde das Ganze mit zusätzlichen Gängen und Fluchten erweitert, wodurch der Bau etwas von einem Labyrinth hat. Was Sie hier um sich herum sehen, sind die jüngeren Fässer, wobei einzig der Chef weiß, welcher Whiskey wo drin ist und die Ehre erhält, in Flaschen abgefüllt zu werden.« Sie ging durch den anschließenden Gang und blieb vor fünf Fässern stehen. »Diese Schaustücke, die mit Glasböden versehen sind, werden von hinten beleuchtet. Wenn Sie diese von links nach rechts betrachten, können Sie die farblichen Unterschiede sehen. Whiskey ist anfangs farblos und erhält seine Tönung und seinen Geschmack durch die Reifung in den Fässern.«

Mick trat an das mittlere Schaustück und tippte gegen das Glas. »Hier passiert also die Magie?«

»Ja, so könnte man es nennen«, antwortete die Dame und blickte auf die Uhr. »Wir haben noch eine Station vor uns, danach bringe ich Sie zum Major.«

Als sie ihr folgten, lief Kay mit verschränkten Armen neben Anna her. »War das wirklich eine gute Idee, die beiden Jungs hierherzubringen? So dumm wie die beiden sind, saufen die sich hier tot.«

»Sie sehen das alles negativ, manchmal ist es besser, die Klappe zu halten«, sagte Anna und biss sich auf die Lippen. Hatte sie das wirklich gesagt? So kannte sie sich gar nicht. Zu ihrem Glück machte die Mitarbeiterin an der nächsten Station halt und setzte ihre Ausführung fort, was Kay die Möglichkeit für eine vernichtende Erwiderung raubte.

* * *

»Und hier übergebe ich Sie an unseren Chef«, sagte die Dame und brachte die Gruppe zur Mitte des Gewölbes.

Ein Mann mit weißem Schläfenhaar, das unter seinem Schieber hervorlugte, saß an einem Tisch, auf dem mehrere Flaschen und Gläser neben einem Körbchen mit krustigem Weißbrot bereitstanden. Er trug eine moosgrüne Tweedjacke und einen Schal mit Camouflage-Muster. Während er seinen silbernen Flachmann mithilfe eines Trichters befüllte, machte er einen konzentrierten Gesichtsausdruck. Danach schraubte er den Flachmann zu und steckte ihn in seine Westentasche, während er jeden von der Gruppe in Augenschein nahm. »Punkt zehnhundert, so habe ich das gerne. Ab hier übernehme ich das Steuer, du kannst jetzt wieder die Rezeption bemannen«, sagte er und schickte seine Mitarbeiterin weg.

Anna vermutete, dass er seinen Spitznamen durch seinen Militärjargon und den Schal mit dem Tarnmuster erhalten hatte. Außerdem hatte er einen Gesichtsausdruck, der so hart wirkte, dass man damit Muscheln knacken konnte. Sie schätzte ihn auf Mitte fünfzig, obwohl ihn seine Falten älter wirken ließen.

Sie setzte sich mit den anderen auf die Bank an den aus einem Stück bestehenden Holztisch, dessen Maserung man mit Lack und Beize herausgearbeitet hatte, und überflog die Etiketten auf den vielen Flaschen, die darauf standen. Sie kannte nur den Wildhound 83, den sie bereits in der Villa getrunken hatte.

»Ihr seid also die heutigen Rekruten für die Verkostung, habt ihr je Whiskey getrunken?«

»Ja, erst gestern«, begann Mick, »und ich habe noch heute etwas Kopfschmerzen davon.« Er fasste sich theatralisch an den Kopf und hob die Hände, als wäre er ein Zombie.

Kay verdrehte die Augen, während Declan vorsichtig an einem der vor ihm stehenden bauchigen Likörgläschen, dessen Rand nach außen gewölbt war, roch.

Der Major lachte auf. »Dann war es sicher kein Tropfen aus meiner Hand, denn ein guter Whiskey hinterlässt keine Kopfschmerzen. Vor euch steht jeweils ein Brettchen mit zehn verschiedenen Proben, alles in Reih und Glied.« Er nahm eine der Flaschen und drehte sie so, dass man das Etikett sehen konnte. »Meine Familie brennt seit 1868. Es gab Hochs und Tiefs, doch mittlerweile sind wir auf dem Weltmarkt vertreten. Dies ist der Wildhound 83, unser Verkaufsschlager. Anfangs war sein Geschmack anders als heute. Aber im Laufe der Zeit haben wir das Herstellungsverfahren vollendet, was ihn zum Flaggschiff dieser Brennerei gemacht hat.«

Anna war verblüfft über seine Art. Entweder war es ein geniales Schauspiel, das seine Präsentation einzigartig machte, oder er hatte einen Sprung im Whiskeyglas. So wie er sprach, konnte sie auch in einer Kaserne sitzen und einem Hauptmann bei der Schlachtplanung lauschen. Was auch immer es war, das in seinem Kopf vorging – die drei jungen Erwachsenen hingen an seinen Lippen beziehungsweise mit ihren eigenen an den Likörgläschen, an denen sie nippten.

Sie nahm sich das erste in der Reihe, kippte die Flüssigkeit leicht nach links und hielt das Glas gegen das Deckenlicht. Der rotgoldene Alkohol zog eine Schliere, die langsam die Innenseite herunterlief. Als sie daran roch und ihr die malzige Note in die Nase stieg, lief ihr das Wasser im Mund zusammen. Nach einem kleinen Schluck entfaltete sich hinten auf ihrer Zunge ein feines Kirscharoma, das lediglich ihre Sinne anhauchte, bevor es wieder verschwand. Danach bemerkte sie die weiche Vollmundigkeit des Whiskeykörpers und weitere Aromen, die sie als Laie nicht einmal in irgendeine Kategorie sortieren konnte.

Mick trank bereits das dritte Glas auf ex. »Hey, Major, gibt's hier unten Eiswürfel?«

Der Major zog die Unterlippe zu einem grimmigen Ausdruck hoch. »Eiswürfel? Solange ich hier das Regiment führe, wird es das hier nicht geben!«, erwiderte er barsch. »Damit man den Single Malt verstehen kann, müssen sich seine Aromen bei Raumtemperatur entfalten und Eis, also Wasser, ist eine Schande vor der Flagge.«

»Single Malt? Redet der mit einem?«, feixte Mick und stieß Declan den Ellbogen so überraschend in die Rippen, dass dieser absetzte und zu husten begann.

Der Major erhob eine der Flaschen und sprach, als wäre er ein Prediger auf dem Pfad der Läuterung der Ungläubigen. »Single Malt ist eine Institution. Er wird in nur einer Brennerei hergestellt und ist kein Mixgetränk. Der Geschmack, den wir hier kreieren, ist einzigartig und wird nicht durch minderwertige Zugaben verfälscht. Außerdem stellen wir ihn zu hundert Prozent aus gemälzter Gerste ohne die Verwendung anderer Getreidearten her. Die Gläser, die vor Ihnen stehen, sind die verschiedenen Jahrgänge«, erklärte er, während er mehrere Flaschen aus seiner Sammlung nach vorne stellte. »Wir haben insgesamt fünfzehn Sorten und jede von ihnen trägt den unverkennbaren Charakter der *Wildhound Distillery* und Sie sollten …«

Anna hörte dem Gespräch kaum zu. Stattdessen versuchte sie, die Unterschiede zwischen den einzelnen Proben zu erkennen. Zum Neutralisieren aß sie zwischendurch ein Stück Weißbrot und genoss die herrliche Kruste, die beim Abbeißen wie eine frische Oblate knackte.

Declan prostete Kay zu und trank seine letzte Probe aus. Still und heimlich hatte er sich einfach alles einverleibt und machte nicht den Eindruck, als trinke er sich Mut an.

»Ich war dort«, begann er ganz unvermittelt.

»Wo denn?«, wollte Kay wissen.

»An dem Ort aus meinem Traum, Ross Castle.«

Der Major schenkte Mick noch drei weitere Proben nach und sortierte seine Flaschen.

»Ich war gestern mit Anna dort. Mir kam alles irgendwie bekannt vor, das war voll das komische Gefühl und dann bin ich in den Turm, bin die Treppen hoch und oben hat es mich dann voll geflasht. Meine Knie haben gezittert und ich konnte die Tür nicht öffnen.«

Alle waren verstummt, als wären sie ein Theaterpublikum, über dessen Köpfen das Licht zu Beginn des Schauspiels gedimmt wurde.

Declan fuhr sich durch die Haare und atmete hörbar. »Das war voll hart, ich war wie gelähmt. Und als ich die Tür endlich aufgekriegt habe, war da nichts anderes als ein stinknormales Dach. Ich ... hatte etwas anderes erwartet. Qualen, Höhe, Angst. Ich weiß nicht genau, aber es fühlte sich an, als stünde ich neben mir.«

Für mehr als zehn Sekunden schwiegen alle. Sogar der Major hatte aufgehört zu sortierten und machte ein fragendes Gesicht.

Mick war der Erste, der seine Worte wiederfand. »Und, sind jetzt die Albträume weg?«

Declan ließ die Schultern hängen »Ich wünschte, es wäre so, aber heute Nacht hat sich nichts geändert.« Seine Augen wirkten matt und glanzlos, als sei er unendlich müde. Er kaute an seinem Daumennagel und sein Blick glitt in die Ferne.

»Ich habe auch so'n Ort, der laut meinem Psychodoc so aussieht wie in meiner Traumbeschreibung. Ich hab voll Schiss ...«, begann Mick mit ernster Stimme und hielt sich die Hände an den Hals, als bekäme er keine Luft. »Schiss, dass mich unser Dracula Kay hier in ihrer Gruft aussaugen will.« Er lachte los und steckte auch Declan an, der sich herzhaft über den Scherz zu amüsieren schien. Das Gewölbe hallte von ihrer beider kehligem Lachen wider.

Kay schob das Brettchen nach dem fünften Glas von sich weg und verschränkte die Arme vor der Brust. »Ihr seid besoffen, ihr Helden der Bekloppten!« Sie blickte zu Anna und verdrehte die Augen, konnte sich aber ein leichtes Zucken ihrer Mundwinkel nicht verkneifen.

Anna hatte ein wohlig warmes Gefühl im Magen und entspannte sich beim Anblick der fast harmonischen Gruppe. Die Analytikerin in ihr sah das gemeinsame Erlebnis als Grundstein für das Zusammengehörigkeitsgefühl. Wahrscheinlich würde es heute gelingen, alle im Anschluss an diese Sache an einen Tisch zu bekommen.

Zumindest hoffte sie es.

* * *

Anna saß seit zehn Minuten im Jagdzimmer und wartete auf ihre Patienten. Der Duft von Bratensoße drang aus der Küche zu ihr rüber und erinnerte sie daran, dass sie Hunger hatte.

Sie nahm einen Schluck vom Kaffee, der neben ihrem aufgeklappten Notebook stand, und hoffte, dass sich der Restalkohol bereits aufgelöst hatte. Kiffen, Wein, Whiskey. So durfte das hier nicht weitergehen, denn wenn jemand aus der Fachwelt davon erführe, wäre ihr Ruf sofort ruiniert. Hoffentlich schrieben ihre Patienten nichts von den Ereignissen in den sozialen Medien, wo sie bestimmt alles Mögliche mit allen erdenklichen und nicht erdenklichen Leuten teilten. Zwar stand in der Behandlungsvereinbarung, die alle unterschrieben hatten, dass Stillschweigen über den Projektablauf bewahrt werden müsse, doch man konnte nie wissen, was so sprunghafte Leute alles taten, wenn sie Langeweile hatten.

In der Stille des Raums lauschte sie dem Klacken der Standuhr, deren Pendel unerbittlich hin- und herschwang. Der hohle Holzkörper verstärkte den Klang wie bei einer Bassgeige, tief und sonor. Ihr Geräusch wurde vom Knarzen der Treppe abgelöst, als Vernan herunterkam und sich zu ihr gesellte.

»Mylady, die beiden Sirs und die Lady sind leider unpässlich. Sie ziehen es vor, ihren eigenen Plänen nachzugehen.«

Anna war verdutzt. Hatte der Ausflug von heute nicht wenigstens irgendeine Art von Interesse geweckt? »Vernan, wie haben die drei begründet, weshalb sie nicht kommen können?«

»Mylady«, eröffnete Vernan und räusperte sich. »Es sind Worte, die sich nicht geziemen.«

»Ich weiß Ihre Etikette zu schätzen, Vernan, doch … ich würde es trotzdem gerne wissen.«

Er holte Luft und reckte die Nase in die Höhe. »Sir Declan meint, er wolle die Toilette küssen, weil er verdammt noch mal zu viel gesoffen habe. Sir Mick sagt, dass ihn die Schlampe mal könne und dass er einen Scheiß auf ihr Gelabere gebe. Und Lady Kay lässt verlauten, dass eine Frau, die – ich zitiere – *die nicht mal bei den Dorfdeppen landen kann,* Zitat Ende, ihr nicht die Zeit rauben solle.« Vernan hüstelte in seine Faustöffnung, als sei ihm das alles sehr peinlich.

Anna ließ mit flatternden Lippen die Luft entweichen, die sie bis gerade angehalten hatte. »Danke, Vernan, das ist lieb von Ihnen«, sagte sie und ließ ihn wieder gehen.

Danach saß sie noch eine Weile reglos auf dem weichen Ledersessel und schaute auf die Tabellenspalten auf ihrem PC-Dokument.

Themen der heutigen Gruppensitzung:
Ziele, Wünsche, gegenseitiges Kennenlernen.

Die Zeilen waren gähnend leer und das würde sich wahrscheinlich bis zum Schluss der ganzen Sache hier in Killarney nicht ändern. Mit Declan allein konnte sie nicht abliefern, was man von ihr verlangte, auch wenn es nur ein Misserfolg sein sollte.

Sie zog die Papierakte unter ihrer Kaffeetasse hervor. Ein schwarzer, feuchter Ring hatte sich durch mehrere Blätter gefressen. Ihr Blick wanderte über die Unterschriften der drei und sie überlegte, ob sie diese nicht einfach imitieren und selbst auf die Teilnehmerliste setzen konnte. Wieso hing sie noch an irgendwelchen moralischen Grundsätzen ihres Berufes, wenn weder die Psychological Daily noch ihr Doktorvater und nicht einmal die Patienten das Projekt ernst nahmen? Für wen kämpfte sie eigentlich?

Anna nahm sich den Kugelschreiber vom Tisch und fuhr jeweils in einem Zoll Abstand vom Papier die Unterschriften nach, bevor sie alle drei eigenhändig auf die Teilnehmerliste setzte. Das Sitzungsprotokoll würde sie später dazulegen, wenn sie mit ihrer Fantasie den Verlauf einer hübschen Therapie niedergeschrieben haben würde. Ihr Professor hatte recht, es war gar nicht schwer und es tat gut, nicht zu viel von allem zu erwarten.

* * *

Seit einer halben Stunde lag Anna wach und wälzte sich unter der Bettdecke. Schließlich legte sie sich auf den Rücken und blickte nach oben zu der mit Stuck abgesetzten Decke und betrachtete den Leuchter. Seine Arme waren geschwungen und rollten sich an den Enden wie Schneckenhäuser zusammen. An ihnen saßen milchige Glasglocken, die wie Plattpfirsiche gestaucht waren. Eines der Behältnisse war dunkel, weil die Glühbirne darin aufgegeben hatte.

Anna schloss die Augen und versuchte, an nichts zu denken. Doch im Geiste fuhr sie immer die Windungen der Leuchte ab, so oft, dass sie sich letztlich aufrichtete und sich die Pantoffeln anzog, die sie neben den Lotionen und Ölen in einem Schränkchen im Bad gefunden hatte. Das Innenfutter aus Lammfell verwöhnte ihre Füße, die solch einen Luxus gar nicht kannten. Auf schmerzliche Art und Weise machte einem der Aufenthalt in der Villa klar, welche Annehmlichkeiten das Leben bot, wenn man nicht berechnen musste, wie viele Becher Kaffee man sich aus dem Automaten in der Uni-Mensa ziehen konnte, damit es noch für den nimmersatten Parkautomaten in der Tiefgarage ihres Arbeitsplatzes reichte.

Sie stand auf und ging zum Fenster.

Regen trippelte sanft gegen die Scheibe. Kleine und große Tropfen reflektierten wie kleine Mondsicheln das Licht der Lampe.

Weit hinter dem Killarney-Nationalpark zuckte ein Lichtblitz am Himmel. Es dauerte drei Herzschläge, bis sich das tiefe Donnergrollen zur Villa vorgearbeitet hatte.

Eigentlich das perfekte Wetter zum Schlafen, dachte sie, dennoch wollte sich nicht ein Hauch von Müdigkeit einstellen. Etwas in ihr fühlte sich so verworfen an wie der Donnerhimmel, doch weil eine Finsternis darüber lag, konnte sie nicht erkennen, womit sich der bewusste Teil ihres Verstands nicht beschäftigten wollte. Ihr war klar, dass das Unterbewusste sich oft in Form von Träumen oder Fehlleistungen wie Versprechern zeigte, doch nützte ihr Wissen nichts, wenn sie trotzdem noch immer schlaflos war. Außerdem hasste sie es mittlerweile, sich selbst zu analysieren. Schraubte ein Mechaniker ständig an seinem Auto herum? Überlegte ein Statistiker, wie hoch die Chancen waren, dass der Tunnel zusammenbrach, durch den er fahren wollte? Prüfte ein Proktologe … Nein, bestimmt nicht. Wieso war das bei Psychologen anders?

Sie band sich den Polyester-Wendebademantel mit dem chinesischen Drachen auf dem Rücken, den sie billig bei einem pakistanischen Händler in der Nähe der Uni gekauft hatte, in der Taille zusammen und machte sich auf den Weg in die Küche. Ein Glas Milch mit Honig hatte immer geholfen, wieso nicht auch heute? Sie verließ das Zimmer und trat hinaus in den Flur.

Unter Micks und Declans Tür war ein Lichtspalt zu sehen. Wahrscheinlich waren die beiden ebenfalls wach und konnten nicht schlafen. Anna erinnerte sich daran, dass alle drei an Schlaflosigkeit litten. Wie mochte sich das anfühlen, wach zu sein, während alle anderen schliefen? Oder ging es wesentlich mehr Menschen so, ohne dass es gesellschaftlich diskutiert wurde?

Anna blieb auf der Außenseite der Treppenstufen, da sie sich geräuschlos wie eine Katze in die Küche schleichen und Milch klauen wollte. Das Licht brauchte sie nicht einschalten, da alle Flurlichter im Erdgeschoss nachts an waren.

Als sie um den Treppenpfosten herum in Richtung Küche abbiegen wollte, hörte sie ein Geräusch aus dem Jagdzimmer. Anna schlich zum Türrahmen, versteckte sich dahinter und spähte vorsichtig in den Raum, der dank der Flurlampe nur in Halbdunkelheit lag.

Im Kamin glommen blutrote Glutadern in einem Haufen aus Asche. Kay stand vor dem Kamin, ihr Gesicht wurde vom Display ihres Handys blassblau beleuchtet. Den freien Arm hatte sie um die Hüfte geschlungen und sie weinte leise vor sich hin.

Anna wollte zu ihr gehen, um sie zu trösten, sie zu fragen, was los war. Doch um das zu wissen, musste man kein Genie sein. Wahrscheinlich ging es wieder um ihren Sohn. Womöglich sah sie sich Bilder von ihm an und war verzweifelt, dass sie sich nicht gegen das Jugendamt durchsetzen konnte. Doch was würde passieren, wenn Anna jetzt zu ihr ging?

Beschimpfung, Beleidigung, Flucht.

Nein, Kay war noch nicht bereit, sich zu öffnen, sie brauchte dabei Hilfe, doch ihr Schutzpanzer war noch zu stark.

Die junge Frau so zu sehen, schmerzte Anna. Sie schlug sich die Hand vor den Mund und hielt ihren Kiefer, damit er unter den Tränen, die sich aus ihrer Seele emporkämpften, nicht zitterte. Obwohl Kay sehr frech war, erreichte ihre Trauer etwas in Anna. Ein Etwas, das sich wie ein Krebsgeschwür in ihr Wesen gefressen und all das Glück aus ihrem Leben gesaugt hatte. Was ihr selbst passiert war, durfte diesen jungen Erwachsenen nicht widerfahren. Doch sie selbst war nicht die Psychologin, die jetzt gebraucht wurde. Alles in ihr reichte nicht aus, war nicht genug, um das Schicksal dieser Menschen, die bisher niemand ernst genommen hatte, in die richtige Richtung zu lenken.

Nicht genug, nicht genug, nicht genug.

Sie hasste die Worte, da sie genau das beschrieben, was sie selbst war. Ungeachtet ihrer eigenen Person, brauchten Declan und Kay dringend Hilfe. Beide fochten nachts einen stillen Kampf aus, den niemand verstand. Sie litten und verzweifelten daran. Doch was sollte *Anna-Bad-Luck-*

Caffrey erreichen, wenn sie nicht einmal sich selbst helfen konnte, ihr Leben in den Griff zu bekommen? Sie war Mitte dreißig, hatte keinen Mann, keine Wohnung und absolut keine Ahnung, wie ihr der Doktortitel helfen sollte, ihr Leben auf die Reihe zu bekommen.

Sie drehte sich vom Rahmen weg und lehnte sich gegen die Wand. Ganz langsam rutschte sie an ihren Schulterblättern die Tapete herunter, bis sie auf dem Hintern saß, ihr Gesicht in ihre Hände vergrub und leise weinte.

* * *

Vernan stellte sich an den Hinterlauf des Pferdes und fuhr vorsichtig mit den Händen an der Ferse herunter. Behutsam zog er den Lauf hoch und reinigte mit einem Kratzer den Huf. Das Pferd prustete und ließ die Prozedur über sich ergehen. Danach steckte Vernan sein Werkzeug wieder ein und nahm die flache Bürste vom Gatter der benachbarten Pferdebox, um mit kreisenden Bewegungen das Fell zu reinigen. Nach den ersten Zügen glänzte es im Schein der aufgehenden Sonne, deren Licht sich über die Pfützenlandschaft vor den Stallungen ergoss und jede Wasseroberfläche in gleißendes Gold verwandelte.

Anna lehnte am Kotflügel ihres Käfers und hielt mit beiden Händen die warme Kaffeetasse umschlungen. Der Wind trug einen erdigen, von Pferdeäpfeln und Hafer durchdrungenen Geruch an sie heran. Auch wenn sie den Duft ihres Getränks mochte, bot der Geruch nach Stall, Pferden und Hafer eine Fülle von Aromen, die sie aus dem Stadtleben in Dublin nicht kannte. Dort gab es nur Abgase von Autos oder Waschkellern, deren vergitterte Fenster an den Bordstein mündeten. All das, was es dort gab, existierte hier nicht.

Und das war gut so.

Die Aromen des Landlebens, die alle Rezeptoren in ihrer Nase ansprachen, weckten eine Sehnsucht nach Ruhe und Urtümlichkeit in ihr, die sie genau jetzt brauchte. Heute Morgen hatte sie nur kurz den Speisesaal aufgesucht, da sie sich gefürchtete hatte, einem ihrer Patienten begegnen zu können. Heute war ihr nicht nach Anfeindungen zumute, da sie sich so weich und matschig wie das Land nach dem Regen fühlte. Es gab Tage, da war ihr einfach nicht nach Menschenkontakt. Oder brauchte es Menschen, dir ihr guttaten, bei denen sie selbst Energie tanken konnte? Unwillkürlich kam ihr Angus in den Sinn, der mit seiner humorvollen Art ein Springbrunnen an Motivation war. Er besaß das Talent, Leute zum Schmunzeln zu bringen, wenn nicht über seine Witze, dann über seine Art. Dabei schien es ihm egal zu sein, was von beidem sich seine Zuhörer aussuchten.

Annas Hand wanderte zu der Visitenkarte in der Tasche ihrer Strickjacke. Sie war noch da. Wenn all die Bad Boys eine Chance bekommen hatten, wieso dann nicht einer, der gut zu ihr war?

Sie betrachtete noch eine Weile Vernan, dessen Gleichmut und präzise Bewegungsabläufe ihr Ruhe vermittelten. Als spüre er ihre Blicke, wandte er den Kopf zu ihr.

»Guten Morgen, Lady Caffrey. Ich hoffe, das Unwetter hat Sie letzte Nacht schlafen lassen«, rief er zu ihr rüber.

Anna stakste durch einen Hindernisparcours aus Pfützen und gesellte sich zu Vernan. »Sagen wir mal, ich fand dann irgendwann Schlaf, danke der Nachfrage.« Erst jetzt bemerkte sie, dass sie einem Pferd noch nie so nahe gewesen war. Unter seinem kurzen Fell zuckten Muskelstränge und es verströmte einen herben Geruch nach Moschus. Als es seinen Kopf bis auf eine Handlänge vor ihre Brust bewegte, versteifte sich Anna.

»Keine Sorge, Mylady, unser Hengst tut Ihnen nichts. Er möchte nur wissen, mit wem er es zu tun hat.«

Anna blieb ruhig und ließ das Pferd gewähren. Seine Nüstern zuckten, während er sie beschnüffelte. Dann hob er den Kopf vor ihr Gesicht und prustete seinen dampfenden Atem, der nach Hafer roch, vor ihre Nase.

»Er mag Sie«, stellte Vernan fest und klopfte dem Hengst auf den Hals.

Der Hengst ließ von ihr ab und schlug mit dem Schweif nach einer Fliege.

»Sind Sie schon einmal geritten, Mylady?«

»Nein, ich kann mich nicht einmal erinnern, ein Pferd berührt zu haben.«

»Mylady, erlauben Sie?«, fragte Vernan.

»Ähm, ja, also …« Anna ließ ihn gewähren, als er nach ihrer Hand griff und sie auf die Flanke des Pferdes legte. Unter ihren Fingern spürte sie die urtümliche Kraft des Tiers, das Auf und Ab seiner großen Lungen und eine Energie, die sie mit Angst und freudiger Erregung zugleich erfüllte.

»Er ist einverstanden«, bemerkte Vernan trocken.

»Womit denn?« Hatten die beiden etwa eine Kommunikation am Laufen, die sich nicht verstand?

»Er erlaubt es Ihnen, auf ihm zu reiten.«

Anna zog die Hand zurück. »Was? Nein … äh … ich kann das nicht, also Reiten, das habe ich nie gemacht.«

»Pferde brauchen Ausritt, Mylady, es wäre also ein Gefallen, dem Sie ihm tun würden.«

Anna wand sich um das Nein, das ihr nicht von den Lippen tropfen wollte. »Ich wäre bestimmt schlecht … eine miese Reiterin, es würde ihm nicht gefallen …«

»Dann sind Sie also gewillt?«

»Also …« Anna fühlte sich überrumpelt.

Vernan nickte und nahm Sattel und Zaumzeug von einem Haken. Während er die Lederriemen festzurrte, rang Anna nach einer guten Ausrede, um aus dieser Sache herauszukommen. Als Vernan ihr half, den Fuß in den Steigbügel zu setzen, fühlte sie sich von ihrem eigenen Körper verraten, der sich wie ein Roboter der Führung Vernans ergab. Die Lüge, die ihr in den Sinn kam, dass sie zurzeit ein Frauenproblem habe und deswegen nicht reiten könne, verpuffte, als Vernan ihre Beine mit sanftem Druck so dirigierte, dass Anna sich fast automatisch in den Sattel setzte.

Er stellte beidseits die Längen der Steigbügel ein und gab ihr einen Reithelm. Danach holte er ein Seil und machte es mit einem Karabiner am Geschirr fest.

Anna hatte das Gefühl, von einem Hochsitz herabzublicken. Ihr war so wackelig zumute, dass sie sich am liebsten irgendwo festkrallen wollte. »Vernan, ich weiß nicht, w-w-wie das Pferd funktioniert und wie man es zum Laufen bringt«, gestand sie.

»Pferde sind keine Autos, es sind Tiere und jedes von ihnen lernt gleich nach der Geburt laufen. Es ist ganz natürlich, Mylady, lassen Sie ihn die Führung übernehmen«, antwortete er und führte den Hengst an den Stallungen vorbei zu der Wiese hinter der Villa.

Anna hatte Angst davor, zu stürzen, doch gleichzeitig fand sie den Nervenkitzel erregend, als würde sie das erste Mal ohne Stützräder Fahrrad fahren. Sie fühlte eine Schar von Schmetterlingen in ihrem Bauch, die wild umherflogen und alle ihre Sinne mit ihren hauchdünnen Fühlern berührten.

»Pferde sind einfache Wesen wie wir«, begann Vernan. »Wasser, Hafer, Ausritt, Aufmerksamkeit. Jedes Lebewesen will etwas, und wenn man weiß, was das ist, dann kann man es leicht kontrollieren. Und manchmal, da brauchen sie auch eine harte Hand, keine Gewalt, aber eine klare Ansage, eine Wegweisung, nach der sie sich richten können.«

Obwohl Anna sehr mit dem Halt im Sattel beschäftigt war, entging ihr nicht der vieldeutige Unterton von Vernans Erklärung. Bevor sie etwas erwidern konnte, entfernte er sich von ihr, ließ mehrere Schlaufen vom Seilbündel auf seinem Arm fallen und schnalzte zweimal mit der Zunge.

Als der Hengst nach ein paar Schritten seinen Trab begann, krampfte Anna zusammen. Sie lachte und wimmerte, wusste nicht, ob ihr das gefiel oder nicht. Doch es war einfach berauschend, diese Kraft und Impulsivität zwischen ihren Beinen zu erleben und ganz bei sich allein bei ihrem Kampf um den Halt im Sattel zu sein.

Es war pur. Es war gut.

»Lady Caffrey!«, rief Vernan. »Mehr Gewicht in die Steigbügel, das Gesäß locker hoch- und herunterwippen lassen!«

Anna erhob sich leicht im Sattel und versuchte, sich in den Rhythmus des Trabs einzufinden. Das Pferd machte zwei Kreise um Vernan als Zentrum herum, der es mit dem Seil dirigierte, bis Anna endlich eine Bewegungsharmonie mit dem Hengst fand. Als ihr das gelang, erlebte sie ein Hochgefühl, das ihr einen Schauer über den Rücken jagte und ihr bis in die Fingerspitzen prickelte. »Ich kann reiten!«, rief sie. »Ich reite!«

»Ja, Lady Caffrey, Sie sind ein Naturtalent!«

Anna fing unkontrolliert an zu lachen. Sie kam sich lächerlich und albern vor, weil sie sich bestimmt wie ein kleines Mädchen anhörte, aber sie hatte solchen Spaß, dass es ihr egal war.

* * *

Anna warf einen Blick auf die Zeit, es war bereits 17:00 Uhr. Sie lehnte sich auf dem Stuhl zurück und drückte sich vom Schreibtisch weg, um sich durchzustrecken. Nach drei Stunden Arbeit am Notebook flimmerten die Wörter und Fenster ihres E-Mail- und Schreibprogramms vor ihren Augen. Zusätzlich hatte sie den Bericht von gestern angefertigt, auch wenn er erfunden war, und ihn an Professor Kent geschickt, der ihr zu den Fortschritten schriftlich gratuliert hatte.

Der Stuhl malträtierte ihren Rücken, da er weniger ein Bürostuhl als ein schmückendes Möbelstück war.

Sie schob alle Papiere in die Mappe, klappte ihren Computer zusammen, klemmte ihn unter den Arm und verließ das Zimmer. Ihr Hintern sehnte sich nach den bequemen Ledersesseln im Jagdzimmer und ihr Bauch nach einer Tasse Kaffee. Es blieb nur zu hoffen, dass die Hausdame in der Küche war. Wie hieß sie noch gleich … Isabella?

Als Anna die Treppe verließ und das Therapiezimmer betrat, begegnete sie dort Declan und Kay. Sofort verspannte sich ihr Nacken. »Hallo, wie geht es Ihnen?«, fragte sie.

Declan saß am Tisch und drehte sich einen Joint. »Geht so«, meinte er und leckte das Papier zum Kleben an.

Kay lag auf der Couch und betrachtete ihre Hand mit den Totenkopfringen. »Stalken Sie mich etwa?«, war das Einzige, was sie sagte, bevor sie mit dem Nichtstun weitermachte.

Anna hatte nicht vorgehabt, heute eine Sitzung durchzuführen, doch die Situation bot sich förmlich an. Sie setzte sich, klappte ihr Notebook auf und suchte ein frisches Blatt für das Unterschreiben der Gruppensitzung aus der Mappe heraus. Zusammen mit einem Stift schob sie es über den Tisch.

»Wenn Sie beide schon mal da sind, würde ich vorschlagen, dass wir eine Sitzung abhalten«, begann sie mit wenig überzeugendem Tonfall.

Declan nickte und steckte sich den Joint hinter das Ohr. »Ich bin dabei.«

Kay schob das Blatt, ohne selbst unterschrieben zu haben, zu Declan rüber und schüttelte den Kopf. »Ich hab ganz andere Sorgen, Miss«, sagte sie und betonte das letzte Wort so, als wolle sie damit den Misserfolg in Sachen Beziehungsstatus bei ihrer Psychologin unterstreichen.

In Annas Magen rumorte es, doch sie blieb äußerlich gelassen.

Plötzlich klingelte Kays Handy, es war die nervtötende Melodie des Films *Freitag der 13*.

»Kay McLennan hier, hallo?« Sie hörte eine Weile zu, bis sie weitersprach. »Das können Sie nicht tun! Ich bin clean, das versichere ich Ihnen doch … Das ist bescheuerte Willkür!«

Anna überlegte, ob sie nicht zumindest mit Declan die Therapie beginnen und hinaus auf die Terrasse gehen sollte. Während sie ihre Daten speicherte, hörte sie mit halbem Ohr Kays Gespräch zu.

»Nein!«, schrie sie. »Nehmen Sie mir nicht meinen Sohn weg … bitte!«, flehte sie.

Die Verzweiflung, die plötzlich in Kays Stimme mitschwang, jagte Anna einen Schauder aus Glasscherben über den Rücken und traf den wunden Punkt in ihrem Inneren. *Jedes Lebewesen will etwas*, hallten Vernans Worte in ihrem Verstand nach. Was danach folgte, war eine Kurzschlussreaktion, die Anna nicht in der Hand hatte. Sie stand auf, ging zur Patientin und riss ihr das Handy aus der Hand.

Kay schaute sie mit Tränen der Verzweiflung und Wut in den Augen an.

Anna legte den Hörer an ihr Ohr. In ihrem Herzen kochte ein Zorn, der vollständig ihre Handlungen übernahm. »Mit wem spreche ich?!«, verlangte sie zu wissen.

»Hier ist Mrs Black vom Jugendamt Cork und wer sind *Sie* bitte?«, erwiderte die Dame am anderen Ende der Leitung mit zynischem Tonfall.

»Hier ist Anna Caffrey«, begann sie mit lauter Stimme, als wolle sie ihre Worte ins Telefon stanzen. »Psychologin für Genderstudien an der Dublin University, Fachbereich für angewandte kognitive Verhaltensforschung. Kay McLennan nimmt zurzeit an einem überaus wichtigen Projekt unter meiner Leitung teil, das im Rahmen der psychologisch-pädagogischen Fachwelt neue Maßstäbe setzen und die Grundlage für die Arbeit aller Jugendämter in ganz Irland prägen wird! Und Sie wollen mir jetzt sagen, dass meine Patientin Drogen nimmt, unter meiner Aufsicht?! Sind Sie nicht mehr bei Trost, dass Sie es wagen, mein Projekt zu torpedieren, sich an meinen Patienten zu vergreifen?« Annas Stimme schraubte sich so hoch, dass ihre Worte in ein Kreischen abrutschten.

Auf der anderen Seite war es still. Dann, zaghaft, antwortete Mrs Black. »Sie ... Sie verstehen das falsch ...«

»Falsch?!« Anna war wie der Vesuv, sie spuckte Feuer und Asche in den Hörer und verwandelte das Gespräch in ein zweites Pompeji. »Wenn sich meine Uni als unabhängige Prüfinstanz die Arbeit der Fünfgroschenpädagogik Ihres Ladens vor die Brust nehmen soll, dann brauchen Sie nur darum zu bitten und ich garantiere Ihnen, wenn ich etwas kann, dann ist es schreiben, schreiben und nochmals schreiben, so lange, bis auch der letzte Politiker im Bildungsministerium weiß, welchen Müll Sie da hinter Ihrem Schreibtisch produzieren!«

»Also ... ich, nein ... das ist nicht nötig, Miss ... Mrs Caffrey, ich wusste nicht, in welch guten Händen Miss

McLennan ist, es gab nur eine Anschuldigung vonseiten des Ex-Mannes, die wir aufgrund der neuen Sachlage natürlich prüfen werden, ganz sicher, wir gehen dem jetzt nach ...«

»Und ob Sie das werden! Ab jetzt werden Sie meine Patientin nicht mehr behelligen und mit Lust das zehnseitige Empfehlungsschreiben über die erzieherische Eignung von Miss McLennan lesen, mit dem Sie nach meinem Projekt bei Ihnen aufkreuzen wird, habe ich mich klar ausgedrückt!«

»Ja, ja, das haben Sie, glasklar, verzeihen Sie bitte ...«

Anna legte auf. Ihr Herz raste und ihre Lunge pumpte wie ein Blasebalg am Schmiedeofen.

Kay stand mit offenem Mund vor ihr, sie war starr vor Schreck.

Anna stierte auf Kays Lippen, erwartete ein Wort der Widerrede, einen blöden Spruch, irgendetwas, das man in Stücke reißen konnte.

Statt zu antworten, schnappte sich Kay die Teilnehmerliste, unterschrieb und setzte sich etwas zu hastig auf die Couch.

Anna hatte ihre Faust geballt und drückte sie so fest zusammen, dass sich ihre Fingernägel in die Haut bohrten. Sie war wütend, elektrisiert bis in die Haarspitzen und sie bereute keine Sekunde ihren Ausbruch. Es dauerte noch mehrere Herzschläge, bis sie sich soweit wieder gefasst hatte, dass sie sich setzen und ihre vor Zorn entstellten Gesichtszüge lockern konnte. »Können wir jetzt endlich unsere Gruppentherapie beginnen?! Oder gibt es noch andere Störungen und Zwischenfälle?«, fragte sie mit einem Tonfall, der keinen Widerspruch duldete. Sie legte das Handy auf dem Tisch ab und starrte die anderen an.

Kay und Declan nickten, setzten sich wie Musterschüler aufrecht hin und warteten.

»Nun gut, Vorstellungsrunde. Wie ergeht es Ihnen hier? Welche Ziele und Wünsche haben Sie an die Therapie? Das sind die Themen, mit denen wir unsere heutige Sitzung füllen.«

* * *

Anna gab einen Schuss Rosenöl ins Badewasser, das allmählich die Wanne füllte, und verwirbelte mit der Hand den Zusatz, der wie Honig Schlieren zog und sich dann aufzulösen begann. Durch die Wärme beschlugen die Gläser ihrer Brille.

Sie nahm die Visitenkarte von Angus vom Waschbeckenrand und setzte sich an die Kante der Wanne. Das geprägte Papier fühlte sich wertig an, die Karte war aufwendiger hergestellt als ihre eigenen, die sie mit dem Drucker auf Blätter eines Malblocks druckte.

In ihr tobten die Gefühle. Einerseits wäre es gut, sich auf etwas Neues einzulassen, andererseits wollte sie nicht riskieren, dass ein erneuter Fehlschlag sie aus dem brüchigen Gleichgewicht reißen würde, in dem sie sich gerade befand. Außerdem gab es noch diesen Vorfall mit den Patienten vor dem Abendessen. So etwas war noch nie vorgekommen. Schreien, wüten, ausrasten – das alles konnte sie kaum mit ihrem Bild von sich selbst vereinbaren. Als Anna vor Kay gestanden und gekocht hatte, war es ihr sehnlichster Wunsch gewesen, dass Kay nur ein falsches Wort sagte, die Augen rollte oder auch nur hustete und dann hätte sie dieses junge Ding …

Anna war froh, dass es vorbei war. Wie fanden Menschen, die die Beherrschung verloren, überhaupt eine Grenze? In der Fachwelt der Psychologie gab es nicht einen Ratgeber mit dem Titel *Wegweiser durch die Wut.*

Während ihres Ausrasters hatte sie ein Gefühl erlebt, als würde sie neben sich stehen und das Schauspiel beobachten, das ihr, so wie das Reiten, einen erregenden Schauer über den Rücken gejagt hatte. War es gut, so zu denken, oder war es pathologisch, also krankhaft? Was es auch sein mochte, es glich einem Kontrollverlust, dem Bruch mit der fachlichen Ebene, die man als Therapeutin stets einhalten musste.

Sie legte die Karte beiseite und ging zu ihrem Bett, um sich eins der frischen Handtücher zu holen, die ihr Isabella vorhin gebracht hatte.

Auf dem Bett lagen verstreute Papiere, auf dem Boden ein Chaos aus Höschen, Socken, zwei Hosen und Blusen in mehreren Farben. Jeff hatte sie immer wegen ihres fehlenden Sinns für Ordnung kritisiert. *»Habt ihr Frauen nicht so ein Gen für Sauberkeit und Putzen, liegt das denn nicht in eurer DNA?«*, hatte er geschrien. Natürlich wusste er, dass es Machoblödsinn war, aber er hatte immer wieder versucht, sie auf die Palme zu bringen. Doch statt ihm Drama zu bieten, war Anna wieder zurück an die Uni an ihren Arbeitsplatz geflüchtet, nur um sich von der dummen Praktikantin anhören zu müssen, ob sie kein Privatleben habe.

Ausweichen, Kopf einziehen, wegducken.

Das war das Einzige, was sie durch ihre Jugend gebracht hatte. Anscheinend reichte das nicht aus, um sich ein Leben als Erwachsene aufzubauen.

Es klopfte an der Tür.

»Wer ist da?«, wollte Anna wissen.

»Ich bin's, Kay, haben Sie Zeit für mich?«

Anna fühlte sich überrumpelt. »Einen Moment«, rief sie und sammelte schnell die ganze Wäsche ein und stopfte sie zusammen mit den Papieren unter die Bettdecke. Danach drehte sie den Wasserhahn zu und richtete sich vor dem Spiegel die Haare, die sie sich für das Bad hochgesteckt hatte. Als sie zur Tür ging, schnappte sie einen letzten Slip, der auf dem Boden lag, und stopfte ihn sich in die Tasche ihres Bademantels. Danach öffnete sie die Tür.

Kay stand vor ihr, die Hände vor dem Schritt gefaltet. »Ich konnte nicht schlafen … das kann ich nie, dachte mir halt so, dass Sie vielleicht auch noch wach sind.«

Für eine Sekunde spannten sich Annas Schultern an, da sie eine schnippische Bemerkung erwartete.

Doch es kam keine.

»Ja, ich bin noch wach, kommen Sie herein.«

Kay spazierte ins Zimmer, als wäre es ihres, und legte sich aufs Bett. »Ich habe die gleiche komische Tapete im Zimmer, das scheint hier ein kranker Standard zu sein.« Sie spielte mit ihren Haaren und glättete sie mit beiden Händen immer wieder. Sie vermittelte einen nervösen Eindruck. Dann hielt sie mit schief gelegtem Kopf inne. »Sie sollten das lassen, Anna.«

»Was denn?«

»Sie sollten sich keine Wäsche in die Taschen stopfen, das sieht uncool aus, wenn man noch einen Teil davon sieht.«

Als Anna an sich herabblickte, musste sie schmunzeln. Das sah tatsächlich doof aus. Sie zog den Slip heraus und legte ihn auf die Kommode, bevor sie sich den Stuhl vom Tisch nahm und sich neben das Bett setzte. »Ordnung ist kein Mauerstein in meinem Haus.«

»Ja, das sieht man. Mick, der Graf von Bullshit, hat es auch nicht so mit der Ordnung. Bei dem liegen Bierdosen herum und heute habe ich Isabelle fluchen gehört, als sie sein Zimmer betreten hat. Ich glaube, die ist Ukrainerin oder so, hat sich auf jeden Fall so angehört.«

»Sie können Ukrainisch?«

»Nein, aber ich kann die Tonart und die Laute zuordnen, weil ich Ukrainer kenne. Ich konnte, seit ich denken kann, schneller als die anderen in meinem Alter das Wichtigste aus einer Sache herausziehen.«

»Das ist doch gut.«

»Ja, aber nicht immer. Manchmal ist es verdammt noch mal ermüdend.«

»Wieso denn?«

»Ich verstehe die Dinge schneller und wenn ich mit anderen quatsche, wissen die gar nicht, wovon ich rede. Mein Ex hat immer gesagt, ich sei wie ein Bus, der mehrere Haltestellen auslässt und gleich ans Ziel fährt, während der Rest der Fahrgäste noch immer an der Straße steht und wartet. Es ätzt mich an, jedem die einzelnen Punkte zu nennen, die für mich bereits klar sind, nur um sie dann alle zu meiner Erkenntnis zu führen. Und dann gibt es Leute, die so fucking langsam denken, dass ich sie am liebsten verprügeln würde.«

»Haben Sie deswegen mit dem Heroin angefangen?«

»Ich weiß nicht, denke schon. Es ist, als wenn ich sehen könnte und die anderen mit einem Brett vor dem Kopf wie Zombies herumstolpern. Und das Blöde dabei ist, dass alle mit ihrer Dummheit weiter kommen als ich. Das Ganze ging in der Schule los, dieser Verdummungsanstalt. Lehrkräfte mögen es nicht, wenn man sie verbessert und auf ihre Fehler hinweist. Das Nachsitzen wurde zu meiner Nachmittagsbeschäftigung und irgendwann habe ich aufgehört, mich am Unterricht zu beteiligen, weil da eh nur Quatsch verzapft wurde. Die erzählen einem, dass die Kinder und jungen Leute die Zukunft wären. Dabei sind es doch die Kinder und Jugendlichen von gestern, die den politischen Irrsinn ihrer Eltern fortführen. Der ganze Mist wiederholt sich in jeder Generation.

Irgendwann bin ich dann im Sekretariat eingebrochen und habe einen Blick in meine Schülerakte geworfen. Schwer erziehbar, aufrührerisch, stört den Klassenfrieden, ich sei ein Problemfall und altklug. Was ist das überhaupt für ein dämliches Wort: *altklug*? Wenn sie mich so sehen wollten, dann sollten sie auch genau das bekommen.«

»Du bist abgerutscht?«

»Ja. Es begann harmlos, ich bin in die Gothic-Szene, weil man damit so easy Leute vor den Kopf stoßen kann. Es ist wie …«

»Ein Schutzpanzer?«, vollendete Anna ihren Satz.

»Genau, ich will, dass die Leute sich von mir fernhalten. Und natürlich habe ich Außenseiter wie mich gesucht und bin dann auf meinen Ex gestoßen, der auch ein Problem mit der Gesellschaft hatte. Dann ging alles so schnell, Schwangerschaft, ein Baby, Heroin.« Sie seufzte.

»Haben Sie noch das *Craving*?«

»Das was?«

»*Craving*, das Verlangen nach der Droge. Das ist ein Begriff der Psychologie.«

»Ja, an jedem verdammten Tag. Morgens, wenn ich aufwache, abends, wenn ich schlafen gehe, und nachts, wenn ich schlaflos durchs Haus wandere. Sogar auf der Toilette, aber es ist nicht mehr so stark wie in meiner kaputten Phase. Es gibt da etwas, das mehr Power hat.«

»Ihr Sohn?«

»Ich liebe ihn, er ist mein Licht, mein Alles. Das Einzige, das keine Erklärung braucht und vollkommen logisch ist. Allein der Gedanke, dass ihn mir so eine Bitch vom Jugendamt wegnehmen will, macht mich krank!« Sie kratzte nervös am schwarzen Lack auf ihrem Daumennagel. »Ach übrigens, ich … also die Aktion von vorhin … das war ziemlich cool von Ihnen, Anna.«

»Die Sache mit Mrs Black?«

»Nein, dass Sie wie eine Löwin für mich gekämpft haben. Für mich hat sich noch nie jemand eingesetzt, weder meine Eltern noch sonst wer. Ich kam mir das erste Mal nicht vor wie der Freak, den alle fürchten. Danke.«

Anna hatte das Gefühl, als ergieße sich ein warmer Sommerregen auf ihre geschundene Seele, deren Risse und vor Trockenheit gewölbten Bruchstücke jeden einzelnen Tropfen sehnsüchtig aufsogen. Sie hatte sich nicht nur die Dankbarkeit, sondern auch den Respekt ihrer Patientin verdient. »Gerne geschehen.«

»Denken Sie, dass Sie uns dreien wirklich helfen können?«

Das gute Gefühl, das Anna für ein paar Sekunden erleben durfte, schmolz wieder. *Die mieseste Therapeutin* ist die Antwort auf die Jeopardy-Frage, wer Anna Caffrey ist, dennoch verkniff sie sich diese Antwort. *Das Projekt ist zum Scheitern verurteilt* war eine weitere Erwiderung, die sie sich ebenfalls sparte und hoffte, dass man ihr das schlechte Gewissen nicht im Gesicht ablesen konnte. »Wissen Sie, Kay, das Ende einer Behandlung der Psyche liegt allein in den Händen der Patienten. Ein Psychologe ist nichts als ein Wegweiser, der über die Untiefen hinweghilft und Rat geben kann.« Der Satz war nichts anderes als eine Floskel, die sie im Studium so oft gehört hatte, allerdings fiel ihr nichts Besseres ein.

Kay sah unzufrieden aus. Sie schwieg eine Weile, stand auf und drehte sich an der Tür noch einmal um. »Ich bin nicht wahnhaft, das müssen Sie mir glauben, ich weiß nur, was ich gesehen habe«, sagte sie und verließ das Zimmer.

Anna legte den Kopf in den Nacken und hielt sich mit beiden Händen die Stirn. Kay erwartete etwas von ihr, das Anna unmöglich leisten konnte. Die Behandlung schwerer Traumata war kein Kinderspiel, vor allem dann nicht, wenn das Projekt so konzipiert war, dass ein Scheitern als oberstes Ziel galt.

Sie legte sich aufs Bett, ignorierte die Tatsache, dass eine halbvolle Wanne auf sie wartete, und vergrub ihr Gesicht im Kissen.

»Keine Droge macht aus sich selbst heraus süchtig. Menschen stolpern nicht während eines Nachmittagsspaziergangs in Heroinnadeln hinein. Es sind eher die Dinge, die wir mir der Sucht ausleben, verdrängen oder dämpfen wollen.«

Arten von Traumata, Kapitel 7, erster Satz

6 Hass ist besser als Schmerz

Scott O'Connell

Scott stand am Waschbecken und wusch sich nach der Rasur das Gesicht. Als er in den Spiegel schaute, wirkten seine blauen Augen blass und sein kantiges Gesicht sah aus, als hätten sich die feinen Linien und Furchen tiefer in sein Antlitz gegraben. Die Zeit auf See hatte es rauer werden lassen – die Trauer tiefer, wie eine Landkarte des Schmerzes. Er fuhr sich über die braunen, kurzen Haare, atmete mehrfach durch und trocknete sich die Hände ab. Die Todesnachricht hatte ihn an Bord des Schiffs erreicht, auf dem er stationiert war. Der diensthabende Arzt hatte ihn zwei Tage lang, bis das Schiff der Coast Guard wieder im Cork Harbour einlief, unter medizinische Beobachtung gestellt. Währenddessen hatte Scott seine Kajüte nicht verlassen und unter Weinkrämpfen gelitten, die sich mit Phasen der Lethargie und des Schlafens abgewechselt hatten. Im Dämmerzustand seiner Trauer hatte er kaum etwas gegessen. Obwohl es gereicht hatte, seine Muskeln und seinen Körper zu versorgen, war seine Seele so leer wie das Walgerippe am Grund des Ozeans.

Er fühlte sich wie benommen. Leer. Kraftlos.

Der Geruch von Bohnen und Eiern, der ihm in die Nase stieg, holte ihn ein wenig aus seinem Zustand heraus. Sein Magen rebellierte und er hatte keinen Appetit, doch er entschied sich gegen die erzwungene Fütterung im Bett durch seine Mutter. Die Kindheit war vorbei, so wie seine Zukunft.

Als er die knarzenden Stufen in die Wohnküche hinabstieg, sah er seine Mutter, wie sie die benutzten Tassen vom

Küchentisch abräumte und seinen Stammplatz neu eindeckte, als sie ihn erblickte. Danach nahm sie eine Pfanne mit Bohnen und Speck vom Herd und schaufelte den Teller voll. Zum Abschluss stellte sie eine Tasse Kaffee daneben.

»Guten Morgen«, sagte er und nahm sich vor, diese Phrase nie wieder zu benutzen, da es nach Lüge und Heuchelei schmeckte. Wie konnte ein Morgen denn überhaupt gut sein, wenn geliebte Menschen starben?

»Gut, dass du auf den Beinen bist, mein Junge. So weit weg von zu Hause bekommst du keine richtigen Mahlzeiten. Komm, iss erst mal etwas, du musst zu Kräften kommen.«

Scott setzte sich, nahm einen Schluck schwarzen Kaffee auf leeren Magen, was das Organ mit einem Rumoren quittierte, und schob appetitlos einen Streifen Speck auf dem Teller herum.

»Liam ist mit deinem Vater los, er hilft ihm heute noch in der *Wildhound Distillery*. Da dein Bruder jetzt den Auftrag hat, die Kathedrale zu restaurieren, hat er immer weniger Zeit zum Aushelfen. Dein Vater würde sich freuen, wenn *du* ihm statt Liam in Zukunft unter die Arme greifst, also, wenn … du möchtest.«

Scott kratzte mit seinem linken Daumen über die Tischplatte, auf der sich der türkisfarbene Lack schon so lange löste, wie er denken konnte. An dem Platz, an dem er saß, hatte er schon als Kind an der Beschichtung gekratzt und das Holz darunter Millimeter für Millimeter freigelegt. Geistesabwesend schob er sich den Streifen Speck in den Mund. Zähne, Zunge und Lippen fühlten sich an, als müssten sie sich erst an das Zusammenspiel beim Kauen gewöhnen. Der Geschmackssinn war noch taub – das Fleisch schmeckte fade, wie in der Sonne gereifter Gummischlauch.

Seine Mutter setzte sich in ihrem rot-schwarz karierten Bademantel vor ihn und schenkte ihm ein trauriges Lächeln. Dabei wischte sie sich eine Träne weg und wirkte, als reiße sie sich zusammen, um nicht zu weinen. Die Krähenfüße um ihre Augen wirkten schroffer als sonst und ihre Haare, die sie in einem Dutt trug, waren schon fast weiß. Nur einzeln konnte man noch aschblonde Strähnen darin erkennen.

Die Türklingel ertönte.

»Erwartest du jemanden, Mum?«

»Das muss Detective Bayne sein, er ist schon zweimal da gewesen, aber ich habe ihm gesagt, dass sich mein Junge erst erholen muss, bevor er seine Vernehmung durchführen kann.«

Mit einem Mal war es wieder da. Scott konnte nicht fassen, dass er für einen Moment vergessen hatte, was ihn von der See wieder nach Hause geholt hatte. Oder wollte sein Verstand es nicht wahrhaben?

Caitlin. Tot. Ermordet.

Sein Nagel grub sich so tief in die Tischplatte, dass er unter dem Druck an der oberen Kante abbrach. Die Trauer ebbte nicht ab, doch der Zorn, der so heiß wie Lava in ihm hochkochte, verdrängte sie. Und sie gab ihm Kraft.

Seine Mutter stand auf und ließ den Gast herein.

»Geht es ihm besser?«, fragte ein dicker Mann in beigefarbenem Trenchcoat und mit einer kaffeebefleckten Krawatte über seinem weißen Hemd.

»Sie können mich auch direkt fragen«, ätzte Scott, der nicht wollte, dass man ihn wie ein rohes Ei behandelte.

Seine Mutter bedeutete dem Mann, sich zu ihnen zu gesellen, und goss ihm eine Tasse Kaffee ein, um sich danach wieder an den Tisch zu setzen.

Der Detective nahm seinen schwarzen Hut ab und sortierte sich das schüttere, graue Haar. »Ihr Verlust tut mir leid, Mr O'Connell«, begann er in erfahrungserprobtem Tonfall. »Seien Sie gewiss, wir werden den …«

»Was ist passiert?!«, unterbrach ihn Scott.

Der Mann nahm einen Schluck Kaffee und fischte sich eine Zigarette aus einer zerknautschten Schachtel. »Der Bericht der Rechtsmedizin liegt noch nicht vor, aber wir gehen davon aus, dass sie ermordet wurde.«

»So viel weiß ich auch! Wer war das und wieso?«, entgegnete Scott. Nachdem er die Faust geballt hatte, legte seine Mutter die Hand darauf und versuchte, ihn zu beruhigen.

»Ist gut, Mrs O'Connell, jeder würde so reagieren, wenn …«

»Gibt es eine Spur? Verdächtige?«, grätschte Scott dazwischen.

Bayne zündete sich den Glimmstängel an, nahm einen Zug und blies den Rauch in die Luft. »Wir haben Leute befragt, einen konkreten Verdacht gibt es allerdings noch nicht. Ihr Leichnam wurde vor acht Tagen zwischen den Abfalltonnen eines Supermarkts gefunden. Sie steckte in einem großen Müllsack. Zusätzlich wird noch eine junge Frau vermisst. Das sind die Details, die auch schon in der Zeitung standen, weil hier im Ort leider nur wenig geheim bleibt. Über die Ermittlungen selbst darf ich Ihnen nichts erzählen.«

Scott schluckte. »Keine Verdächtigen, keine Spur – ist das etwa alles?!«

»Keine Sorge, wir werden den Fall aufklären. Aber dazu brauchen wir Informationen.«

»Was soll das bedeuten?«

»Die Art und Weise, wie sie *entsorgt* wurde, wirft viele Fragen auf. Wie viel wissen Sie von Ihrer Verlobten?«

»Was wollen Sie damit andeuten?«

»Vielleicht ein Ex, eine verstoßene Freundin, jemand, dem sie Geld schuldete, oder eine Affäre? Haben Sie beide sich vielleicht gestritten?«

Scott machte eine Wischbewegung mit der Hand und stieß dabei den Kaffee um. Das Getränk ergoss sich über den Frühstückstisch und tropfte von der Kante auf den Boden. »Mr Detective«, fauchte er und hatte Mühe, sich zu beherrschen. »Sie kommen hierher und geben irgendwelche Kommentare ab, wollen mir erklären, dass ich sie nicht kannte. Aber meine Verlobte war immer treu und hätte nie im Leben mit einem anderen herumgevögelt. Ganz zu schweigen davon, dass ich Streit mit ihr gehabt hätte. Und es wäre das Beste, wenn Sie jetzt gehen!«

»Ist gut, aber wenn Ihnen etwas einfällt, melden Sie sich«, erwiderte der Polizist, setzte seinen Hut wieder auf und verließ das Haus.

Als die Tür zu war, nahm seine Mutter seine Faust zwischen ihre Hände und streichelte sie. »Er macht nur seine Arbeit, er kann nichts dafür, mein Junge. Vielleicht sollten wir uns um die Beerdigung kümmern, Angehörige kontaktieren und unsere Trauer verarbeiten«

»Sie ist im Heim aufgewachsen, ich bin ihr einziger Angehöriger. Die Polizei wird ihren Leichnam erst dann zur Beerdigung freigeben, wenn die Rechtsmedizin durch ist. Ich kann nicht die Hände in den Schoß legen, während dieser Stümper in den Küchen der Opfer sitzt und Kaffee trinkt und falsche Beschuldigungen ausspricht! Und wieso gehen mein Bruder und mein Vater ausgerechnet jetzt in die Brennerei?«

»Junge, du weißt doch, die beiden sind nicht wie wir. Sie gehen mit Gefühlen anders um. Außerdem ist die Brennerei unser eigener Betrieb und somit auch ein Teil unserer Familie. So wie dein Bruder gehört auch das Unternehmen zu dir.«

»Diese bekloppten Holzklötze!«, schimpfte er und entdeckte seinen Reiserucksack, der in der Ecke neben dem Herd an der Wand lehnte. Wahrscheinlich hatte er ihn geistesabwesend dort abgestellt, als er nach Hause gekommen war. Er stand auf und stellte ihn auf die Anrichte, um den Inhalt zu durchwühlen. Als seine Finger nach etwas Metallischem griffen, holte er seine Desert Eagle heraus, prüfte das Magazin der Pistole und steckte sie sich hinten in den Hosenbund. »Noch vor der Beerdigung wird jemand büßen«, versprach er düster.

»Junge, fang keinen Ärger an, bitte«, flehte seine Mutter mit ängstlichen Augen. »Ich habe dich und deinen Bruder oft genug aus dem Büro des Schuldirektors abholen müssen. Das muss ein Ende haben.«

»Ich bin einunddreißig und kein Junge mehr. Und diesmal wird es keine Prügelei geben«, versprach er.

Während seine Mutter an seine Vernunft und St. Patrick appellierte, schnappte er sich eine alte Lederjacke vom Kleiderhaken, richtete den Kragen auf und knallte die Haustür hinter sich zu.

* * *

Als Scott die Tür zur Werkstatt mit der Schulter aufschob, schleifte sie in der Hälfte des Schwungradius auf dem Dielenboden, der durch die beständigen Kratzer schon wie ein stilisiertes Funksignal aussah. Eine Pendelleuchte mit gelblicher Glühbirne hing von der Decke, die aus nicht mehr als Balken und sichtbaren roten Dachschindeln bestand. Auch die Wände waren nackt, man sah die Steine und den Mörtel der Außenmauer. Auf Tischen und in Schränken lagen Hobel, Beitel und eine Unzahl von Spezialwerkzeugen, über deren Namen und Funktionen Scott nur fantasieren konnte. In einer Nische lag ein Fass auf einem Bock und über allem schwebte der Duft von Leim und Harz.

Holzpartikel schwebten im Lichtkegel, während Liam vor einem Stuhl hockte und mit einer Schutzbrille und Atemmaske die kunstvoll gearbeiteten Verästelungen der Lehne schmirgelte.

»Hey, Liam«, übertönte Scott den Lärm.

Liam hörte mit seiner Arbeit auf, zog die Schutzbrille und Maske ab und gab seinem Bruder die staubige Hand. »Kommst du klar?«

»Der Hass hilft mir.«

»Whiskey?«

»Der auch.«

Liam holte aus einem der Regale zwei klobige Gläser, ging zum Fass und drehte den Holzhahn auf. Als er genug hatte, gab er Scott eins der Gläser und trank seines mit einem Zug aus. »Ich helfe Vater, einen neuen Geschmack zu kreieren. So langsam entfaltet sich der Geschmack, aber ich denke, dass es noch etwas mehr Reife braucht.« Er schmatzte und blickte dabei konzentriert in die Luft. »War der Detective schon da?«

»Ja. Dieser Drecksack hat doch keine Ahnung. Den lässt das kalt. So wie dich und Vater, ihr seid wie Roboter.«

Liam amtete durch, blickte aus dem Fenster mit dem rostigen Rahmen und schaute dann wieder auf den Stuhl. »Die Arbeit in der Kathedrale fordert mich richtig. Hast du gewusst, dass das Wort Kathedrale von Kathedra, dem Stuhl beziehungsweise dem Sitz des Bischofs, abgeleitet wurde? Das, woran ich hier arbeite, ist praktisch die möbelgewordene Macht des Kirchenhaupts aus der St. Mary's Cathedral.«

Scott hasste es, dass sein Bruder immerzu Belehrungen abfeuerte und nicht imstande war, über sein Innenleben zu reden. »Kannst du nicht einmal in deinem Leben Gefühle zeigen?«

Liam stellte sein Glas auf der Werkbank ab und blieb gelassen. »Ich bin der Sohn unseres Vaters und du der unserer Mutter.«

»Ist das alles, was du zu sagen hast? Ist das so einfach für dich?«

Liam legte der Kopf schräg. »Auch du siehst nicht aus wie ein Mann, der trauert.«

Scott wollte ihm das Glas an den Kopf werfen, doch dann trank er es aus, bevor er die Beherrschung aufbrachte, um mit ihm zu reden. »Im Moment geht es mir um etwas anderes.«

»Um was?«

»Rache. Du musst mir dabei helfen.«

»So wie in der Schule, du suchst dir Streit und ich bringe es zu Ende«, bemerkte Liam nüchtern.

»Und, hilfst du mir?«

»Natürlich, wir sind Brüder. Wo fangen wir an?«

Scott fühlte einen Stich in seinem Herzen, als er darüber nachdachte, zu Caitlins kleinem Cottage zu fahren, in dem er vor seiner Abreise zwei Monate mit ihr gelebt hatte. »Wir fahren zu Caitlin.«

»Sicher, dass du dafür bereit bist?«

»Nein.«

»Dann können wir ja losfahren.«

Liam schaltete das Licht aus und begleitete seinen Bruder nach draußen auf den Hof.

Scott wartete, während Liam den Kofferraum seines Geländewagens öffnete und die fleckige Arbeitsbekleidung gegen einen Anzug mit Krawatte wechselte, der anscheinend in seinem Auto bereitgelegen hatte. Sein kleiner Bruder war schon immer der ordentlichere gewesen, sortiert und beherrscht. Scott hingegen war immer das Chaos, der die Impulsivität seines Onkels und die Emotionalität seiner Mutter geerbt hatte. Nicht selten hatte er seine Stifte in der Schule vergessen und sich dann bei Liam einen aus seinem fast unerschöpflichen Vorrat an Ersatzschreibern geliehen. Auch wenn er den Kleinen für seine Kühle oft kritisierte, tat ihm Liams gefasste Gegenwart gut, da sich in seiner Nähe sogar ein Erdbeben wieder beruhigte.

Scott ging um das Auto in Schwarzmetallic herum und begutachtete es. »Neuer Geländewagen?«

»Genauer gesagt ein Jeep.«

»Sind das nicht alle Geländewagen?«

»Nein, jeder Jeep ist ein Geländewagen, aber nicht jeder Geländewagen ein Jeep.«

»Habe ich dir nicht einhundert Mal gesagt, dass ich deine Besserwisserei hasse?«

»Nein, mindestens einhundertzweiundvierzigmal, danach habe ich aufgehört zu zählen.«

Scott war nicht in der Stimmung, sich auf eine Debatte darüber einzulassen, wie lästig Pedanterie war. Dazu hatte er im Moment weder das Nervenkostüm noch die notwendige Spanne der Aufmerksamkeit. Seine Gedanken drehten sich immer wieder um den Menschen, der ihm seine Verlobte genommen hatte. Wieder und wieder blitzten bildhafte Eindrücke von Caitlins Leichnam vor seinem geistigen Auge auf.

Er stieg nach seinem Bruder ins Auto. Seine Finger fühlten sich taub an, als sie zum Anschnallgurt griffen und ihn in die Buchse führten.

Liam startete den Motor, fuhr vom Hof rückwärts auf die Straße und beschleunigte. Bei jedem Spurwechsel und sogar beim Überholen von Fahrradfahrern setzte er pflichtbewusst den Blinker. »In den drei Tagen, in denen du bei Mum warst, habe ich etwas recherchiert. Die Polizei scheint in einer Sackgasse zu stecken, da es noch keine Verhaftungen gibt.«

»Das dachte ich mir schon. Mehr als Kaffeetrinken können die nicht. Hatte Caitlin oft Kontakt zu unseren Eltern?«

»Sie war vielleicht zweimal bei den beiden. Wir wissen ja erst durch deinen Brief von vor einem Monat, dass du eine Freundin, geschweige denn eine Verlobte hast. Da blieb uns nicht viel Zeit zum Kennenlernen.«

»Ich weiß, das war alles sehr spontan. Vor meiner Abreise haben wir uns kennengelernt, das war so etwas Halbfestes. Erst die Ferne hat uns stückchenweise nähergebracht und dann habe ich ihr einen Antrag übers Telefon gemacht.«

»Das passt zu dir, immer aus dem Bauch heraus. Wollen Frauen nicht eher so etwas wie einen Kniefall und Augenkontakt bei so etwas?«

»Bist du jetzt der Romantik-Experte?«

»Nein, ich sage ja nur.«

»Auch wenn die Sache spontan war …«, Scott hielt inne und kämpfte gegen seine aufwallenden Gefühle, »war ich mir mit ihr sicher.«

»Hattet ihr gemeinsame Feinde?«

»Nein. Der Detective hat mir auch solche Fragen gestellt, aber da gibt es niemandem, der uns Übles wollte.«

Liam bog vom Ring of Kerry ab und fuhr an einem Schild mit der Aufschrift *Lakeland Cottages* vorbei.

»Fahr nicht direkt zum Haus, Liam. Lass mich hier vorne raus, ich will allein sein, wenn ich es betrete.«

Kommentarlos fuhr Liam durch einen kleinen Graben und parkte das Auto zwischen einer Ansammlung von Fichten und Ahornbäumen.

Scott stieg aus und blickte zwischen den kahler werdenden Zweigen nach oben zum durchwachsenen Herbsthimmel. Ein ockerfarbenes Blatt brach durch eine kleine Windbö vom Zweig und segelte wie ein Stück Seide herab. Scott atmete durch, fasste sich ein Herz und marschierte los, begleitet vom Rascheln der Blätter unter seinen Füßen. In Gedanken schaute er auf die Baumstämme, die er passierte, und wünschte sich, dass er für Caitlin ein albernes, romantisches Herz in die Rinde geschnitzt hätte. Auch wenn alles mit ihr so überstürzt gewesen war – er hatte sie geliebt. Als sich die Wut in seinem Inneren etwas lichtete, stieg der Schmerz wieder hoch. Er ballte die Fäuste und konzentrierte sich auf die Rache, auf die Wut und den Wunsch nach Gerechtigkeit.

Hinter einem wilden Brombeerbusch blieb er stehen und war sich nicht sicher, ob er dorthin wollte, wo er die schönste Zeit seines Lebens gehabt hatte, ohne es zu merken.

Neben ihm knackte ein Zweig, als Liam an seiner Seite auftauchte. Scott wollte eigentlich allein seine, dennoch war er dankbar, dass sein Bruder seine Bitte nach Einsamkeit ignoriert hatte, weil ihm das die Kraft gab, weiterzugehen.

»Okay, dann eben gemeinsam«, sagte Scott und lief mit Liam im Schlepptau über die Wiese zum einstöckigen Cottage mit türkisfarbener Tür und rustikalen Fensterrahmen. Neben dem Carport stand ein kleiner, krebsroter Eselkarren mit verbeulten Milchkannen auf der Lade. Bei dem Anblick wurde Scott wehmütig, da er sich daran erinnerte, wie er die alten Stücke zusammen mit Caitlin gekauft hatte. »Den antiken Karren haben wir von einem Bauernmarkt bei Dublin gekauft«, murmelte er mehr zu sich selbst.

»Das wird nicht ganz stimmen«, erwiderte Liam und schloss zu ihm auf. »Der Begriff *antik* wird leider oft falsch verwendet, denn nur Gegenstände aus der Antike, die von etwa achthundert vor Christus bis sechshundert nach Christus im Mittelmeerraum existierte, dürfen so bezeichnet werden. Der Karren und die Kannen sind wahrscheinlich knapp einhundert Jahre alt, wenn man die handwerkliche Verarbeitung beachtet.«

»Ach echt?«

»Ja und im Gegensatz zu uns überdauert gutes Handwerk Jahrhunderte oder gar Jahrtausende.«

»Hast du meinen Sarkasmus nicht verstanden? Ich kann deine Belehrungen jetzt nicht gebrauchen«, beschwerte sich Scott halbherzig und nahm, ohne darüber nachzudenken, seinen Schlüsselbund aus der Tasche, steckte den Schlüssel ins Schloss und hielt inne. Es würde nicht so sein wie damals. Sie würde nicht in der Küche stehen, ihn mit ihren miserablen Kochkünsten foltern und ihn Lügner nennen, wenn er ihr versicherte, dass ihr versalzener Pie der beste war. Tatsächlich würde er diesen Geschmack nie wieder vergessen. »Liam … ich muss ab hier wirklich allein durch«, murmelte er.

»Sicher?«

»Nein.«

»Gut, soll ich im Auto warten?«

»Nicht nötig, ich werde danach einen Spaziergang machen. Ich muss meinen Kopf klar kriegen.«

Während sein Bruder fortging, brachte es Scott nicht mehr fertig, noch länger das Zittern seiner Hand zu unterdrücken. Der ganze Schlüsselbund klapperte, während er die Linke zur Hilfe nahm, um die Rechte zu stabilisieren. Solange er diese Tür nicht öffnete, lebte die Erinnerung, dass ihn jemand erwartete, doch wenn er sie öffnete und ihn niemand begrüßte, wurde der Verlust wahr. Dennoch musste er hinein und nach Spuren suchen, die ihm halfen, zu verstehen, was passiert war. »Hass ist stärker als Schmerz, Hass ist stärker als Schmerz«, sagte er sich immer wieder.

Er schloss die Tür auf, ging hinein und schaltete das Licht ein.

Die Politur des nussbraunen Dielenbodens glänzte im Licht der Deckenleuchte. In der offenen Wohnküche mit rustikalen Blenden in Pastellgrün stand ein großer Tisch mit Stühlen.

Scott taumelte zur Geschirrablage, fuhr mit dem Finger über die punzierten Kupfertöpfe, die Caitlin mit dem Versprechen gekauft hatte, dass sie ab jetzt kochen lernen wollte. In den offenen Schränken standen emaillierte Teller und über dem Kamin hing eine Serie von Schwarz-Weiß-Fotos aus den Dreißigern, die Bauernfamilien bei der Arbeit auf dem Feld abbildeten. Er setzte sich an den Esstisch, legte die Hände flach auf und fühlte die Kerben, die er so wie bei seinen Eltern, auch hier in den Tisch gekratzt hatte.

Nach einer Weile stand er wieder auf, ging am Bad mit der freistehenden, alten Badewanne vorbei und lief ins Schlafzimmer. Die cremefarbenen Zierkissen lagen noch immer auf dem Bett mit dem schmiedeeisernen Gitter am Kopf. Alles war so, wie es immer war. Als sei nichts passiert. Fast glaubte er, Caitlins Haare zu riechen, die nach Sommerwiese dufteten. Sie wirkte greifbar, nah, und doch in weiter Ferne.

Erinnerung konnte so grausam sein.

Scott schleppte sich kraftlos zum Ausgang und schloss die Tür hinter sich. Er atmete mehrmals ein und aus, besann sich auf seine Umgebung, auf eine Schar Enten, die am Himmel über ihm flog, und ging ums Haus, um sich das Gesicht in der Tonne mit Regenwasser zu waschen. Es war dreckig und kalt – genau das Richtige, um seine Gedanken zu klären. Als er am Carport vorbeilief, sah er getrockneten Matsch auf den Pflastersteinen, der in drei gezackten Linien etwa einen Fuß lang verlief, was ihn an die Reifen eines Autos erinnerte. Da die Überdachung auch an den Seiten mit transparenten Welldachplatten verkleidet war, blieb das Innere stets regendicht. Jedes

Auto hätte sich darin wohlgefühlt, hätten Caitlin und er überhaupt eines besessen.

Er beugte sich hinunter und überlegte, ob die Polizei diese Spuren bereits untersucht hatte, sofern sich die Ermittlungen nicht ausschließlich auf das Supermarktgelände beschränkten. Scott wollte nichts dem Zufall überlassen, zog einen Kugelschreiber und einen Kassenbon aus seiner Tasche und versuchte, das Muster möglichst genau aufzuzeichnen. Vielleicht konnte Liam etwas damit anfangen, da er sich ja auch sonst mit Dingen auskannte, die nur ein absoluter Pedant wissen konnte.

Danach nahm er sein Handy in die Hand und rief seinen Bruder an.

»Hi Liam. Ich habe etwas gefunden, Reifenabdrücke, kennst du dich damit aus?«

»Ich bin Restaurateur, kein Detective.«

»Kennst du jemanden, der damit etwas anfangen kann?«

»Nein, das ist so speziell, dass … Moment, vielleicht doch. Alien Pete ist Kfz-Mechaniker, möglich, dass der Ahnung von Gummiprofilen hat.«

»Der ist doch nicht ganz dicht. Ist der Typ immer noch auf diesem Alientrip?«

»Mit der Feder der Weisen erschaffe ich Gesetze, doch auf den Schultern der Irren errichte ich mein Imperium.«

»Zitierst du jetzt schon Attila den Hunnenkönig?«, fragte Scott.

»Nein, das ist nicht von dem, das ist eine Inschrift, die ich mal auf einer Kinderwiege aus dem Königshaus von …«

»Ist doch jetzt egal«, unterbrach er seinen Bruder.

»Es geht mir doch nur darum, dir zu veranschaulichen, dass du abseits der gewohnten Pfade vielleicht mehr erreichen kannst«, erwiderte Liam gelassen.

Scott hasste es, von seinem kleinen Bruder belehrt zu werden. Vor allem dann, wenn das, was er sagte, sogar Sinn ergab – wenn auch einen verdrehten. »Ist gut, schick mir mal die Handynummer.«

»Er hat keine mehr. Von wegen Aliens und Abhörtechnik und so. Aber du kannst ihn morgen Abend im Pub treffen, im Doug's Harp. Er bleibt immer so lange, bis ihn der Barkeeper rausschmeißt, wenn er es mit seinen Storys übertreibt und die Leute belästigt.«

»Der wird mir eine Hilfe sein, was?«, scherzte Scott.

»Genau, sag ich doch.«

»Sarkasmus?«

»Nein, das meine ich ernst.«

»Das wirst du wohl nie raffen, Liam.« Scott legte auf und dachte darüber nach, wer ihm helfen konnte, zu verstehen, was in seiner Abwesenheit passiert war. Dabei fiel ihm ein, dass seine Verlobte eine Freundin namens Melissa gehabt hatte. Er hatte Caitlin einmal zu ihr begleitet und konnte sich noch gut an die schnatternde Stimme erinnern, in deren Gegenwart er das Gefühl gehabt hatte, als Nichtraucher Zigaretten kaufen gehen zu wollen und nie wieder zurückzukehren. Auch wenn er Melissa nicht mochte, konnte sie ihm vielleicht weiterhelfen.

* * *

Nach einer halben Stunde hatte Scott das Haus erreicht, in dem Melissa wohnte. Ob es am Takt des Gehens lag oder an der Kleinstadt, die er ein Jahr lang nicht gesehen hatte, aber ihm half der Spaziergang dabei, sich zu erden – er fühlte sich innerlich sortierter, auch wenn er noch immer nicht die Benommenheit abschütteln konnte.

Melissa wohnte allein in einem schmalen Reihenhaus. Die Backsteinfassade hatte den Charm einer Arbeitersiedlung, deren Optik genauso uniform wirkte wie die Ausrichtung der Satellitenschüsseln auf den Dächern.

Scott klingelte und wusste nicht, was er sagen sollte, wenn die Tür aufging. Wusste sie denn überhaupt, dass ihre Freundin tot war?

Scott wartete fast eine Minute, in der er sich die Blumen anschaute, die in Tontöpfen rechts und links neben dem Eingang standen. Die Köpfe der Margeriten hingen durch und ihre Blätter waren welk. Anscheinend hatte sie Melissa eine Weile nicht gegossen, da auch die Erde hart und rissig aussah. Scott klingelte erneut, bediente den bronzenen Türklopfer und wartete wieder. Als es nach einer weiteren Minute keine Rückmeldung gab, ging er über den kleinen Rasen des Vorgartens ans Fenster im Erdgeschoss und warf einen Blick hinein, ob sie überhaupt zu Hause war. Er schaute durch das Wohnzimmer in den Durchgang zur Küche, wo er Melissas Hinterkopf mit den schwarzen, langen Haaren erkennen konnte. Es sah aus, als würde sie am Esstisch sitzen. Scott fand es frech, dass sie ihn einfach ignorierte, doch sein Anliegen war dringlich und er konnte sich jetzt nicht auf solche Spielchen einlassen. Er klopfte an der Scheibe, einmal, zweimal, und wartete. Langsam beschlich ihn das Gefühl, dass an ihrer Reglosigkeit etwas nicht stimmte. Er ging zurück zum Eingang, drehte am Türgriff, doch sie ließ sich nicht öffnen. Er suchte unter der Matte und schließlich unter den Blumentöpfen, wo er einen Ersatzschlüssel fand. Es war unfassbar, wie berechenbar manche Menschen waren.

Als er die Tür öffnete, war das Erste, das er bemerkte, der faulige Gestank, der seinen Geruchssinn grausam vergewaltigte. »Melissa, ich bin es, Scott, der Verlobte von Caitlin, ich komme jetzt rein, okay?«, rief er nach drinnen. Er hoffte, dass er eine Antwort erhielt, ahnte aber schon, dass hier etwas passiert sein musste. Er zog seine Pistole und lief Schritt für Schritt über den gefliesten Flur, vorbei am Geländer der Treppe, die in den ersten Stock führte, und näherte sich dem Zugang zur Küche. Er sah bereits den Herd und einen offenen Topf, über dem dicke Fliegen ihre hektischen Runden drehten. Das Summen der Insekten klang laut in der Stille des Hauses. Je näher er kam, desto beißender wurde der Gestank. Scott fühlte den Rausch des Adrenalins, wie es ihn zur Flucht beflügelte, doch seine Neugier war stärker und schließlich bog er um die Ecke und betrat die Küche, doch was er dort sah, ließ ihn erstarren.

Eine nackte Frau, deren Hände hinter der Stuhllehne gefesselt waren, saß neben dem Esstisch. Ihre Haut war blass und fleckig, ihre Augen glasig. Vom Brustbein bis hinunter zu ihrer Scham hatte sie einen langen Schnitt, aus dem ihre Gedärme hervorquollen und sich zwischen ihre gespreizten Beine ergossen. Maden krochen aus ihrem Darm, fielen auf den Boden und krümmten sich, Fliegen schwirrten um ihre fahle, mit fauligen Flecken übersäte Haut, die ihre aufgedunsenen Gliedmaßen bedeckte. Einzig das schwarze, lange Haar erinnerte an Melissa, der Rest hatte keine Ähnlichkeit mehr mit allem, was heilig und gut war. Auf dem Tisch lag eine Geflügelschere, deren Metall mit verkrustetem Blut verschmiert war.

Es waren nur zwei Sekunden gewesen, in denen Scott der Szene ausgesetzt gewesen war. Das reichte aus, um sich wie Säure in seinen Kopf zu ätzen. Er wandte sich ab, stützte sich mit den Händen auf den Knien ab und würgte, allerdings kam nichts als ein langer Speichelfaden heraus, da er kein Frühstück gehabt hatte. Fliegen schwirrten um seinen Mund, landeten in seinem Gesicht und flogen dann wieder weg. Sein Überlebensinstinkt zwang ihn, sich zusammenzureißen, den Mund abzuwischen und seinen krampfenden Magen im Zaum zu halten. Er richtete sich auf und lief mit vorgehaltener Waffe jedes einzelne Zimmer ab. Erdgeschoss, erstes Obergeschoss und Keller. Außer einer geschmacklosen Einrichtung in Rosa- und Goldtönen, die sich sogar bis auf die Kissen auf dem Bett erstreckten, gab es nichts zu befürchten. Wer auch immer das angerichtet hatte, war schon lange weg. Scott wollte einfach nur noch raus hier, weg, und nichts damit zu tun haben. Aber er wusste, dass er draußen Fingerabdrücke hinterlassen hatte, an Tür und Fenster, wo er so laut geklopft hatte, dass ihn bestimmt irgendwelche Nachbarn gesehen hatten. Das alles ließ ihm keine andere Chance, als dass er derjenige sein musste, der es der Polizei meldete. Scott ging zu Melissas Festnetztelefon, das auf einem gehäkelten Deckchen stand, und wollte die Polizei rufen. Doch dann überlegte er, dass dieser Vorfall vielleicht mit der Ermordung seiner Verlobten zusammenhängen würde und er nur diese eine Möglichkeit haben würde, mehr zu wissen und mehr zu erfahren als Detective Bayne, der in einem niedrigen Orbit um den Planeten seiner eigenen Inkompetenz kreiste. Daher steckte Scott die Waffe weg, suchte in den Schubladen der Kommode, auf der das Telefon stand, ein Halstuch oder etwas Ähnliches, dass er sich umbinden konnte. Dabei berührte er alles mit einem Kugelschreiber, den er sich aus der Innenseite seiner Jackentasche gezogen hatte. In den Schubladen befanden sich Kerzen, Handschuhe und eine dünne Einkaufstasche aus Leinen, die er sich um Nase und Mund band. Der Stoff machte es nicht besser, allerdings konnte man so durch den Mund atmen, ohne dass sich Fliegen in seinen Mund stürzten.

Als er die Küche betrat, musste er erneut würgen, da sein Kopf einfach nicht mitspielte. Er hielt die flache Hand hoch, als würde er seine Augen vor der Sonne abschirmen, und verdeckte damit seine Sicht auf das große Gekrabbel und Gekröse in der fatalen Wunde. Auf dem Tisch, neben der Geflügelschere, lag auch noch etwas anderes, das es nur umso grausamer machte. Es war eine Rasierklinge, neben der zwei faulige Stücke Haut lagen, an denen jeweils eine Spur aus Härchen sichtbar war. »Augenlider«, wisperte Scott und unterdrückte einen weiteren Würgereiz und hoffte, dass Melissa bereits tot gewesen war, als man ihr all das angetan hatte.

Er lief die Arbeitsplatte, die Schränke und das Wohnzimmer ab, suchte nach Spuren wie blutigen Fingerabdrücken, unachtsam liegen gelassenen Gegenständen oder etwas anderem, das er verwerten konnte. Doch alles sah, bis auf die Gräueltat am Tisch, sauber aus. Als er ans rückseitige Fenster ging, um nach hinten in den Hof zu blicken, starrte er schockiert ins Waschbecken, in dem eine blutverschmierte Kombizange sowie menschliche Fuß- und Fingernägel lagen, deren roségoldener Lack die Kratzspuren von der Misshandlung mit der Zange trug. Ihm stellten sich alle Nackenhärchen auf, als sich die Bilder der Misshandlung zusammenfügten. Jemand hatte ihr die Augenlider mit der Rasierklinge entfernt, damit sie mitansehen musste, wie man ihr alle Nägel ausriss und die Gedärme aus dem Bauch rutschten, wenn sie denn schon während des brachialen Schnitts nicht das Bewusstsein verloren hatte.

Scott hatte endgültig genug und torkelte unter einem Anfall von Schwindel zum Telefon, um die Garda Station anzurufen.

»Garda Station Kerry, hier Officer Petty, wie kann ich Ihnen helfen?«

»Detective Bayne«, verlangte Scott knapp.

Für ein paar Sekunden erklang Fahrstuhlmusik, etwas mit Saxophon und Keyboard, was an die Achtziger und George Michael erinnerte.

»Detective Bayne hier.«

»Hi, hier ist Scott O'Connell. Melissa, sie ist tot, sieht echt übel aus.«

»Wo ist hier? Und wer ist Melissa?«

»Mangerton View 14 oder so, keine Ahnung. Ich werde vor dem Haus stehen«, sagte er und legte auf. Noch länger hielt er den Gestank, den er immer wieder versehentlich durch die Nase einatmete, nicht mehr aus. Er ging nach draußen, wo ihm die Frischluft ungeheuer sauber vorkam, und riss sich den Leinenbeutel vom Gesicht, um einen tiefen Atemzug nach dem anderen zu nehmen.

Eine alte Dame kam auf dem Gehsteig vorbei. Sie stützte sich auf ihren Regenschirm und sah ihn missmutig an. »Wie kann dieses Mädchen nur so leben, mit toten Pflanzen vor der Haustür, die sollte sich was schämen.«

»Die Blumen sind das kleinste Problem.«

»Ist Miss Kavanagh verreist?«

»Ja, ich denke, das dauert länger.«

»Kein Grund, alles verlottern zu lassen. Sehen Sie sich nur das Gras im Vorgarten an, die Halme sind so lang, dass sie sich biegen. Und überhaupt …«

Scott hatte keine Ahnung, was die alte Schachtel von ihm wollte, und hatte keinerlei Konzentration, um ihr noch weiter zuzuhören. Trauer, Schmerz, Ekel und der Wunsch nach Rache erzeugten einen verwirrenden Strudel in seinem Kopf. Es konnte kein Zufall sein, dass Melissa getötet und ausgeweidet worden war. Nicht nach dem, was mit Caitlin geschehen war. Obwohl er nur ein Jahr weg gewesen war, bestürzte es ihn, was mit dem kleinen Killarney geschehen war, dass solche Albträume Wirklichkeit wurden.

Er rutschte mit dem Rücken am Geländer herunter, nahm die Knie an die Brust und starrte hinaus auf die Straße, auf der das Leben weiterging, als scherte es sich nicht um Verluste.

Nach einer Weile, als die alte Dame schon weg war, hielten zwei Streifen- und ein Notarztwagen vor der Tür. Das Blaulicht lockte Schaulustige und Anwohner an, die die Gardinen an ihren Fenstern zurückzogen und auf den Tatort gafften.

Ein Sanitäter, ein Notarzt und zwei Beamte hefteten sich an Baynes Fersen, der vor O'Connell stehen blieb. »Was ist das für ein Gestank?«, fragte er und rümpfte die Nase.

»Der neunte Kreis der Hölle.« Anders vermochte Scott es nicht zu beschreiben.

»Warten Sie hier.«

»Sehe ich so aus, als wollte ich weglaufen?«

Bayne ging mit seinen Männern hinein.

Scott beobachtete, wie immer mehr Vorhänge an den Fenstern der umliegenden Häuser zurückgezogen wurden und neugierige Gesichter hinter den Scheiben auftauchten. Eine Gruppe von Kindern auf Fahrrädern hielt vor dem Haus und gaffte die Einsatzfahrzeuge an.

Bayne kam aus dem Haus, trug Handschuhe und sah ihn mit prüfendem Blick an.

»Ich habe nichts damit zu tun«, begann Scott sich zu verteidigen. »Sie ist die Freundin von Caitlin gewesen, ich wollte sie nur besuchen, das ist alles.«

»Keine Sorge, wenn Sie nichts getan haben, müssen Sie sich keine Gedanken machen.« Er nahm sich eine Zigarette aus seiner Manteltasche und zündete sie an. Danach bot er Scott auch eine an.

Scott nahm sie entgegen, obwohl er gar nicht rauchte. Seine Finger zitterten, was ihm vorher gar nicht aufgefallen war.

»Feuer, Mr O'Connell?«

»Nein, ich rauche nicht.«

»Sieht aber anders aus.«

Scott schaute auf seine Zigarette und ließ sie vor Nervosität versehentlich fallen.

»Sie sehen blass aus, Mr O'Connell, geht es Ihnen gut?«

»Das ist nichts, ich bin okay. Mir fehlt nur Kaffee, am besten in die Vene. Und eine neue Nase, denn ich denke nicht, dass ich diesen Geruch je wieder losbekomme. Was ist hier nur los?«

»Um das zu klären, sind wir hier.«

Als ein weiterer Sanitäter mit zwei dicken Koffern aus dem Wagen stieg, fing Bayne ihn ab. »Nehmen Sie diesen Herrn mal unter Beobachtung, der sieht nicht gut aus.«

Der Sanitäter, ein schlaksiger Mittzwanziger mit spärlichem Bartwuchs, half Scott auf die Beine, öffnete die hinteren Türen des Einsatzwagens und setzte ihn auf die Kante. Danach legte er ihm eine Decke über die Schultern und leuchtete ihm mit einer schmalen Taschenlampe in die Augen. »Wie fühlen Sie sich?«

»Hervorragend«, ätzte Scott.

»Schwächegefühl, Schwindel, Übelkeit?«

»Ein bisschen von allem, mit einem Schuss Cola und einer großen Portion Pommes.«

»Ihre erste Leiche?«, wollte der Sanitäter wissen.

»Nein, ich mache den gleichen Job wie Sie«, erwiderte er und stellte sich stärker, als er sich fühlte. Tatsächlich hatte er sich als schwarzes Schaf der Familie mit Gelegenheitsjobs durchgeschlagen, bis er schließlich mit siebenundzwanzig etwas gefunden hatte, was ihn interessierte. Daher besaß er nicht im Mindesten die Coolness, über die erfahrene Leute in diesem Arbeitsbereich verfügten. »Ich komme schon klar.«

Der Sanitäter inspizierte ihn mit undeutbarer Miene. Schließlich krempelte er ihm den Ärmel hoch und maß seinen Blutdruck.

Bayne kam mit einer Kippe zwischen den Fingern zurück und kratzte sich an seiner Schläfe. »Was wissen Sie über Melissa Kavanagh?«

»Nur, dass sie die Freundin von Caitlin war. Ich kannte nicht mal ihren Nachnamen.«

»Sonst nichts?«

»Nein.«

»Haben Sie etwas berührt oder verändert? Ist Ihnen etwas aufgefallen?«

»Das Telefon und die Tür … keine Ahnung, dieser Gestank war einfach heftig. Verändert hab ich nichts, denke ich. Welcher Mensch tut so etwas?«

»Das will ich auch herausfinden, Mr O'Connell. Später kommen die Leute von der Spurensicherung. Bitte bewahren Sie Stillschweigen über das Ganze. Wir wollen keine Gerüchte im Ort schüren.«

»Meinen Sie, dass es mit meiner Verlobten zusammenhängt, Detective?«

»Es lässt sich nicht ausschließen. Außerdem glaubt die Kriminalstatistik nicht an Zufälle, sondern eher an Muster. Haben Sie eine Idee, was da drinnen passiert ist?«

»Eine Menge kranker Scheiß.«

Bayne nahm noch einen Zug von seiner Zigarette, warf den Stummel auf den Boden und trat ihn aus. »Gehen Sie nach Hause, ruhen Sie sich aus. Wir machen den Rest.«

»Ich hab kein Problem damit, dass die Gäste an meinem Tresen schlafen, solange sie alle zehn Minuten aufwachen und etwas bestellen.«

Doug Sullivan, Besitzer des Doug's Harp

7 Im Angesicht der Flinte

Anna Caffrey

Kay hatte Tränen in den Augen, doch sie blinzelte sie weg. »Ich wollte mich betäuben, mir schaden, der fucking Dreck sein, den andere in mir sahen, doch seit ich …«, ihre Stimme brach. Sie rutschte bis an die Kante des Sofas, senkte den Kopf und stützte sich mit verschränkten Armen auf die Knie.

Declan saß ihr gegenüber, seine Augen lagen in den Schatten seiner Kapuze verborgen. Er kaute am Nagel seines Daumens und wippte mit dem Knie auf und ab.

Anna wusste, was Kay sagen wollte, und auch Declan erwartete mit Spannung, dass sie fortfuhr und aussprach, was wie die drückende, elektrisierende Schwüle vor einem Sommergewitter auf der Atmosphäre des Jagdzimmers lastete.

Doch Kay brauchte länger und länger, schwieg weiter und weiter.

»Seit Sie tot waren?«, half ihr Anna, die Grenze zu überschreiten.

Kay blickte auf und nickte kaum merklich. »Man nennt es den goldenen Schuss. Wenn Junkies gestrecktes Zeug nehmen, was oft passiert, dann geschieht nichts Schlimmes. Aber wenn man Pech hat und reines Zeug erwischt, also ungestreckt, dann nimmt man garantiert zu viel davon, weil einem der Dealer nicht sagt, was man da vor sich hat.« Sie atmete noch einmal durch. »So einen Kick hatte ich noch nie. Und als ich aufgewacht bin, steckte eine Adrenalinspritze in meiner Brust, während der Rettungssanitäter immer wieder wie blöd meinen Namen gerufen hat. Ich war zurück in der harten Realität, doch ein Teil von mir ...« Sie verstummte plötzlich und ihr Blick wanderte, so wie der von Declan, in eine Ferne, die irgendwo in die Weiten von Alpha Centauri zu münden schien.

Anna ließ ihr Zeit und versuchte, nicht mehr als eine Randfigur im Raum zu sein. Kay hatte sich geöffnet und gezeigt, dass sie nichts mit dem Monster zu tun hatte, das sie nach außen hin darstellen wollte. Sie war lediglich verletzt, gekränkt und kam mit ihrer Rolle in der Gesellschaft nicht klar. Menschen, die genau dieses Problem hatten, gab es leider viel häufiger, als man es für möglich halten wollte. Allerdings existierte bei Kay noch eine weitere Komplikation, ein schweres Trauma, das seit dem Nahtoderlebnis an ihr haften geblieben war.

Nach einer Weile des Schweigens, in der Anna die Pendelschläge der alten Wanduhr hatte zählen können, eröffnete sie wieder das Gespräch. »Wie lange waren Sie tot?«

»Zweiunddreißig Sekunden, hat mir der Arzt später gesagt. Mein Herz hätte im Rettungswagen aufgehört zu schlagen.«

»Haben Sie etwas gesehen?«

Kay atmete lange ein und lange wieder aus. In ihrem Blick lag eine Sehnsucht, als habe ein Goldfisch von seinem Glas aus das offene Meer gesehen.

»Anna, das ... es war ... ich lag auf dem Rücken und hatte das Gefühl, als würde ich schweben, hinauf zu den Wolken. Sie öffneten sich, nahmen mich in ihre Mitte, gaben mir Wärme, unendliche Liebe und einen Hauch von allumfassendem Verständnis, während ich immer weiter zum Licht aufstieg. In meinem ganzen Leben habe ich nirgends so sehr gefühlt, dass alles gut werden würde, wie dort. Ich habe meine Hand ausgestreckt und wollte nach der Helligkeit vor mir greifen, doch dann verhärteten sich die Wolken, verwandelten sich zu grauen, gemauerten Wänden und abgewetzten Stufen, die zu einer Treppe unter einem Spitzbogen führten. Mit dem Gefühl, dass die ganze Welt an meinem Arm zerren würde, ging ich hinauf und lief durch einen Gang mit gewölbter Decke, vorbei an Arkaden um einen Hof, auf dem ein verdrehter, krummer Baum stand. Nach zwei Abzweigungen war ich dann draußen, der Mond schien auf ein Grab mit so einem keltischen Kreuz.

Ich weiß nicht, ob es eine Hölle gibt, aber ich erlebe diesen Horror jede Nacht, wache auf und schnappe nach Luft.« Sie wischte sich eine Träne von der Wange. Ihr blasses Make-up verwischte dabei.

Declan zog sich die Kapuze vom Kopf. Sein Blick wirkte leer.

»Was fühlen Sie dabei?«, wollte Anna wissen.

»Die Angst davor, zu sterben. Das macht mich völlig fertig und ich versuche, so lange wie möglich wach zu bleiben, weil ich nicht wieder in diesen Scheißalbtraum gezogen werden will.«

»Declan, geht es Ihnen auch so?«, wollte Anna wissen.

»Ja, jede Nacht ist voll die Hölle. Ich weiß, dass mich der Schlaf holen wird, und dann kommt wieder diese Angst, die mich weckt. Ich bin tagsüber manchmal so müde, dass mir die Augen zufallen.«

»Kay, so wie bei Declan können wir hier in Killarney einen Ort besuchen, der Ihrer Beschreibung ähnelt. Es gibt einen Friedhof im Süden des Killarney-Nationalparks, dort steht die Ruine von Muckross Abbey, inmitten eines Friedhofs. Der Organisator unseres therapeutischen Projekts empfiehlt, dass wir dort ein *Flooding* vornehmen. Denken Sie, dass Sie dazu bereit sind?«

»Sie meinen, ob ich dann endlich merke, wie wahnhaft ich bin?«

»Nein, so meine ich das nicht …«

»Schon gut, Anna, ich weiß, wieso ich hier bin, man muss nicht wirklich um die Ecke denken können, um darauf zu kommen. Und ja, ich bin bereit, weil ich keine andere Wahl habe.«

Declan nickte ihr zu. »Du willst auch, dass es aufhört, stimmt's?«

»Ja, es ist kein Leben, es ist ein Sterben. Wobei Leben und Sterben dasselbe sind …«, begann Kay und stoppte abrupt. »Ich habe eine Hassliebe mit der Logik, sie sprudelt aus mir heraus, es ist nicht zu kontrollieren.«

»Werden Sie von Ihren Mitmenschen wegen ebensolcher Kommentare als altklug bezeichnet?« Anna konnte sich noch gut an das Gespräch mit Kay von letzter Nacht erinnern.

»Wie gesagt, ich hasse es. Muss ich erst ein alter Mann sein, der in Indien oder Tibet auf ein Sitzkissen furzt, bevor ich so etwas sagen darf? Warum nimmt man solche Sprüche bei diesen Greisen ernst und hält mich für irre?«

Anna erinnerte sich an eine Abhandlung über Altersweisheit, die sie während des Studiums gelesen hatte. Sie nahm einen Schluck von ihrem Kaffee, der nur noch lauwarm war, und räusperte sich. »Zeit und Filter«, antwortete sie.

Kay runzelte die Stirn, dann nickte sie.

Declan schaute zwischen den beiden hin und her. »Das verstehe ich nicht.«

Anna wandte sich ihm zu. »Wir Menschen sprechen mit Filtern. Oft wird im Gespräch nur ein Teil der eigenen Meinung und Haltung wiedergegeben, da wir den anderen nicht verletzen oder uns selbst nicht zu sehr offenbaren wollen. Das hilft uns dabei, mehr oder weniger mit der Masse zu schwimmen, ohne aus unserem sozialen Gefüge zu fallen.«

»Nennt man das nicht eher *lügen*?«

»Es mag verschiedene Bezeichnungen dafür geben, allerdings bekommen wir diese Filter bereits in der frühkindlichen Phase indoktriniert und …«

»Indo-was?«

»Sie haben recht, kein Mensch mag die Fachwörter. Und ja, wir lernen zu lügen. Erst mit dem Alter dürfen wir einige dieser Filter fallen lassen, weil die Gesellschaft dem fortgeschrittenen Leben Weisheit und einen gewissen Grad an Zynismus zugesteht.«

»Also muss Kay mehr lügen, damit sie klarkommt?«

Anna lächelte und wandte sich an Kay. »Sie sitzen hier und wir reden über Sie, das gefällt keinem. Daher wieder zurück zu Ihnen, Kay. Sie müssen nicht unbedingt lügen, aber Sie müssen sich öfter vergegenwärtigen, dass es im sozialen Miteinander so etwas wie Etikette und Automatismen gibt, wie die Frage, wie es einem geht. Man antwortet mit *gut*. Dabei steht nicht die faktische Klärung der Frage im Raum, vielmehr ist es eine Erweiterung des *Hallo*, also nur eine Begrüßung mit Gegengruß. Es gibt Sprachen, in denen es für fast jede Begrüßung eine klare Erwiderung gibt, klarer als im Irischen. Auch Kommunikation hat wie Straßenverkehr seine Regeln.«

Kay ließ die Schultern sacken. »Mir fehlt einfach das Gefühl für das Seelenleben anderer. Und wieso soll ich mich für die Hater da draußen verstellen?«

»Das müssen Sie nicht. Aber wenn Sie wollen, dass der Koch Ihnen nicht in die Suppe spuckt, dann sollten sie vermeiden, ihm ungefragt mitzuteilen, dass er so dick ist, dass sie Angst haben, von einem abplatzenden Hemdknopf erschlagen zu werden. Leider ist Kommunikation, ob nun mit Worten oder Mimik und Gestik, immer anfällig für Fehler. Während Sie eine Sachinformation schicken, empfängt Ihr Gegenüber das Ganze vielleicht auf seiner emotionalen Ebene, das heißt, dass sie nicht unbedingt daran schuld sein müssen, dass man Sie missversteht.«

»Ja, das weiß ich ja, nur manchmal will ich auch provozieren. Clean zu sein, der Rechtsstreit mit meinem beschissenen Ex, das Jugendamt und diese andauernde Angst vor meinen Albträumen – das alles frustriert mich so sehr, dass ich das Gefühl habe zu ersticken. Manchmal will ich mich einfach streiten, mein *Nein* in die Welt brüllen.«

Anna beneidete Kay dafür, sich nicht um die Gefühle anderer zu scheren und ohne Beklemmungen Nein sagen zu können. Im Grunde war Kay ein klarer Mensch, einer, der sich erst durch Reibung im Gefüge der Welt finden musste. Doch die Nahtoderfahrung war eine ganz andere Sache. »Wenn Sie bereit sind für das *Flooding,* werde ich schauen, ob ich für morgen eine Führung organisieren kann.« Sie wollte nicht noch einmal riskieren, dass sie wie bei Declan verbotene Bereiche betrat.

»Führung auf einem Friedhof?«, fragte Kay.

»Das passt ja«, polterte Mick ins Gespräch. Er lehnte mit dem Rücken am Türrahmen, hatte eine Hand in der Hosentasche und rückte sich mit der anderen seine Mütze zurecht. »Die Teufelsanbeterin auf dem Friedhof, war klar. Opfert ihr heute noch Säuglinge oder reichen auch englisch gebratene Steaks?« Sein Grinsen füllte den gesamten Raum und er nickte zu Declan, als wolle er ihn zum Lachen animieren.

Doch Declan war zu sehr mit sich selbst beschäftigt und sah durch ihn hindurch.

Kay stand auf, steckte die Hand in die Hosentasche, kramte darin herum und zog ihre Hand wieder heraus, um Mick ihren Mittelfinger zu zeigen. »Der ist für dich, eine Aufmerksamkeit des Hauses.«

»Oh, der Stinkefinger«, meinte Mick und biss sich theatralisch auf die Unterlippe.

Anna schob die Teilnehmerliste an die Tischkante, die Mick am nächsten stand.

»Heut' wollte ich so gerne teilnehmen, aber es gibt da so einen Pub in Killarney, der hat 'nen Beamer und 'ne Leinwand, da läuft heute das Fußballspiel. Muss unbedingt sehen, ob das mit meiner Wette was wird. Declan, willst du mit?«

»Ich habe es nicht so mit Menschen, weißt du.«

»Ach komm, die beißen nich' und nach ein paar Bier sehen sogar die hässlichen Mädels gut aus.«

Declan schüttelte den Kopf.

»Macht doch, was ihr wollt!«, sagte Mick und dampfte ab.

Anna überlegte, wie sie es schaffen konnte, dass auch Mick an der Runde teilnahm. Vielleicht eine kleine Bühne am Kamin, ein Mikrofon, ein Publikum – das würde ihm bestimmt gefallen. Allerdings war dies hier kein Comedykeller.

Als ihr der Duft nach gebackenen Kartoffeln in die Nase stieg, schaute sie auf die Uhr. »Es ist Essenszeit, ich nehme an, dass Isabella lecker gekocht hat. Wir machen für heute Schluss und fahren morgen früh, wenn das mit der Führung klappt, zur Muckross Abbey.«

* * *

»Haben Sie sonst noch einen Wunsch?«, fragte Vernan, während er eine Tasse Kaffee auf den Tisch am Fenster des Speisesaals abstellte.

»Nein, das wäre alles«, erwiderte Anna und schaute dankbar von ihrem Notebook auf. Die Vorstellung, persönlich bedient zu werden, fühlte sich noch immer fantastisch an.

»Dann ziehe ich mich jetzt zurück, wenn Sie gestatten.« Er verneigte sich vornehm und ließ sie allein.

Anna warf einen Blick aus dem Fenster. Da es draußen dunkel und innen hell war, spiegelte sich der Raum mit seinen Tischen, Stühlen und den Wandgemälden auf dem Glas. Eines davon weckte ihr Interesse. Sie stand auf und stellte sich davor.

Auf dem Bild war ein Mann abgebildet, der in waldgrüner Jägerbekleidung und geschultertem Gewehr auf einem sich aufbäumenden Gaul saß. Über seiner Schulter hing eine Flinte und neben den Hinterläufen des Reittiers stand ein Hund, der zu seinem Herrn aufblickte. Die ganze Szene spielte sich vor der McMurrough Villa ab. Anna vermutete, dass es den verstorbenen Hausherrn mit seinem Hund zeigte. Der Mann trug einen kohlschwarzen Vollbart und in seinem Blick lag eiserne Entschlossenheit.

»Ja, das war mein Mann«, sagte eine Stimme hinter ihr.

Anna schnappte nach Luft und fuhr herum.

Marla McMurrough stand in einem lachsfarbenen Seidenblazer mit Rock vor ihr und blickte sie unter dem feinen Schleier ihres krempenlosen Huts an.

»Sie haben mich aber erschreckt«, sagte Anna und fasste sich aufs Herz, das sich langsam wieder beruhigte.

»Wissen Sie, Kindchen, er hat diesen Hund geliebt.«

»Sie meinen Bran?«

»Ja, er ist ein guter Hund. Mein Mann hat ihn als Welpe zur Jagd ausgebildet, zusammen mit den anderen Hunden. Bran war von Anfang an stark und ausdauernd, mehr noch als die anderen aus dem Rudel. Er hat sie alle überlebt, so, wie er meinen Mann überlebt hat. Das Einzige, was mir von meinem Gatten geblieben ist, sind seine Flinten und sein Lieblingshund.«

»Vermissen Sie ihn?«

»Es vergeht kein Tag, an dem ich nicht aus dem Fenster schaue und warte, dass er von der Jagd zurückkommt.«

Anna hatte Gänsehaut bis hinunter zu den Zehenspitzen. Das musste also wahre Liebe sein. Nach so vielen Jahren Ehe vermochte nicht einmal der Tod das Band zu ihrem Geliebten zu durchtrennen. Gab es solche Menschen überhaupt noch? Liebevoll, treu, ihren Mitmenschen ergeben?

Unwillkürlich kam ihr ihre Großmutter in den Sinn. Wenn sie doch nur ein wenig wie Marla hätte sein können, dann wären einige Dinge in Annas Leben anders gelaufen. »Haben Sie Bran inzwischen gefunden?«

»Ja, aber er ist wieder weg. Wahrscheinlich jagt er den Enten vom Ufer des Lough Leane nach, die gerne mal bei uns auf der Terrasse landen. Das Hausmädchen hat sie früher gefüttert, was ich ihr dann verboten habe, da die Wasservögel alles, was sie essen, auch wieder hinterlassen. Das sieht dann immer unschön aus. Ach Kindchen, es ist so schwer, gutes Personal zu finden«, sagte sie mit einem Seufzer. »Langsam wird es spät, es ist Zeit für mein Bett.«

»Gute Nacht, Marla, schlafen Sie gut.«

»Danke Kindchen, arbeiten Sie nicht zu lange. Männer finden Augenringe nicht hübsch.« Sie schenkte ihr ein angedeutetes Lächeln und ging die Treppe hoch.

Anna recherchierte auf ihrem Handy über Muckross Abbey. Es gab keine Führungen, stattdessen war die alte Ruine offen und für jeden zugänglich, der sich in den Killarney-Nationalpark begab. Sie las sich die Geschichte des alten Gemäuers durch und war erstaunt, dass man solch einen beeindruckenden Ort nicht restauriert hatte. Im Jahr 1340 hatten die Franziskanermönche die Abtei gegründet, sie aber nicht lange danach aufgegeben. Etwa einhundert Jahre nach ihnen begann Donal McCarthy Mor, den Komplex wieder aufzubauen, der später in der Geschichte beschädigt und wiederaufgebaut wurde, weshalb unterschiedliche Baustile an der heutigen Ruine zu erkennen waren. Doch vielleicht war genau das, was den Charme ausmachte, der Verfall, die Patina der Jahrhunderte.

* * *

Das Läuten der Pendeluhr durchdrang die nächtliche Stille der Villa vom Jagdzimmer bis in den Speisesaal.

Anna zählte zwölf Schläge und gähnte. Ihre Pobacken waren platt gesessen, ihr Nacken steif. Professor Kent würde wahrscheinlich morgen früh die neueste Dokumentation vom Projekt lesen, die sie ihm heute zugeschickt hatte.

Sie klappte das Notebook zu, ließ den Kopf kreisen, um die Verspannung ihrer Nackenmuskulatur zu lösen, und … starrte in den Lauf einer Flinte.

Ihre Welt schrumpfte auf die Dunkelheit in den zwei Löchern der Doppelläufigen, die nur eine Handlänge von ihren Augen entfernt waren.

Keine Müdigkeit. Keine Verspannung. Nur Schock.

Alles Sein stauchte sich auf wenige Sekunden zusammen, die sich zu Ewigkeiten ausdehnten. Sie wagte nicht zu atmen und war sich nicht sicher, ob ihr Herz überhaupt noch schlug.

Marla McMurrough stand in einem rosafarbenen Seidennachthemd vor ihr und zielte mit der Waffe auf Annas Kopf. Ihre Haare standen wild in jede Richtung ab und sie trug einen von Hass verzerrten Gesichtsausdruck.

Annas Hände lagen noch flach auf dem Tisch. Sie wagte es nicht, auch nur einen Finger zu lösen. Zu groß war die

Angst vor dem Tod, zu groß die Furcht, dass die Urgewalt des Gewehrs ihr Gehirn durch die Fensterscheiben hindurch quer auf der Terrasse verteilen würde. So langsam wie Harz tropfte die Erkenntnis in ihren Verstand, dass sie nicht träumte und es tatsächlich die nette alte Dame war, die aus heiterem Himmel in Weltuntergangsstimmung gewechselt hatte.

»Marla«, stotterte Anna.

»Halt deinen Mund, du Flittchen, deine Lügen kannst du dir schenken!«, zischte sie. Sie spannte einen der beiden Schlagbolzen. »Seit wann?«

»Ich v-v-verstehe nicht?« Annas Rücken war schweißnass, sie schwitzte unter den Brüsten, schwitzte an den Fingern und an den Füßen. Ihr ganzer Körper war in Alarmzustand.

»Oh doch, du verstehst! Ich habe gesehen, wie du dich mit meinem Mann getroffen hast, ihn geküsst und deine Hand in seinen Schoß gelegt hast. Du bist eine kleine Hure, die mir den Mann wegnehmen will, gib es zu!«

»Marla, ihr Mann ist schon lange …« Anna stockte und dachte nach. Wie lange lebte ein Hund eigentlich und wieso suchte sie ihn ständig? Plötzlich war sie da: Die Erkenntnis, dass diese Frau wahrscheinlich unter Demenz litt. Das machte ihre Lage sogar noch schlimmer. Dies mochte ein demenzielles Delir sein, eine Spitze, ein Ausraster, eine Welle wahnhafter Fantasien. Angetrieben durch ihren Überlebensinstinkt, förderte ihr Verstand alles Wissen zutage, das Anna jemals über diese Erkrankung und den Umgang mit ihr gelesen hatte. Logische Argumentation würde alles verschlimmern, da Marla sich gegen die Darstellung einer anderen Realität wehren würde. Hier galt es, ihre Gefühle zu erkennen und zwischen den Zeilen zu lesen. Ja, das musste es sein, mit der Welle schwimmen, nicht dagegen. Marla vermisste ihren

Mann und hing an jeglicher Erinnerung von ihm, sogar an seinem geliebten Jagdhund Bran, den es wahrscheinlich gar nicht mehr gab. Wieso war das Anna nicht früher klar geworden? »Marla, ich habe eine Schwester, sie muss das gewesen sein, sie sieht mir ähnlich. Sie haben sie doch gestern kennengelernt, Sie kennen sie doch noch, oder?«

Marla blinzelte. »Kann sein, ihr beide seht euch so ähnlich.«

Anna erkannte ihre Chance. »Außerdem kann ich es nicht gewesen sein. Ich sollte doch Bran suchen und ich habe ihn gefunden, er hat wieder die Enten auf der Terrasse gejagt und ist danach hoch in den ersten Stock.«

»Er ist ein guter Junge.«

»Ja, das ist er und er wartet auf Sie. Ich denke, dass er Hunger hat.«

Marla hielt noch eine Weile die Waffe, dann ließ sie diese sinken.

»Geben Sie mir doch die Flinte, während sie zu Bran gehen, ich werde das Stück für die nächste Jagd reinigen.«

Die Witwe McMurrough blickte noch einen Moment skeptisch, als brauche es ein paar Sekunden, bis ihr Verstand mit den Informationen klarkam. Danach legte sie das Gewehr auf den Tisch und ging die Treppe hoch.

Anna wartete, bis sie weg war, und atmete dann erleichtert aus. Demenz. Das hätte ihr vorher auffallen müssen. Aber so wie bei allen Erkrankungen gab es auch dabei gute und schlechte Episoden. Erst jetzt wagte sie es, die Finger vom Tisch zu lösen, schnappte sich die Flinte und trug sie ins Jagdzimmer. Das Teil war mit Hirschmotiven am Kirschholzgriff verziert und lag schwerer in der Hand als gedacht.

Im Jagdzimmer stand die Glastür des Waffenschranks offen. Im Schloss steckte sogar noch der Schlüssel.

Anna platzierte die Waffe in der leeren Aussparung zwischen den anderen und machte die Tür wieder zu. Morgen würde sie mit Vernan über die Dame reden müssen, die eine Gefahr für alle war. Vielleicht ahnte er, dass etwas mit seiner Chefin nicht stimmte, konnte es aber nicht einordnen, da man reichen Witwen eine gewisse Exzentrik zugestehen konnte. Und wenn Anna es ihm sagte, was passierte dann? Die Polizei würde kommen, die Waffen sicherstellen, Marla würde unter schwere Medikamente gesetzt und in eine Klinik eingewiesen werden. Ob das eine so viel bessere Alternative war, als einfach ein bisschen der Welt *entrückt* sein zu dürfen? Außerdem würde das Projekt unterbrochen werden müssen, doch Professor Kent hatte ausdrücklich darauf bestanden, dass es zu keiner Verzögerung kommen durfte.

Sie steckte den Schlüssel ein. Es war besser, Stillschweigen zu bewahren, und solange die Dame keinen Zugang zu Waffen hatte, sollte die Gefahr so gering wie möglich sein. Blieb nur noch zu hoffen, dass es keine anderen Waffen im Haus gab.

»Als ich in der Klasse gesagt habe, dass man das gesamte Internet abschalten kann, hat mein Lehrer mich ausgelacht. Als ich diesem Schmalhirn erklärte, dass das WorldWideWeb ein Webdienst mit Sitz in den USA ist, ebbte sein Scheißgelächter ab. Danach habe ich ihm gesagt, dass Fische ertrinken können – darüber hat er nicht mehr gelacht.«

Kay McLennan, Gesprächsnotiz des Direktors,
Anhörung zum zweiwöchigen Schulverweis

8 Doug's Harp

Scott O'Connell

»Hey, das's kein Hotel«, schnauzte der Wirt und stellte eine Tasse Kaffee auf dem Tresen ab. Der Löffel klapperte auf der Untertasse.

Scott hob den Kopf von den Unterarmen und öffnete blinzelnd die Augen. Schlaftrunken wie er war, brauchte er erst ein paar Sekunden, bis er realisierte, dass er sich am Abend ins Doug's Harp gesetzt und wohl ein Bier zu viel getrunken hatte. Er schaute hoch zum Fernseher über dem Barmann, auf dem ein Snooker-Match lief. Der grüne Spieltisch, der größer als beim normalen Poolbillard war, füllte fast das gesamte Bild aus und hätte ohne die roten Kugeln darauf wie ein Fußballfeld gewirkt. Die langsamen und bedächtigen Aktionen der Wettkämpfer hatten etwas Beruhigendes auf Scott. Auch wenn um ihn herum der Lärm saufender und lachender Gäste schallte, der kaum von den Harfenklängen aus den Lautsprechern überdeckt wurde.

»Wie lange habe ich geschlafen?«, krächzte er und rieb sich den Schlaf aus den Augen.

»'Ne Stunde. Der Kaffee geht aufs Haus.«

Scott hatte die Kontrolle verloren. Der Alkohol hatte seine Welt etwas erträglicher gemacht und alles Harte daran in weiche Watte gepackt. »Kann ich ein Bier zum Wachwerden haben?«

»Ne, is' nicht mehr drin. Du hattest genug.«

Scott gähnte, rieb sich das Kinn und nippte am schwarzen Kaffee. Die Bitterkeit half ihm, den Dunst in seinem Kopf etwas zu lichten und sich zu erinnern, wieso er überhaupt hier war. Er drehte sich auf seinem Barhocker und ließ den Blick durch die Bar schweifen.

Alle Tische waren mehrfach besetzt. Bis auf einen, an dem ein einzelner Mann saß und Kartoffelbrei in sich hineinschaufelte. Sein Gesicht war hinter seinen lockigen, schwarzen Haaren, die wie ein Schleier davorhingen, verborgen.

Auch wenn Scott sein Antlitz nicht sah, wusste er, dass es Pete sein musste, der so groß und schlaksig war, dass seine Hosen immer zu kurz waren und die weißen Tennissocken unter seiner grauen Cordhose hervorgrinsten. Außerdem trug er immer die gleichen abgewetzten Sakkos mit Flicken an den Ärmeln, die ihn wie einen Professor aus Cambridge wirken ließen, der vor lauter Studienarbeit keine Zeit hatte, sich um sein Äußeres zu kümmern. Doch es war bei Alien Pete weniger das Leben eines Gelehrten, sondern vielmehr das des Geizhalses, der wahrscheinlich die abgelegten Klamotten seines kleineren Vaters trug. Vielleicht wollte der irre Mechaniker aber auch seine zwei Meter Körpergröße damit unterstreichen, so genau ließ sich das bei ihm nicht sagen.

Scott ahnte jetzt schon, dass er es bereuen würde, sich zu diesem Mann zu gesellen, allerdings fielen ihm keine Alternativen ein. Also nahm er seinen Kaffee und setzte sich zu ihm an den Tisch.

Alien Pete legte den Löffel ab und strich sich das Haar hinters Ohr. Seine Gesichtszüge, die schon immer etwas von einem Raubvogel gehabt hatten, wirkten schärfer, da er abgenommen hatte.

»Du bist doch Scott O'Connell, lange nicht mehr gesehen. Ich hab das mit deiner Verlobten in der Zeitung gelesen, tut mir leid.

»Ja, mir auch. Bin ich denn schon Stadtgespräch?«

»Ist ein kleiner Ort. Willst du ein Auto kaufen?«

»Nein, aber ich brauche etwas anderes, Pete.« Scott zeigte ihm den Kassenbon, auf dessen Rückseite er die Profilspuren in Caitlins Carport skizziert hatte. »Tut mir leid, ich hatte keinen Fotoapparat, daher muss diese Zeichnung reichen.«

»Keine Fotos, keine Videos, keine Aufnahmen, kapiert? Die können das alles zurückverfolgen.«

»Die?«

»Na die da oben, die Aliens, sie überwachen uns.«

Scott versuchte, sich zu beherrschen, ihm nicht den Kaffee ins Gesicht zu schütten. »Kannst du damit etwas anfangen?«, fragte er.

Alien Pete warf einen Blick darauf. »Das stammt von einem Autoreifen.«

»Ach echt? Darauf wäre ich nicht gekommen.«

Der Mechaniker sah das Bild lange an, während er seinen Brei weiter löffelte. »Das ist ein Geländewagen, Offroader, etwas Schweres.«

»Wie, ein SUV?«

»Nein, größer. Ein Pick-up oder ein kleiner Truck.«

»Bist du dir sicher?«

»So sicher, wie ich entführt wurde«, entgegnete Alien Pete.

Scott überlegte, wie weit er diesem UFO-Narren vertrauen konnte. In Killarney hätte ihn niemand mehr ernst genommen, wenn er nicht die einzige Werkstatt in der Nähe besitzen würde. »Dann werde ich mal nach so etwas Ausschau halten.«

»Wieso, ist dir jemand über den Rasen gefahren?«

»Kann man so sagen.«

Alien Pete sah sich nach allen Seiten um und setzte eine verschwörerische Miene auf. »Sag mal, bei der Sache mit deiner Verlobten, haben die Beamten den Tatort richtig untersucht?«

Scott wurde hellhörig. »Was meinst du damit, hast du Infos oder so?«

»Vielleicht recherchierst du das am besten selbst. Ich habe einen Geigerzähler in der Werkstatt. Damit kannst du die Radiation messen, denn wenn du einen großen Ausschlag hast, waren es vielleicht die Besucher, die dir das angetan haben.«

»Eine Verschwörung … in der Regierung?«, frotzelte Scott.

»Möglich. Man sollte nichts ausschließen.«

Scott wurde das Gefühl nicht los, dass dieser Mann, so wie Liam, vollkommen unempfänglich für Zynismus war. Er trank seinen Kaffee aus und ließ einhundert Euro auf dem Tisch liegen. »Dieses Gespräch hat nie stattgefunden, okay?«

»Ich trage eine Zyanidkapsel mit mir herum, die kriegen nichts aus mir raus«, versicherte Alien Pete mit zu Schlitzen zusammengekniffenen Lidern. »Und richte Caitlins Bruder mein Beileid aus.«

»Caitlin hat keinen Bruder.«

Alien Pete schaute ihn verdutzt an, zuckte mit den Schultern und löffelte seinen Brei weiter.

Als Scott den Pub verließ, war es draußen bereits dunkel. Ganze Kolonien geflügelter Insekten flirrten in den gelben Lichtkegeln der Straßenlaternen, während klappernde Kutschen und Autos unter ihnen durchfuhren. Wegen des auffrischenden Windes, der ihm kalt über den Nacken fuhr, stellte er den Kragen seiner Lederjacke auf. Danach sprang er über eine Pfütze, die an den Bordstein grenzte, und überquerte während einer Verkehrslücke die Straße.

Einen Moment lang trugen ihn seine Füße zum Cottage, doch sein Herz war nicht bereit, erneut dort hinzugehen. Stattdessen schlug er den Weg zu seinen Eltern ein. Er schob sich die Hände in die Jackentasche und vergrub das Kinn hinter dem Kragen. Als er zufällig mit dem Daumen über die Innenseite seines Fingers fuhr, bemerkte er den Verlobungsring, den er noch immer trug. Das Ringpärchen hatte er vor vier Wochen auf einer schottischen Insel gekauft. Das Schiff wäre fast ohne ihn abgefahren, so lange hatte er mit dem geizigen Schotten um den Preis gefeilscht. Doch die eigentliche Arbeit war es gewesen, das Gegenstück per Expresskurier zu Caitlin zu schicken, sich mit dem Lieferanten so abzusprechen, dass die Lieferung des Päckchens mit dem Ring darin kurz nach seinem telefonischen Heiratsantrag erfolgte. Es war perfekt gewesen. Verrückt. Durchgeknallt. Einzigartig. So wie ihrer beider Beziehung. Ein dicker Kloß arbeitete sich in seiner Kehle nach oben, aber er schluckte ihn hinunter. Verdrängte die Erinnerung und den Schmerz, sehnte sich nach noch mehr Alkohol, um ihn darin zu ertränken.

Nach einer Weile, in der seine trüben Gedanken ihn die Zeit hatten vergessen lassen, ging er an der St. Mary's Cathedral vorbei. Das graue, gotisch anmutende Gebäude hob sich kaum gegen die Nacht ab. Als er auf dem Parkplatz das Auto seines Bruders sah, kletterte er über den Zaun und ging zum Eingang. Klassische Musik drang an seine Ohren. Die Tür war nicht abgeschlossen, daher betrat er das Innere, das so dunkel war, dass sich die gemauerten Säulen und die Sitzbänke kaum gegen die Finsternis abhoben. Aus dem Kreuzgang schimmerte Licht.

Scott ging zu einer schmiedeeisernen Tür mit floralen Mustern und blickte auf den Rücken seines Bruders.

Liam stand auf einem Gerüst und drückte eine Holzleiste mit komplizierten Schnitzereien an die Wand. Neben seinen Füßen stand ein Eimer, auf dessen Rand ein Pinsel lag. Leim tropfte von den Borsten, verfehlte knapp das Taufbecken, auf dem tragbare Boxen standen, und klatschte auf den Boden.

Scott wollte seinen Bruder nicht erschrecken, daher räusperte er sich.

»Gleich«, sagte Liam, der sich nicht aus der Ruhe bringen ließ, und passte die Leiste sorgfältig in die Lücke ein. »Pater Daniels«, begann er mit abgewandtem Gesicht, »Sie können unbesorgt nach Hause gehen, ich habe Ihnen doch schon gesagt, dass ich den Leim jedes Mal frisch herstellen muss.«

»Ein Pater werde ich in diesem Leben wohl nicht mehr«, bemerkte Scott.

Liam drehte sich um, schaute zu ihm herunter und lächelte, während er sich das Bindemittel von seinen Händen an einem Lappen abwischte. »Was führt dich denn hierher?« Er sprach lauter, um die Musik zu übertönen.

»Unruhe.«

»Was mir immer hilft, ist klassische Musik. Und, hast du Alien Pete getroffen?«

»Ja, aber ich weiß nicht, ob er so eine große Hilfe ist.«

»Wieso?«

»Er meint, dass die Spur zu einem Pick-up oder einem kleinen Truck gehört. Kennst du jemanden, der so etwas fährt?«

»Mir fallen auf Anhieb zwanzig ein, die ich kenne. Geht es nicht präziser?«

»Nein, Liam.«

»Denkst du, dass es jemand war, der so ein Ding fährt?«

»Keine Ahnung, es ist die einzige Fährte, die ich habe.« Scott lehnte sich an die Wand, verschränkte die Arme und sah seinem Bruder dabei zu, wie er mit dem Pinsel Leim auf ein Holzpaneel auftrug. »Stellst du deinen Kleber wirklich selbst her?«

»Ja, wenn man das fachmännisch haben möchte, kommt es auf die Details an. Farben, Bindemittel, Leder – man kann nicht einfach im Supermarkt einkaufen gehen, manche Dinge gibt es nicht einmal im Internet. Originalität und Authentizität, auf diese beiden Dinge kommt es an. Das unterscheidet meine Qualität von anderen.«

»Das hört sich alles mühselig an. Ich habe nie verstanden, wieso du damals nach Dublin gegangen bist, um diese Ausbildung zum Restaurateur zu machen. Keine Ahnung, was an solch einem anstrengenden Job gut sein soll.«

»Die Musik, die wir gerade hören, ist Mozarts *Requiem*. Sie hat ihn überdauert, seine Erben und wird auch uns überleben. Sie ist zeitlos und für die Ewigkeit bestimmt. So ist es auch mit dieser Kathedrale. Ich werde ein Teil ihres langen Lebens, indem ich meine Kunst, meine Leidenschaft und mein Fachwissen hier verewige. Wir Sterblichen kommen und gehen, doch die Kunst ist unsterblich.«

Scott überlegte, was einem die Unsterblichkeit nützte, wenn man die Menschen, die man liebte, auf seinem Lebensweg verlor. Wenn er an die Zukunft dachte, fühlte er Angst davor, allein zu sein. Ziellos zu sein. Den Mut zu verlieren. Vielleicht war es besser, so wie Liam zu sein, sich nicht zu binden und sich um nichts einen Kopf zu machen. Scott erinnerte sich noch an eine Schlägerei mit einem größeren Jungen auf dem Pausenhof. Der Auslöser war ein Mädchen gewesen, vor dem er sich beweisen wollte. Scott hatte am Boden gelegen und Prügel kassiert, bis sein Bruder in den Kampf eingegriffen hatte. Liam hatte damals seinen Schulranzen wie einen Morgenstern benutzt und dem Jungen die Nase gebrochen. Scott hatte sich immer dafür geschämt, von seinem kleinen Bruder gerettet worden zu sein, aber er hatte damals schon eine Ahnung davon bekommen, dass Liam ein loyaler Mensch war. Und er war froh, ihn als Bruder zu haben, auch wenn er ihn manchmal für sein roboterhaftes Verhalten hasste. Oder waren das nur Schutzmechanismen, damit ihm niemand wehtun konnte? Schließlich hatte Liam oft Fieber gehabt und viel Zeit allein in seinem Zimmer verbracht. Obwohl er dabei viele Bücher gelesen hatte, war auch er nur ein Mensch, an dem so etwas nicht spurlos vorübergehen konnte. »Liam, hast du noch dieses Fieber?«

»Vielleicht ein- oder zweimal im Jahr.«

»Also nicht mehr so häufig wie früher. Du warst teilweise so weggetreten, dass du mit geschlossenen Augen irgendwelche Sachen erzählt hast – hatte ein bisschen was vom Exorzisten. Schön, dass Mum sich immer so gut um dich gekümmert hat. Ich werde jetzt auch wieder etwas mehr Zeit mit ihr verbringen, da ich zunächst bei unseren Eltern wohnen werde. Im Cottage von Caitlin kann ich nicht wohnen, denn … alles hat dort einen Bezug von ihr.«

»Eine Patina«, berichtigte Liam.

»Eine was?«

»Patina, einen Überzug.«

»Wieso kann man sich nicht mit dir unterhalten, Liam, ohne dass du den Oberlehrer heraushängen lässt?«

»Du hast meine Gesellschaft gesucht, ich kann nichts dafür, wenn sie dir nicht passt.«

Scott schaute hoch zu seinem kleinen Bruder, der mit den Schultern zuckte und ihm ein Lächeln schenkte. Vielleicht war dies ihre beider Art, über Probleme zu reden. Möglich, dass sie beide nie von ihrem Vater gelernt hatten, sich auch als Mann zu öffnen. »Gute Nacht, kleiner Bruder«, sagte Scott und machte sich auf den Heimweg.

***

Regentropfen fielen sanft gegen das Fenster und erzeugten einen leisen, fast hypnotischen Klang in der nächtlichen Dunkelheit von Scotts Zimmer. Immer wieder versuchte er, Ruhe in seine Gedanken zu bringen, aber sie drehten sich weiterhin um die Ereignisse der vergangenen Tage. So oft er sich auch herumwälzte, um eine ideale Schlafposition zu finden, waren es die Fragen ohne Antworten, die ihn stattdessen fanden und seinen Verstand beschäftigten. Scott setzte sich auf und ging in seinen Boxershorts ans Fenster. Er konnte den Regen nur im Lichtkegel der Straßenlaternen sehen, die mit ihrem orangenen Licht die Straße beleuchteten, die er schon sein ganzes Leben kannte. Doch wie viel wusste er wirklich über seine Heimat, wenn solche Dinge geschehen konnten, die wie wahr gewordene Höllendarstellungen von psychopathischen Malern wirkten? Er hatte so viele Fragen und keine Antworten.

Er setzt sich an den Schreibtisch und schaltete seinen Computer ein, den er zuletzt vor zwei Jahren benutzt hatte. Das grelle Licht in der Dunkelheit ließ ihn für einen Moment blinzeln, bis er sich daran gewöhnt hatte. Er übersprang mit einem Klick die Frage nach dem Update und wartete, bis das System vollständig hochgefahren war. Er erinnerte sich daran, wie Detective Bayne von einer vermissten Person gesprochen hatte, die vielleicht mit Caitlins Sache zusammenhing. Scott öffnete den Browser und gab Caitlins Namen und den Wohnort ein. Gleich der erste Treffer führte zu einem Blog, in den jemand namens *Onlinewatcher* einen Zeitungsartikel hochgeladen hatte.

– Killarney unter Schock, Frauenleiche hinter Supermarkt entdeckt –

Ein Bericht von Jim Davys

Gestern wurde eine Frauenleiche in dem Müll von Fresh Food & Co. entdeckt. Tim Morrisson, der Angestellte, der die grausige Entdeckung machte, wurde von der Polizei

> vernommen und steht unter psychologischer Betreuung. Der nackte Körper der Frau, die als Caitlin Kelly identifiziert wurde, lag in einem Müllcontainer. Jemand hatte sie dort in einer Plastikplane wie Abfall entsorgt. Ob die Tat auf dem Gelände des Supermarkts geschah, ist noch unklar. Die Polizei macht keine Angaben dazu, auch nicht darüber, ob es einen Zusammenhang zu dem Thema mit der Vermisstenmeldung von vor zwei Monaten gibt. Der Bürgermeister hat versichert, dass er eine schnelle Aufklärung vorantreiben werde. Die Behörden bitten um die Mithilfe von Zeugen und Angehörigen.

Scott dachte über die Worte von Detective Bayne nach, der angemerkt hatte, dass es keine Zufälle, sondern Muster gab. Gedanklich überschlug er seine Informationen und versuchte, etwas darin zu erkennen. Melissa war tot, gefoltert und ausgeweidet. Sie war die Freundin von Caitlin gewesen, die ebenfalls tot war. Und es gab eine Vermisstenmeldung, die nichts mit Caitlin zu tun hatte. Und wenn doch, wo war dann die Leiche? Auch dazu suchte Scott nach Informationen und fand weiter unten im Blog den verzweifelten Kommentar einer Mutter.

> … will die Polizei in ganz Kerry den Vermisstenstatus löschen. Wie können die Beamten so etwas machen? Nur weil sie schon einmal weggelaufen ist, nimmt man die Sache nicht mehr ernst. Es heißt, sie sei durchgebrannt und dass so etwas häufiger vorkäme, als man denke. Aber ich bin eine Mutter, ich weiß, dass es diesmal anders ist! Auch wenn die Polizei aufgibt, bitte, haltet die Augen auf. Meine Tochter heißt Jane Darcy, sie ist 1,69 m groß, hat braune, gelockte Haare und eine auffällige Narbe über der linken Braue. Sie trug zuletzt eine Jeansjacke und weiße Turnschuhe. Wenn ihr sie seht, bitte ruft mich an, Tag und Nacht!!

Scott dachte nach. Über die Vermisste Jane Darcy und über die übel zugerichtete Melissa. Am dichtesten hatte Melissa mit Caitlins Sache zu tun, vielleicht war es dem Mörder ja um sie gegangen, die in einer Sache drinsteckte, in welche seine Verlobte versehentlich mit hineingezogen worden war. Doch wieso hatte er Melissa nicht ebenfalls verschwinden lassen, wie die Vermisste, und wieso hatte er ihren Leichnam zu Hause gelassen, während er Caitlin hinter dem Supermarkt entsorgt hatte? Möglich, dass es gar keinen Zusammenhang gab, doch Scott wollte nichts unversucht lassen, um die Sache aufzuklären.

Damals, als er Caitlin zu Melissa begleitet hatte, war es nur ein Besuch von zwanzig Minuten gewesen. Sie hatte am Küchentisch gesessen und einen Monolog wie ein Maschinengewehr darüber geführt, wie frustrierend es war, dass ihre letzte Werbemaßnahme nicht genug neue Aufträge für ihre Tätigkeit als selbstständige Grafikerin eingebracht hatte. Die Interessenten hätten angerufen, sich informiert und nach einem Angebot einfach nicht mehr zurückgerufen. Die Bemerkung, dass es wohl einen Zusammenhang zwischen ihrer Art, ohne Punkt und Komma zu reden, und dem plötzlichen Desinteresse gab, hatte sich Scott damals verkniffen, auch wenn der Sarkasmus wie ein Hund unter dem Tisch gesessen und ihn ins Bein gebissen hatte. Der Druck, einen fiesen Kommentar abzulassen, war sogar noch angewachsen, als sie sich über ihren Ex beschwerte, der sie nach zwei Monaten hatte sitzen lassen.

»Der Ex!«, durchzuckte es Scott. Vielleicht konnte er ihm etwas sagen. »Wie hieß dieser Typ?«, flüsterte er vor sich hin. Der Name fiel ihm nicht ein, aber stattdessen kam ihm in den Sinn, dass Melissa von einem Mann mit einer Narbe gesprochen hatte, der an der Tankstelle am

Arbutus Drive arbeitete. Scott schaute nach der Zeit und wunderte sich, dass es erst 1:00 Uhr nachts war. Das Herumwälzen im Bett war ihm viel länger vorgekommen.

* * *

Da er ohnehin nicht schlafen konnte, zog er sich eine Jeans und ein Shirt an, schlich leise über die Stufen nach unten und nahm den Schlüssel zu Dads Kombi.

Unter den blauen Neonröhren des Flachdachs der Tankstelle stand ein kleiner Bus, neben dem eine Gruppe besoffener Touristen *Show Me the Meaning of Being Lonely* von den Backstreet Boys sang. Es klang krumm und wurde begleitet vom regelmäßigen Anstoßen mit Bierflaschen und einzelnen, inbrünstig gekrächzten Solos. Einer von ihnen versuchte, über eine Räuberleiter und den Außenspiegel aufs Dach zu klettern, während der Busfahrer, ein Mann mit kurzärmeligem, blauem Hemd und einem Namensschildchen am Revers, verzweifelt auf den Akrobaten einredete.

Scott parkte vor der Waschanlage, deren Falttüren bereits geschlossen waren, und betrat danach den Shop. Hinter ihm ging die automatische Schiebetür zu und ließ den Lärm der sehr eigenwilligen, mit Bauchspeck gesegneten Boygroup nur noch gedämpft in den Innenraum eindringen.

Zu Scotts Unmut stand nur ein pickliger Teenager mit Ziegenbart an der Kasse, dem noch die Unsicherheit des ersten richtigen Jobs anzuerkennen war.

»Hi, einen Cappuccino«, bat Scott.

»Das macht 2,50 Euro. Haben Sie getankt?«

»Nein.« Während Scott ihm das Geld abzählte und hinlegte, drückte der Tankwart auf eine Taste an der

Kaffeemaschine und wartete, dass sich der Becher füllte. »Gibt es hier noch andere Angestellte?«, wollte Scott wissen.

Der Teenager geduldete sich, bis die Maschine fertig war und kam mit dem Becher zurück an die Kasse. Er gab den Artikel in die Kasse ein und sortierte das Geld in die Fächer der Schublade, die herausschnappt war. »Nur Edda und meinen Chef Ibrahim.«

»Ibrahim? Hat der vielleicht eine Narbe oder so?«

»Ja, am Kinn. Wieso fragen Sie, Mister?«

»Ich wollte ihn sprechen. Ist er heute im Dienst?«

»Ja, der Chef ist draußen, füllt Scheibenwasser nach und ärgert sich über die Touristen, wie jeden Abend. Sie können am Bistrotisch warten, neben der Kühltheke, der ist bestimmt gleich zurück.«

Scott rührte seinen Cappuccino mit einem Holzstiel um und setzte sich auf den hohen Hocker am Tisch.

Draußen diskutierte ein Dunkelhäutiger, der ein blaues Cap mit Tankstellenlogo trug, mit ausholenden Gesten mit dem Busfahrer, der nun von zwei Seiten in Bedrängnis zu sein schien. Nach fünf Minuten Hin und Her hatte es der Fahrer geschafft, auch den letzten Besoffenen am Hintern in den Bus zurückzuschieben und machte danach Gesten wie ein wütender Italiener, dem der Kragen zu eng wurde.

Der Mann mit dem Basecap kam geladen in den Shop. »Dämliche Touristen! Dämlicher Busfahrer! Zu mir die sagen Ausländer, aber selbst sind Barbaren«, sagte er mit südländischem Akzent. Er nahm sich eine Cola aus dem Kühlfach, öffnete sie und genehmigte sich einen Schluck. Obwohl er einen schwarzen Vollbart trug, konnte man eine Narbe erkennen, die seine Gesichtsbehaarung am Kinn kaum verdecken konnte. Zusammen mit seinem engen, weißen Hemd, dessen Knöpfe sich abmühten, es über seiner breiten Brustmuskulatur zusammenzuhalten, sah er einschüchternd aus.

»Sind Sie Ibrahim?«, fragte Scott.

Der Mann kam zu ihm rüber. »Ja, was ich tun kann für Sie?«

»Kennen Sie Melissa?«

Ibrahims Miene verfinsterte sich. »Habe Polizei alles gesagt, ich nix mehr zu tun haben mit dieser Hexe.«

»Sie kennen Sie also, das ist schon mal gut. Ich bin nicht von der Polizei, ich bin Scott O'Connell, der Verlobte der Freundin von Melissa, Caitlin.«

Ibrahim schätzte ihn eine Weile ab, dann setzte er sich ihm gegenüber. »Mir tun leid, Bruder, schlimm was passiert.«

Scott drehte den Becher vor sich auf der Stelle und nickte dabei. »Ich muss wissen, wie Melissa gelebt hat, ob sie Probleme hatte, von jemandem bedroht wurde. Sie waren mit ihr zwei Monate zusammen, ist Ihnen da etwas aufgefallen?«

»Zwei Monate? Das nicht wahr ist. Melissa immer viel reden, kleben wie Teer an meinem Arm, Eifersucht viel, Mund wie Teufel, immer reden. Anrufen ganze Tag, wenn ich nicht dran gehe, sie kommen abends in Tankstelle und machen Blabla vor Kunden. Erzählt ganze Leben, keiner wollen wissen. Nur eine Nacht wir hatten zusammen und ich habe immer bereut.«

»Ja, sie gab einem das Gefühl, einen Laubhäcksler umarmen zu wollen. Aber was hat sie erzählt?«

»Drei Stunden von Besuch bei Bäckerei erzählt, ich wollte mit Benzin übergießen mich und anzünden. In Istanbul wir sagen *Cadı* zu Frau wie Melissa, Hexe. Ich nix wollen wieder irische Frau, sind Problem, Bruder.«

»Es gibt auch gute irische Frauen«, sagte Scott und atmete durch. »Melissa ist sogar für eine Irin zu durchgeknallt gewesen. Sagen Sie mal, hat sie etwas von Caitlin erzählt?«

»Sie erzählen von alles, auch Caitlin. Dass sie haben Verlobte, mit Name Scott O'Connell und sie habe schöne Cottage und wolle heiraten und habe Zukunft mit Familie, wenn Problem gelöst sind. Melissa dann wollen auch heiraten – nach eine Nacht! Die Frau verrückt war. Sie sprechen von Verantwortung und Familie.« Ibrahim nippte an seiner Coladose, als würde er mit dem Herunterspülen des Getränks schlechte Erinnerungen ersaufen wollen.

»Welches Problem?«

»Ich nix wissen, Melissa reden, bis meine Kopf schmerzt. Und jetzt alles Probleme. Weil ich Türke bin, ich verdächtig, habe Anwalt wegen Polizei. Manche Frauen Unglück bringen, manchmal besser allein. Du jetzt auch verdächtig?«

»Weiß nicht. Der Detective stellt seltsame Fragen und ich bin mir nicht sicher, ob er seinen Beruf überhaupt beherrscht.«

»Detective Bayne ist?«, wollte Ibrahim wissen.

»Ja.«

»Ich nicht mögen. Keine Respekt, gleich machen mich verdächtig, darf nicht Stadt verlassen und ...« Ibrahim brach ab und sah nach draußen, wo zwei weitere Kleinbusse anhielten, aus denen grölende Besoffene ausstiegen. »Heute lange Nacht wird«, sagte er und ging raus zu den Bussen.

Scott trank einen schaumigen Schluck von seinem Getränk und stellte fest, dass er wohl niemanden finden würde, der eine gute Meinung von Melissa hatte. Doch auch wenn sie unleidlich gewesen war, verdiente es kein Mensch, so grausam abgeschlachtet zu werden. Ibrahim hatte ihm leider keine nützlichen Informationen geben können, doch die Erwähnung eines Problems, das Caitlin gehabt haben sollte, drehte die Sache wieder. Vielleicht war ja doch alles von Caitlin ausgegangen und Melissa war hineingezogen worden. Oder war die vermisste Person der Auslöser des Ganzen? Vielleicht ergab es Sinn, sich mit den Angehörigen der Vermissten zu unterhalten.

Er legte die Ellbogen auf dem Tisch auf und lehnte die Stirn in seine Handinnenflächen. Wer auch immer das getan hatte, war kein Mensch, sondern eine Bestie. Als sich ihm vor Abscheu die Armhaare aufstellten, schüttelte er das Grauen innerlich ab und schaute nach draußen zu Ibrahim, der verzweifelt einen Besoffenen, der ein FC-Liverpool-Trikot trug, davon abzuhalten versuchte, sich das Scheibenwischwasser für Autos in den Mund zu kippen. Für einen Moment wurde die Sicht auf die Randalierer von einem Pick-up verdeckt, der langsam an der Szene vorbeifuhr.

Scott erinnerte sich schlagartig, dass Alien Pete etwas von einem Pick-up erzählt hatte, ließ sein Getränk stehen und rannte fast gegen die Schiebetür, die im letzten Moment so weit offen war, dass er sich seitlich durch den Spalt quetschte und nach draußen eilte.

Der Pick-up verließ bereits das Gelände der Tankstelle und fuhr auf die Straße.

Scott eilte zum Kombi und versuchte hastig, den Motor zu starten. Es gab mehrere Fehlzündungen und als es klappte, soff der Motor ab, weil er in Eile die Kupplung zu schnell losließ. Sein Herz pochte und er erlebte einen Rausch, der ihn teilweise blockierte. »Ruhig«, mahnte er sich selbst, startete den Motor, legte mit knirschendem Geräusch den Gang ein und fuhr mit quietschenden Reifen auf die Straße. Kurz geriet das Auto ins Schlingern, da die Fahrbahn regennass war, dann gewann er die Kontrolle zurück und schaltete die Scheibenwischer ein. Der

Takt war viel zu schnell, daher quietschten sie bei jedem zweiten Durchgang über das Glas.

Durch den nächtlichen Regen konnte Scott den Pick-up nicht mehr ausmachen. Er sah nur die roten Rückleuchten von kleineren und größeren Fahrzeugen sowie die reflektierende Oberfläche der Straßenschilder, die von den Scheinwerfern angeleuchtet wurden. An einer Kreuzung, an der die Ampel auf Gelb umschaltete, entdeckte er den Pick-up, wie er als Letzter die Ampel passierte, bevor die anderen Fahrzeuge anhielten. Scott krampfte vor Frust die Finger ums Lenkrad, während er widerwillig das Tempo drosselte und stehen blieb. Er kannte die Kreuzung und wusste, dass sie eine lange Rotphase hatte. Getrieben von seinem Adrenalinrausch, setzte er langsam auf den Gehsteig über und fuhr halb auf der Straße, halb auf dem Trottoir, auf dem bei nächtlichem Regen zum Glück niemand unterwegs war, und näherte sich der Kreuzung. Die Fahrer, die er passierte, schüttelten den Kopf und zeigten ihm den Vogel, doch Scott gab nichts auf sie, hielt an der Kreuzung, passte eine Lücke ab und gab Gas. Für einen Moment drehten die Reifen durch, doch dann bekamen sie Halt und trugen ihn knapp vor einem herannahenden Lkw über die Querstraße. Hinter sich hörte Scott das wütende Hupen des Sattelschleppers, während er versuchte, zum Pick-up aufzuschließen, der in einiger Entfernung um eine Kurve bog.

Scott drosselte seine Geschwindigkeit so weit, dass der Wagen nicht den Halt in der Kurve verlor, und setzte die Verfolgung fort. Ein anderes Fahrzeug setzte sich zwischen ihn und sein Ziel, was ihm jedoch recht war, denn er wollte nicht, dass man ihn bemerkte. Nach einem Kreisel bog der Pick-up in die Mill Road ab, wo ihm Scott mit zehn Metern Abstand folgte. Links und rechts der kurvigen Straße schälten sich überall dort, wo die Lichtkegel der Scheinwerfer hin strahlten, Bäume und Büsche aus der Dunkelheit. Der Regen hatte zugenommen und verwandelte die Fahrbahn in eine gefährliche Rutschbahn, die jeden Fahrfehler mit dem Verlust der Bodenhaftung bestrafen würde.

Nach jeder Kurve befürchte Scott, dass er den Wagen aus den Augen verloren hatte, bis er die kantigen Rücklichter wieder erkennen konnte.

Nach ein paar Minuten bog der Pick-up von der Straße auf einen abschüssigen Weg zwischen den Bäumen ab und erreichte ein Rolltor, vor dem er stehen blieb.

Scott schaltete die Scheinwerfer aus und hielt am Rand der Landstraße. Er beobachtete, wie jemand in einem gelben Regenmantel aus dem Auto stieg und sich am elektronischen Eingabefeld zu schaffen machte. Der Mann tippte mit seinen Fingern darauf herum, Kombination für Kombination, doch das Tor war geduldig und bewegte sich nicht. Anders als Scott, der vor Spannung schon mit den Kiefern mahlte.

Der Regen prasselte wie Trommelschläge in einem Rhythmus aufs Dach und die dampfende Motorhaube, was seine Nerven zum Zerreißen anspannte. Als er nicht mehr länger warten konnte, stieg er aus dem Auto und lief im Schutz der Bäume zum Pick-up, auf dessen Ladefläche Schaufeln, Rechen, Bandsägen und Eimer neben einer zusammengerollten Plane lagen. Er griff vorsichtig eine Ecke des Kunststoffs und hob sie an. An seinen Fingern haftete etwas, dessen Farbe er in der Dunkelheit nicht erkennen konnte. Aber es fühlte sich so zäh und klebrig an wie Blut. Sofort schossen ihm Bilder durch den Kopf, wie diese Bestie Menschen umbrachte, sie in Stücke sägte und im Wald vergrub. In ihm kochte der Hass über und seine impulsive Seite übernahm die Kontrolle über sein Handeln. Obwohl er schon jetzt bis auf die Socken durchnässt war, fühlte sich seine Haut heiß an, als würde sich der gesamte Zorn der Welt in ihm austoben. Der Lärm von unzähligen dicken Wassertropfen dämpfte seine Schritte und seine keuchende Atmung. Dampfwolken stiegen aus seinem Mund gen Himmel. Seine Atmung war schnell und flach, seine Schuhe matschig vom unbefestigten Boden.

Er schlich sich an den Mann heran, so dicht, dass er schon den elektronischen Verweigerungslaut des Öffnungsmechanismus hören konnte, der schrill in die Nacht hinausschrie. »Hier brichst du nicht ein!«, schrie Scott und warf sich auf den Mann, der sich zu ihm gedreht und vor Schreck die Augen aufgerissen hatte. Beide stürzten hart zu Boden, mitten in eine Pfütze, aus der das Wasser hochspritzte. Scott setzte sich auf seine Brust, verpasste dem Mann einen Faustschlag ins Gesicht und zog seine Pistole. Er richtete sie direkt auf die Nase des Mannes, dessen Blut durch den schwarzen Schnauzer lief und vom Regen über seine Wange und in seine Kapuze gespült wurde.

Scott packte ihn mit der freien Hand am Kragen, drückte ihm die Mündung der Desert Eagle ins linke Auge und fletschte die Zähne. »Wieso?!«, brüllte er. »Wieso hast du sie umgebracht?!«

»Ich war es nicht«, quietschte der Mann mit viel zu hoher Stimme. »Die waren schon tot!«

»Lügner!«

»B-b-bitte, nicht. Der Hund war schon tot und das Reh ist am Straßenrand gestorben, bei meiner Mutter, ich schwöre es! Ich bin neu in dieser Arbeit und i-i-ich habe die Zahlenkombination für das Türschloss vergessen. Ich habe sogar die Schlüssel vom Dienstauto vergessen und musste mit meinem eigenen hierherfahren … Es tut mir leid, dass ich so unfähig bin!«

Der Regen tropfte über Scotts Nase auf das freie Auge des Mannes, weshalb er blinzeln musste. Er hatte die Arme, mit den Handflächen nach oben, seitlich erhoben und hielt sie zitternd in der Luft.

Scott drückte die Pistole weiterhin in seine Augenhöhle, blickte durch das Gitter des Tors, folgte dem Scheinwerferlicht des Pick-ups und sah jede Menge Autos vom Bauhof, einen gelben Bagger und drei Wohncontainer neben einer offenen Halle mit mehreren Kieshaufen. Über dem Eingang hing ein Schild mit der Aufschrift *Killarney Bauhof*, das von breiten Baustellenstrahlern erhellt wurde. Wie er das hatte übersehen können, war ihm nicht klar. »Du bleibst schön hier liegen, du Schwein, sonst knall ich dich ab!«, befahl Scott und richtete sich langsam auf.

Der Mann zitterte wie ein Tattergreis und schien keine Anstalten zu machen, sich bewegen zu wollen.

Scott ging rückwärts zum Pick-up, behielt den Mann im Blick und wickelte einhändig die Plane, die auf der Ladefläche lag, aus. Er sah Hufe, Bockbeine und Fell. Es dauerte eine Weile, bis er begriff, was hier tatsächlich los war. Der Mann war ein Bauhofmitarbeiter, jemand, der Tierkadaver beseitigte. Und es gab mindestens zehn weitere Pick-ups, deren Marke er als Toyota identifizierte. Auch wenn die anderen die Kennzeichen und Farben des Bauhofs trugen, was der seines Opfers nicht tat, konnte jeder von diesen das gesuchte Fahrzeug sein oder gar keins. Er behielt die Waffe oben und ging Schritt für Schritt zurück in die Deckung der Bäume. Danach drehte er sich um, steckte die Waffe weg und rannte zum Auto seines Dads zurück. Zweimal wäre er fast ausgeglitten, bevor er das Fahrzeug erreicht hatte. Er riss die Tür auf, fuhr ohne Licht auf die Straße und legte erst ein paar Meter zurück, bevor er die Scheinwerfer einschaltete. Seine nassen Schuhe quietschten über die Pedale, während er aufgeregt in den Rückspiegel blickte und das Blaulicht von Polizeiwagen befürchtete. Kein Beamter würde so schnell sein können, dennoch fühlte er sich wie ein Flüchtiger, dessen Schicksal besiegelt wäre, wenn er nicht schnell genug wegkam.

»Ich bin seit zwanzig Jahren Zahnarzt und ich kann Ihnen versichern, Pete, dass Sie keinen außerirdischen Peilsender in Ihrem Backenzahn haben.«

Dr. Killian, Fachzeitschrift der Zahnärzte, Rubrik: »Münder, in die man seine Finger nicht hineinstecken sollte«

9 Muckross Abbey

Anna Caffrey

Anna saß in ihrem Käfer, hatte die Scheibe heruntergekurbelt und rauchte eine Zigarette. Nebel hatte sich in den frühen Morgenstunden gebildet und ließ Bäume und Hügel, die weiter als fünfzig Meter entfernt lagen, in einem blassen Nichts verschwimmen. Anna hatte das Gefühl, dass sie auf einer Insel gestrandet war, abgeschnitten von der Außenwelt, angewiesen auf ein Auto, das nicht anspringen wollte.

Sie trat die Kupplung durch, drehte den Schlüssel ein zweites Mal und gab sogar Zwischengas. Der Motor sprang an, lief ein paar Sekunden, soff dann aber nach kurzem Röcheln wieder ab.

»Du Miststück!«, schimpfte sie und schlug auf das Armaturenbrett.

Sie war extra eine Stunde früher rausgegangen, um das Auto zum Laufen zu bringen, damit sie sich vor Declan und Kay nicht blamierte, aber ihre Karre schien einen eigenen Plan zu haben. Vielleicht nahmen Fahrzeuge die Charakterzüge ihrer Halter an? In diesem Fall waren es die charmanten Seiten ihrer Oma, Gott hab sie unselig, die das Teil aus zweiter Hand gekauft und über Jahrzehnte gefahren hatte. Die alte Schachtel war bissig wie ein Rottweiler gewesen und hatte es nie geschafft, auch nur ein gutes Wort über ihre vertrockneten Lippen zu bringen. Möglich, dass ihr Geist im Motor herumspukte, was die Bockigkeit des Käfers erklären würde. Die Familie Caffrey hatte nichts anderes zu vererben gehabt als eine klapprige Blechschüssel, die von Kaugummi und Strumpfbändern zusammengehalten wurde. Anna schmunzelte über sich selbst. Besessenheit? Wieso konnte Oma nicht einfach tot sein, wie alle anderen, und musste in ihrem Kopf herumspuken? Als Wissenschaftlerin wusste Anna, dass es nur die Besessenheiten gab, die man mit sich selbst herumtrug. Und dennoch ließen sie sich nicht einfach ausschalten.

Ein Motorrad knatterte mit lautem Geräusch auf den Platz vor der Villa. Das lockige, blonde Haar der Fahrerin wehte im Wind, da sie keinen Helm trug. Auch Mick, der hinter ihr saß und sich an ihrer Hüfte festhielt, trug keinen Kopfschutz.

Das Motorrad hielt vor den Stufen der Villa.

Mick stieg ab und taumelte für einen Moment, dann packte er seine Begleiterin am Kragen ihrer Lederjacke und verabschiedete sich mit einem langen Kuss von ihr.

Anna legte den Kopf schief, während sie ihn beobachtete. Er war die Verkörperung aller Männer, die nicht gut für ihr eigenes Leben waren. Wahrscheinlich belog er seine Freundinnen, verführte sie mit seinem Bad-Boy-Image und schob sie ab, bevor es für ihn langweilig wurde. Dann musste eine neue Tussi her, vielleicht eine Französin aus einem Brautmodenladen, deren Eierstöcke bereits glühten.

Anna drehte unwillkürlich den Zündschlüssel. Als der Motor ansprang, bewegte sie ihren Fuß auf das Gaspedal und visierte Mick an, der sie mit seinem süffisanten Lächeln anschaute. Es besagte nichts anderes, als dass er das Projekt der Psychological Daily für seine eigenen Zwecke missbrauchte, eine nicht enden wollende Party namens *Mick Brennan* schmiss und sich selbst feierte.

Anna hasste seine gnadenlose Selbstverliebtheit und stellte sich vor, wie seine Knochen unter ihrem Käfer brachen und seine Glieder in alle Richtungen verdreht wurden. Dazu musste sie ihren Fuß nur wenige Zoll herunterdrücken, dann würde Jeff …

Schlagartig wurde ihr bewusst, dass sie ihre Wut über Jeff auf Mick übertragen hatte. Während der Motor des Käfers mit einem heiseren Röcheln ausging, atmete sie tief durch.

Mick sah sie an und führte seine Hand wie ein Soldat zur Stirn, um ihr mit einem militärischen Gruß zu salutieren. Danach taumelte er in die Villa und verschwand aus ihrem Blickfeld.

Anna drückte die Zigarette nach einem letzten Zug im Aschenbecher der Konsole aus und sortierte ihre Gedanken. Danach holte sie Angus' Visitenkarte aus ihrer Handtasche. Auf der Rückseite stand die Nummer des Mechanikers Alien Pete. Dass Angus ihn als harmlos bezeichnete, machte es nicht besser und gab ihr nicht unbedingt das Gefühl, bei seiner Werkstatt gut aufgehoben zu sein. Dennoch hatte sie keine andere Wahl – sie rief ihn an.

»*Killarney Garage*, hier ist Pete, was kann ich für Sie tun?«, begrüßte sie eine Stimme am anderen Ende der Leitung, die sich anhörte, als würde der Mann beim Reden etwas kauen.

»Caffrey hier, hallo, mein Auto ist defekt, können Sie ihn sich mal anschauen?«

»Motor, Fahrwerk, Getriebe, was genau ist das Problem?«

»Motor, denke ich. Geht immer wieder aus.«

»Marke und Baujahr?« Pete machte ein Geräusch, als beiße er ein Stück von einem Apfel ab.

»VW Käfer, zitronengelb.«

»Die Farbe bringt mir nix. Ist das ein neuer oder ein klappriger aus den Siebzigern?«

»Ein klappriger.«

»Bei den Dingern kann man noch viel selbst machen und bleibt unbehelligt. Dann fahren Sie damit mal zu mir.«

»Der Motor ist defekt.«

»Das sagten Sie schon.«

Anna kniff die Augen zusammen. War Pete bei der Alienentführung das Hirn amputiert worden? »Das Auto springt nicht mehr an, ich kann es also nicht zu Ihnen bringen.«

»Aha. Dann kann ich Ihr Auto abschleppen, kostet aber extra. Dafür nehme ich noch vor Ort zweihundert Euro.«

»Nehmen Sie Kreditkarte?«

»Nein, die können das überwachen, dann wissen die, wo ich bin.«

»Die?« Kaum, dass sie gefragt hatte, bereute sie, nicht vorher nachgedacht zu haben.

»Die Besucher. Was glauben Sie, wieso die Analogantennen abgeschafft und alles digitalisiert wird?«

Anna biss sich auf die Unterlippe. Die Psychologin in ihr wollte gleich loslegen, aber sie besann sich darauf, dass sie nicht die ganze Welt therapieren musste. »Können Sie das nicht auf die Rechnung der Reparatur setzen?«

»Das geht auch nur in bar.«

Es war zum Verzweifeln. Endlich besaß sie eine Kreditkarte und das Stück Plastik hatte nicht mehr Nutzen als seinen Materialwert. Aber sie hatte noch einen Trumpf. »Ich kenne Angus.«

»Na toll. Welchen meinen Sie denn? Mein Nachbar heißt Angus, drei meiner Verwandten heißen so und sogar mein Hund trägt diesen Namen. Geht's nicht etwas genauer?«

»Angus …«, Anna warf noch einmal einen Blick auf die Visitenkarte, auf der tatsächlich nur der Vorname stand. »Den Nachnamen weiß ich nicht. Er trägt ein Basecap und vermietet Zimmer an Touristen.«

»Aha, damit haben wir die Suche auf etwa zweihundert Personen eingeschränkt. Zumindest weiß ich jetzt, dass Sie nicht von meinem Hund reden. Also, ich sag's noch einmal, es geht nur mit Bargeld, ich habe keine Lust, dass die Besucher mich wieder holen kommen.« Pete legte auf.

Anna ließ den Kopf hängen. Was nützte eine Kreditkarte, wenn es nur eine Werkstatt im ganzen Ort gab, dessen Chef nicht nur irre, sondern auch noch unfreundlich war?

Für einen Moment überlegte sie, Vernan zu fragen, ob er sie alle fahren könnte. So freundlich, wie er war, würde er bestimmt nicht Nein sagen. Allerdings lag es ihr fern, seine Gutmütigkeit auszunutzen. Stattdessen suchte sie im Internet nach dem erstbesten Taxianbieter und bestellte sich eine Fahrt.

* * *

Declan zeigte auf ein Richtungsschild, auf dem in weißer Farbe *Muckross Abbey* stand und das zu einem Trampelpfad mitten durch den Wald wies. »Wahrscheinlich ist Kay hier entlanggelaufen«, sagte er und wischte sich das Haar aus dem Gesicht.

Anna war enttäuscht, dass der Taxifahrer keine Möglichkeit gehabt hatte, sie direkt an die Ruine zu fahren. Vor einer halben Stunde hatte er sie am Ende einer nicht befestigten Straße abgesetzt und erklärt, dass man den Rest des Weges durch den Nationalpark laufen müsse.

Sie betrachtete den Trampelpfad, der sich zwischen moosbewachsenen Bäumen und Steinen entlangschlängelte und im Nebel verschwand. Das Blätterdach über ihnen war noch dicht, auch wenn der Herbst ihm zartes Senfgelb und Ocker verlieh und einige von den Ästen gelöst hatte. Die Luft roch feucht und erdig.

Anna bevorzugte den Weg, der sich laut ihrem Handy-Navi noch dreimal wand, bevor er sie zu der Abbey führen würde. Dennoch bemühte sie sich, schnell zu Kay aufzuschließen, da sie nicht riskieren wollte, die junge Frau bei ihrer Begegnung mit dem Angstauslöser alleinzulassen.

»Die ist verdammt schnell, was?«, meinte Declan. Er hatte sich niedergekniet und band sich die Schuhe zu.

Anna trat neben ihn und blickte zufällig in das Astloch eines sterbenden Baums, der neben ihr stand. Darin kletterte eine Spinne über die Fäden ihres Netzes, an denen sich Tautropfen gesammelt hatten, zu einer zappelnden Fliege. Anna bekam bei ihrem Anblick Gänsehaut und trat von dem Baum, dessen niedrige Äste und der untere Teil des Stammes mit Moos bewachsen waren, ein paar Schritte zurück.

Sie wartete, bis Declan fertig war, und lief danach zusammen mit ihm weiter. Anna war überrascht, dass er weniger gehemmt und angespannt wirkte als in der Villa. »Kann es sein, dass Sie den Wald mögen?«, wollte sie wissen.

»Ja. Es gibt kaum Orte, an denen man allein sein kann. Menschen machen mir Angst.«

»Ziehen Sie die Einsamkeit vor?«

Declan kratzte sich am Kinn. »Nein, nicht ganz. Ich hab Schiss davor, im Mittelpunkt zu stehen, dass mich alle anstarren und ich dann etwas Falsches sage oder tue. Wenn so eine Situation auftritt, bin ich jedes Mal wie gelähmt, blockiert. Ich kann das nicht ertragen. Mittlerweile habe ich Angst vor der Angst selbst, weil ich sie nicht kontrollieren kann.«

»Wann ist diese Phobie bei Ihnen zum ersten Mal aufgetreten?«

»Bei einem Schulreferat. So ein Bullshit! Jeder muss sich der gesamten Klasse aussetzen, ob er will oder nicht.

Ich wäre mit der schlechtesten Note einverstanden gewesen, aber die Lehrerin wollte trotzdem, dass ich mich nach vorne stelle. Als ich es dann tat, bin ich knallrot angelaufen. Das war … total peinlich. Alle haben mich angestarrt, keiner hat etwas gesagt. Als dann auch noch meine Hand zu zittern begonnen hat, haben einige der anderen Schüler zu tuscheln angefangen. *Freak* war das Wort, das ich bis nach vorne zur Tafel hören konnte. Ich wollte in dem Moment sterben, weg sein, nicht mehr da.«

»Das tut mir leid für Sie, Schule kann sehr grausam sein. Haben Sie mit Ihren Eltern darüber gesprochen?«

»Mein Vater arbeitet lange, wenn der nach Hause kommt, isst er zu Abend und geht danach schlafen. Und meine Mutter meint, dass ich nur schüchtern sei, wie Onkel Albert. Das gebe sich schon, ich soll nur Geduld haben. Die nimmt mich gar nicht ernst. Sie ist wie eine Mutti aus den amerikanischen Sechzigern, die ihren Traum von heiler Familie lebt und alle Probleme ignoriert und …«

Im lichter werdenden Wald lugten einzelne schiefe Grabsteine aus dem Nebel hervor. Die Sonne stand bereits etwas höher und verlieh dem verblassenden Dunst einen Hauch von Gold.

Kay kniete vor einem Kreuz, dessen Schaft und Arme mit keltischen Knoten verziert waren und das einen Kreis um die Mitte trug.

»Hier ist es voll spooky«, bemerkte Declan und zog sich die Kapuze seines Parkas über den Kopf.

Anna jagte ein eiskalter Schauer über den Rücken. Ihre Füße suchten Halt auf dem buckligen Boden, der aus knotigen Grasbüscheln und kahlen, braunen Stellen bestand. Dabei wanderte ihr Blick über den uralten Friedhof.

An den Köpfen der Gräber standen Kreuze, Steinstelen und kleine Monolithen, die sich im Laufe der Zeit in verschiedene Richtungen geneigt hatten. Die Schrift auf ihnen war teilweise so stark verwittert, dass die Symbole und Buchstaben wie ausgewaschene Hieroglyphen wirkten. Graugrüne Flechten hatten sich an ihnen hochgearbeitet und verliehen ihnen ein pockennarbiges Aussehen. Über einem Teil von ihnen lag der verzerrte Schatten von Muckross Abbey, der alten Abtei, die nicht mehr als eine Ruine am Rand des Friedhofs war.

Während Declan sich immer wieder nervös nach allen Seiten umsah, ging Anna zu ihrer Patientin und betrachtete sie von der Seite.

Kay hatte die Augen weit aufgerissen und starrte auf die verwitterte Grabplatte mit dem keltischen Kreuz. Ihre Haare waren wirr, als wäre sie sich mehrmals mit der Hand hindurchgefahren. Die giftgrüne Haarsträhne hing über ihrer schweißnassen Stirn und verdeckte teilweise ihr rechtes Auge. Doch sie machte keine Anstalten, sie wegzuwischen.

»Kay«, begann Anna mit sanfter Stimme, »was fühlen Sie?«

»Unruhe.«

»Liegt es an diesem Grab?« Anna erkannte keinen Unterschied zu den anderen und konnte die unkenntliche Schrift auf der Stele nicht entziffern.

»Dieses Kreuz kommt mir so bekannt vor. Es ist so wie in meinen Albträumen. Das macht mir eine Scheißangst.« Sie drehte den Kopf und blickte hinüber zur Abbey. Ihre Augen waren vor Furcht geweitet.

»Sind Sie bereit, dort hineinzugehen?«

Kay schluckte und nickte sachte.

»Gehen Sie voraus, Declan und ich stehen hinter Ihnen, egal was passiert. Lassen Sie sich Zeit und nehmen Sie sich jede Pause, die Sie brauchen. Erzählen Sie uns dabei von Ihren Gefühlen.«

Kay stand auf und ging zwischen den anderen Gräbern hoch zur Ruine.

Anna folgte ihr mit Declan. Sie traten durch einen Spitzbogen ins Innere der Ruine, der das Dach fehlte. An einer der Wände prangte ein Relief, das eine Frau mit Kind darstellte, die einen Kranz um einen großen Kelch wickelte. Steinerne Streben standen in den Fenstern, die glaslos nach außen in den Wald blicken ließen.

Kay wurde langsamer, als sie in einen Gang abbog und in ein Kreuzgewölbe gelangte. Es war Teil einer rechteckigen Arkade um einen freien Platz, auf dem sich eine große Eibe nach oben streckte. Moos wucherte auf ihrer verdrehten Rinde, auf dem morgendliche Tautropfen glänzten.

Kay trat an die Brüstung und schaute in den Innenhof. »Dieser Baum, der ist genauso wie in meinem Traum«, keuchte sie zwischen zwei Atemzügen.

»Ist hier die Angst am stärksten?«, wollte Anna wissen.

Kay wandte den Kopf von der Eibe ab und schaute in den Gang. »Nein, dort ... sie kommt von dort.« Taumelnd tastete sie sich an der Wand entlang und erreichte eine Treppe nach unten. Als sie die erste Stufe betrat, fing sie an zu zittern.

Anna packte sie am Arm und gab ihr Halt. »Wir stehen das durch, gemeinsam.«

Kay blickte sie mit großen Augen an, in denen sich erkennen ließ, dass sie mit der Panik rang.

»Ist es da unten, ist dort die Angst am stärksten?«

Kay nickte oder zumindest interpretierte Anna ihr Kopfzittern als solches. Als die Patientin nach Luft zu schnappen begann, hielt Anna sie noch fester. »Keine Sorge, wir sind hier sicher. Atmen Sie, ein und aus, ein und aus.« Anna machte es ihr vor, holte Luft und blies die Luft durch einen Schlitz zwischen ihren Lippen, die sie wie eine Bremse benutzte. Diese Technik kannte sie aus ihrer Hospitation in einer Nervenklinik, in der die Therapeuten den Patienten damit halfen, nicht zu hyperventilieren.

»Ich kann da nicht hinunter«, jammerte Kay und krallte sich mit ihren Fingern in Annas Arm. »Es ist so stark, so unheimlich stark!«

Anna verzog das Gesicht unter dem Griff der Patientin, doch sie versuchte weiterhin, sich gelassen zu geben. »Sie schaffen das, Kay, so wie Sie Drogen widerstehen können, werden Sie auch dieser Furcht widerstehen. Sie ist nicht real, nur ein Gefühl, ein Rausch aus Botenstoffen, die Ihr Gehirn fluten.«

Kay brauchte fast eine Minute, bis sie den ersten Schritt hinunterwagte.

Nach einer weiteren Minute folgte der zweite, danach wurden die Intervalle mit jeder Stufe kürzer.

Anna begleitete sie bis hinunter und ließ ihr Zeit, sich in dem leeren Raum umzusehen. Ein Lichtstrahl, in dem Staubflocken tanzten, fiel durch ein brusthohes kleines Fenster, das direkt auf den Friedhof blicken ließ.

Declan gesellte sich zu ihnen und zündete sich einen Joint an, den er sich aus der Westentasche zog. Als er den Rauch nach einem Zug ausatmete, bildete dieser Schwaden in dem Lichtstrahl. »Ich muss mal«, sagte er unvermittelt und verschwand nach oben.

Anna spürte, wie der Druck an ihrem Arm nachließ.

Kay ließ los, fiel auf die Knie und atmete heftig. »Ich wurde hier getötet«, sagte sie, schlug die Hände vor dem Gesicht zusammen und weinte. Ihr Schluchzen klang seltsam hohl in dem Gewölbe.

»Gut so, lassen Sie alles raus.« Sie legte ihr die Hand auf die Schulter und streichelte sie. »Hier ist nichts, wovor man sich fürchten muss. Wir bleiben noch eine Weile hier, lassen Sie sich Zeit. Hier droht Ihnen keine Gefahr. Sie werden feststellen, dass Ihre Angst unbegründet ist.«

Kay wandte ihr kurz das verweinte Gesicht zu.

Anna konnte in ihren Zügen lesen, welches Chaos in diesem Moment in ihrem Kopf toben musste.

Sie stand zitternd auf. »Ich muss mir noch einmal diesen Baum ansehen«, sagte sie und verschwand über die Treppe nach oben.

Anna wusste, dass Kays Verstand nun eine Weile brauchen würde, um die gedankliche Verknüpfung zu diesem Ort anders zu bewerten.

Während Anna ein paar Schritte an den Wänden entlangging und mit der Hand über die Steine fuhr, begriff sie, dass auch sie selbst eine neue Verknüpfung brauchte. Noch immer fühlte sie den Wunsch, Mick zu überfahren, wobei ihr Zorn auf ihrer Frustration über Jeff fußte. Vielleicht gelang es ihr, über ihn hinwegzukommen, wenn sie sich heute mit Angus traf und auf die abendliche Therapiesitzung verzichtete.

An einer Stelle der Wand ertastete sie Vertiefungen. Als sie diese anschaute, erkannte sie Dreiecke, die wie Sterne angeordnet waren. Mittelalterlich sah es nicht aus, eher wie das Werk einer respektlosen Person, die mit einem Geldstück und zu viel Zeit Vandalismus betrieben hatte. Hatte denn niemand mehr Achtung vor irgendetwas? Sie ließ den Kopf hängen und atmete durch. Dabei fiel ihr Blick auf ein winziges Funkeln zwischen zwei Bodenplatten. Vielleicht war es nur Quarz in einem Kiesel, aber es besaß einen orangefarbenen Schimmer. Sie bückte sich, stocherte mit den Fingern in der staubigen Fuge herum und förderte ein goldenes Halskettchen mit einem herzförmigen Anhänger daraus hervor. Es war schlicht und hatte keine ausgefallene Verzierung, doch auf der Rückseite war ein Name eingraviert, *Sue Murphy*. Anna stellte sich vor, dass die Goldkette einem Mädchen gehörte, das mit ihren Eltern die Abbey besucht und den Schmuck, der vielleicht ein Geschenk ihrer Mutter war, hier verloren hatte. Sie überlegte, ob es ein städtisches Fundbüro gab, aber wenn sie sich schon mit Angus treffen wollte, konnte sie ebenso gut ihn fragen, ob er jemanden mit diesem Namen kannte.

* * *

Nach einem kurzen Regenschauer lag noch ein Wasserfilm auf der Straße, der in den letzten Zügen der Sonne rotgolden schimmerte. Mit der Abenddämmerung schalteten die Pubs und Bars nacheinander ihre Außenbeleuchtungen ein, während immer mehr Menschen in Ausgehbekleidung unterwegs waren.

Anna schlug die Tür vom Taxi zu und steckte sich die Kreditkarte in die Handtasche. Dabei griff sie sich den kleinen Schminkspiegel und prüfte noch ein letztes Mal ihr Make-up. Lippenstift, Kajal und Rouge standen ihr gut – dezent, aber genug, um sie aus der Unscheinbarkeit einer Mauerblume hervorzuheben. Gerne hätte sie auch wieder ihre Lederjacke zu ihrem Outfit getragen, doch sie wollte nicht den Eindruck erwecken, als passe ihre gesamte Garderobe in einen einzigen Wäschekorb. Daher trug sie ihre Strickjacke und eine weiße Bluse mit Jeans.

Vor ihr stand ein hibiskusrotes Reihenhaus mit zwei Stockwerken, dessen Erdgeschoss mit schwarz lackiertem Holz verkleidet war. In den Fenstern hingen Vorhänge wie aus Omas Zeiten. Über der Tür war ein Schild angebracht, auf dem *Angus' Pension* in goldenen Lettern stand. Sie überlegte, ob dieser Mann überhaupt einen Nachnamen besaß, ging zwei Stufen hinauf und öffnete die Tür.

Am Ende eines schmalen Flurs befand sich eine kleine Rezeption unter dem Treppenaufgang. Angus stand hinter der Theke und telefonierte. Er nahm den Kugelschreiber aus der Westentasche seines karierten Hemds, das er unter seiner Regenjacke trug, und machte sich Notizen zum Gespräch. Als er Anna sah, verdrehte er mit einem verschmitzten Lächeln die Augen und zeigte auf den Hörer, als wolle er andeuten, dass es länger dauern würde. Mit seiner freien Hand bedeutete er ihr, ins Zimmer nebenan zu gehen.

Als Anna das Zimmer betrat, hatte sie das Gefühl, in der alten Mietwohnung ihrer Oma zu stehen. Auf den Tischen, den Stühlen und sogar den cremefarbenen Sesseln lagen Häkeldeckchen und es gab sogar einen Schaukelstuhl. Den einzigen Farbakzent setzte der Stadionrasen des Fußballspiels, das auf dem Flachbildfernseher lief, der zwischen zwei Fenstern an der Wand hing. Er wäre zu breit für den Raum gewesen, wenn dieser nicht einen Durchbruch zum Nebenraum besessen hätte. Zusammen boten die beiden Zimmer genug Fläche, um als Aufenthaltsraum der Pension zu dienen.

Anna wagte nur zaghaft den Duft einzuatmen. Denn wie sie erwartet hatte, lag eine modrige Note in der Luft, die den Charme des Altbackenen verstärkte. Sie fühlte sich in die Zeit zurückversetzt, als sie unter den Erniedrigungen ihrer Oma hatte aufwachsen müssen. Das Schlimmste war das allabendliche Knarzen des Schaukelstuhls gewesen, als die alte Caffrey so lange hin- und hergewippt war, bis sie zwischen den Werbepausen mit ihren Schmähtiraden loslegen konnte. Sie kamen oft wie aus dem Nichts. *»Mein Sohn hat Besseres verdient als diese Hexe«*, hatte sie begonnen. Dann hatte sie sich über die familiäre Herkunft ihrer Schwiegertochter lustig gemacht, wie Diebe, Tagelöhner und Betrüger die Blutlinie verwässert hätten und wie schändlich sie ihren geliebten Sohn gelinkt hätte.

»Hi«, sagte Angus.

Anna fuhr herum und blinzelte die Bilder der Vergangenheit vor ihrem geistigen Auge weg. »Ja, ähm, hi du auch«, stammelte sie.

Angus legte den Kopf schräg. »Grüßt man so in Dublin?«

»Nein, es ist nur die Einrichtung. Sie ist so ...«

»Rustikal? Ja, die Gäste mögen es so. Dieses Haus ist seit drei Generationen im Besitz meiner Familie. Wenn meine Mutter nicht da ist, kümmere ich mich hier um alles.«

»Du wohnst also bei deiner Mutter?«

»Nein, sie wohnt bei meinem Onkel und ich im Wohnwagen im Hof.«

Anna stutzte. »Ihr besitzt ein Haus und bewohnt es nicht?«

»Die Pension bringt gutes Geld ein, so kann ich ein entspanntes Leben führen. Wenn es doch mal knapp wird, fahre ich für den Major Lieferungen aus und erledige noch ein paar andere Dinge für ihn. Besser als so ein normaler Angestelltenjob, oder?«

Anna war erstaunt über die einfache Lebensphilosophie dieses Mannes.

Angus stemmte die Hände in die Hüften. »Also, du hast mir keine Blumen mitgebracht und fragst mir Löcher in den Bauch. Das ist nicht gerade höflich«, scherzte er und lächelte sie dabei an. »Ich war ganz überrascht, als du vor zwei Stunden bei mir angerufen hast. Konntest mich nicht vergessen, was?«

»Mir war langweilig«, log sie und gab sich wenig interessiert, »da wollte ich sehen, wie der Sohn eines Esels so lebt.«

»Ich sag doch, meine Anmache garantiert Aufmerksamkeit.«

»Bekommt man hier auch eine Führung oder wollen wir uns die Beine in den Bauch stehen?«

»Wir sind schon mittendrin. Hier ist unser Speise- und Aufenthaltsraum, morgens gibt's hier Frühstück. Oben sind zwei Stockwerke, die sind im Moment vermietet, sehen aber genauso aus wie hier unten, Küche und Schlafzimmer sind zu einem Raum verbunden. Die Durchbrüche habe ich selbst gemacht, es ist zwar ein altes Haus, dessen Schnitt man nicht verändern kann, aber die Wände lassen sich einreißen. So haben es viele hier in Killarney gemacht, seit die Touristen unseren Ort für sich entdeckt haben.«

»Ihr seid ja pfiffige Leute.«

»Ja. Sag mal, hattest du letztes Mal auch schon eine Brille auf?«

Anna gab sich innerlich einen Tritt in den Hintern. Wie hatte sie vergessen können, die Hornbrille abzusetzen? Die Sehhilfe ließ sie bieder und langweilig aussehen. »Ja, also nein, ich trage sie ab und zu.«

Angus grinste sie frech an. »Keine Sorge, sie steht dir.« Er klatschte sich unvermittelt an die Stirn. »Das Essen steht noch im Backofen«, sagte er und eilte in den Flur.

Anna ließ sich von seiner Hektik anstecken und lief mit ihm zusammen raus auf den Hof, wo ein aufgebocktes Motorrad ohne Hinterreifen neben einem türkisfarbenen Retrowohnwagen mit Wellblechfassade stand.

Angus riss die Tür auf, ging hinein und öffnete den Backofen. Ein Schwall heißer Luft strömte mit dem Duft nach gebackenen Kartoffeln und Lammfleisch heraus.

Anna bestieg den Wagen und schaute ihm über die Schulter.

»Glück gehabt, der Kartoffelbrei auf dem Shepherd's Pie ist nur etwas knuspriger geworden als sonst.« Mit einem Topflappen holte er die Form aus dem Backofen und stellte sie auf die kleine Anrichte darüber. »Bitte setz dich, ich bin gleich bei dir.«

Anna sah sich in dem Wagen um, der aus nicht mehr als einer kleinen Küche, einer Sitzgarnitur und ein paar kleinen Hängeschränken bestand. Neben dem Fenster mit Jalousien hingen Fotos von Angus und dem Major, wie sie beide vor der Brennerei standen und anscheinend eine neue Lieferfahrzeugflotte einweihten. Sie setzte sich auf die Eckbank an den Tisch, auf dem bereits eine Flasche Whiskey, Gläser und Besteck bereitstanden. Sie fragte sich, ob der ganze Ort nichts anderes trank als diesen Whiskey, denn es war der Wildhound 83, den sie nun schon öfter getrunken hatte.

Sie wusste nicht, was sie von Angus halten sollte. Er lebte in einem Wohnwagen, was im Gegensatz zu ihren Wohnverhältnissen im Käfer ein höheres Level darstellte, dennoch gefiel ihr der Gedanke nicht, dass sich ein Mann trotz Hausbesitzes solch ein Leben aufbürdete. Vielleicht war es doch keine gute Idee gewesen, wieder Kontakt zu ihm aufzunehmen, denn in diesem Wohnwagen kam sie sich irgendwie billig vor. Sie bereute es, keine Freundinnen zu haben, die in solchen Situationen einen dringenden Anruf leisten und es ihr ermöglichen konnten, sich herauszustehlen. Sollte die Sache ernst werden, wollte sie nicht, dass es in einem Wohnwagen geschah.

Angus schnitt zwei Stücke aus dem Pie, drapierte sie auf Tellern und setzte sich zu ihr. Dabei wackelte der Wohnwagen leicht hin und her.

»Hau rein«, sagte er und begann zu essen.

Anna nahm sich Besteck und probierte erst eine kleine Ecke. Zu ihrer Überraschung schmeckte es herrlich nach Fleischsaft und Kreuzkümmel. Obwohl ihr Date etwas flapsig rüberkam, hatte seine Kochkunst Stil. »Das schmeckt tatsächlich gut.«

»Wieso, hast du denn etwas anderes erwartet?«, fragte er mit vollem Mund und kaute weiter.

»Nein, ich meine nur … Nimm es einfach an.«

* * *

Angus schenkte ihnen beiden eine zweite Runde Whiskey ein. Anna schob den Teller zur Seite und fasste sich auf den vollen Bauch. Als es in ihrer Tasche vibrierte, suchte sie nach ihrem Handy und sah auf dem Display, dass sie eine Nachricht von Professor Kent erhalten hatte.

»Der klassische Anruf von der Freundin, die dich vom schrecklichen Date retten soll?«

Anna dachte einen Moment nach. »Nein, keine Sorge. Das ist meine Arbeit.«

»Die Sache mit diesen jungen Leuten in der Villa?«

»Ja, ich bin Psychologin und soll ein Projekt mit ihnen umsetzen.«

»Worum geht es dabei?«

»Ängste und Albträume. Wir besuchen hier ein paar Orte, um damit die Patienten zu triggern.«

»Wie geht es eigentlich der alten McMurrough? Hab sie schon lange nicht mehr gesehen, seit ihr Mann tot ist.«

Anna bekam Gänsehaut im Nacken. Plötzlich hatte sie wieder das Bild vor Augen, wie sie in den Lauf einer Flinte blickte, nur eine Fingerkrümmung vom Tod entfernt. »Ich denke, dass sie ihren Ruhestand genießt. Und außerdem mag ich ihre Hüte.«

»Kaum zu glauben. Als ich klein war, hat sie mit ihrem Mann zusammen Treiber für die Jagd durch den Wald in Killarney angeheuert. Jeder Junge, der zwei Beine hatte, konnte sich ein paar Groschen dazuverdienen. Die meisten Rebhühner gingen auf ihr Konto.«

»Du meinst, dass sie selbst gejagt hat?«

»Und wie, die Alte kann mit Waffen umgehen. Sie kommt aus einer Familie von Jägern und hat ihren Mann mit ihrer Leidenschaft angesteckt.«

»Aber sie sieht aus wie die Queen.«

»Die Dinge hier in Killarney sind nicht immer das, wofür man sie hält.«

»Das denke ich auch langsam«, sagte Anna und steckte ihr Handy zurück in die Handtasche. Dabei streiften ihre Finger das Goldkettchen mit dem herzförmigen Anhänger. Sie nahm es heraus und zeigte das Schmuckstück Angus. »Kennst du eine Sue Murphy?«

Er kratzte sich am Kinn und zuckte die Schultern. »Nicht, dass ich wüsste. Wieso fragst du?«

»Bei einem Ausflug mit meinen Patienten habe ich dieses Kettchen gefunden, in Muckross Abbey. Vielleicht hat sie es dort verloren und vermisst es jetzt?«

Angus nahm das Teil entgegen, sah es sich an und gab es wieder zurück. »Nee, die kenne ich wirklich nicht. Es gibt hier zwar Murphys, aber keine Sue. Vielleicht war sie eine Touristin, die wuseln hier überall herum.«

»Was mache ich jetzt damit?«

»Wer es findet, darf's behalten«, meinte er und rutschte näher zu ihr heran.

Anna roch sein Rasierwasser, von dem er zu viel aufgetragen hatte, aber es gefiel ihr, dass ihr ein Mann wieder so nahe war. Und sie hatte ein wohlig warmes Gefühl im Magen, an dem der Whiskey nicht ganz unschuldig war.

»Ich kann gerne den Major fragen, wenn du magst, der kennt hier fast jeden und hat großen Einfluss in Killarney.« Seine Stimme wurde sanfter und sein Blick wanderte auf ihren Mund. Er schloss die Augen und küsste sie.

Anna erwiderte den Kuss, legte ihre Hände an seinen Nacken und fand es erregend, wie sich seine Haarstoppeln unter ihren Fingern anfühlten. Er zog ihr die Strickjacke aus und umfasste ihre Hüfte, während sie sich nach hinten legte und vor Lust stöhnte. Anna befreite ihn von seiner Regenjacke, streifte ihm den Pullover über den Kopf und fuhr mit ihren gespreizten Fingern über seine Brusthaare, während er ihr Kinn und ihren Hals mit Küssen bedeckte. Sie tastete nach seinem Gürtel und versuchte hastig, den Mechanismus der Schnalle zu lösen. Um es ihr zu erleichtern, hielt er sich an der Lehne und am Tisch fest, wobei die Federn des Fahrwerks unter ihnen quietschten. Anna zog ihm die Hose herunter und öffnete ihren BH. Das Kleidungsstück rutschte nach vorn und fiel danach zu Boden. Angus griff nach ihren Brüsten und massierte sie, während er mit seinen Lippen ihren Bauch liebkoste.

Anna ließ sich gehen. Sie wollte vergessen. Sie wollte nicht mehr denken. Sie wollte nicht weiterhin Anna Caffrey sein und sich einfach nur im Moment verlieren.

* * *

Staubflocken tanzten in den orangefarbenen Strahlen der abendlichen Straßenlaternen, die durch die Schlitze der Jalousien drangen und auf Annas Gesicht fielen. Sie blinzelte und bugsierte sich in eine bequemere Liegeposition, da sie mit dem Rücken auf der Handtasche lag.

Angus lag auf der anderen Seite der Eckbank und schlief unter einer Decke, während sein Mund zuckte, als sich eine Fliege auf der Unterlippe niederlassen wollte.

Anna setzte sich auf und richtete sich die Haare. Ihre Schultern taten weh und sie hatte das Gefühl, dass sie sich den Nacken verspannte hatte. Es war wie Beischlaf in einem Auto gewesen, in dem man Füße und Arme immer wieder in verschiedene Winkel im Fußraum und in

Polsternischen so positionieren musste, dass es überhaupt klappte. Mit zwanzig war das lustvoll, aber mit Mitte dreißig stellte es einen akrobatischen Kraftakt dar.

Sie zog ihren BH an und suchte nach ihrem Höschen. Nachdem sie es nirgendwo sehen konnte, schlüpfte sie in ihre Jeans und Bluse und streifte die Strickjacke über. Mit einem kurzen Blick in ihren Schminkspiegel reparierte sie notdürftig ihr Make-up und stand leise auf. Angus war nicht der beste Liebhaber, aber er war liebevoll und gepflegt, was für die meisten Männer schon eine Glanzleistung darstellte.

Eine einmalige Sache, dachte sich Anna und streifte sich ihre Stiefel über. Dabei fiel ihr das Goldkettchen von Sue Murphy auf, das auf dem Tisch lag. Wahrscheinlich hatte sich die Besitzerin längst mit dem Verlust ihres Schmucks abgefunden, wieso sollte Anna dann nicht die gute Seite an ihrem Fund genießen? Sie öffnete den Verschluss und legte sich die Kette um. Der Schmuck passte gut zu ihrer Strickjacke und sie beschloss, ihn zu behalten.

Als sie die Tür öffnete, entdeckte sie ihr Höschen, das auf dem Boden lag. Sie hob es auf, steckte es sich in die Jackentasche und verließ lautlos den Wohnwagen.

»Guten Abend«, sagte eine Endfünfzigerin mit schwarzem Lockenkopf. In ihren Händen trug sie eine Backform mit frisch gebackenem Brot, dessen Duft über dem ganzen Hof lag. Sie zog eine Braue hoch und grinste schief.

Anna fühlte sich ertappt. Billig. Schmutzig. Und schamlos dem unausgesprochenen Spott der Frau ausgesetzt. Es gelang ihr nicht, etwas Passendes zu sagen oder sich auch nur zu bewegen.

»Ich nehme an, dass mein Sohn da drin ist. Ich wollte ihn von meinem Weißbrot probieren lassen, er ist immer hungrig, wie Sie wahrscheinlich wissen«, frotzelte sie in einem Tonfall, wie ihn die Bösewichte in den Filmen mit

James Bond benutzten, wenn sie dem gefesselten Helden von ihrem überlegenen Plan erzählten.

»Ich denke, ja, drinnen, also hier«, stammelte Anna, die fühlte, wie die Schamesröte ihre Wangen erwärmte und bis in ihre Haarwurzeln kroch. Doch das war nicht das Schlimmste. Als peinlicher empfand sie, wie der Blick der Frau auf die Tasche ihrer Strickjacke wanderte.

Anna biss sich auf die Unterlippe und schob sich den Slip, der herauslugte, tiefer in die Tasche. Ihre Schande war damit komplett.

Die Frau räusperte sich und nickte sachte. »Angus war mal ein guter Junge, bis er angefangen hat, für diesen verbohrten Major zu arbeiten. Der ganze Ort tanzt nach der Pfeife dieses ungehobelten Whiskeybrenners, der meinem Sohn seine guten Manieren abgewöhnt hat. Leider ist Angus schon immer beeinflussbar gewesen und sein Frauengeschmack … na ja.«

Anna zog den Kopf ein und verließ wie ein geprügelter Hund den Hof.

Erst als sie um die Ecke gebogen war, wagte sie es wieder, den Kopf zwischen den Schultern hochzuziehen. Sie fühlte sich so schlecht, dass das Belohnungszentrum in ihrem Kopf sie fast automatisch zum nächsten Kiosk lotste, der Schokoladenartikel in seiner Auslade hatte.

Ein bärtiger Mann mit Zahnstocher im Mund lehnte auf seinen Ellbogen in seinem kleinen Verkaufsfenster.

Anna schnappte sich Vollmilchtafeln, Schokobonbons, mehrere Riegel und legte alles auf die abgewetzte Glasplatte.

»Sie sind wohl 'ne Süße«, meinte der Verkäufer und tippte die Artikel in seine Kasse ein.

Anna wich seinem Blick aus, weil sie sich wie eine Drogensüchtige vorkam, die sich ihren Stoff besorgte.

»Das macht dann zwanzig Euro«, sagte der Kioskbetreiber trocken.

Anna griff in ihre Handtasche und stellte frustriert fest, dass ihre Finger außer ein paar Cents keine Scheine zu greifen bekamen. Allerdings gab es da noch die Kreditkarte. Ein Stück Plastik, mehr war es nicht, doch es fühlte sich fantastisch an. Ohne weiter nachzudenken, zog sie diese und beglich damit ihre Schuld.

Der Verkäufer packte alles in eine Tüte und reichte sie ihr über die Auslage.

Anna schnappte sie sich und verließ den Verkaufsstand, aber sie kam nicht weit, da nebenan eine kleine Boutique mit rosafarben lackierten Fensterrahmen stand. Sie ging direkt auf die Scheibe zu und starrte mit großen Augen hinein.

Der Innenraum war nostalgisch gestaltet, mit Stuck an den Decken und weißen Vogelkäfigen, in denen man Schmuck über die Sitzstangen drapiert hatte. Die Wände des Verkaufsraums waren in Pastelltönen gestrichen, die die Weichheit der geschwungenen, offenen Kleiderschränke betonten, deren Füße in Schnecken ausliefen. Darin hingen Blusen und Hosen mit solch appetitlicher Farbe wie der Bistrotisch mit dem bunten Makronenarrangement neben einer Vase mit Tulpen. Er stand vor einer antiken Kasse, die aus poliertem Metall gefertigt war.

Anna wusste, dass dieser Laden eine bonbongewordene Falle war und ihr Belohnungszentrum sie nicht einen weiteren Schritt machen lassen würde, der nicht in diesen Laden führte.

* * *

Vernan goss die dritte Tasse Earl Grey-Tee ein und verließ das Jagdzimmer. Das Mittagslicht der Fenster spiegelte sich in der Oberfläche der Getränke, die eine Erschütterung erfuhren, als Declan mit dem Knie dagegen stieß.

»Pass doch auf!«, zischte Kay und schüttelte den Kopf.

Declan zuckte mit den Schultern und gab sieben Stück Zucker in seinen Tee.

»Bist du ein Junkie?«, fragte Kay. »Diabetes lässt grüßen.«

»Ich will so lange wie möglich wach bleiben, das gibt mir Energie«, antwortete er trocken.

Kay kräuselte die Lippen, lehnte sich dann aber zurück.

Anna war heute Morgen überrascht gewesen, als die beiden an ihrem Zimmer geklopft und selbst um die nächste Sitzung gebeten hatten. Zwar hatte sie mit dem Gedanken gespielt, sich heute nichts weiter als ein Vollbad und eine Reitstunde auf dem Hof zu gönnen, doch andererseits war sie froh, dass sie sich nicht ständig mit dem Gedanken beschäftigen musste, von einem Mann, der bei seiner Mutter lebte, in dessen Wohnwagen flachgelegt worden zu sein.

Während sie an ihrem Laptop mehrere Fenster öffnete und das heutige Datum und die Uhrzeit über die Eingabemasken ergänzte, fragte sie sich, wieso sie sich selbst nicht mehr wert war, sich die Blöße zu geben, von der Mami ihres Lovers wie eine Bitch betrachtet zu werden.

Als Anna die Daten eingetippt hatte, lehnte sie sich im Sessel zurück, überschlug die Beine und sah die beiden an, ohne selbst etwas zu sagen. Wer auch immer Redebedarf hatte, sollte damit die Sitzung beginnen.

Kay räusperte sich. »Ich habe immer noch Albträume, aber es ist anders.« Sie polierte mit entrücktem Blick einen ihrer Totenkopfringe.

»Wie ist das Angstlevel, höher oder niedriger?«

»Dieses *Flooding* hat mich aufgewühlt, ich weiß, wie blöd das klingt, aber ich konnte mich an so viele Einzelheiten erinnern, wie kann ich dann wahnhaft sein?« Ihre Hand zitterte.

Anna beobachtete die unkontrollierte Bewegung, während sie sich Milch in den Tee einschenkte. »Substituieren Sie mit Methadon?«

Kay schaute unruhig aus dem Fenster und kratzte sich am Handgelenk. Als der Ärmel etwas hochrutschte, erblickte Anna mehrere Narben auf der Arminnenseite, was ihr die Sache mit der Autoaggression aus der Akte ins Gedächtnis rief. »Kay, verletzen Sie sich selbst?«

Sie schüttelte energisch den Kopf und bedeckte wieder ihr Handgelenk. »Nein, es ist nicht dieser Klassiker *ich-will-Schmerz-weil-ich-fühlen-will.* Außerdem gehen mir diese Psychoschubladen gegen den Strich. Also kommen Sie mir nicht so.«

Anna schob sich die Brille etwas höher und nickte. »Na gut, Sie dürfen Ihre eigene Erklärung abgeben.«

Kays Gesichtszüge entspannten sich. »Das Ritzen war bei uns in der Klasse eine Mutprobe unter ganz harten Girls, das ist also einfach nur Zufall, okay?«

»Okay, ich glaube Ihnen. Und was ist mit dem Methadon?«

»Das Zeug kotzt mich an. Es dämpft mich, dämpft meinen Verstand, als würden meine Gedanken durch Treibsand waten. Ich nehme es seit drei Tagen nicht mehr.«

»Sie wissen aber, dass Ihre Abstinenz dadurch gefährdet ist?«

»Ich bin clean, Anna, das schwöre ich!«, ereiferte sich Kay.

»Ist ja gut. Jemand, der high ist, sieht anders aus, ich glaube Ihnen. Sie dürfen nur nicht vergessen, dass der Druck des *Floodings* sehr hoch ist und die Doppelbelastung einen enormen Druck auf Körper und Geist ausübt.«

»Mein Sohn ist im Moment bei seinem beschissenen Vater, dem Mann, der mich in die Sucht getrieben hat. Ich wünsche mir jeden Tag, ihm ein Messer ins Herz zu stechen, aber wenn ich das tue, sehe ich mein Kind nie wieder. Doch wenn ich clean und klar bin und diese Therapie schaffe, dann ... habe ich zum ersten Mal eine Chance. Sie packen das doch, oder?«

Anna verstand sehr gut, dass es um alles oder nichts ging, aber sie war nach wie vor nicht die richtige Therapeutin für dieses ambitionierte Ziel. Nahtod, Drogenabhängigkeit, Schlafstörung und andere Probleme konnten nicht in so kurzer Zeit behandelt werden – ganz zu schweigen davon, dass dieses Projekt zum Scheitern verurteilt war. Anna wollte ihrer Patientin nicht antworten, da sie fürchtete, dass ihre Worte nach einer Lüge klingen würden. »Ihre Eltern ... wie läuft es mit denen?«, fragte sie mit zu hoher Stimme. Der Wechsel war schroff und klang wie der fleischige Einschlag einer Holzfälleraxt im Gesprächskörper.

Kay machte einen irritierten Gesichtsausdruck, atmete dann aber durch und ließ sich darauf ein. »Mit sechzehn bin ich abgehauen, das war nur die Hölle mit meinen Alten. Haben mich beide nur noch angeschrien, weil sie den verlogenen Lehrerbriefen mehr geglaubt haben als mir. *Familie,* dieses Wort klingt so konstruiert. Wissen Sie, was das Stockholm-Syndrom ist?«

Anna nickte. »Wenn Opfer eine Bindung zu ihren Entführern aufbauen.«

»Wären Familienmitglieder nicht miteinander verwandt, würde man ihre Beziehung untereinander als Stockholm-Syndrom bezeichnen.«

Declan lachte verhalten. »Sei doch happy, du hast wenigstens ihre Aufmerksamkeit gehabt. Meine Knacker leben eine Fassade, die so dick ist wie die Marmelade, die mir meine Mutter jeden Tag aufs Pausenbrot schmiert.«

»Deine Mutti macht dir noch Pausenbrote, wie alt bist du?«

»Das meine ich doch! Die beiden leben, als sei die Zeit stehen geblieben. Meine Mum checkt nicht mal, dass die Jointstummel im Aschenbecher im Wohnzimmer nichts mit den Kippen von meinem Vater zu tun haben.«

»Wieso hinterlässt du dein Kifferzeug im Wohnzimmer?«

»Keine Ahnung, vielleicht will ich erwischt werden. Seit dieser Nahtodsache lassen mir die beiden einfach alles durchgehen, als sei ich aus Glas.«

»Sie beide erfahren keinen Rückhalt durch Ihre Eltern«, sagte Anna und nahm die Gesprächsleitung wieder an sich. »Wie sieht es mit Verwandten aus, Onkel und Tanten, oder Freunden und Freundinnen? Haben Sie Menschen, denen Sie sich anvertrauen können?«

Declan schüttelte den Kopf. »Bei uns gibt's immer diese großen Familientreffen, das ist einfach nicht mein Ding, da ich das Gefühl habe, allen ausgeliefert zu sein. Und Freunde, na ja, die hatte ich noch nie.«

»Kay, wie ist das bei Ihnen?«

»Familie ist für die Tonne und außerdem nichts weiter als ein fucking Produkt von Gewohnheit und Abhängigkeit. Da alle meine Freunde zum Bekanntenkreis meines Ex gehören, hab ich mit allen einen Cut gemacht. Tatsächlich war mein häufigster Kontakt diese Tussi vom Jugendamt, auch wenn …«

»Na, wenn das nicht klasse is'!«, rief Mick, der sich an den Türrahmen angelehnt hatte. »Unsere Werwölfin bekommt endlich die Therapie, die sie braucht. Die Dorfbewohner kommen schon mit Holzpflöcken, was?« Er grinste in die Runde.

Kay stemmte die Hände in die Hüften. »Silberkugeln, du Hornochse!«

»Kein Pflock?«

»Du bist so doof und peilst das nicht! Werwölfe tötet man mit Silberkugeln, nicht mit Holzpflöcken!«

»Wow, bleib mal locker und fahr die Krallen wieder ein, ich wollte nicht deine behaarten Gefühle verletzen, sondern nur ein bisschen mit Whiskey vorglühen, bevor ich zum Spiel der Killarney Celtics gehe. Vielleicht gibt's hinterher 'ne Schlägerei, da will ich nicht so schmerzempfindlich sein.«

Mick ging zum Spirituosenschrank, nahm sich eine Flasche Whiskey und gönnte sich einen Schluck direkt aus der Pulle. »Das Zeug knallt und du hast keinen Kater am nächsten Morgen. Hätte ich gewusst, dass es den flüssigen Himmel hier in Killarney gibt, würde ich nicht bei meinem Vater in der Bar arbeiten, sondern hier in einem der Pubs anheuern. Vielleicht mache ich das auch«, sagte er und stellte sich mit den Füßen auf die letzte freie Couch. Mit der Hand über der Stirn tat er so, als würde er in die Ferne blicken. »Wo immer ein Ball rollt, Alkohol fließt und der Klang eines Dudelsacks erklingt …«

Anna ging sein Darstellungsdrang zu weit und sie wollte sich die Therapie nicht zerstören lassen. »Mick, wollen Sie nicht zur Abwechslung mal mitmachen und sich selbst eine Chance geben?«

»Ich hab Ihnen doch schon erklärt, dass Sie mich brav eintragen und schön die Klappe halten, oder hab ich mich nich' klar ausgedrückt?«

Anna machte es Angst, wie er sie von oben herab erniedrigte und einschüchterte. Die Selbstsicherheit in seiner Haltung und die unverhohlene Androhung von Gewalt in seinen Augen füllten den ganzen Raum.

Ihr Mut wollte sich in ihrem Schneckenhäuschen vergraben, doch die Blicke von Kay und Declan vermittelten ihr, dass ihr persönliches Ansehen, sogar ihre Fachkompetenz, vom Meistern dieser Situation abhingen. Doch was konnte man gegen solch einen Mann unternehmen, der sich derart aufspielte und seine Freiheit über alles andere stellte?

Freiheit? Anna kam eine Idee.

Sie nahm ihr Handy und wählte eine Nummer. »Nun gut, Mick, Sie können gehen, doch vorher sagen Sie es ihm bitte persönlich«, bemerkte sie fast beiläufig und legte den Hörer ans Ohr.

»Wem soll ich'n was sagen? Das ist doch Blödsinn.«

Anna wartete, bis jemand abhob.

»*Tony's Pizza-Pasta-Burger,* nur Sie bestellen, wir pronto liefern«, erklang die Stimme mit italienischem Akzent am anderen Ende der Leitung.

»Hallo, hier ist Anna Caffrey, spreche ich mit Richter Farlane vom Strafgericht?«

Mick fiel die Kinnlader herunter und er erbleichte. »Nein«, flüsterte er ihr zu und schüttelte den Kopf. »Das glaube ich Ihnen nicht, das is'n Fake.«

Anna verzog keine Miene. »Richter Farlane, schön, dass ich Sie erreichen konnte. Es geht um Mick Brennan, er möchte sich aus der Therapie verabschieden, ich denke, er sollte es Ihnen persönlich sagen, da es einen Verstoß gegen seine Bewährungsauflage darstellt, oder?«

»Farlane? Hier Tony ist, nur Bestellung, nix Farlane«, erwiderte die Bestellannahme.

Mick stieg langsam von der Couch und starrte gebannt auf den Hörer.

Kay grinste breit. »Jetzt geht's dir an die Eier, du Proll!«, sagte sie schadenfroh.

Anna hielt ihm den Hörer vor. »Richter Farlane möchte Sie gerne persönlich sprechen, Sie können ihm die Meinung sagen, hier bitte.« Ihr schlug das Herz bis zum Hals und sie hoffte inbrünstig, dass ihr Bluff nicht aufflog. Denn wenn das hier nicht klappte, würde sie sich in Grund und Boden schämen.

Mick hob die Handflächen und machte eine abwehrende Geste. »Anna, Sie haben mich falsch verstanden, natürlich mach ich mit, ich schwör's. B-b-bitte sagen Sie das dem Richter, okay?« Die Selbstsicherheit in seiner Stimme war geschmolzen.

Anna hielt den Hörer noch ein paar Sekunden vor seine Brust und sah ihn durchdringend an, ließ ihn schmoren, bis sie das Flehen in seinen Augen sah. Danach nahm sie den Hörer wieder ans Ohr.

»Richter Farlane, nichts für ungut, es scheint sich nur um ein Kommunikationsproblem zu handeln. Alles wieder gut.«

»Verdammt! Hier nicht Farlane ist, nur Tony, haben keine Bestellung?«

»Aha, ja, das finde ich auch. Und grüßen Sie mir schön Ihre Frau von mir, danke.« Anna legte auf und steckte das Telefon wieder weg. Sie ballte die Fäuste, damit niemand sah, wie zittrig ihre Finger waren.

Mick ließ sich auf die Couch sacken und atmete hörbar aus. Er brachte keinen Laut mehr heraus und rückte sich die Mütze zurecht.

»Schön, Mick, dass Sie sich aus freien Stücken dieser Therapie anschließen und sich selbst eine Chance geben. Vielleicht möchten Sie uns erklären, wieso Sie das Gericht zu einer Bewährungsstrafe verurteilt hat.« Anna hatte in ihrem ganzen Leben noch keinen Menschen erpresst und sie war überrascht, wie schnell und effektiv das Ganze abgelaufen war.

Mick nickte eifrig, legte die Hände gefaltet zwischen seine Knie und räusperte sich. »Der Richter meinte, dass ich maßlos sei und keine Rücksicht auf andere nehmen würde.«

»Ist das so, sind Sie ein rücksichtsloser Mensch?«

Mick sah auf den Boden und wich ihrem Blick aus. Es war ihm anzuerkennen, dass ihm das alles sehr peinlich war. Nach einer Weile atmete er erneut durch. »Manchmal geht's mit mir durch, ich kann es dann einfach nicht aufhalten.«

»Trinken Sie allein oder mit Freunden?«

»Freunde? Das sin' alles Leute, die kostenlos bei mei'm Vater im Pub saufen, wenn er nicht da ist und ich am Zapfhahn steh. Diese Leute bedeuten mir'n Scheiß.«

»Und was sagt Ihr Vater dazu, bekommt er das nicht mit, wenn die Rechnung am Ende des Monats nicht stimmt?«

»Rechnung? Darauf gibt der nix. Er hält mich für ein Dünnbrett, weil ich niemanden rauswerfen kann und zu weich sei. Ich soll hart sein, mehr Initiative zeigen, so wie mein Bruder, der bereits drei eigene Läden betreibt und zwei Kinder hat. Dad meint, dass auch 'n krummer Nagel eingeschlagen werden kann, wenn man nur hart genug draufhaut.«

»Haben Sie das Gefühl, dass Sie nicht den Erwartungen Ihres Vaters entsprechen?«

»Ja und seit dieser Sache mit dem Nahtod is's noch schlimmer geworden«, sagte er und blickte danach lange aus dem Fenster.

Anna wollte nicht zu schnell in ihn eindringen, denn es war ihm anzusehen, wie er mit sich selbst rang. »Kay und Declan haben schon von ihren Nahtoderfahrungen erzählt. Vielleicht möchten Sie das morgen auch tun.«

Sie packte die Papiere zusammen und versuchte, nicht zu zeigen, wie sehr sie sich freute, dass es ihr endlich gelungen war, die erste Gruppentherapie durchzuführen.

Hastig suchte Anna den Zettel heraus, auf dem die Teilnehmer unterschreiben mussten, und ließ ihn herumgehen. Erst als Mick ebenfalls seinen Namen daruntergesetzt hatte, jubelte sie innerlich. Von nun an würde es besser laufen und sie musste sich nicht mehr ständig alles gefallen lassen. Die Kosten für ihren bisherigen Erfolg waren gering gewesen: Sie hatte nur selbst Drogen nehmen, fremde Leute bedrohen und einen Straftäter mit dem Entzug seiner Freiheit erpressen müssen. Wie sich das alles im Bericht machen würde? Aber vielleicht war es besser, die Wahrheit ein wenig auszuschmücken, damit die Veröffentlichung der Ergebnisse ihr keinen Besuch beim Vorstand der Uni einbringen würden.

»Die wollen in meinen Kopf, mit diesem Wi-Fi-Ding – es ist überall! Aber in meinen Schädel werden sie nicht eindringen, das schwöre ich euch!«

Polizeirevier Killarney, Akte 51, Alien Pete, verwirrte Person versteckte sich im Glockenturm

10 Lebendig

Scott O'Connell

An der Theke des Cafés herrschte Hochbetrieb. Eine Frau bediente die Leute aus der Warteschlange, nahm das Geld entgegen und bediente die Kasse. Drei junge Männer rotierten hinter ihr zwischen Ausgabe, Maschinen und der Kühltheke mit den Carrot Cakes und den Zimtschnecken, deren Glasur stärker glänzte als die Glasscheibe, hinter der sie aufgereiht waren. Einer der Mitarbeiter ließ routiniert Milch in einer Tasse aufschäumen und störte sich weder am aufsteigenden Dampf noch am Lärm der Kaffeemaschine.

Scott kam sich seltsam deplatziert vor. Auf dem halbrunden, kastanienbraunen Ledersessel saß er nicht nah genug am niedrigen Tisch, um seine Zimtschnecke essen zu können, ohne auf seine Hose zu krümeln. Außerdem wuselten viele Leute um ihn herum, von denen einige neidisch auf seinen Sitzplatz starrten, da das Café so voll war, dass einige von ihnen mit Getränk und Teller auf der Jagd nach einem freien Stuhl waren. Diejenigen, die saßen, hatten zumeist ein Buch vor sich oder unterhielten sich mit ihren Freunden und lächelten einander an.

Der Lärm. Die Leute. Das grelle Oberlicht.

Das alles war Scott zu viel. Der Kaffee war nicht stark genug, die Zimtschnecke war eine Enttäuschung und das Polster unter seinem Hintern war eindeutig zu hart. Und als wäre das nicht genug, blickte er aus dem breiten Schaufenster auf schmuddeliges Regenwetter, das wahrscheinlich viele Leute hinter ihren Türen festgesetzt hatte. Dabei kam ihm der Gedanke, dass er heute hoffentlich nicht festgenommen wurde. Obwohl er nur zwei Stunden geschlafen hatte, war er alles andere als müde, denn wenn der Bauhoftyp ihn bei der Garda verpfiff, würde er so schnell keinen Regen mehr auf seiner Haut spüren.

Eine blonde, junge Frau setzte sich ihm gegenüber auf den freien Platz und grinste ihn an. »Ich kann mich doch setzen, oder?«, fragte sie.

Scott empfand ihre Aktion als Eindringen in seine Privatsphäre. »Ist das eine Frage oder eine Feststellung?«, wollte er wissen und hatte das Gefühl, als wiege er – wie sonst sein Bruder – die Aussagen seiner Mitmenschen mit der Goldwaage ab.

»Äh, also«, begann sie, runzelte die Stelle zwischen den Augenbrauen und legte einen besserwisserischen Blick auf. »Sie können nicht zwei Plätze belegen, das ist unfair!«

Was Scott im Moment gar nicht vertrug, waren Besserwissereien. Wortlos beugte er sich nach vorne, legte den linken Ellbogen auf dem Tisch ab und stützte sich mit der Faust an der Schläfe. Mit dem freien Arm tunkte er die Zimtschnecke so langsam und so tief in den Kaffee, dass das Getränk über die Seiten auslief. Dabei starrte er sie die ganze Zeit an, auch dann noch, als er die durchweichte Zimtschnecke in seinen Mund schob, Stück für Stück, bis beide Backentaschen voll waren. Er kaute mehrere Sekunden und grinste sie dann mit offenem Mund an, um ihr den Brei zu präsentieren.

Die selbstbewusste Miene der Frau glitt zusammen mit ihren Mundwinkeln nach unten. Sie schluckte sichtbar und verließ wortlos den Tisch.

Scott drehte seinen Kopf zu allen anderen, die in seine Richtung sahen, und schenkte ihnen ebenfalls das Lächeln des Irrsinns. Alle wandten sich ab, der Platz ihm gegenüber blieb leer.

In mehreren Zügen schluckte er den Brei herunter und hoffte, dass man ihm nicht mehr zu nah kommen würde. Er saß bereits seit einer halben Stunde hier und hatte das

Gefühl, dass die Zeit nicht verging. Seit der Detective ihn angerufen und ihm mitgeteilt hatte, dass er zur Garda Station kommen solle, hatte er sich bereits mehrere Ausreden und Erklärungen überlegt, von denen er hoffte, sich mit ihnen aus der Sache mit dem Bauhof herauswinden zu können. Als er sich die letzten Reste aus den Zahnzwischenräumen gepult hatte, spülte er die Stücke mit einem Schluck des miesen Kaffees herunter.

Sein Handy vibrierte und er schreckte auf.

Er holte es aus seiner Jackentasche und las die Kurznachricht seines Bruders.

Hi Scott, ich habe mich wegen dieser Pick-up-Sache umgehört. Es scheint knapp dreißig Leute in Killarney zu geben, die einen großen Pick-up fahren, der Bauhof ausgeschlossen. Wenn du etwas Genaueres hast, dann gib mir Bescheid, sonst können wir das nicht eingrenzen.

Scott ballte die Faust. Wieso hatte er diese Info nicht vor der vergangenen Nacht erhalten können?

Er blickte auf die Uhr und konnte nicht fassen, wie schnell die Zeit vergangen und wie kurz das Leben in Freiheit war. Er wischte sich den Mund mit einer Serviette ab, die neben der Tasse gelegen hatte, griff seinen Schirm und ging zum Ausgang.

Gleich vier Leute rannten zum frei gewordenen Platz und diskutierten lautstark, wer zuerst da war.

Er vergewisserte sich mit einem letzten Griff nach hinten an seinen Hosenbund, dass er die Pistole zu Hause gelassen hatte. Danach lief er zur Garda Station.

Ein Beamter saß am Empfang und sah ihn gleichgültig an.

»Ich muss zu Detective Bayne, ich habe um drei einen Termin«, sagte Scott.

Der Polizist saß schräg in seinem Stuhl, sah auf seine Armbanduhr und zeigte ihm mit genervter Miene das Ziffernblatt.

»Ja, ich weiß, ich bin zu früh. Ich bin Scott O'Connell.«

Der Mann setzte sich gerade und wies ihm mit der Hand an, zu warten. Parallel dazu nahm er den Hörer neben sich ab und sprach ins Telefon. »O'Connell ist hier, soll ich ihn durchlassen, Detective?«

Der Beamte nickte und deutete mit dem Finger zur Tür.

Scott öffnete sie und trat ein. Seine nassen Schuhe quietschten auf dem grauen PVC-Boden im angrenzenden Flur. Die linke Seite bestand aus einer Fensterfront, die bis zur Hälfte mit Milchglasfolie versehen war. Wie schwebende Torsos gingen dahinter mehrere Polizisten in dem Großraumbüro auf und ab, redeten miteinander und schrieben irgendwelche Codes auf ein Flipchart an der Wand.

Auf der linken Seite des Flurs saß ein Jugendlicher auf einer metallenen Dreiersitzbank. Seine Gelenke waren mit Handschellen versehen, er hatte den Oberkörper gebeugt und stöhnte. Als er sich nach hinten lehnte, tropfte Blut von seiner Lippe, doch statt zu jammern, grinste er Scott an und richtete sich die Haartolle. »Hey, Mister, hast du mal 'ne Kippe?«

Scott konnte sich erinnern, dass er als Jugendlicher schon zweimal in derselben Lage gewesen war. Danach hatte er seine Lektion gelernt und nicht mehr so viel vor der Schlägerei gesoffen, damit er noch genug Gleichgewicht besaß, um bei der Flucht nicht am nächstbesten Zaun hängen zu bleiben. Etwas auszufressen, war eine Sache, sich erwischen zu lassen, eine andere. »Sorry, ich bin Nichtraucher.«

»Was wollen die Cops von dir?«

»Ich wünschte, wir könnten tauschen.«

»So übel, Mister?«

Scott wollte sich setzen, als Bayne eine Glastür öffnete und ihm zuwinkte.

»Mach's wie ich, Mister, so wie nur Jaydee es kann, komm nur zu Besuch, lass dich nicht einbuchten.«

»Klar«, meinte Scott abwesend, streckte den Rücken durch, überließ den jungen Mann der Justiz, die so lange an seine Besserung glauben würde, bis er achtzehn war, und folgte dem Detective ins Großraumbüro hinter dem Glas.

Eine Frau prügelte schreiend mit ihrer Handtasche auf einen Mann mit Lederjacke ein, während vier Uniformierte versuchten, sie von ihm wegzuzerren.

»Touristen«, sagte Bayne beiläufig über die Schulter, während er in ein verglastes Büro ging und nach Scott die Tür schloss. Durch die Erschütterung des Rahmens zitterten die halboffenen Jalousien. Auf dem Schreibtisch türmten sich Aktenberge bis hoch zur Schreibtischlampe mit grünem Glasschirm, von der vor lauter Klebezetteln kaum noch etwas zu sehen war.

Bayne warf noch einen Blick durch die Jalousien, bevor er sich kopfschüttelnd setzte und sich die Krawatte über den dicken Bauch drapierte. Der Stuhl unter ihm knarzte, bis er sich so positioniert hatte, dass er sich zurücklehnen konnte, ohne an den schwarzen Aktenschrank hinter sich zu stoßen. Er verschränkte die Finger seiner Hände vor dem Bauch und sah Scott durchdringend an.

Dumpf drangen die Schreie der Frau ins Büro.

Scott war so angespannt, dass er darüber nachdachte, Bayne am verschwitzten Kragen über den Tisch zu ziehen und ihn zu ohrfeigen, damit er ihn nicht weiter auf die Folter spannte.

Doch statt das Gespräch zu beginnen, nahm Bayne seine Kaffeetasse und gönnte sich einen langen Schluck. Er stellte sie wieder ab, richtete sich seine Krawatte unnötigerweise erneut und zog eine Akte vom Stapel. »Ich habe Sie herbestellt, weil es neue Entwicklungen in Ihrem Fall gibt.«

Scott träumte immer noch vom Ohrfeigen. Konnte der Mann nicht endlich zur Sache kommen? Außerdem blendete ihn die Schreibtischleuchte, die so ausgerichtet war, dass ihr Schirm die Lampe hinten nicht abdeckte.

»Ich habe den Abschlussbericht der Kriminaltechnik.«

Ohrfeigen, Ohrfeigen, Ohrfeigen, dachte Scott und biss sich auf die Lippe.

»Caitlins Gebärmutter wurde entfernt, durch einen Schnitt in den Bauch. Da scheint sich jemand Mühe gegeben zu haben.«

Scotts Mund klappte herunter und er weigerte sich zu glauben, was er soeben gehört hatte.

»Dem Arzt zufolge ist dies die Todesursache. Auch diese Melissa, die Sie aufgefunden haben, wurde zu Tode gefoltert. Ich hoffe, das hängt nicht miteinander zusammen.«

Die Grausamkeit dessen, was Bayne erzählte, schlug wie eine Abrissbirne in Scotts seelisches Gerüst ein. Er ließ die Schultern hängen und riss die Augen weit auf. Jede Faser in seinem Leib wünschte sich, dass er nicht hierhergekommen wäre, dass er drüben auf der anderen Seite der Straße im Café sitzen geblieben und nie das Revier betreten hätte. Er blinzelte wegen des grellen Lichts, das ihn wie ein fieser, kleiner Gremlin blendete.

»Doch das ist nicht alles, Mr O'Connell. Der Arzt meint, dass Caitlin wahrscheinlich schwanger war. Wissen Sie, ob Ihre Verlobte ein Kind erwartet hat?«

Noch ein Einschlag der Abrissbirne. Scott krallte sich seitlich in die Lehnen seines Stuhls, da er das Gefühl hatte, dass sich Eissplitter durch seine Adern schoben, jeglichen Nerv in seinem Körper aufschlitzten und den Schmerz gefrieren ließen, damit seine Qual in ewiger Starre konserviert wurde.

»Und, wissen Sie es?«, hakte Bayne nach.

»Nein … ich … weiß nicht«, sagte Scott. Es war nicht er, der sprach, sondern der Autopilot, der ihn funktionsfähig hielt.

»Nehmen wir mal an, dass es nicht von Ihnen war, was mit Ihrer Zeit auf See ohnehin nicht so ganz vereinbar wäre, dann hätten wir ein Motiv. Wenn der Täter seine Affäre zu Ihrer Verlobten vertuschen wollte, musste er seine DNA entfernen, sogar die des Kindes, denn damit kann man den Vater feststellen. Der Mediziner hat einen Vaginalabstrich gemacht, um sicherzugehen, dass wir es nicht mit einem Perversen zu tun haben, allerdings gab es weder Spermaspuren noch sonstiges verwertbares Material.«

»Spermaspuren?«

»Ja, wir müssen in jede Richtung ermitteln.«

Scott saß einfach nur da und starrte ihn an. Alles Gesagte brauchte gefühlte Ewigkeiten, bis es in seinen Verstand drang. »Sie lebte also, während man ihr die Gebärmutter entfernte?«

»Ja, der Arzt geht davon aus.«

»Schwanger?«

»Möglich«, meinte Bayne.

»Wie Müll hinter einem Supermarkt entsorgt.«

»Da haben wir sie gefunden.«

»Affäre?«, wisperte Scott, der weder das Grauen begreifen konnte, das man Caitlin angetan hatte, noch die Art und Weise, wie ihm das hier erzählt wurde.

»Sicher, dass sie beide keine Feinde haben? Diese Stadt ist nicht mehr, was sie war. Letzte Nacht wurde ein Mitarbeiter des Bauhofs von einem Verrückten angegriffen und mit einer Waffe bedroht, leider konnte er uns keine sachdienlichen Hinweise liefern. Aber das zeigt, dass auch unser Killarney nicht mehr das alte ist.«

»Was wollen Sie mir hier erzählen?«, murmelte Scott. Langsam fügten sich alle Bausteine zu einem disharmonischen, widerwärtigen Bild menschlichen Abgrunds zusammen. »Was wollen Sie mir erzählen«, wiederholte er, aber diesmal lauter.

»Für die Ermittlungen ist es wichtig, dass Sie uns alles mitteilen, was Sie wissen.«

Scott schoss hoch, fegte einen der Aktenberge vom Tisch und schlug mit beiden Fäusten auf die blecherne Platte. »Sie haben kein Recht, so zu denken! Sie besudeln ihr Andenken! Sie ist ja nicht mal unter der Erde!«, schrie er.

Bayne hob abwehrend die Hände. »Beruhigen Sie sich, es geht hier nur um die Ermittlungen, das ist nichts Persönliches.«

»Nicht persönlich? Caitlin war eine gute Frau und Sie stellen sie wie eine läufige Hündin dar!«

Ein Beamter öffnete die Tür zum Büro. »Ist hier alles in Ordnung, Detective?«

»Ein Scheiß ist in Ordnung!«, schrie Scott, dessen Wut von Verzweiflung und Leid angefacht wurde. Er trat gegen den Schreibtisch und packte seinen Stuhl, um ihn gegen die Scheibe zu schmettern, doch der Beamte ergriff seinen Arm und Bayne riss ihm das Möbelstück aus der Hand. Beim Versuch, sich zu befreien, landete er in einem Würgegriff, der sich wie ein Schraubstock um seinen Hals zusammenzog, je länger er sich wehrte. Ein weiterer Polizist kam hinzu und half seinen Kollegen. Scott mobilisierte all seine Kräfte, zog und zerrte, Schmerzen schossen durch seine Muskeln und Tränen rannen seine heißen Wangen herunter. »Nein! Nein!«, krächzte er und wusste nicht, wogegen er hier eigentlich kämpfte. Doch der Würgegriff zog sich noch enger, raubte ihm Luft, während allmählich Sterne an den Rändern seines Sichtfelds blitzten und er langsam die Kraft, sich zu wehren, und sein Bewusstsein verlor.

* * *

Die Scheibenwischer des Jeeps fuhren quietschend über die Scheibe, da der nachlassende Regen kaum genug Wasser für einen ausreichenden Gleitfilm hinterließ. Im Getränkehalter stand ein offener Becher Kaffee, dessen Oberfläche sich bei jeder Kurve gefährlich neigte. Alle Anzeigen des Wagens leuchteten im Nachtmodus in Türkisblau und verliehen dem Innenraum einen Hauch von Elmsfeuer.

»Hast wohl die Beherrschung verloren, was?«, durchbrach Liam das Schweigen, das sich nach der Abfahrt an der Garda Station eingestellt hatte.

Scott rieb sich den schmerzenden Kehlkopf und weigerte sich, das Offensichtliche zu kommentieren. Auch der Hintern tat ihm weh, da er bis zum Einsetzen der Dunkelheit auf dem Fliesenboden in der Ausnüchterungszelle gesessen und nachgedacht hatte.

»Hast du ein Glück, dass ich zu Hause war und den Hörer abgenommen habe. Wenn Mum ans Telefon gegangen wäre, hätte das wieder ihren Blutdruck in die Höhe getrieben.« Er trank einen Schluck Kaffee und hielt an einer roten Ampel. »Du hast Glück, sie werden keine Anzeige gegen dich erstatten.«

»Bist du jetzt Dad oder was?«

»Tätlicher Angriff gegen vier Gardabeamte«, begann er gelassen. »Das übertrifft deinen Rekord von drei, als du sechzehn warst. Ich dachte, dass deine wilden Zeiten vorbei wären. Was ist überhaupt passiert?«

»Alles. Einfach alles, Liam.«

»Geht das präziser?«

»Ich kann das nicht erzählen.«

»So übel?«

»Noch übler«, ergänzte Scott.

»Klingt nicht gut.«

»War es schwer, mich herauszuholen?«

Die Ampel schaltete auf Grün. Liam nahm einen Schluck aus dem Becher, setzte wieder ab und schaltete den Scheibenwischer aus. »Vater hat Druck gemacht, er kennt ein paar Leute.«

Scott wusste nicht, was er davon halten sollte, dass sein Bruder ihn wieder hatte retten müssen, obwohl er der Jüngere war. »Was sind das für Leute?«

»Vaters Kunden. Wenn du ab und zu in seiner Whiskeybrennerei aushelfen würdest, könntest du viele von diesen Leuten kennenlernen. Gibt es inzwischen eine Spur vom Täter?«

»Die Garda fragt mich immer wieder, ob … ob Caitlin einen anderen gehabt hätte. Ich will mir das weder vorstellen noch daran glauben.«

»Wie kommen die überhaupt auf so eine Idee?«

Scott kannte keine Antwort auf diese Frage und schwieg. Stattdessen ließ er die automatische Scheibe herunter und atmete die frische Nachtluft ein. Seit er auf seiner Fahrt über das Meer die Nachricht vom Tod seiner Verlobten erhalten hatte, fühlte er sich wie ein Boxer unter der Wirkung eines heftigen Schlags. Er versuchte, sich so lange aufrechtzuhalten, stark zu sein und zu funktionieren, bis der Gong ihn retten würde. Doch weder wusste er, wann die Erlösung kam, noch wann er endlich dieses seltsame Gefühl der Benommenheit abschütteln konnte. In seinem Herzen rangen Trauer, Wut, Zweifel und eine Frustration, die ihn von innen auffraß.

»Was ist mit ihren Angehörigen, sollten wir sie nicht informieren?«, fragte Liam.

»Ich habe dir doch schon geschrieben, dass sie eine Waise ist.«

»Ja, dennoch kann sie aber eine Tante haben, einen Cousin, eine Nichte oder sonst was.«

»Keine Ahnung, Liam, zumindest hatte sie nie Kontakt zu denen.«

»Vielleicht *wollte* sie keine Verbindung. Möglich, dass sie Probleme mit denen hatte? Und was ist eigentlich mit ihren Eltern passiert?«

»Keiner wollte sie haben, sie wurde einfach im Waisenhaus abgegeben, als Kleinkind. Sie hat keine Verwandten, keine Schwester, keinen Bruder …« Scott erinnerte sich daran, dass Alien Pete etwas von einem Bruder von Caitlin erwähnt hatte. »Sag mal, wie irre ist dieser Alien Pete, kann man ihm Dinge glauben, die nichts mit Autos zu tun haben?«

Liam zuckte mit den Schultern. »Ich weiß nicht. Vor sechs Monaten hatte er sich auf einem Kirchturm verschanzt und musste mit der Feuerwehr heruntergeholt werden.«

»Na toll, das macht einem Mut. Dennoch, ich denke, dass es nicht schaden kann, ihn noch einmal zu sprechen.«

»Weiß er etwas?«

Scott kratzte sich am Kinn. »Keine Ahnung, aber ich will mir anhören, was er zu sagen hat. Der Detective hat mir versichert, dass ihr Körper jetzt für die Beerdigung freigegeben wird.«

Scott hatte einen trockenen Hals, doch diesmal lag es nicht an den Folgen des polizeilichen Würgegriffs. »Ich … weiß nicht, wie man das alles macht.« Beerdigung. Langsam wurde es wahr. Caitlin war nicht mehr. »Ich …«

»Keine Sorge, Mum ist ein Organisationstalent«, sagte Liam.

Scott schnappte sich Liams Getränkebecher und nahm einen tiefen Schluck. Der Abschied war also da und der Gedanke daran schmeckte bitterer als der schwarze Kaffee, der seine Kehle hinunterrann.

»Leidenschaft kann durch Liebe bedingt sein, aber auch durch Hass.«

Liebe und andere Neurotransmitter, Kapitel 2, »Vom Treibenden zum Getriebenen«

11 Das Tagebuchphänomen

Anna Caffrey

Anna saß auf einer Dreiersitzbank in der Garda Station und wippte nervös mit dem rechten Fuß auf und ab. Dass sie hier in diesem Flur landen würde, war ihr nicht bewusst gewesen, als sie im Fundbüro der Gemeindeverwaltung Sue Murphys Goldkette hatte abgeben wollen. Anscheinend war dort wegen Umbauarbeiten geschlossen gewesen. Ein Besucher, der ebenfalls vor verschlossener Tür gestanden hatte, war so freundlich gewesen, ihr zu erklären, dass man Fundsachen im Notfall auch einfach am Empfang bei der Garda abgeben könne. Leider hatte sie der Typ aus dem Eingangsbereich aber direkt hereingeschickt, da er keine Sachen ohne Protokoll annehmen dürfe. Ihr kam es seltsam vor, dass in so einem kleinen Ort wegen einem einfachen Fundstück so ein Aufwand betrieben werden musste.

»Sind Sie Anna Caffrey?«, fragte ein älterer Beamter mit schroffem Tonfall, der sich aus der Tür zu den Büros herauslehnte. Er machte einen missmutigen Eindruck und schien nicht sonderlich motiviert.

»Ja«, antwortete sie und stand auf.

»Ich bin Inspector Thomson. Der Kollege vom Empfang meinte, dass Sie ein Fundstück abgegeben wollen, kommen Sie zu mir.«

Sie folgte ihm zu seinem Büro.

Der Mann setzte sich an seinen Computer, tippte auf seiner Tastatur, machte Pause und strich sich dann über seinen ergrauten Schnauzer. »Gut, wir nehmen ein Protokoll dazu auf. Also, erklären Sie mir bitte, was es mit dem Fundstück auf sich hat, dann kann ich schnell in die Pause, denn mir hängt der Magen in den Kniekehlen.«

Anna nahm sich die Halskette ab, die sie trug, und legte sie auf den Schreibtisch. »Ich habe vor Kurzem diese Halskette gefunden, auf deren Rückseite der Name Sue Murphy eingraviert ist. Vielleicht können Sie die Daten in Ihrem Computer abrufen, damit sie die Eigentümerin zurückbekommt.«

Thomson setzte sich eine Lesebrille auf und inspizierte die Kette. Danach bearbeitete er eine Weile sein Keyboard, bis er begann, leicht den Kopf zu schütteln. »… Reihe von Vermissten«, murmelte er vor sich hin. Er schien einer der Menschen zu sein, die beim Lesen nicht gänzlich ihre innere Stimme nutzen konnten. »Dazu gab es eine Vermisstenmeldung. Allerdings wurde der Fall bereits unter Detective Bayne eingestellt.«

»Eine Vermisstenmeldung? Eingestellt? Hat man sie gefunden?«

Der Beamte legte seine Brille wieder ab und atmete genervt aus. »Das geht Sie nun wirklich nichts an, außer Sie zeigen mir einen Ausweis, der sie ermächtigt, interne Informationen der Garda erhalten zu dürfen.«

Anna empfand sein Verhalten viel zu überzogen. »Also wenn diese Sue noch weiterhin vermisst wird, wäre dieser Fund nicht eine Möglichkeit, die Sache neu anzukurbeln?«, fragte sie versöhnlich.

»Wenn ich das mache, muss ich den Fall wieder anlegen. Was glauben Sie, wie viel Papierkram das ist? «

Sie konnte kaum fassen, wie faul dieser Polizist war. Vielleicht brauchte er nur ein wenig Motivation. Außerdem war nun ihre Neugierde geweckt, etwas über diese Sue zu erfahren. Vielleicht konnte sie über die Hintertür zu den begehrten Infos gelangen. »Wenn Sie mir nur die

Daten von Angehörigen geben, könnte ich den Schmuck bei denen abgegeben.«

»Ich sagte doch schon, Miss Caffrey, der Fall ist abgeschlossen und bitte hören Sie auf, mich so augenscheinlich austricksen zu wollen, das ist unhöflich.«

»Verzeihung, das war so nicht beabsichtigt. Ich komme aus der Großstadt und weiß nicht, wie die Dinge hier laufen, aber ...«

»Stimmt«, unterbrach er sie mit der Sachlichkeit eines toten Fischs. »Sie kommen aus der Großstadt und wissen nicht, wie die Dinge hier ablaufen. Auch wenn wir hier Landeier sind, machen wir dennoch unseren Job. Und wir mögen es nicht, wenn Fremde uns erklären, wie die Arbeit der Garda funktioniert.« Er legte sich die Hand auf den Bauch und machte ein schmallippiges Gesicht. »Verzeihen Sie, ich hatte kein Frühstück und auf leerem Magen vertrage ich keinen Papierkram. Ich mache Ihnen einen Vorschlag.« Er riss einen Zettel von seinem Notizblock, nahm einen Kugelschreiber und schob ihr beides zu. »Schreiben Sie bitte Ihre Daten auf: Name, Telefonnummer und wo ich Sie finden kann. Ich werde derweil Detective Bayne ausfindig machen und mit ihm sprechen. Sollte er wegen des Fundstücks einen Grund sehen, die Sachen zu reaktivieren, dann werde ich Sie noch einmal hierher zitieren. Bis dahin behalten Sie bitte den Schmuck und ersparen mir zumindest eine Verzögerung meiner Pause. In Ordnung?«

Anna nickte unzufrieden und schrieb ihre Daten auf. Sie bezweifelte, dass es nur am leeren Magen lag, dass man sie und ihr Anliegen so behandelte. Wahrscheinlich lag es eher daran, dass dieser Beamte keine Fremden mochte oder gar Frauen nicht ernst nahm. Was es auch war, er war alles andere als ein Freund und Helfer. Dennoch hatte er etwas gesagt, wenn auch unfreiwillig, was in ihrem Kopf hängen geblieben war. Eine *Reihe von Vermissten* hatte er vorhin gesagt, als er auf seinen Bildschirm gestarrt hatte.

Diese drei Worte bereiteten ihr Unbehagen.

* * *

Anna feuerte frustriert den Schraubenzieher in die Box, die auf dem Kiesboden stand, und sah dem Käfermotor dabei zu, wie er langsam wieder absoff. Es war zum Haare raufen und das schon so kurz nach dem Frühstück.

Sie lehnte sich vorsichtig an die Rücklampe und schaute auf ihr Handy. In dem Video hatte alles so leicht ausgesehen. *Typische Reparaturen an klassischen Käfern* hieß der Clip, in dem ein selbsternannter Experte mit Blaumann in wenigen Schritten die wichtigen Wartungen erklärt hatte, die garantiert den Motor zum Laufen bringen würden. Doch die Teile bei ihrer eigenen Schrottkarre sahen ganz anders aus und manche Schrauben saßen so fest, dass sich diese unmöglich drehen ließen.

Dennoch war sie nicht gewillt, aufzugeben, stieg ins Auto und versuchte, mit Gas und Kupplung den Wagen am Laufen zu halten. Als er wieder ausging, schaute sie ein weiteres Video auf ihrem Telefon, das sich *In drei Minuten zum Oldtimer-Experten* nannte.

Nach fünf Minuten, was das Drei-Minuten-Versprechen Lügen strafte, war sie nicht schlauer als vorher.

Plötzlich klappte das Anruffenster auf und stoppte das Video – Angus klingelte sie an. Doch sie hob nicht ab und überlegte stattdessen, wie er an ihre Nummer gelangt sein könnte. Dann fiel ihr ein, dass sie ihn angerufen und er ihre Kontaktdaten wahrscheinlich gespeichert hatte. Angus war okay, aber das war es auch schon. Außerdem stieg ihr auch jetzt noch die Schamesröte in die Wangen, als sie an die Blamage vor seiner Mutter dachte.

Im Wohnwagen. Auf einem Parkplatz. Schande pur.

Ebenso gut hätte sie es in einem Auto neben der öffentlichen Toilette einer Autobahnraststätte treiben könne – das Niveau war das gleiche. Und wieso musste es immer einen Haken geben? Sexy Mann – Fremdgeher. Beständiger Mann – wohnt bei seiner Mutter. Gepflegter Mann – mag andere gepflegte Männer. Wieso hatte sie nur immer solch ein Pech?

Sie schaltete den Anruf auf stumm, stieg wieder aus und ging nach hinten zum Motor. Zu ihrer Überraschung stand Mick Brennan dort und grinste sie an.

Anna schluckte. War er ihr auf die Schliche gekommen, dass die Sache mit Richter Farlane gelogen war, und wollte sich jetzt an ihr rächen?

»So nicht«, sagte er und hob den Zeigefinger wie ein Lehrer.

»Das war nicht so gemeint«, stotterte Anna.

»So läuft das mit dem Motor nicht, das Teil kriegt keine Luft«, erklärte er und griff sich einen Schraubendreher aus der Box. »Setzen Sie sich rein, starten Sie, wenn ich's sag.«

Anna brauchte ein paar Herzschläge, bis sie begriff, dass er ihr nur mit dem Auto helfen wollte und gar nicht an die Sache mit dem Richter dachte. Sie nickte, stieg in den Wagen und wartete. Misstrauisch blickte sie in den Rückspiegel und sah Mick durch die Belüftungsschlitze in der Motorhaube.

Es dauerte nur ein paar Minuten, dann meldete sich Mick von hinten. »Okay, anlassen!«, rief er.

Anna zündete erneut, gab im Leerlauf Gas und horchte. Nach einer Weile lief der Motor immer noch, das Röcheln blieb aus. Ungläubig ging sie raus zu Mick, der gebeugt über dem Motor stand und an einer Schraube drehte.

»Es is' die Drosselklappe«, meinte er beiläufig.

»Was?«

»Dieses Teil hier; reguliert Frisch- und Gemischzufuhr. Is' echt wichtig, sonst läuft nix.«

»Kennen Sie sich mit Autos aus?«

Mick erhob sich wieder und legte den Schraubendreher weg. Er lachte auf und zuckte mit den Schultern. »Ich klaue Autos, seit ich vierzehn war. Da muss man die Dinger auch mal ohne Autoschlüssel zum Laufen bringen.«

»Danke«, sagte sie.

Mick sah sich um und kratzte sich das Kinn. »Is' schon okay. Cool von Ihnen, dass sie mich nich' verpfiffen haben. Ich will das mit der Bewährung nicht versauen, Knast is' nicht mein Ding.«

Ein Danke aus Micks Mund? Anna hätte nicht geglaubt, dass das überhaupt möglich war. Bevor sie etwas darauf erwidern konnte, ging Mick wieder ins Haus.

Sie schloss die Haube und machte sie mit dem Haargummi fest, das nach zwei Monaten der Zweckentfremdung nicht mehr als ein zerfaserter Gummi war.

Sie hoffte, vielleicht noch etwas Kaffee im Speisesaal zu bekommen, und ging zum Haus. Hinter ihr knirschte der Kies, als ein weißer BMW in den Wendehammer fuhr und stehen blieb.

Ein Mann stieg aus und gönnte sich einen Schluck aus seinem glänzenden Flachmann.

Anna erkannte ihn wieder. Es war der Major, mit seinem Camouflage-Schal und dem Schieber auf seinem Kopf. »Ich kenne Sie doch«, sagte sie.

Der Mann steckte das Behältnis weg und sah sie von oben bis unten an. »Ah, Sie waren bei der Verkostung. Coffee …?«, fragte er mit seiner rauen Stimme.

»Caffrey, Anna Caffrey. Ich bin überrascht, Sie hier zu treffen.«

»Meine Familie beliefert seit Jahren die Familie McMurrough, immer am letzten Tag des Monats, Punkt zehnhundert. Eine Tradition, die ich geerbt habe.«

»Ich hätte eher gedacht, dass Sie Angus solche Lieferungen fahren lassen?«

»Angus? Sie kennen ihn? Dann sind Sie seine Freundin, die wegen dieser Sue Murphy gefragt hat, richtig?«

Anna errötete leicht. »Freundin? Nein, also, wir, das ist nicht so«, stammelte sie und strich sich fahrig die Brille hoch. »Wir haben nur so geredet und ich habe ihn wegen dieser Goldkette gefragt, die ich in Muckross Abbey gefunden habe. Da steht dieser Name drauf, Sue Murphy, und Angus meinte, dass Sie vielleicht etwas über sie wissen, damit ich ihr das Schmuckstück zurückgeben kann.«

»Ich kenne viele Leute in Killarney, kann mir Namen und Gesichter gut merken, aber eine Frau, die so heißt, gibt es hier nicht. Vielleicht war es eine Touristin – von denen werden wir jedes Jahr überschwemmt. Was suchen Sie eigentlich auf einem Friedhof, gibt es denn keine fröhlichen Orte in der Stadt?«

»Es ist wegen des Projekts, wir besuchen Orte, die einen therapeutischen Effekt bei meinen Patienten auslösen sollen.«

Der Major kniff die Augen zusammen und sah sie an, als täte er sich schwer damit, ihre Antwort zu verstehen. »Man sollte die jungen Leute zum Militär schicken. Ein paar Monate an der Waffe, Grundausbildung und ein Tritt in den Hintern vom Offizier und schon ist alles wieder gerade. Ich nenne es den *Arschtritteffekt*, funktioniert immer.«

Sie überlegte, ob es überhaupt einen Sinn ergab, gegen die Argumentation des Majors vorzugehen. Außerdem hatte sie keine Lust, sich auf eine Konversation mit einem konservativen Sturkopf einzulassen, der sie mit seiner Verbissenheit an ihre Großmutter erinnerte. »Ähm, soll ich Vernan holen?«, bot sie an und hoffte, so aus dem Dialog flüchten zu können.

»Nein, die Lady des Hauses empfängt mich persönlich. Ich transferiere dann einfach die Kisten nach drinnen, so machen wir das, seit ich dieses Geschäft betreibe. Wie geht es der alten Haubitze?«

Anna stolperte gedanklich über seine seltsame Formulierung. »Ich denke, dass es ihr gut geht, Major.«

»Hat sie wieder viele Gäste im Haus?«

»Nein, nur ich und drei meiner Patienten.«

»Das ist ineffektiv. Steht der Rest leer, ohne Buchungen?«

»Ich leite hier ein psychologisches Projekt, der Ausrichter hat die Villa komplett angemietet.«

»Ich dachte, sie seien Ärztin.«

»Nein, Psychologin.«

»Im Militär heißt das Seelsorger und hilft Männern, deren Waffen nicht mehr schießen.«

»Waffe? Ich denke, Sie verwechseln da etwas«, stammelte Anna und begriff nur langsam, dass er mit Waffe wahrscheinlich die Potenz meinte. Es war deutlich zu früh am Morgen für solch sexistische Unterhaltungen, die eigentlich Männer an einem Stammtisch in vernebelten Kneipen untereinander führen sollten, während Pfeile auf einer Dartscheibe neben der Toilette geworfen wurden. »Das ist wohl eher etwas für einen Sexualtherapeuten.«

»Mag sein. In jedem Fall kann ich Ihnen raten, den Ort nicht mit ihren Fragen und ihrer Besserwisserei verrückt zu machen. Sie sind nur eine Fremde, ein Gast, vergessen Sie das nicht.«

Anna war perplex. Noch ein Mensch in Killarney, der ihr unnötig unter die Nase rieb, dass sie nichts weiter als eine Fremde war. Sie wollte etwas erwidern, bis die Tür aufging.

Lady McMurrough kam heraus. Sie trug eine kleine Feder auf ihrem mintgrünen Hut und lächelte den Major an. »Sehr schön, junger Mann, pünktlich wie immer. Ich habe Bran in der Putzkammer eingesperrt, er wird Ihnen diesmal keine Probleme bereiten.«

»Bran, der Hund des Hausherrn?«, fragte der Major und wirkte irritiert. Er stapelte zwei Sechserboxen Whiskey aufeinander und folgte der Lady ins Haus.

Anna wunderte sich, dass sich die alte Dame überhaupt einen Termin merken konnte, allerdings wusste sie, dass Informationen im Langzeitgedächtnis länger erhalten blieben als die im Kurzzeitgedächtnis. Deswegen erinnerte sie sich wohl auch noch immer an Bran.

Anna ging ebenfalls ins Haus, in dem es nach Kaffee duftete. Zu ihrem Glück standen noch zwei Kannen davon auf der Anrichte.

Isabella räumte bereits die Teller ab und sortierte das Besteck auf dem Küchenwagen ein, den sie an der Seite abgestellt hatte. Es gab nur vier benutzte Teller und Gabeln, der Rest war noch sauber. Als sie von ihrer Arbeit aufblickte und Anna sah, zog sie eine Braue hoch. »Schon wieder spät sind Sie.«

»Ich weiß, kann ich mir noch eine Tasse Kaffee nehmen?«

Isabella wischte sich die Hände an der Schürze ab und ließ sie gewähren.

Anna bediente sich und ging hoch in ihr Zimmer.

Sie setzte sich an ihr Notebook, trank einen Schluck Kaffee und machte sich an die Arbeit. Professor Kent erwartete den nächsten Bericht und diesmal gab es sogar einen großen Erfolg vorzuweisen. Die Gruppe hatte endlich zusammengefunden und es war nicht mehr nötig, die Unterschriften zu fälschen. Außerdem lief ihr Auto, wodurch sie endlich wieder unabhängig war.

Sie lehnte sich nach hinten, legte den Kopf in den Nacken und lächelte zur Decke hinauf. Zweimal Glück an einem Tag, das hatte Seltenheitswert. Nun galt es nur noch, die Strähne zu halten, die Dokumentation am Laptop fertigzustellen und nichts Riskantes mehr in ihren Tag zu lassen.

Es klopfte an der Tür.

»Ich hätte es wissen müssen, das *Bad Luck* sucht mich wieder heim«, murmelte sie und stand auf. Eilig sammelte sie ihre Klamotten, die auf dem Bett und auf dem Boden verstreut lagen, zusammen und warf sie in Schubladen, unter die Bettdecke und jede Nische, in die niemand hineinsehen konnte.

Als sie die Tür öffnete, rauschte Kay ins Zimmer und legte sich der Länge nach aufs Bett, den Blick auf ihr Handy gerichtet.

Anna stand nur da und wusste weder, was die junge Frau wollte, noch wie sie sich jetzt verhalten sollte. »Hallo Kay, Sie sind ja wach, gibt es etwas Spezielles?«

»Noch wach«, berichtigte Kay sie, ohne aufzublicken. »Der Major ist im Haus, anscheinend hat die alte Schnapsdrossel des Hauses eine Pipeline bei der Brennerei.«

Anna schloss die Tür und setzte sich auf die Bettkante. »Der Major geht hier wohl ein und aus, die Leute aus Killarney sind alle ein wenig … vertraut miteinander.« Anna nahm ihre Brille ab und putzt die Gläser mit dem Saum ihrer Strickjacke.

»Mick ist mit Declan auf der Terrasse, der Proll scheint sogar nüchtern zu sein, ist das zu fassen?«

»Das ist eine gute Nachricht.«

»Sie haben den voll fertiggemacht, das war der Hammer gestern!«

»Ich wollte ihn nicht fertigmachen, er sollte nur …«

»Scheiß' der Hund die Wand an, das sah nicht nach einem *nur* aus. Er hat es übertrieben und Sie haben es ihm voll gegeben. Legt euch nicht mit Anna Caffrey an«, sagte sie und schob ihr das Handy rüber. »Das ist ein Bild von meinem Sohn, meinen verhassten Ex neben ihm müssen Sie sich wegdenken.«

Anna schaute auf das Display und sah einen tätowierten Mann, der mehr Ringe als ein Rapper an den Fingern trug und ein zweijähriges Kind auf dem Arm hatte. Der Kleine lutschte an der Schwanzspitze einer gelben Badeente und kniff die Augen zusammen, als würde er in eine Zitrone beißen. »Ein sehr süßes Kind, vermissen Sie ihn?«

»Ja, so was von. Am Anfang fiel es mir schwer, Mum zu sein, so eine wie ich, die ein Kind hat und so. Aber dann, als der Kleine eine Erkältung hatte, ist etwas mit mir passiert.«

»Und was?«

»Ich weiß nicht, ich wollte mich vor den Zug werfen oder von einer Klippe springen, wenn ich damit erreichen konnte, dass es ihm wieder gut ging. Die Tussi vom Jugendamt hat gesagt, dass es der Mutterinstinkt sei.«

»Sie sind bestimmt eine gute Mutter, Kay.«

»Ich hoffe. Keine Ahnung, ob überhaupt eine Frau eine gute Mutter sein kann. Sie hatten bestimmt nie Probleme mit Ihren Eltern, oder?«

»Nein, die hatte ich nicht«, antwortete Anna. Tatsächlich hatte sie nicht einmal Gelegenheit dazu gehabt, da die beiden früh verstorben waren. Dennoch wollte sie nicht, dass sich das Gespräch um ihre Kindheit drehte. »Haben Sie denn wenigstens ein paar Stunden schlafen können, Kay?«

»Vielleicht zwei, danach ging wieder das fucking Herumgewälze von rechts nach links los.«

»Glauben Sie nach wie vor, dass sie auf einem Friedhof Schmerzen gelitten haben?«

»Glaube? Nein, ich weiß es und es war genau *dieser* Friedhof, bei Muckross Abbey. Das keltische Kreuz, die Eibe im Hof, das Kreuzgewölbe, die Atmosphäre – einfach alles.« Kay nestelte an ihrem Totenkopfring. »Es ist mehr als ein doofer Traum«, erklärte sie und nahm ihr Handy, tippte darauf herum und las vor. »Metempsychose, haben Sie schon einmal davon gehört?«

»Sie meinen Seelenwanderung?«

»Ja. Kann es sein, dass ich die Erinnerung von einem früheren Leben habe, die durch meine Nahtoderfahrung freigelegt wurde? Es gibt mehrere Blogs im Internet, die sich damit befassen, in denen Betroffene erklären, dass sie auch die Scheiße erlebt haben. Das gibt es doch auch in der Psychologie, oder?«

Anna wand sich um die richtige Antwort, denn das frische Vertrauen, das Kay zu ihr aufgebaut hatte, war sehr brüchig und würde bestimmt keinen Dämpfer vertragen. »Wir Psychologen arbeiten auf empirischer Basis, das heißt, dass wir uns nur mit wissenschaftlich erklärbaren Dingen beschäftigen. In diesen Blogs mischen sich auch gerne mal fantastische Auffassungen, die man dann von den anderen Dingen nicht mehr unterscheiden kann.«

»Das heißt, Sie glauben mir nicht? Sie denken, dass ich hier nur einen Fake abziehe?«

Da war sie, die Vertrauensprobe. Anna war kein Mensch, dem das Lügen leichtfiel, um sich aus der Schlinge zu ziehen, und für solche Fälle gab es kein schlaues Buch, das eine Antwort parat hielt. So wie es kein Theorem dafür gab, wie man mit dem flehentlichen Blick in den Augen einer Patientin umgehen sollte, die so verzweifelt nach Halt suchte.

Anna atmete tief durch, bevor sie etwas erwiderte. »Kay, ich glaube Ihnen, dass Sie eine besondere Bindung zu diesem Ort haben, obwohl ich es mir nicht erklären kann. Früher sind Menschen mit amputiertem Arm zum Arzt gegangen und haben berichtet, dass sie Schmerzen in der fehlenden Gliedmaße hätten. Leider kam es dann schnell zu dem irrigen Begriff *Phantomschmerz*, aber heute wissen wir, dass die Reizweiterleitung in den entsprechenden Nerven gestört ist und es deswegen zu dieser echten Wahrnehmung im Körper kommen kann. Vielleicht ist das bei Ihnen ähnlich, sodass wir nur nach der Erklärung suchen müssen, die wir im Moment nicht sehen können. Eine Möglichkeit wäre, dass Sie schon einmal Killarney besucht haben könnten, vielleicht als Kind. Können Sie sich an solch eine Begebenheit erinnern?«

»Nein, ich war nie hier. Bevor ich in dieses Kaff gefahren bin, habe ich mit meiner Mutter telefoniert. Die hatte keine Ahnung und fragte mich sogar, ob Killarney im County Kerry liegt.«

Anna kratzte sich am Hinterkopf und dachte angestrengt nach. Seelenwanderung schien ihr zu abwegig. Oder war die Lösung doch so einfach? Sie stellte sich vor, wie sie mit dem Wort Metempsychose in einschlägigen Fachzeitungen landete und einen Monat später damit Fish and Chips einwickelte, die sie in einem Imbiss verkaufen musste, um sich nach dem Absturz ihrer Glaubwürdigkeit über Wasser zu halten. Nein, in diese Richtung durfte es nicht gehen. Sie war eine Frau vom Fach, die auf Methoden der Wissenschaft zurückgreifen konnte, um Unerklärliches erklärbar zu machen. »Kay, ich möchte, dass Sie ab jetzt ein Traumtagebuch führen.«

»Solche bescheuerten Bücher schreiben nur Leute, die insgeheim wollen, dass später mal jemand all den Mist liest. Voll das dämliche Phänomen. Ich brauche so etwas nicht, ist nicht mein Ding.«

»Nein, darum geht es mir nicht. Ich möchte, dass Sie jedes Detail aufschreiben, das Sie sehen, am besten gleich nach dem Aufwachen, dann ist alles noch frisch und die Erinnerungen sind noch da.«

»Was bringt das?«

»Wir machen, was dein überweisender Psychologe nicht zustande gebracht hat. Wir nehmen die Sache ernst und sichern uns so viele Daten wie möglich, um sie auswerten und untersuchen zu können.«

Kay sah sie eine Weile mit nachdenklichem Blick an, nickte und verließ dann das Zimmer.

Zwar war Anna froh, mehr oder weniger der Antwort auf die Vertrauensfrage ausgewichen zu sein, aber sie fühlte sich noch immer nicht wohl. Was brachten Daten, wenn die Expertin fehlte, die diese richtig auswerten konnte? Das Traumtagebuch war eines von verschiedenen Mitteln, die man dazu einsetzen konnte, um Patienten dazu zu bringen, sich mit sich selbst zu beschäftigen. Mehr oder minder ein Zeugnis des Scheiterns des Therapeuten. Letztlich genau das, was ihr Doktorvater von ihr erwartete. Wie gerne wollte sie sich gegen ihn auflehnen und ihm die Akte dreier erfolgreich therapierter Patienten auf den Tisch knallen, nur um dann seinen hochroten Kopf zu sehen, wenn er explodierte. Allerdings würde sie damit auch ihre Promotion in den Sand setzen und wahrscheinlich von der Uni fliegen, wenn die Psychological Daily ihren Namen auf die Blacklist setzte. Letztlich würde *Anna-Bad-Luck-Caffrey* ihrem Namen alle Ehre machen und scheitern, egal was sie tat. Eine Lektion, die sie schon früh gelernt hatte. Noch heute echoten die

Zählreime der Mädchen auf dem Pausenhof in ihrem Kopf, die sich beim Seilspringen über sie lustig gemacht hatten.

»Eins, zwei, Bad-Luck-Anna,
drei, vier, hat keine Mama,
fünf, sechs, lass sie nicht rein,
sieben, acht, spielt ganz allein.«

Kinder beim Spielen, unschuldig, rein, in der Idylle eines Pausenhofs. Und dennoch geschahen dort Grausamkeiten, die Menschen für ihr gesamtes Leben prägten. Seither haftete ihr der Beiname *Bad Luck* wie Pech an und infizierte alles, was sie tat.

Sie stand auf und nahm sich eine Tafel Schokolade aus der Schublade. Das Knistern der Folie war über Jahre hinweg das Einzige gewesen, was den tröstenden Worten einer Mutter am nächsten kam. Es hauchte das Versprechen nach Süße, Glücksgefühl und einem wärmenden Gefühl im Bauch. Als sie ein Stück der Vollmilchschokolade langsam auf ihrer Zunge schmelzen ließ, befriedigte sie die Erwartung, dass diese Süßigkeit alles hielt, was sie versprach. Einhundert Gramm Glück verteilt auf vierundzwanzig Stücke, alle gleich groß und geprägt mit einem Kleeblatt. Manchmal hatte sie das Gefühl, sich selbst konditioniert zu haben, so wie der russische Forscher Pawlow, der so oft das Glockenläuten mit Hundefutter kombiniert hatte, bis die Tiere bereits beim Läuten der Glocke mit Speichelfluss reagierten.

Sie brach noch ein Stück aus der Tafel, legte sich rücklings aufs Bett und entspannte sich. Als sie ihre Gedanken schweifen ließ, dachte sie an Kay, die vor Kurzem am Kamin gestanden und wegen des Jugendamts und ihres Sohnes geweint hatte. Anna erinnerte sich, wie nahe ihr das gegangen und wie gut es gewesen war, als sie sich die Frau vom Amt am Telefon vorknöpfen konnte. Vielleicht war es ihr unterdrückter Wunsch gewesen, dass nicht noch ein Kind ohne seine Mutter aufwachsen sollte, gefangen in der Obhut einer schwer gestörten Großmutter, die Erziehung als Bestrafung verstand. Doch Kay brauchte mehr als nur ihr Kind. Sie brauchte Hilfe, da sie sich in die Sache mit der Seelenwanderung verrannte und behauptete, dass sie einen Ort kenne, an dem sie nie gewesen und dort gestorben sei. War es möglich, dass sie log und ähnlich wie Mick einfach nur Aufmerksamkeit suchte?

Nein, das passte nicht zu ihr, so wie es auch nicht zu den anderen beiden passte, in dieser Sache die Unwahrheit zu sagen. Eventuell gab es noch weitere Störungen, Details, Ereignisse im Leben der drei, die Anna nicht im Blick hatte. So, wie sie Kay aufgetragen hatte, Recherchearbeit zu betreiben, musste vielleicht auch Anna versuchen, sich mehr Informationen zu beschaffen, um sich ein Bild machen zu können.

Anna stand wieder auf und nahm sich noch einmal die Akten der drei vor. In den Einverständniserklärungen waren auch Passagen enthalten, die Anna dazu bevollmächtigten, wenn nötig, weitere ärztliche Befunde anzufordern. Sie setzte sich wieder an ihr Notebook und schrieb E-Mails an die überweisenden Psychologen, in denen sie um jegliche Berichte im Rahmen medizinischer Behandlungen bat. Danach begann sie, die Daten der letzten Sitzung für den Professor zusammenzutragen und alle Fortschritte zu dokumentieren.

»Gibt man Ratten regelmäßig Zucker zu fressen, so zeigen sie Entzugserscheinungen, wenn man ihnen den Zucker verwehrt. Was können wir daraus auf unseren Schokoladenkonsum übertragen?«

Entzauberung der Mythen und Irrtümer, Kapitel 3, »Legal erhältliche Suchtmittel«

12 Und was, wenn doch?

Anna Caffrey

Anna umfasste mit beiden Händen ihre Kaffeetasse, wärmte sich die Hände und atmete den Duft nach gerösteten Bohnen ein, bevor sie an dem Getränk nippte.

Mick saß breitbeinig auf der Couch und grinste Kay an.

»Na los, du Idiot, bring es hinter dich«, forderte Kay bissig.

»Was soll ich hinter mich bringen?«

»Du hast doch wieder eine blöde Bemerkung, eine Beleidigung oder ähnlichen Schwachsinn gegen mich!«

»Ich kann mich nich' immer mit dir beschäftigen, dein Leben muss doch auch ohne mich einen Sinn ergeben. Du stehst auf mich, gib's zu. Ich merk doch, wie du mir in den Schritt glotzt.«

»Hättest du wohl gerne. Du kommst dir vor wie ein Rockstar, aber du bist nichts anderes als ein aufgeblasenes Arschloch«, erwiderte sie, verschränkte die Arme vor der Brust und plusterte sich auf. »Seht mich an, ich bin Mick Brennan, ich trage Tag und Nacht eine Mütze, weil ich so saucool bin«, äffte sie ihn mit künstlich tiefer Stimme nach.

»Sag mal, Princess of Darkness, sitzt du manchmal vor dem Spiegel und ahmst mich nach, gibt dir das einen Kick? Aber ist es bei euch Vampiren denn nicht so, dass ihr kein Spiegelbild von euch selbst sehen könnt?«

Während die beiden sich auf die Schippe nahmen, beobachtete Anna Declan. Seine Haltung wirkte geduckt, als befürchte er, dass er sich plötzlich verteidigen müsse. Während die beiden über eine gesunde Portion Selbstbewusstsein verfügten, saß Declan nur passiv da und kaute wieder an seinen Nägeln.

Anna stellte ihren Kaffee neben dem Notebook ab, gerade so laut, dass alle auf sie aufmerksam wurden. »Schön, dass wir heute wieder zusammen sind. Mick, die anderen haben schon von ihren Nahtoderlebnissen erzählt, haben auch Sie den Mut dazu?«

Mick schob sich die Mütze zurecht und zuckte danach mit den Schultern. »Mut? Is' kein Ding«, wiegelte er ab und plusterte sich auf. »Bin vom Baum gefallen, ein Monat Koma, ein halbes Jahr Reha, war 'ne harte Zeit.«

»Plagen Sie seither die Albträume, die Schlaflosigkeit?«

»Ja, aber so lange ich Party bis in die Puppen feiere, is' mein Körper so platt, dass ich ins Schlafkoma falle, wenn ich mich hinleg.«

»Das ist nicht gesund.«

»Was ist denn schon gesund? Seit meinem Unfall is' alles anders.«

»Wollen Sie davon erzählen, was sie beim Unfall erlebt haben?«

Mick beugte sich nach vorne, mit den Ellenbogen auf den Knien, und fuhr sich durch den Bart. Seine Züge verhärteten sich, als wolle er gleich abbrechen.

»Dies ist ein geschützter Raum, alles, was hier besprochen wird, zwischen uns, bleibt hier«, ermutigte ihn Anna. »Auch Kay und Declan haben sich geöffnet, da wird ein Mick Brennan doch keinen Rückzieher machen, oder?« Ihr war klar, dass ihre Masche sehr fadenscheinig war, doch sie hatte nichts zu verlieren.

»Ist gut. Aber wenn einer lacht gibt's direkt auf die Zwölf, ist das klar?«

»Hier lacht niemand, machen Sie sich keine Sorgen.«

Mick stand auf und ging ans Fenster. Während er hinausschaute, begann er zu erzählen. »Nach dem Sturz vom Baum war ich voll geblendet. Als sich meine Augen dran gewöhnt hatten, konnte ich schmale Buntglasfenster erkennen, über dem Altar einer Kathedrale. Ich stand im Mittelgang, nackt, und ging zwischen den Reihen meiner Verwandten und den Saufköppen aus der Bar nach vorn. Sie lästerten über mich, tuschelten und kicherten mit Gesichtern, die wie Masken aussehen.

Am Altar stand eine Frau, voll die Granate, und sie wollte, dass ich mich neben sie stell. Das hab ich auch gemacht, aber dann haben alle gelacht. Und als ich an mir heruntergeschaut hab, war mein Ding schlaff.«

Für ein paar Sekunden herrschte Stille.

Kay war die Erste, die etwas darauf erwiderte. »Das ist doch voll blöd, so ein Unsinn! Du machst dich über uns lustig und erfindest irgendeine Story, die du aus einem dämlichen Film hast!«

Bevor Anna etwas sagen konnte, drehte sich Mick um und zog sich die Mütze vom Kopf. Unter dem Ansatz seines feuerroten Haars trug er eine große Narbe auf der Stirn. »Du bist nicht die Einzige, die Narben trägt, Satansbraut!«, erwiderte er und setzte sich wieder.

»Tut das weh?«, fragte Declan, der sich ganz offen einen Joint am Tisch drehte.

»Nein, das Teil hab ich schon länger. Sieht nur doof aus, is' alles.«

Anna fand, dass es nun an der Zeit war, einen Schritt weiterzugehen. »Mick, hier im Ort gibt es die St. Mary's Cathedral. Wären Sie bereit, dort ein *Flooding* durchzuführen?«

»Bringt's was?«

»Es gibt keine Garantie, aber es ist nicht verkehrt, Hoffnung zu haben.«

Mick kratzte sich eine Weile am Bart und nickte.

»Gut, ich werde versuchen, dass wir sie für uns allein bekommen, vielleicht vor oder nach der Besuchszeit.«

Während Mick sich die Mütze aufsetzte, achtete er geflissentlich darauf, dass ihr Saum knapp über seinen Augenbrauen abschloss.

Als die Patienten das Zimmer verließen, war Anna froh, dass die nächste *Flooding*-Einheit als Gruppe stattfinden würde.

* * *

Anna gönnte sich ein Stück Schokolade, während sie den Bericht über die heutige Sitzung schrieb.

> *… öffnete sich Mr Brennan. Er leidet unter einer gestörten Vater-Sohn-Beziehung und hat Angst, in den Augen seines patriarchalischen Erziehers zu versagen. Zusätzlich treibt ihn der Drang, sich im Wettkampf mit seinem Bruder beweisen zu müssen. Diese Störungen übertragen sich auf alle seine sozialen Beziehungen, wodurch es dem Patienten verwehrt bleibt, gesunde Beziehungen zu seinen Mitmenschen herzustellen. Darauf reagiert er mit dem Aufbau einer extravertierten Fassade und sucht seine Grenzerfahrungen in Kriminalität und Alkoholexzessen. Allerdings haben diese auch eine lindernde Wirkung auf die Folgen seiner Nahtoderfahrung, was er wahrscheinlich als Eigenmedikation betrachtet.*

Anna klickte auf den Absenden-Button und dachte noch einmal über Mick nach. Eigentlich war der junge Mann nur einer von vielen Menschen, die Probleme mit Vater oder Mutter hatten. Allerdings hatte das Erlebnis mit dem Nahtod den Graben zwischen ihm und seinem Vater verstärkt. Vielleicht war es doch möglich, ihm zu helfen, schließlich hatte er sich geöffnet und sich sogar mit dem *Flooding* einverstanden erklärt.

Anna schaute auf ihren Chronographen. Es war 21:15 Uhr, die Zeit, zu der Professor Kent die zweite Kanne Kaffee aufsetzte, bevor er sich wieder seiner Ehefrau, der Schreibtischplatte, widmete.

Sie nahm ihr Handy und rief ihn an.

»Hallo, hier Professor Kent.«

»Guten Abend, wie geht es Ihnen, ich bin es, Anna.«

»Ah, schön Sie zu hören. Mir geht es gut, bis auf mein Asthma, das mich hin und wieder kurzatmig macht. Wie läuft das Projekt?«

»Gut, ich habe jetzt endlich die Gruppe zusammengeführt. Morgen folgt die dritte *Flooding*-Einheit, danach werde ich vielleicht einen Ausflug mit den Patienten machen – zum Entspannen.«

»Das sind tolle Neuigkeiten. Ich wusste, dass Sie das gut machen. Also, ich muss dann mal wieder an die Arbeit.«

»Mr Kent, da wäre noch etwas.«

»Egal was, Sie haben mein Vertrauen, also …«

»Vielleicht kann ich einem der Patienten helfen«, platzte es aus ihr heraus. »Professorin Fielding ist doch auf Eltern-Kind-Konflikte spezialisiert, wenn Sie hierherkäme, dann könnte sie ihm bestimmt helfen.«

»Sie müssen niemandem etwas beweisen, Anna, schließen Sie die Sache einfach nur ab, ohne Erfolg, versteht sich.«

»Aber es ist doch nur ein Anruf, Professorin Fielding kann die Sache übernehmen und …«

»Jetzt hören Sie mal zu!«, brauste ihr Doktorvater auf. »Hier steht viel auf dem Spiel und ich vertraue darauf, dass Sie tun, was man von Ihnen verlangt! Außerdem erhalte ich Ihre Kreditkartenbelege, um sie an die Psychological Daily weiterzuleiten, und finde, dass Sie sich die Schokolade, die zwei Hosen und fünf Blusen verdient haben, die sie nicht gerade günstig in Killarney erworben haben. Ebenso die Taxifahrten. Manch einer könnte meinen, dass man das als Bestechung bezeichnen könnte, Sie wollen doch kein Unglück über sich bringen, oder?«

Die unverhohlene Drohung traf sie wie ein Schlag ins Gesicht. Das unsichere Mädchen in ihr wollte sich zurückziehen, doch das Wort *Unglück* veranlasste sie zu einer Reaktion, die tief aus ihrem Unterbewusstsein kam. »Und wenn nicht?«, wisperte sie in den Hörer.

Am anderen Ende der Leitung schüttelte Kent ein asthmatischer Hustenanfall durch, der stellenweise keuchend klang.

Ob er ihre Frage mitbekommen hatte, wusste sie nicht, doch sie hatte kein Interesse daran, es zu erfahren. Sie legte auf und schob das Handy auf dem Schreibtisch weg, als wolle sie nicht davon gebissen werden.

Was war passiert? Wie hatte sie sich nur zu so etwas Unüberlegtem hinreißen lassen können? Und hatte er ihr tatsächlich gedroht?

»Anna«, drang eine Frauenstimme gedämpft durch die Tür, gefolgt von einem Klopfen. »Sind Sie da, kann ich rein?«

Anna klappte den Laptop zu und sprang auf. »Einen Moment!«, rief sie und sammelte Socken, Unterhosen und einen BH vom Boden auf, räumte das Schokoladenpapier von der Bettdecke und vom Schreibtisch weg und brachte ihre Frisur in Ordnung. »Okay, Sie können rein«, antwortete sie fahrig.

Kaum dass sie die Tür geöffnet hatte, rauschte Kay ins Zimmer und legte sich aufs Bett. Danach schlug sie den Collegeblock auf, den sie dabeihatte, und fummelte einen abgekauten Bleistift aus der Spiralbindung, die mehr Fransen zusammenhielt als Blätter. »Das mit dem Tagebuch ist eine klasse Idee, ich habe viele Details aufgeschrieben, an die ich mich schon eine Stunde später nicht mehr erinnern kann«, begann sie das Gespräch und steckte sich den Bleistift hinters Ohr.

Anna rollte mit dem Schreibtischstuhl zu ihr und warf einen Blick auf den Block. Neben krakeliger Schrift gab es darauf auch eine Portraitzeichnung von Vernan. »Ich wusste nicht, dass Sie zeichnen können, das sieht richtig gut aus.«

»Ist ein Hobby von mir«, wiegelte sie ab. »Ich mag es, wie er mich mit Lady anspricht und mein dunkles Make-up lobt. Der ist cool, wie ein Vater und eine Freundin zusammen, wie das Upgrade eines Erziehers.« Sie setzte sich in den Schneidersitz und nahm den Block in den Schoß. »Wollen Sie hören, was ich aufgeschrieben habe?«

»Ich bin sehr gespannt.«

»Also es geht wieder um diesen Friedhof, es ist Muckross Abbey, da bin ich mir sicher. Neben dem Grabstein mit dem keltischen Kreuz habe ich in meinem Traum noch einen weiteren gesehen, mit einer Mutter, die ihr Baby an sich drückt. Und im Inneren der Ruine gibt es ein großes Schaftkreuz, das vor einem schmalen Fenster mit Spitzbogen steht.«

Während Kay weitererzählte, bewertete Anna jedes einzelne Detail. Alles, was sie hörte, waren Dinge, die auch sie selbst dort gesehen hatte. Außerdem konnte das Detail mit der Mutter-Baby-Sache auch nur ein unterdrückter Wunsch der Patientin sein, der sich in ihre Träume mischte.

»… und ich habe das Gefühl, dass ich eine Goldkette mit Herz suche, aber ich kann sie nicht finden. Und dann ist da auch noch …«

Anna blinzelte vor Unglauben. Hatte sie etwas von einer Goldkette gesagt? Wie war das möglich? Erst, nachdem Kay das Untergeschoss der Abbey verlassen und nach oben zum Innenhof gelaufen war, hatte Anna die Kette im Steinstaub auf dem Boden gefunden und aufgehoben. Außer ihr selbst war niemand dort gewesen, wie hätte Kay das also wissen können? War vielleicht an der Sache mit der Seelenwanderung doch etwas dran? Sie bekam Gänsehaut bei der Vorstellung, dass es etwas gab, das sich nicht mit wissenschaftlichen Erkenntnissen, Statistiken und Fallzahlen erklären ließ. »Das kann nicht sein«, flüsterte sie vor sich hin.

»Was denn? Das mit dem Nachtschweiß? Doch, mein ganzer Rücken ist nass, wenn ich plötzlich aufschrecke, nach so einem bescheuerten Albtraum«, sagte Kay und fasste sich zum Verdeutlichen seitlich an den Rücken.

»Ähm, ja, keine Sorge, ich glaube Ihnen. Schweiß ist eine natürliche Reaktion auf Stress, also machen Sie sich keine Sorgen«, stammelte sie und versuchte, sich wieder zu fangen. Während Kay munter weitererzählte, nickte Anna wie ein Automat und versuchte, sich innerlich eine Erklärung nach der anderen zusammenzuschustern, die auch nur ansatzweise dieses Traumdetail erklären konnte.

Nicht eine davon beruhigte sie.

»Medikamente sind keine Drogen. Allerdings sollte man sie nicht einfach absetzen, sondern ausschleichen, damit die Entzugserscheinungen weniger intensiv ausfallen.

Psychological Daily, Ausgabe 46,
»Ist mein Arzt mein Dealer?«

13 Rücklichter

Scott O'Connell

Scott parkte am Bordstein und griff in die fetttriefende, braune Papiertüte, um sich das gefüllte Scone zu greifen, das er eilig auf der Fahrt bei Ibrahims Tankstelle gekauft hatte. Die Füllung war nicht mehr frisch und hinterließ einen pelzigen Film auf seinem Gaumen. Mit drei großen Bissen schlang er das Mürbeteiggebäck herunter. Wenig schmackhaft. Trotz der Cream zu trocken. Hauptsache Energie für den Vormittag. Das Gefühl von Appetit wollte sich nicht so richtig einstellen, daher aß er nur, um genug Energie für seine Recherchen zu haben. Denn wenn es ihm gelang, den Mörder zu stellen, brauchte er Kraft in seinen Fäusten, und wenn diese doch nicht ausreichte, dann musste er zumindest den Zeigefinger um den Abzug krümmen können.

Als er sich die Backentaschen mit der Zunge leer geleckt hatte, wischte er sich den Mund mit der raschelnden Papiertüte ab und schaute zu dem kleinen Fachwerkhaus, dessen Garten mit etlichen Plakaten beklebt war. Auf jedem von ihnen stand der Name Jane Darcy, entweder in Textbotschaften oder unter einem Foto, das sie wie auf einem Bewerbungsfoto mit weißem Hemd und leicht zur Seite gedrehtem Gesicht zeigte. Scott konnte nur erahnen, unter welchem Druck die Mutter stehen musste, wenn sie sogar unter der Dachkante ein großes Banner mit dem Namen der Tochter aufgespannt hatte.

Er brauchte die Adresse, die ihm Mrs Darcy nach einem kurzen Telefonat per Kurznachricht geschickt hatte, nicht zu prüfen, da dieses Haus in der gesamten Straße nicht zu verfehlen war. Scott stieg aus, fuhr sich durch die Haare und öffnete das Törchen des niedrigen Vorgartenzauns. Er ging zur Tür und wollte klopfen, doch jemand öffnete die Tür, als er seinen Arm ausstreckte.

»Sind Sie Mr O'Connell?«, fragte eine Frau in braunem Bademantel. Sie trug einen blonden Pferdeschwanz, der so eng zusammengezogen war, dass es wirkte, als wolle sie sich damit die dicken Augenringe liften.

»Genau, wir hatten telefoniert. Sie sind Janes Mutter, stimmt's?«

»Ja, ja«, antwortete sie und bat ihn herein.

Als sich die Tür hinter Scott schloss, störte ihn der muffige Geruch im Haus, der nach Nikotin, Kaffee und nach einer anderen Unheiligkeit roch. Im Flur standen Vermisstenplakate, an denen Mrs Darcy vorbeilief und Scott in die Küche brachte, um ihm einen Platz am Tisch anzubieten.

Während sie zum Wasserkocher lief, stellte er fest, dass sie dringend ein Bad und Deo brauchte.

Sie schaltete das Gerät ein und setzte sich an den Tisch, direkt vor den Aschenbecher, der so voll war wie ein Rettungsboot der Titanic. Was nicht mehr hineingepasst hatte, lag neben dem Computer, der mitten auf dem Tisch stand. Sie zündete sich eine Zigarette an und sah ihn mit großen Augen an. »Also, Sie sind der Mann, dessen Verlobte umgebracht wurde?«

»Ein Hallo hätte es auch getan, aber ja.«

»Tut mir leid, echt, wirklich, es ist nur so, dass … keine Ahnung. Ich habe keine Geduld mehr. Kennen Sie das?«, fragte sie ihn.

»Und wie. Die Polizei macht keine Fortschritte und dann ist da dieses Dunkle, das in einem wächst.«

»Diese dämlichen Beamten!«, fuhr sie auf. »Die wollen mir, einer Mutter, erklären, dass meine Tochter nur durchgebrannt wäre. Ist das zu fassen?«

Scott sah sich in der Küche um. Auf der Anrichte standen drei Stapel Teller, an deren Rändern verkrustete Ketchupreste klebten, und eine Armada von Kaffeetassen, die neben der Spüle standen.

»Sagen Sie, Mrs Darcy, wie lange waren Sie nicht mehr unter Menschen?«

»Keine Ahnung, vielleicht seit sechs Wochen. Ich kann nicht weg, denn vielleicht ruft sie an, zu Hause, auf dem Festnetz. Wenn ich in dem Moment nicht da bin, in dem mein Küken mich braucht, werde ich mir das nie vergeben.« Ihre Stimme klang zittrig, als würde sie, genau wie ihr Gesicht, zwischen Normalität und Angst pendeln.

»Sie sollten froh sein, dass …«, Scott verkniff sich zu sagen, dass es zumindest keine Leiche und somit Hoffnung gab, »ihre Tochter bestimmt weiß, was für eine aufopfernde Mutter sie hat.«

»Danke. Wenn doch nur alle Leute so wären. Gestern hat sich der Betreiber von Fresh Food & Co. bei mir beschwert, weil ich die Kundenpinnwand mit meinen Plakaten zugeklebt habe. Hat dieser Mann denn gar kein Mitleid, keine Kinder? Keine Eltern?«

»Mrs Darcy, wie Sie wissen, leide auch ich und deswegen bin ich hier. Keine Ahnung, ob es so ist, aber ich will prüfen, ob es einen Zusammenhang zwischen meiner Verlobten und Ihrer Tochter gibt. Vielleicht könnte das uns beiden weiterhelfen.«

»Das ist eine gute Idee. Was kann ich tun?« Sie leckte sich über die Lippen und lehnte sich mit angespanntem Gesichtsausdruck nach vorne. Dabei schien sie das Aschetürmchen an ihrer Zigarette nicht zu bemerken, das immer länger wurde.

»Erzählen Sie mir von Ihrer Tochter Jane.«

»Was genau, Mr O'Connell?«

»Alles, was wichtig ist.«

»Wo fange ich da an?«, murmelte sie vor sich hin und blickte in die Luft. »Wir sind keine typische Familie, ich ließ mich von ihrem Vater scheiden, da war sie zehn. Ein paar Jahre ging es gut, doch als Teenagerin ist sie ein paarmal von zu Hause weggelaufen. Ihre Freundinnen, diese verzogenen Gören, die hatten einen schlechten Einfluss auf sie, denn sie war ein gutes Mädchen. Manchmal kam sie sturzbesoffen nach Hause, Hausarrest und Taschengeldentzug haben sie nicht interessiert – da wusste ich, dass ich keine Macht mehr über sie habe. Es gibt gute und schlechte Tage in der Erziehung einer Tochter, Mr O'Connell, dennoch liebt eine Mutter ihr Kind.«

»Wissen Sie, ob sie jemand bedroht hat, ob sie Probleme hatte?«

»Teenager haben ständig Probleme und die meisten davon haben sie mit den eigenen Eltern«, bekräftigte sie.

»Was ist mit dem Vater?«

»Ein Taugenichts, hat eine neue Familie, zwei Kinder und schert sich nicht mehr um Jane. Sie hasst ihn, wollte keinen Kontakt mehr.«

»Und hat sie einen Freund?«, wollte er wissen.

»Nein, und wenn, dann hätte sie ihn mir verheimlicht. Sie ist neunzehn Jahre alt und hat immer noch Flausen im Kopf.«

»Wann ist sie verschwunden?«

»Vor genau zwei Monaten, drei Tagen und achtzehn Stunden«, stellte sie klar.

»Hat sie gesagt, wo sie hingeht?«

»Das hat sie selten. Aber sie hat mir nachts eine Kurznachricht geschickt, dass sie sich verspätet.«

»Haben Sie diese Nachricht noch?«, fragte Scott.

Als sie sich die Zigarette in den Mund steckte, um die Hände freizuhaben, fiel die Asche auf den Fliesenboden. Sie fischte ihr Handy aus der Bademanteltasche, tippte darauf herum und zeigte ihm die letzte Nachricht von Jane.

Bin Pizza mit SM. Gehe zu JD. Hab keinen Schlüssel, lass Tür offen. Fuck you, Mum.

»Das liest sich kryptisch und Ihre Tochter scheint sehr direkt zu sein«, stammelte Scott.

»Ja, so schreibt sie, seit sie dreizehn ist.«

»Wissen Sie, wer diese beiden Personen sind, von denen sie schreibt?«

»Das dürften ihre Freundinnen sein, die, die den schlechten Einfluss auf sie haben!«, zürnte sie.

»Sie gehen davon aus, dass sie entführt wurde, richtig?«

Sie schniefte, nahm einen Zug von der Zigarette, die bis auf den Stummel heruntergebrannt war, und suchte fahrig nach einer Lücke im übervollen MS-Titanic-Aschenbecher.

»Was macht Sie so sicher, Mrs Darcy? Gab es eine Lösegeldforderung?«

»Nein.«

»Einen Erpresserbrief, Drohungen, ist Ihre Tochter in irgendetwas verwickelt?«

»Nein«, hauchte sie. »Ich fühle, dass etwas passiert ist. Eine Mutter fühlt, dass …« Sie rang mit den Tränen, ballte dann die Fäuste und atmete durch. »Ich will glauben, dass mein Küken lebt. Sie wissen gar nicht, wie das ist!«, brüllte sie und stand auf, um ihn von oben herab mit einem Fingerzeig zu verurteilen.

»Ich weiß es«, erwidert er knapp. »Es frisst einen auf und man lebt nur für die Rache. Die Beerdigung rückt näher und ich kann nicht fassen, dass ihr jemand so etwas angetan hat.«

Mrs Darcys Miene wurde wieder weicher und sie ließ sich ungelenk auf den Stuhl zurückfallen. »Tut mir leid,

Mr O'Connell, es ist nur so, dass ich mit den Nerven am Ende bin. Manchmal höre ich nachts das Telefon klingeln, springe aus dem Bett, gehe dran, aber außer dem Freizeichen ist da nichts. Ich bin nicht mehr die gleiche Person, die ich vorher war.«

»Ich verstehe das«, erklärte Scott.

»Tun Sie mir einen Gefallen?«

»Welchen?«

»Wenn meine Tochter und Ihre Caitlin zusammenhängen und Sie das Schwein finden, das dafür verantwortlich ist, dann schneiden Sie ihm die Finger ab, bevor Sie ihn töten.«

Scott schenkte ihr ein düsteres Lächeln, nahm ihre Hand und drückte sie ganz fest, bevor er aufstand und ging.

* * *

Am Nachmittag ließ sich Scott von seiner Mutter den Krawattenknoten binden, da seine eigenen Finger zu zittrig dafür waren. Der Hosenbund des schwarzen Anzugs war ihm zu eng, drückte etwas an seinem Bauch, allerdings hatte er nicht damit gerechnet, dass er schon drei Jahre nach dem Tod seiner Tante wieder sein Beerdigungsensemble tragen musste. Und noch weniger hatte er erwartet, dass seine Mutter innerhalb eines Tages eine Totenwache organisiert und per Telefonkette fast jeden Verwandten der O'Connells herbeordert hatte, der auch nur einen Tropfen desselben Bluts im Leib hatte.

»So, mein Junge, jetzt siehst du ordentlich aus«, sagte sie und drückte ihn danach. »Auch wenn Caitlin keine eigene Familie hatte, werden alle O'Connells ihr das letzte Geleit geben.« Sie blinzelte sich die Tränen aus den Augen und warf einen Blick die Treppe hinunter. »Alle sind schon da, du bist nicht allein. Und wenn du reden möchtest, kannst du auf deine Mutter zählen. Lass dir Zeit und komm, wenn du so weit bist.«

Scott blickte ihr hinterher, wie sie nach unten ging, mit einzelnen Gästen sprach und sie drückte. Er atmete tief ein, fasste sich ein Herz und stieg langsam hinab. Die Gespräche unter den Verwandten stellten sich ein und für einen kurzen Moment herrschte Totenstille. Dann drückte ihn Tante Claire an ihre dicken Brüste und hüllte ihn so mit ihrem Geruch ein, dass er das Gefühl hatte, in einer Parfümerie zu stehen. Sie schniefte und schluchzte, während sie ihm ihr Beileid aussprach und ihn danach an Onkel Jimmy weiterreichte, der so groß war, dass man in seinen Armen Angst bekam, in der Mitte durchgebrochen zu werden. Danach kam der Nächste an die Reihe und dann der Übernächste, ohne dass Scott sich merken konnte, von wem er gedrückt wurde. Die Frauen hinterließen bei ihren Umarmungen ihren Tränenfilm auf seiner Wange und die Männer meinten, die Intensität ihres Mitgefühls durch einen möglichst festen Händedruck und hartes Klopfen auf dem Rücken zur Geltung bringen zu müssen. Obwohl ihr Zuspruch Scott die Gewissheit gab, dass er nicht allein war, fühlte er sich am Ende der Prozession leerer als zuvor.

Nachdem er eine ganze Runde gemacht hatte, gelangte er an den Tisch, auf dem Kartoffelküchlein, Rosinenbrötchen und mit Himbeermarmelade gefüllte Scones, deren Hauben mit Puderzucker bestäubt waren, neben Plastikbechern und Kannen mit Kaffee und Earl Grey standen. Doch das Beste war die Auswahl an Whiskeyflaschen, deren Inhalt in allen Facetten von Gold und Braun schimmerte.

Scott nahm sich einen Becher, zapfte zur Hälfte Kaffee aus dem Pumpthermosbehälter und goss sich einen ordentlichen Schluck Whiskey dazu. Dabei schnappte er einige Gesprächsfetzen hinter sich auf, aus denen er heraushörte, dass manche sich erkundigten, wer Caitlin überhaupt war. Die Fernbeziehung, die spontane Verlobung ... Scott hatte selbst nicht gewusst, dass das Ganze etwas Ernstes werden würde, und irgendwie fühlte er sich schuldig, dass nicht einmal seine Mutter Zeit gehabt hatte, ihre Schwiegertochter kennenzulernen, geschweige denn, eine Beziehung zu ihr aufzubauen. Als ihn jemand an der Schulter fasste, drehte er sich um. Es war Liam, der ihn erst lange drückte, bevor er sich ebenfalls einen Irish Coffee mixte, für den er weder Cream noch Zucker zur Verfügung hatte.

»Alles okay, Scott?«

»Keine Ahnung. Ich fühle mich wie in einem schwarzweißen Kleiderschrank, der mich erdrückt.«

»Keine Sorge, ich werde mich darum kümmern, dass der Whiskey nicht ausgeht.« Liam warf einen Blick durch das große Wohnzimmer, das zusammen mit der Wohnküche voller Menschen war. »Mum hätte Partyplanerin werden sollen, keine Ahnung, wie sie das alles seit heute Morgen auf die Beine stellen konnte. Sie hat so viele Leute erreicht, dass mir sogar Ibrahim, der Tankwart, sein Beileid ausgesprochen hat, ein Typ, den ich gar nicht kenne. Und stell dir vor, er lässt dich grüßen. Draußen steht noch ein kleines Grüppchen von Leuten, die nicht mehr ins Haus gepasst haben, und unter unseren Verwandten sind auch einige dabei, die ich noch nie gesehen habe.«

Als Scott sich umsah, erblickte er neben den fremden Gesichtern auch den mit einem Tuch verdeckten Spiegel, unter dem der aufgebahrte Sarg lag. »Ich konnte diesem Brauch nie etwas abgewinnen«, murmelte er gedankenversunken.

»Meinst du die Totenwache? Wahrscheinlich kommt das aus einer Zeit vor der Christianisierung, als die Leute nicht wussten, ob der Verstorbene wirklich …« Liam brach ab und räusperte sich. »Tut mir leid, ich dachte nur, weil du so gefasst wirkst …«

Scott gab sich nach außen hin stark, doch innerlich war er zerrissen. Er nickte verhalten und öffnete das Fenster. Als die kühle Luft über seine Wangen strich, entdeckte er Alien Pete draußen im Vorgarten, der vor einer kleinen Frau stand, neben der er noch größer wirkte. Sogar die Anzughose war ihm zu kurz und er besaß allem Anschein nach nur weiße Socken, die auch jetzt wieder über seinen Schuhen herausgrinsten.

Scott drängte sich an den Menschen vorbei und ging raus auf den Rasen.

Als Alien Pete ihn aus dem Augenwinkel entdeckte, wandte er sich von der Frau ab und schenkte Scott einen Blick, der eine Mischung aus Mitgefühl und *ich-wollte-mich-nur-kurz-blicken-lassen* war. »Mein Beileid, Scott.«

»Danke, Pete. Schön, dass du hier bist. Kannst du dich noch an unsere Unterhaltung in Doug's Harp erinnern?«

»Solange die da oben nicht meine Erinnerungen extrahieren, ja.«

»Du hast doch etwas von Caitlins Bruder erzählt, weißt du noch?«, wollte Scott wissen.

»Ich nahm an, dass es ihr Bruder sei«, berichtigte er.

»Hast du ihn heute unter den Besuchern gesehen?«

Pete rieb sich am Kinn. »Nein, denke nicht.«

»Warst du auch schon im Haus?«

»Ja, vorhin, aber da sind mir zu viele Mobiltelefone. Ich hasse diese neuen Dinger. Die Strahlung ist zu gefährlich, damit dringen die da oben in meinen Kopf ein.«

Scott war sich nicht sicher, ob dieses Gespräch überhaupt zu etwas Nutze sein würde. »Kannst du ihn beschreiben, diesen Bruder-Typen?«

»Na ja, das war so ein kräftiger Typ mit Vollbart.«

»Halb Killarney trägt Vollbart, sogar der Hund vom Nachbarn. Weißt du nichts anderes?«, forderte Scott.

»Nein, ich habe ihn mir nicht so genau angesehen. Die beiden waren auf der Straße unterwegs, ich bin nur vorbeigefahren.«

Liam stieß zu ihnen. »Um wen geht es?«

»Um so einen Typ«, antwortete Scott. »Vielleicht jemand, der mir sagen kann, was passiert ist.«

»Denkst du, dass dieser Typ Caitlin vielleicht …«

Statt zu antworten, nahm Scott einen tiefen Schluck von seinem Whiskey-Kaffee-Mix und starrte auf die Straße hinaus, die beidseitig mit den Autos der Gäste zugeparkt war. Er schaute auf seine Armbanduhr, um einzuschätzen, wie lange er diese Belagerung noch erdulden musste. Dabei schmunzelte er makaber über sich selbst, da er vergessen hatte, wie er zusammen mit seiner Mutter alle Uhren auf den vermuteten Todeszeitpunkt von Caitlin umgestellt hatte. Noch einer dieser Bräuche, die Liam wahrscheinlich wieder wie ein Oberlehrer erklären würde, ohne dass irgendjemand einen Grund wusste, wieso seine Verlobte um zwei Uhr morgens hatte sterben müssen. Es war keine exakte Zeitangabe, aber im medizinischen Gutachten hatte sich der Pathologe auf die Spanne zwischen ein und drei Uhr nachts festgelegt. Scott hatte sich dann für zwei Uhr entschieden. Da er eine Funkarmbanduhr trug, musst er einen Plastikstreifen zwischen Batterie und Stromabnehmer anbringen, der seitlich aus dem Gehäuse herausragte. Sollte der ganze Spuk vorbei sein, würde er den Streifen wieder herausziehen und die Zeit würde weiterlaufen.

* * *

Bis auf das knisternde Feuer im Kamin herrschte Stille im nächtlichen Wohnzimmer. Zwei orangene Lampenschirme auf der polierten Kirschholzplatte der Kommode verliehen den sandfarbenen Wänden, zusammen mit zwei Wandleuchten neben den Fenstern, einen Apricot-Stich. Das Büfett stand noch auf dem Tisch, der sich vom einen bis zum anderen Sprossenfenster erstreckte. Der Teppich auf dem braunen Holzdielenboden war voller kleiner Kieselsteine und getrockneter Matschreste, die von vielen Füßen hereingetragen worden waren.

Scott saß in einem der zwei Ohrensessel, die Längsstreifen in sanften Rottönen schmückten, und lauschte in die Stille hinein. Obwohl der letzte Gast vor einer Stunde gegangen war und so wie alle anderen zugesichert hatte, auch zur morgigen Totenwache zu erscheinen, erinnerten sich Scotts Ohren an den gemäßigten Lärm, den die Trauergesellschaft veranstaltet hatte. Die Wände hallten nach von ihrem leisen Kauen der Speisen, vom Plätschern des Kaffees, wenn sich jemand an der Pumpthermoskanne bedient hatte, und vom leisen Schluchzen, das hin und wieder das Getuschel durchdrungen hatte. Auch morgen würden sie alle noch kommen, dann würde ein Gottesdienst in der Kirche folgen und schließlich das Begräbnis auf dem Killarney Friedhof. Danach würden sie wieder in ihre eigenen Leben zurückkehren und Scott würde weitermachen müssen. Er schaute auf die Uhr, die schon seit Beginn der Totenwache zwei Uhr nachts anzeigte, und bezweifelte, dass für ihn die Zeit jemals vergehen würde. Obwohl er nur an dem Plastikstreifen ziehen und den Kontakt zur Batterie freigeben musste, glaubte er nicht, dass er diesen einfachen Handgriff zustande bringen konnte. Er hatte heute nicht einmal eine Träne vergießen können, weder als seine Mutter eine kleine Ansprache hielt noch als er selbst ein paar Worte über Caitlins Leben erzählt hatte.

Es fiel ihm schwer.

Abschließen.

Abschied.

Das alles war so endgültig.

Er blickte auf den Sarg, auf dessen polierter Maserung sich die Flammen des Kaminfeuers spiegelten. Mit den Fingern an seinem Verlobungsring beobachtete er ihr Spiel. Danach hielt er seine Hand so, dass er den von einer silbernen Distel eingefassten Bernstein betrachten konnte. Es war kein teurer Schmuck, gekauft im Mut einer hoffnungsvollen Entscheidung, und dennoch stand er für ein Versprechen.

Obwohl ihm vom Bestatter abgeraten worden war, den Deckel zu öffnen, stand er auf und ging zum Sarg, vor dem Blumenkränze in den Farben Irlands lagen. Scott öffnete die metallenen Riegel an der Seite, atmete durch und klappte den Deckel auf.

Caitlin lag mit gefalteten Händen in einem cremefarbenen Seidenmantel in ihrer letzten Ruhestätte, die Zoll für Zoll mit silbrig glänzendem Stoff gepolstert war. Der Bestatter hatte sie gut behandelt, denn sie hatte etwas Rouge auf den Wangen und einen solch friedlichen Gesichtsausdruck, dass sie mit den roten Locken, die ihr Antlitz einrahmten, wie ein Engel aussah. Sie wirkte, als schliefe sie nur, tief und unendlich friedvoll.

Scott küsste sie zärtlich auf die kalte Stirn. »Ich liebe dich«, hauchte er und strich ihr ein letztes Mal über die Hände. Dabei fiel ihm auf, dass der Bestatter wahrscheinlich vergessen hatte, ihr nach der Behandlung den Ring wieder anzustecken. Scott zog sich seinen eigenen vom Finger ab und streifte ihn ihr über. Auch jetzt noch fühlten sich ihre Finger so zierlich an, als wären sie aus Porzellan. »Wie konnte es jemand wagen, dich zu zerbrechen«, hauchte er und ballte die Faust. »Ich verspreche dir, meine Liebste, meine Distel, ich werde deinen Mörder finden und dann kann ihn nicht einmal St. Patrick persönlich vor meiner Rache retten, das schwöre ich dir!«

Unterbrochen von kurzen Schluchzern atmete er tief ein und schloss den Sarg. Trauer war für die Lebenden, denn die Toten hatten es hinter sich. Obwohl er das wusste, war es kein Trost für ihn. Beim Ausatmen ließ er die Schultern hängen, ging zum Lichtschalter und knipste die Beleuchtung aus. Er würde die ganze Nacht wachen und niemand anderem erlauben, ihn dabei abzulösen. Danach ging er ans Fenster und blickte hinaus zur Mondsichel, die blass am Himmel hervortrat, als sich eine Lücke in den Wolken auftat. Das Aufflackern von gelbem Licht am Steuer eines Wagens, der an der Straße unter einer Straßenlaterne stand, erregte seine Aufmerksamkeit.

Ein Mann, dessen bärtiges Gesicht von der Flamme seines Feuerzeugs erhellt wurde, saß am Steuer seines Pick-ups und gönnte sich eine Zigarette.

Scott blinzelte vor Unglauben. Seine Blicke fuhren jede Stelle des himmelblauen Pick-ups ab, die Roststelle am hinteren Radlauf, die riesigen Reifen und die kantige Karosserie, die ihn wie einen amerikanischen Oldtimer wirken ließ. Dies war kein Toyota vom Bauhof und es war bestimmt kein Zufall, dass das Auto heute Nacht hier stand, sondern ein Muster.

Als der Fahrer an der Zigarette zog, glimmte sie auf, erhellte ein letztes Mal sein Gesicht, bevor er die Scheinwerfer einschaltete und den Motor startete.

Adrenalin schoss durch jede Muskelfaser von Scotts Leib und peitschte sein Herz zu einem Sprint aus dem Stand an. Er rannte los, riss die Tür auf und eilte die Auffahrt hinunter, nur um mitansehen zu müssen, wie ihm der Mann davonfuhr. Doch Scott weigerte sich aufzugeben, bog auf die Straße ab und rannte dem Wagen hinterher. Das Auto wurde immer schneller, die Distanz immer größer und je mehr er seinen Körper antrieb, desto mehr wuchs seine Enttäuschung darüber, dass der Typ entkam. Nach der dritten Kreuzung pfiff seine Lunge und er bekam Seitenstechen, wechselte vom halsbrecherischen Sprint in ein schnelles Joggen, das mehr und mehr an Geschwindigkeit verlor. Scott tastete die Rückseite seines Hosenbunds ab, suchte nach seiner Desert Eagle und fluchte, als ihm klar wurde, dass er sie unter seiner Matratze versteckt hatte.

Die roten Rücklichter des Pick-ups waren nur noch rote Stecknadeln in der Nacht, ein gelber Blinker leuchtete auf, dann bog das Auto ab und verschwand.

Scott machte noch ein paar kraftlose Schritte und fiel dann vor Erschöpfung auf die Knie. Sein ganzer Körper badete in Schweiß und brannte bis zu seinen Zehen vor Hitze und Wut. »Ich krieg dich, du Arschloch!«, presste er zwischen mehreren Atemzügen hervor.

Eine Weile starrte er die Straße hinunter, als würde das Auto vielleicht wieder zurückkommen. Danach kämpfte er sich hoch und ging schnaufend wieder zurück nach Hause. Er nahm sein Handy aus der Tasche, ließ es fast aus seinen schweißnassen Fingern fallen und rief seinen Bruder an. Es klingelte knapp zwanzigmal.

»Scott? Verdammt, weißt du, wie spät es ist? Ist alles in Ordnung?«, keifte Liam.

»Ich hab ihn. Das Schwein war hier. Das war er, ganz bestimmt bei allen Heiligen!«

»Du klingst wie ein aufgeschlitzter Dudelsack. Langsam, atme durch. Wen meinst du denn?«

»Ich erkläre es dir später. Aber ich brauche deine Hilfe bei etwas Illegalem«, erklärte Scott.

»Muss ich mir jetzt Gedanken machen?«

»Ja.«

»Dann bin ich dabei«, erklärte Liam.

»Und wir brauchen Alien Pete.«

»Okay, jetzt kriege ich Angst. Aber was ist mit der Totenwache?«

»Wozu taugt der Clan der O'Connells, wenn nicht genügend Leute da sind, um mich dabei abzulösen?«

»Stimmt«, meinte Liam. »Aber wird es denn nicht seltsam aussehen, dass du nicht da bist?«

»Wenn ich nicht kläre, was passiert ist, wird Caitlin nie Ruhe finden. Und mich schert es nicht, was andere von mir halten.« Er ballte die Faust. »Ich werde die Sache zu Ende bringen und ihren Mörder entlarven, noch bevor sie unter der Erde liegt, das schwöre ich bei allem, was mir heilig ist!«

»Nun gut. Scheint, als bräuchte ich starke Nerven. Lass mir noch ein paar Stunden Schlaf, dann hole ich dich ab.«

»Ist gut, Liam.«

»Und versuche auch du zu schlafen, wenigstens ein bis zwei Stunden.

»Wenn mich der Schlaf findet, vielleicht. Ähm … Liam …«

»Was ist?«, wollte Liam wissen.

»Ach, nichts«, wiegelte Scott ab und legte auf. Obwohl er früher nicht so gewesen war, fiel es ihm mit fortschreitendem Alter immer schwerer, über seine Emotionen zu reden. Außerdem kostete ihn der Seelenstriptease jedes Mal Kraft. Seine Atmung war mittlerweile flacher und langsam setzten Krämpfe in seinen Waden ein. Heute würde er die Wache zu Ende bringen und sich vor dem Kamin die Beine massieren, um für morgen fit zu sein.

»Wie wir mit dem Tod umgehen, ist ein Ausdruck davon, wie wir mit dem Leben umgehen. Während Europa sich der Trauer hingibt, wird in Mexiko das Ableben eines Menschen gefeiert. Welcher der beiden Kulturen sollte das zu denken geben?«

Psychologie des Todes, Prolog, erster Satz

14 Muskat und Butter

Anna Caffrey

Vier junge Männer saßen in einer Pferdekutsche und grölten lautstark *Wind of Change.* Dabei schwenkten sie Bierflaschen wie Feuerzeuge bei einem Konzert in der Luft. Einer von ihnen stand auf und schrie »Tear the wall down!« und torkelte bei den Erschütterungen der Kutsche. Er machte einen dämlichen Gesichtsausdruck, bevor er seine Kappe mit aufgedruckter amerikanischer Flagge abnahm, sich die Hose herunterzog und seinen blanken Hintern dem Straßenverkehr hinter sich präsentierte.

Anna versuchte, mit ihrem Käfer etwas mehr Abstand zu gewinnen. Sie konnte nicht einschätzen, ob der Besoffene sich überhaupt noch auf dem Gefährt halten konnte, da es ihm nicht einmal gelang, seine Würde zu behalten.

»Die Mauer?«, wiederholte Kay, die neben ihr auf dem Beifahrersitz saß. »Denken diese Amis echt, dass hier die Mauer stand? Wissen die überhaupt, dass sie nicht in Deutschland, sondern in Irland sind?!«, fauchte sie.

Mick schob sich zwischen Fahrer- und Beifahrersitz nach vorn. »Die Jungs machen Party, volle Kanne, wen interessiert da Politik? Die wissen im Moment bestimmt nicht einmal mehr, wo das Hotel is', in dem sie wohnen.«

»Hotel oder Ausnüchterungszelle?«, erwiderte Kay.

»Sei doch nicht immer so zickig, mach dich locker. Vielleicht helfen dir'n paar Mandalas mit Pentagramm-Muster.«

Anna fühlte sich von Mick beengt, der so nah neben ihrem Ohr eine Diskussion mit der Beifahrerin führte. »Mick, bitte setzen Sie sich wieder.«

»Bin ich zu laut?«

»Ja, etwas, und so groß ist der Käfer nicht, dass wir zu dritt hier vorne Platz hätten.« Außerdem belästigte sie der Geruch seines billigen Rasierwassers, von dem er entschieden zu viel aufgetragen hatte.

Mick lehnte sich zurück. »Alles Spielverderber. Können wir's Radio anmachen, mir is' langweilig. Declan redet ja kaum und wenn er sich'n Joint dreht, lebt er in seiner eigenen Welt. Der hat das Talent, nicht aufzufallen, wie ein Spion, Null-Null-Declan, im Dienst der jamaikanischen Majestät.«

»Kannst du nicht einfach deine blöde Klappe halten?«, beschwerte sich Kay.

Anna dachte gar nicht erst daran, das Radio einzuschalten, da die beiden genug Lärm veranstalteten. Sie blickte kurz in den Rückspiegel, nur um sich zu vergewissern, dass Declan überhaupt da war, da er tatsächlich nicht auffiel. Sie wollte nicht riskieren, ihn irgendwo zu vergessen und wegzufahren. Für solch eine Panne hatte sie beim Blitzfrühstück einfach zu wenig Kaffee getrunken. Und das Wenige, was sie getankt hatte, war weder schwarz noch stark genug.

Als sie um die Ecke bogen, fuhren sie am eingezäunten Geländer der grauen Kathedrale vorbei. Ihre Mauern wirkten streng und grau, einzig das Dach mit seinen weinroten Schindeln verlieh ihm einen blassen Farbklecks.

Durch ein offenes Tor gelangten sie ins Innere der Anlage und fuhren bis auf einen Parkplatz neben dem Gebäude.

Anna stellte den Motor ab und drehte sich nach hinten zu Mick. »Das ist die St. Mary's Cathedral, der Pater sorgt heute dafür, dass wir dort eine Weile ungestört bleiben. Sind Sie bereit?«

Mick zuckte die Schultern, als wenn das nur ein Spaziergang wäre. »Machen Sie sich keine Sorgen, Anna, aber was machen wir mit Kay, Blutsauger dürfen doch keinen heiligen Boden betreten, oder?«

Bevor Kay etwas erwidern konnte, hob Anna beschwichtigend die Hand. »Dann kann es losgehen.« Sie stieg aus, klappte den Sitz vor und ließ die beiden jungen Männer raus. Sie wartete, bis alle zusammen waren, und ging dann mit ihnen zum Haupteingang.

»Sie müssen Dr. Anna Caffrey sein«, sagte ein älterer Mann mit schütterem Haar. Er trug einen schwarzen Anzug mit einem weißen Kragen.

»Nein, Miss Anna Caffrey.«

»Haben Sie keinen Mann?«

»Nein, keinen Doktortitel. Aber ja, auch keinen Mann.« Sie räusperte sich. »Dann sind Sie Pater Daniel. Danke, dass Sie uns bei diesem Anliegen unterstützen.«

»Sehr gerne, Miss Caffrey, Gottes Kinder sollten einander immer helfen. Und es ehrt Sie, dass Sie sich wohlwollend für das Heil dieser jungen Menschen einsetzen.«

Anna spürte, wie ihre Wangen erröteten. Sie war noch nie eine Kirchgängerin gewesen, geschweige denn, dass sie jemals gläubig gewesen wäre. Ihre Hoffnung in das Gute war mit dem Tod ihrer Eltern aus dieser Welt getilgt worden und jetzt erschlich sie sich ihre Promotion über den Rücken dieser Patienten. »Ich tue nur, was ich kann«, antwortete sie vieldeutig.

»Das tun wir alle. Und niemand bekommt von unserem Herrn mehr aufgebürdet, als er zu tragen vermag.«

Anna biss sich auf die Innenseite ihrer Wange. »Danke, Pater.«

»Sie haben eine Stunde Zeit, bis unsere Gemeindemitglieder hier eintrudeln. Sollten Sie etwas brauchen, können Sie mich hier draußen finden, denn ich muss noch die Landschaftsbauer einweisen, die gleich kommen werden. Der Herr sei mit Ihnen.«

Anna nickte ihm zu und sah, wie Kay die Augen verdrehte, als der Pater sie verließ.

Declan setzte sich auf die Stufen und wollte sich seinen Joint anzünden.

»Bitte nicht hier«, flüsterte Anna ihm zu.

»Ich drehe mit Declan eine Runde«, bot Kay an. »Ob Kirche oder Kathedrale, das ist für mich alles der gleiche Bullshit der Scheinheiligkeit.«

»Also doch ein Vampir?«

»Halt die Klappe, Mick!«, zischte Kay und lief Declan nach, der sich schon auf den Weg gemacht hatte.

Anna schaute Mick an, der keinerlei Zeichen von Angst oder Nervosität zeigte. »Ist bei Ihnen alles in Ordnung?«

»Läuft bei mir, bleiben 'Se locker«, meinte er und fasste an die Griffe der eisenbeschlagenen Türen.

»Dann werden wir jetzt hineingehen.«

Doch Mick stand einfach nur da.

»Die Tür ist offen, worauf warten Sie?«, wollte Anna wissen, doch dann erkannte sie, dass Micks Dauergrinsen eine Fassade war, die Risse bekam. Er atmete flach und schien nicht fähig, die Tür aufzustoßen.

»Sie machen das gut, lassen Sie sich Zeit. Ich bin hier bei Ihnen, bei jedem Schritt, und wir stehen das gemeinsam durch.«

Ein feiner Schweißfilm hatte sich auf seinem Gesicht gebildet und sein Lächeln wirkte nur noch gequält. Langsam drehte er den Kopf zu ihr und sah sie fragend an. »Verdammt, was is'n das?«

»Keine Sorge, das ist eine psychische Lähmung, keine körperliche. Dieser Ort scheint etwas in Ihnen auszulösen.«

»Etwas?«, sagte er ganz langsam, als habe er Mühe, das Wort überhaupt zu verstehen. Er wandte sich wieder nach vorne und krampfte seine Finger um die Griffe. Wie in Zeitlupe schob er die schweren Holzblätter auf und zog den Kopf immer weiter zwischen die Schultern. Als der Spalt groß genug war, trat er mit zitternden Knien hindurch.

Anna hakte sich seitlich bei ihm ein und stützte seinen Gang. Dabei überließ sie ihm das Tempo, lief, wenn er lief, stand, wenn er stand.

Licht fiel durch Buntglasfenster auf die Reihen der Sitzbänke zwischen den Säulen, die in die Höhe strebten und Spitzbögen aus grob behauenen Steinen trugen. Oben gab es eine weitere Reihe an Fenstern, zu beiden Seiten, knapp unterhalb eines Satteldachs aus Holz. Das Gebälk schloss vorne am riesigen Durchgang zum Altarraum ab, wo grüne Scheinwerfer smaragdenes Licht an die langen, schlitzförmigen Buntglasfenster warfen.

Anna war erstaunt, dass ein kleiner Ort wie Killarney ein so schönes Gebäude besaß, das einen fast vor Ehrfurcht erstarren ließ.

Als Mick immer mehr strauchelte, half sie ihm, sich auf eine der Bänke zu setzen, und platzierte sich neben ihn.

Er lehnte sich mit der Stirn gegen die Kante der Bank vor ihm und amtete schnell.

»Wie geht es Ihnen, Mick?«

»Das ist ganz schön heftig«, stammelte er.

»Wir haben Zeit. Der Druck wird nachlassen, dann können Sie entscheiden, ob Sie bis zum Altar gehen möchten.«

»Ist gut. Ich brauch nur … etwas … Zeit.«

Anna nickte und lehnte sich zurück. Als ihr Blick durch die Kathedrale schweifte, erinnerte sie sich an eine Szene aus ihrer Kindheit. An ihrem siebten Geburtstag war sie das letzte Mal in einer Kirche gewesen. Nicht so schön. Nicht so groß. Doch es war ein Gotteshaus wie dieses gewesen. Ihre Großmutter hatte neben ihr gesessen und vor Trauer gezittert, während der Pater seine Rede hielt. Er hatte von einer Prüfung gesprochen, einem Test für die Lebenden, der Rückkehr der Kinder in das Reich Gottes. Damals hatte Anna nicht verstehen können, wie unumkehrbar die Sache mit dem Tod war und was das bedeutete. Vielleicht wollte sie es auch nicht wahrhaben, es verdrängen und so lange nicht darüber nachdenken, bis das Problem von allein verschwand. Um sie herum waren alle in Schwarz gekleidet gewesen und hatten sie mit diesem mitleidigen Blick angestarrt, den sie seither hasste. Schlimmer war nur noch Großmutter, die ihr während der Beerdigung den Satz zuflüsterte, den sie noch jahrelang wiederholen würde.

»Du bist schuld daran, du warst ein Unfall, mein Sohn hätte etwas Besseres verdient als deine Mutter.«

Anna hatte Großmutter geglaubt, denn sie war eine Erwachsene, ein Mensch, dem man einfach vertrauen musste. Erst als Jugendliche hatte sie gemerkt, dass es auch verrückte, gestörte Erwachsene gab, die selbst so krank waren, dass sie einem kleinen Mädchen, das seine Eltern bei einem Verkehrsunfall verloren hatte, Schuldgefühle einredeten. Natürlich war Großmutter in Trauer gewesen. Keine Mutter sollte den Tod des eigenen Kindes erleben. Doch war es nicht auch umgekehrt Annas Recht gewesen, nicht das Sterben ihrer eigenen Eltern erleben zu müssen? Wer legte eigentlich fest, dass Mutter und Vater ihren Tod den Nachkommen aufbürden durften und die Kinder das gefälligst zu verkraften hatten? Eltern machten Kinder, ungefragt. Und dann besaßen sie die Frechheit, das Versprechen des *wir werden immer für dich da sein* einfach so zu brechen. Einfach zu verschwinden. Einfach ein kleines Kind zurückzulassen, bei seiner grausamen Großmutter. So oft hatte sie sich in den Schlaf geweint und darunter gelitten, dass sie niemandem sagen konnte, wie sehr sie ihre Eltern vermisste. Auch heute noch spürte sie einen Stich in ihrer Mitte, wenn sie an die beiden dachte, von deren Liebe sie nicht genug hatte bekommen können. Mit Großmutter war es unmöglich gewesen, darüber zu reden. Ein Stein besaß mehr Mitgefühl, als die alte Schachtel je hätte am schorfigen Grund ihres vertrockneten Herzens zusammenkratzen können. Und wenn sie mit Anna redete, dann gipfelte es immer in einer Hasstirade. Anna konnte sich noch gut erinnern, wie sie den ersten und letzten Versuch unternommen hatte, mit ihr zu reden, sie zu besänftigen. »Wir haben uns, das ist doch genug!«, hatte sie zu ihr gesagt.

»Nein, du bist nicht genug«, war die kalte, sachliche Antwort gewesen.

Jahre später hatte Anna mit dem Studium der Psychologie begonnen. Vielleicht war es der Wunsch gewesen, zu lernen, wie sie eine gebrochene Seele heilen konnte. Vielleicht aber auch das Verlangen, die Unfassbarkeiten des Lebens erklärbar zu machen.

Anna nahm nur am Rande ihres Bewusstseins wahr, dass Mick bereits zum Altar lief.

Sie hatte schon lange begriffen, dass sie selbst kaputt war. Und sie arbeitete in einem Beruf, in dem ausgerechnet sie selbst anderen Kaputten helfen sollte. Vielleicht ging ihr das Projekt deswegen so nahe, weil sie ein Stück weit sich selbst in diesen jungen Menschen sah. Declan war so verschlossen wie schweigsam, Kay sah in allem einen Kampf, Mick lachte über seine Probleme und er …

Mick hatte die Stirn auf dem Altar abgelegt und weinte.

Anna tupfte sich die Tränen weg und hoffte, dass ihr Make-up nicht allzu verweint aussah, sammelte sich und ging zu ihm. Statt die üblichen psychologischen Fragen nach dem Grad der Angst oder einer Beschreibung der Gefühlswelt abzuhandeln, legte sie ihm ohne Überlegen die Hand auf den Rücken.

»Mein Vater …«, begann Mick, ohne aufzublicken. »Dieses Arschloch! Ich bin so allein!«

»Ich weiß«, sagte Anna und fuhr ihm über den Rücken. »Ich weiß.«

* * *

Anna wurde vom Licht geblendet, als sie mit Mick die Tür aufstieß. Die Atmosphäre der Kathedrale hatte Anna in eine andere Welt versetzt und sie fühlte sich unwohl, als die Realität wieder auf sie einwirkte.

Declan zog hastig an einem Stummel und warf ihn weg, während eine Rauchwolke seinen Kopf umgab.

Kay hatte die Arme vor der Brust verschränkt und schaute mit hochgezogenem Mundwinkel zu Mick. »Na, fertig mit deiner Beichte, du Maulheld?«

Mick sagte kein Wort, ging an ihr vorbei und lehnte sich mit dem Hintern an den Kotflügel des Käfers. Mit nachdenklichem Blick durchdrang er den Grasboden unter seinen Füßen.

»Was ist denn mit dem los?«, fragte Kay.

»Lassen Sie ihm Zeit.«

»Haben Sie ihm wieder gedroht oder so? Hat er bestimmt verdient.«

»Nein, das *Flooding* kann sehr anstrengend sein, das wissen Sie aus eigener Erfahrung. Ich denke, wir sollten jetzt wieder zurück in die Villa, wir haben uns alle eine Pause verdient.« Anna wollte heute nichts mehr machen, außer sich ein Bad einzulassen und unter dem wohligen Duft von Rosenöl die bösen Gedanken aus der Vergangenheit wieder in eine weit entfernte Ecke ihres Bewusstseins zu schieben.

* * *

Anna lehnte im Gang an ihrer Zimmertür und zog sich die Stiefeletten aus, die schon seit einer Weile am großen Zeh drückten. Als ihre Füße den dicken Teppichboden im Flur berührten, entspannte sie sich, nahm ihre Schuhe und schloss die Tür auf. Als sie hinter sich wieder zumachte, ließ sie ihren Blick durchs Zimmer schweifen. Es war so unordentlich, dass sie sich fragte, ob Isabella noch nicht fertig war und was mit ihr nicht stimmte, da sie erst solch ein Chaos veranstaltete, um danach sauber zu machen. Doch langsam sickerte die Erkenntnis durch, dass hier etwas ganz und gar nicht stimmte.

Alle Schubladen vom Schreibtisch, der Kommode und dem Nachttischchen waren herausgerissen und lagen am Boden. Die Bettwäsche war zerwühlt, die Matratze hing über dem Rahmen, und all ihre Klamotten waren in der Ecke zu einem Haufen aufgetürmt. Zwei Schokoladenriegel lagen mit aufgeplatzter Verpackung auf dem Boden und besudelten nussig-braun den Teppich.

Anna war wie gelähmt vor Schreck, als sie begriff, was ihr Verstand anfangs verdrängen wollte.

»Mein Zimmer wurde durchsucht«, wisperte sie und zitterte am ganzen Leib. Jemand war in ihre Privatsphäre eingedrungen, hatte ihre persönliche Unversehrtheit angegriffen und diese geschändet. Sie fühlte sich nackt, geschlagen und gedemütigt.

Wie in Trance ging sie zum Bad, in dem Badezusätze, Handtücher und Make-up-Artikel auf dem Boden lagen, und zog sich aus. Danach stellte sie sich in die Wanne, zog den Kunststoffvorhang zu, hakte den Duschkopf in der Wandbefestigung ein und drehte den Hahn auf.

Sie registrierte kaum, wie kalt das Wasser anfangs war, so betäubt war sie, und richtete mit geschlossenen Augen ihren Kopf nach oben, ließ das langsam wärmer werdende Wasser auf ihr Gesicht regnen und begann zu schluchzen. Sie schlug die Hände über dem Gesicht zusammen und weinte. Die Erinnerung an den Tod ihrer Eltern, an die Boshaftigkeit ihrer Großmutter, der Zusammenbruch von Mick, der sie berührt hatte, sowie der Einbruch in das letzte bisschen Privatsphäre, die sie in der Villa hatte, waren einfach zu viel.

* * *

Allmählich kam Anna wieder zu sich. Der Spiegel über dem Waschbecken war beschlagen und im Badezimmer waberte der Dunst bis zum Boden.

Sie stellte das Wasser ab, stieg aus der Wanne und schnappte sich ein Handtuch vom Boden, das sie um ihren Körper wickelte. Danach setzte sie sich auf die Kante der Wanne und ließ das Grauen sacken.

War das eine Racheaktion von Lady McMurrough, die wieder in einem dementiellen Delirium gesteckt hatte? Oder war es die Psychological Daily, die sie mit diesem Chaos einschüchtern wollte, das zu tun, was sie von Anna verlangten?

Sie überlegte, Vernan zu informieren und die Polizei zu rufen, doch die Tatsache, dass sie sich hatte bestechen lassen, hielt sie davon ab. Wenn die Beamten in der Sache recherchieren würden, wäre ihre Karriere vorbei und die Jahre des Studiums wären umsonst gewesen.

»Augen zu und durch«, sagte sie zu sich selbst. Doch damit die Putzfrau nichts mitbekam, musste Anna das Chaos beseitigen, auch wenn sie auf den Knien die Schokoladenflecken mit ihren Händen wegschrubben musste. Als ihr Handy klingelte, fiel sie vor Schreck fast in die Wanne. Auf dem Display stand *Angus*. Während sie ihn wegdrückte, entdeckte sie eine Nachricht.

Hallo,
Jeff und ich trauen uns. Du bist herzlich eingeladen,
Ort und Uhrzeit schreibe ich dir noch,
LG Juliette

Anna war fassungslos. Wer lud die Ex ihres Verlobten auf die eigene Hochzeit ein? Wusste Juliette überhaupt, dass Anna die ehemalige Freundin war, oder hatte sie nur alle Leute in seiner Freundesliste über Copy-and-paste eingeladen? Nein, Zufälle gab es nicht, genauso wenig, wie es die Magie der Fügung gab. Aber es existierte eiskalte Berechnung. Juliette hatte Karriere gemacht, sich den Mann gesichert, der Ex klargemacht, wer jetzt der Boss war, und mit dem Schritt in die Ehe das alles in Beton gegossen. Wie ein Banker auf dem Weg in die Chefetage setzte Juliette ihre Ambitionen gnadenlos durch und baute ihre Position aus. Kinder würden folgen, ein Haus mit Garten, ein Volvo und ein

Mercedes Kombi – eine Familienkarriere, bei der Anna nicht mithalten konnte.

Sie fühlte sich abgeschlagen und verletzt, mehr noch, als es die Durchsuchung ihres Zimmers vermocht hatte. Nach einer Weile rief Angus noch einmal an. Diesmal ging sie dran. »Ja«, sagte sie knapp.

»Hier ist Angus, endlich gehst du dran, alles okay?«

»Ja, es ist nur die Arbeit«, stotterte sie und versuchte, ihre Stimme stark klingen zu lassen.

»Ah, okay. Meine Mutter hat erzählt, dass ihr euch begegnet seid. Sie hat etwas von einem kalten Toast, den man in Tee tunkt und der dennoch hart bleibt. Ich hoffe, sie hat dich nicht verunsichert.«

»Nein, alles gut, nur …«, begann sie und raffte sich innerlich zusammen. »Lass uns einen Ausflug machen, frische Luft, Natur und so, fällt dir da etwas ein?« Sie wollte aus ihrem aktuellen Muster, das ihr nur noch wehtat, ausbrechen.

»Ähm, ja, natürlich. Der Torc Wasserfall im Killarney-Nationalpark. Wir können dort ein Picknick machen und die Landschaft genießen. Wollen wir morgen los?«

Anna wusste nicht, ob sie morgen nicht lieber allein sein wollte. »Geht übermorgen?«

»Solange mich der Major nicht braucht, kann ich mir die Zeit frei einteilen, ansonsten muss ich springen. Soll ich dich abholen?«

»Nein, wir können uns dort treffen, sagen wir um 12:00 Uhr?«

»Ja, ist in Ordnung. Dann treffen wir uns oben am Wasserfall.«

»Alles klar, also bis dann.«

»Ja, ich freue mich.«

»Ich mich auch«, log Anna und legte auf. Angus hatte keine Schuld, im Gegenteil, er war zärtlich und aufmerksam. Der Junge, den ein Mädchen die eigenen Schulbücher tragen ließ, während sie mit seinem kriminellen Bruder ausging, der mehr Vorstrafen als Nieten an seiner Lederjacke hatte. Doch vielleicht würde Angus ihr helfen, auf neue Gedanken zu kommen und etwas Abstand zu ihrem Lebenschaos zu gewinnen.

* * *

Vernan goss drei Tassen Kaffee ein und stellte jedem Therapieteilnehmer ein Kännchen Milch dazu.

Anna blickte aus dem Fenster und sah die grauen Wolken, die über den Himmel zogen. So wie das Wetter war auch ihre Stimmung gemischt und trüb. Doch Vernans Gelassenheit wirkte beruhigend auf Anna ein, außerdem führte er den Service mit so viel Stolz aus, als würde er die Queen selbst bedienen. Sein Handeln erhöhte ihn, aber auch alle anderen, für die er tätig war. Anna hatte noch nie einen Menschen wie ihn kennengelernt, der ihr so viel Ruhe vermittelte wie Vernan. »Heute würde ich gerne einen Irish Coffee trinken.«

»Gerne, Lady Caffrey.«, sagte Vernan und holte einen Whiskey aus dem Schrank. Er öffnete die Flasche und sah Anna kurz in die Augen. Als würde er ihre Stimmung ahnen, stellte er den Whiskey einfach neben der Kaffeetasse ab. »Haben die Ladys und Gentlemen vielleicht noch andere Wünsche?«, fragte er und sah jeden Einzelnen in der Runde an.

Alle schüttelten den Kopf.

Er neigte dezent sein Haupt und verließ den Raum.

Anna ließ die Anwesenheitsliste herumgehen und nahm die Flasche. Es war der Wildhound 83, der wahrscheinlich aus der jüngsten Lieferung des Majors stammte. Der Luxus von persönlichen Lieferungen vom Hersteller selbst, einer Villa und einer Kreditkarte trafen auf eine Frau, die all das weder gewohnt war noch damit umzugehen wusste. Sie gab einen Schuss Alkohol in ihr Warmgetränk und gönnte sich einen Schluck. »Nun, Mick, da Sie heute ihr *Flooding* hatten, möchten Sie uns erzählen, wie es Ihnen ergangen ist?«, fragte sie halbherzig.

Er schaute erst Declan, dann Kay, die eine Braue hochgezogen hatte, an und legte los. »Ich weiß nich', was Sie mit mir gemacht haben, aber … ich bin heute Nachmittag spazieren gegangen und hab viel nachgedacht.«

»Erzählen Sie ruhig weiter, Mick.«

»Mein Vater is'n Arsch, der wird sich nicht ändern. Er gibt mir immer das Gefühl, dass ich nix für ihn bin, Luft, ein Niemand! Ich kann ihm nichts recht machen, egal was ich tue.« Er hielt lange inne und sagte nichts.

Anna versuchte, seine Mimik zu lesen. In seinem Gesicht rangen Nachdenklichkeit und Unsicherheit, ein Zeichen dafür, dass bei ihm ein Umdenkprozess stattfand. Allerdings konnte sie sich nicht darüber freuen. Im Gegenteil, es machte keinen Unterschied mehr, da das Projekt ohnehin scheitern würde. »Ja, Mick, Ihr Vater ist nur ein Mensch, er ist fehlbar, so wie andere auch. Wieso suchen Sie nach der Anerkennung eines Menschen, der Sie so behandelt?«, fragte sie und hörte selbst, dass sie wie ein Bestellautomat für Kinokarten am Telefon klang.

Mick stützte den Ellbogen aufs Knie und das Kinn auf die Faust. »Ich brauch Anerkennung, okay? Jetzt is' es raus! Das ist mir total wichtig. Wenn andere mich nicht sehen, hab ich das Gefühl, dass es mich nicht gibt.«

Kay lachte auf. »Du bist ja voll der Softie!«

»Das hätt'st du wohl gerne!«, erwiderte er mit einem versöhnlichen Lächeln.

Anna wandte sich an Declan, der sich wie sonst auch in seiner Kapuze verborgen hatte und an den Nägeln kaute. »Wie geht es Ihnen, Declan, Sie hatten das erste *Flooding*, was machen Ihre Träume?«

»Ich habe sie immer noch, aber die Angst ist weniger. Wenn ich aufwache, bin ich nicht mehr so kaputt.«

»Das ist gut, bei Ihnen und Mick geschieht eine Änderung. Wir sind auf dem richtigen Weg. Kay, wie ist es bei Ihnen?«

»Das Traumtagebuch hilft mir, obwohl ich dachte, dass das bekloppt wäre. Aber ich bin immer noch schweißgebadet, wenn ich aufwache. Ich weiß, das klingt komisch, wenn ich das sage, aber im Gegensatz zu Declan und Mick war ich wirklich an dem Ort und wurde dort getötet. Irgendwas stimmt da nicht, aber keine Ahnung was.«

Anna sah sie nachdenklich an, während in der anschließenden Stille nur das Pendel der Standuhr zu hören war. Der Begriff der Seelenwanderung flog durch ihre Gedanken. Sie hätte Kay keinen Glauben geschenkt, wäre nicht die Sache mit der Goldkette gewesen. Allerdings hatte sich die Suche nach Sue Murphy als eine Sackgasse erwiesen, da weder der Major noch Angus sie kannten. Doch vielleicht war Sue Murphy ein früheres Leben von Kay McLennan? Anna fuhr innerlich zusammen. Sie war überrascht, wie leicht sie die Jahre wissenschaftlichen Studiums über Bord warf und die Einfachheit einer Lösung akzeptierte, die aus der Fantasterei zu stammen schien. Aber sie wollte sich den inneren Zwist nicht anmerken lassen. »Keine Sorge, Kay, wir kommen schon noch dahinter. Vielleicht können meine Kollegen nach diesem Projekt weiterhelfen, die Sache im Kern anpacken, so wie es ein Tiefenpsychologe vollbringen könnte.« Es war an der Zeit, die Patienten langsam auf den Misserfolg vorzubereiten und sie in die Obhut *echter* Psychologen zu entlassen. Doch nachdem sie das gesagt hatte, sah sie in den Augen der Patientin, dass sie nicht einmal sich selbst mit ihrer Lüge überzeugt hatte.

»Anna«, begann Kay und stemmte die Hände in die Hüften. »Das ist Müll, was Sie da erzählen. Keiner glaubt mir, ich bin so wie Declan und Mick, jemand, den man aufgegeben hat. Wenn Sie mir nicht helfen können, dann auch kein fucking anderer!«

Anna schluckte und rang um eine Antwort. Ihr fehlte die Kompetenz. Sie war schwach. Und sie war falsch. Falsch in dem, was sie mit diesen drei Patienten, die ihr vertrauten, tat. Tief in ihrem Inneren griff die eisige Kälte der Resignation nach ihrem Herzen. »Ich muss Ihnen etwas sagen«, stotterte sie herum und zwang sich, den dreien zu erzählen, wohin dieses Projekt wirklich führen sollte.

Als hätte Kay geahnt, worauf Anna hinauswollte, sah sie erst Declan und dann Mick an, die ihr beide kaum merklich zunickten, dann drehte sie an einem ihrer Totenkopfringe und atmete durch. »Wir vertrauen Ihnen, Anna, wir machen alles, was Sie für richtig halten, nur lassen Sie uns nicht fallen, ja?«, bat sie mit flehendem Ausdruck in den Augen.

Anna war so überrascht, dass sie erstarrte. Von allem, was sie hätte erwarten können, war dies auf ihrer Möglichkeitenliste ganz unten gewesen, nichts weiter als eine Fußnote der Fußnote. Declan, Kay und Mick sahen sie alle mit dem gleichen Blick an. Wann war das geschehen? Wann war der Augenblick gewesen, in dem sie sich das Vertrauen der drei erkämpft hatte? »Schaffen das«, stammelte sie und nahm einen langen Schluck von ihrem Getränk. »Wir … haben heute Fortschritte gemacht, für heute ist das alles.« Sie packte ihre Sachen und verließ überstürzt den Raum, während sie sich schämte, auch nur flüchtig dem Blick der drei zu begegnen. Sie fühlte Schuld, Entmutigung und eine vollkommene Verwirrung an einem ohnehin schon chaotischen Tag.

* * *

Der Käfer ruckelte über kleine Mulden, während sich die altersschwachen Stoßdämpfer mit harten Schlägen bemühten, die Unebenheiten des Bodens auszugleichen. Jedes Stück Blech und jedes Stück poröser Kunststoff quietschte und kreischte unter der Belastung, während Anna zum Refrain von *Nothing Compares 2 U* von Sinéad O'Connor mitbrüllte, das aus den kratzigen Lautsprechern dröhnte. Erst als sie bis zu einer Bodenwelle an Mahony's Point, einer Landzunge am Lough Leane, vorgefahren war, blieb sie stehen und stellte den Motor aus. Während das Lied weiterlief, ließ sie die Hände um das Lenkrad gekrallt und atmete in kurzen Zügen.

Zorn, Frustration, Trauer, Enttäuschung – all diese Gefühle brandeten an ihre Seele, brachen sich dort und lösten sich in Myriaden strahlender Funken auf.

Sie schaltete das Radio ab und stieg aus. Der Abendwind frischte auf und fuhr in ihre Strickjacke. Anna holte ihre Lederjacke vom Rücksitz, zog sie über und lief zu einer gekrümmten Birke, die auf einem letzten Stück Grasfläche stand; dort, wo das steinige Ufer des Sees anschloss.

Die Oberfläche des Gewässers kräuselte sich unter dem Wind, der eine dichte, graue Wolkendecke über das Land trieb, die sich mit aufziehendem Nebel vermischte und den Eindruck erweckte, als durchdrangen die Spitzen der Hügel den Himmel selbst.

Anna setzte sich aufs Gras, lehnte sich mit dem Rücken gegen den Baum, schlug die Arme um ihre Mitte und blickte auf die kleinen Wellen, die zwischen Seegrasbüscheln und Steinen ans Ufer schwappten. Dabei lauschte sie dem Rauschen des Windes, der jedes andere Geräusch schluckte.

Sie fühlte sich ausgezehrt. Das Ende der Sitzung lastete noch schwer auf ihr. Es war nichts anderes als eine Flucht gewesen, ein Ausbruch aus einer ausweglosen Lage.

Die Blicke. Die Hoffnung. Das Vertrauen.

Ihre Patienten erwarteten etwas von ihr, das sie unmöglich leisten konnte und auch nicht leisten durfte. Dann gab es noch die Zimmerverwüstung, das Chaos, den Druck der Psychological Daily, die Einladung von der Verlobten ihres Ex – alle wollten etwas von ihr, doch sie hatte einfach nichts mehr zu geben, da sie unendlich erschöpft war, ausgelaugt und bis in jede Faser ihres Seins zerknittert. Der gesamte Tag war zu viel gewesen. Langsam, aber mit der Kraft des Unvermeidlichen, wurden ihre Lider schwer und sie sackte in einen unruhigen Schlaf.

Anna saß auf einem großen Stuhl am Tisch und hatte einen Teller mit Stampfkartoffeln, Erbsen und Hackbraten vor sich. Alles unter einer dicken Schicht kastanienbrauner Bratensoße. Die Gabel war viel zu groß für ihre kleine Hand, daher stach sie mit dem Finger in den Brei, führte ihn zum Mund und schmeckte die Butter und den Muskat heraus.

Vater schob seinen Teller von sich weg und warf Mutter einen verächtlichen Blick zu. »Wenn es die Kleine nicht gäbe, dann wäre ich längst nicht mehr hier!«, zürnte er und verließ mit wütendem Blick das Essen.

Mutter ließ den Kopf hängen und schluchzte, während sie es vermied, ihre Tochter dabei anzusehen.

»Wenn ich groß bin, werde ich auch mal so wie du?«, fragte Anna mit ihrer kindlichen Stimme.

Mutter sah mit Tränen in ihren Augen auf, wischte sie sich weg und trat zu Annas Stuhl. Sie kniete sich hin und schaute zu ihr auf. »Nein, meine Kleine, keine Sorge. Du kannst alles werden, was immer du willst. Papa und ich … sind nicht immer einer Meinung, aber wir lieben dich mehr als das Leben, mehr, als der Mond den Ozean liebt und mehr als du selbst dich lieben kannst.«

Es waren nicht die Worte, die Anna Mut machten, vielmehr der Blick ihrer Mutter, in dem ein unverbrüchlicher Glaube, eine unsterbliche Hoffnung in alles loderte, was gut und schön war in dieser Welt.

Anna stieg vom Stuhl und stellte sich vor ihre Mutter. Doch dann wechselte ihre Perspektive und sie sah sich als kleines Mädchen aus den Augen ihrer Mutter.

Anna kniete vor dem kleinen Mädchen, dessen Lächeln Eisberge von Sorgen in ihrem Herzen in Sekunden schmelzen ließ. Allein das Wissen um ihre Existenz verlieh ihr den Wunsch, Tage, Monate und Jahre leben zu wollen, nur um sie aufwachsen zu sehen. Sie wollte sterben, wenn sie durch ihren Tod ein jedes Leid von diesem kleinen Seelchen abhalten konnte. Doch sie wusste, dass dem Mädchen ein Weg voller Selbsthass, Zweifel und Ängste bevorstand. Klein-Anna würde sich selbst lange Zeit wehtun. Ein Wissen, das sie mit Trauer und Schuld erfüllte. »Es tut mir so leid«, wisperte sie.

Das Mädchen kam dicht an sie heran, legte ihre kleinen Arme um ihren Nacken und tätschelte ihren Rücken mit ihren Patschehändchen. »Ist schon gut«, sagte sie, »ich verzeihe dir.«

Anna schossen Tränen in die Augen und sie wiegte sich selbst in den Armen ihres kleinen Ichs. Die unendliche Geborgenheit gab ihr das Gefühl, dass sie sich fallen lassen und einfach nur sie selbst sein konnte.

Sie erfuhr Vergebung.

Durch sich selbst.

Für sich selbst.

Anna wachte auf. Es war kein abrupter Wechsel zwischen Traum und Wirklichkeit, mehr ein Hinübergleiten, das sanft und entspannt geschah. Ihre Arme waren eng um ihre Mitte geschlungen. Der Traum haftete noch in ihren Gedanken, ebenso der Geschmack von Muskat und Butter auf ihrer Zunge. Tränen liefen über ihre Wangen und sie blickte hinaus auf das Wasser. Sie erinnerte sich, wie hart sie immer zu sich selbst gewesen war, so hart wie ihre Großmutter in ihrem unendlichen Gram.

Sie hatte das Gefühl, als sprenge sie endlich die Ketten, mit denen sie sich selbst für etwas bestraft hatte, für das ein Kind nicht die Verantwortung tragen sollte. Seit dem Autounfall, den sie mit ihren Eltern erlebt hatte, war kein Tag vergangen, an dem sie sich nicht gewünscht hatte, ebenfalls tot zu sein. Sie hatte die Trauer gelebt und nicht das Leben. Doch Großmutter war tot, so wie ihre Eltern – sie selbst war die Einzige, die es noch gab. Auch die Vergangenheit war tot – die Zukunft nur eine Annahme. Was tatsächlich existierte, war das Hier und Jetzt, das, was sie selbst bestimmen konnte.

»Ich werde es schaffen«, sagte sie voll Grimm und mit einem Selbstbewusstsein, das über den Rand ihres Ichs schwappte. Sie fischte sich die Goldkette unter ihrem Hemd hervor und schaute den Anhänger lange an. »Ich finde heraus, was es mit dir auf sich hat, Sue Murphy, dann werden wir es Professor Kent und allen anderen zeigen. Doch dazu muss ich erst Kays Problem lösen. Sie ist der Schlüssel, das Bindeglied.«

Als sie aufstand, war sie immer noch dieselbe. Doch die Welt war eine andere. Das Grau der Wolken wirkte sanfter, das steinige Ufer weniger schroff und die Kühle des Abends lag angenehm auf ihrer warmen Haut.

»Oh verdammt, mein Rücken, ich glaub, ich hab auf 'ner Koralle geschlafen. Nee, warte, ist nur 'ne volle Bierdose. Mein Fehler. Auf leeren schlafe ich besser.«

Mick Brennan, einen Tag nach seinem achtzehnten Geburtstag

15 Moderne Zeiten

Scott O'Connell

Im Innenraum des Jeeps roch es nach Cheddarkäse, der eine schnelle Affäre mit einer fettigen Papiertüte und billigem Automatenkaffee hatte. Die Scheiben waren beschlagen und die Lüftung blies auf Hochtouren, um sie wieder klar zu bekommen.

Scott quetschte mit seinen Händen die Weichteile wie Gurken und Tomaten, die nach dem letzten Bissen aus den Seiten teilweise herausgerutscht waren, wieder hinein und versenkte seine Zähne erneut im weichen Sesambrötchen. Er kaute nur kurz und schob sich dann eine halbe Handvoll Pommes hinterher. Es schien Ewigkeiten her, seit er das letzte Mal richtig gegessen hatte, daher nahm er alles mit Appetit zu sich. Oder war es der Geschmack der Rache, den er sich vorstellte und an dem er sich gütlich tat?

»Denkst du, wir hätten vom Burgerladen auch was für Alien Pete mitnehmen sollen?«, fragte Liam mit vollem Mund. Im letzten Moment fing er den Ketchup, der von seinem Cheeseburger tropfte, mit der Hand auf.

Scott kaute und blickte auf die Werkstatt mit dem blauen Doppelrolltor, die am Ende einer Allee aus aufeinandergestapelten, ausgeschlachteten Schrottwagen stand. Der unebene Boden war übersät mit Glassplittern, die in der Morgensonne glänzten, sowie mit Pfützen, in denen Ölreste in allen Regenbogenfarben schimmerten. Das Dach der Werkstatt bestand aus Wellblech, das mit alten Reifen beschwert war. In den offenen Werkstatträumen darunter standen ein alter VW-Bus und ein Jaguar auf der Hebebühne.

»Betreibt der Typ einen Schrottplatz oder eine Kfz-Werkstatt?«, murmelte Scott und spülte den letzten Bissen des Burgers mit Cola hinunter.

»Bei dem weiß das keiner so genau. Wir waren zwar mit ihm gemeinsam auf der Schule, aber manchmal habe ich das Gefühl, dass er vom Mars kommt.«

»Wohl eher aus einem Paralleluniversum.«

»Also, wozu brauchst du ihn, was hast du vor?«, fragte Liam und wischte sich den Mund mit einer Serviette ab.

»Das wirst du sehen.« Er schob sich die restlichen Pommes in den Mund, stopfte alle Verpackungen in die Papiertüte des Fast-Food-Ladens, stieg aus dem Wagen und betrat den Autohof.

Ein Junge, dem kaum der erste Oberlippenbart stand, fuhr einen Gabelstapler an eines der Autosandwiches heran, holte das oberste Fahrzeug herunter und transportierte es quer über den Platz auf einen anderen Stapel. Pete stand mit einer Zigarette im Mund unter einem alten VW-Bus und schlug mit einem Hammer gegen die Bremsscheibe. Unter den Schlägen wackelte die tragbare Röhrenlampe, die am Auspuffrohr hing und die Ölflecken auf seinem abgenutzten Blaumann strahlen ließ. Mit seinen offenen Haaren sah er wie Jesus aus, nur dürrer und größer. Als er die beiden Brüder sah, legte er den Hammer auf dem Rollcontainer für sein Werkzeug ab und nahm einen Zug von seiner Zigarette, welche die ganze Zeit über in seinem Mundwinkel steckte, als wäre sie ein Zahnstocher im Mund von Terence Hill.

»Die O'Connell Brüder. Solltet ihr nicht auf der Totenwache sein?«

»Und ist offenes Feuer in Betriebsstätten nicht verboten?«, schoss Liam in seiner lehrerhaften Art zurück.

Pete aschte in eine aufgeschnittenen Lebensmitteldose, die neben einem roten Kanister mit einem Feuersymbol und der Aufschrift *Entflammbar* stand.

Scott zuckte mit den Schultern. »Mein Bruder belehrt alles und jeden, das ist sein Ding, auch wenn es mich manchmal echt nervt, aber egal. Ich brauche deine Hilfe.«

Pete kratzte sich am Hintern und zog herzhaft die Nase hoch. »Und wobei?«

»Ich muss in die Garda Station, Liam fährt uns. Du musst für mich eine Szene machen, total ausflippen, so lange wie du kannst.«

»Du meinst eine Ablenkung? Wofür?«

»Das lass meine Sache sein«, wiegelte Scott ab.

»Wieso macht das nicht Liam?«

»Der hat einen Stock im Hintern, das nimmt dem keiner ab.«

»Aha. Und wieso sollte ich das machen? Wir waren in der Parallelklasse und nur weil sich unsere Mütter kennen, war ich gestern bei euch zur Totenwache. Glaubt nicht, wir wären Freunde.«

»Keine Sorge, ich will gar nicht dein Freund sein. Wenn du mir hilfst, erzähle ich dem Finanzamt nicht, wie viele Autos du schwarz reparierst.«

»Wer behauptet das denn? Bei mir ist alles angemeldet.« Pete gab sich unbeeindruckt.

»Ist doch egal. Wenn das Amt zur Prüfung kommt, werden die deine Daten in den Computer eingeben, deinen Bestand durchzählen, jedes Teil einzeln umdrehen und alle Daten digitalisieren.«

Pete kratzte sich nervös an der Brust.

»Und wenn die alle Informationen über dich zusammenhaben, leiten die das an die Zentrale weiter, wo der große Rechner steht und alles ins Internet einspeist. Fingerabdrücke, Lebenslauf, Blutgruppe – einfach alles. Und das wandert dann von Satellit zu Satellit, so oft, bis alle auf der Welt und darüber hinaus das Signal aufgefangen und ausgewertet haben.«

Pete drückte seine Zigarette in der Dose aus und pustete den Rauch entnervt aus. »So eine Scheiße, das ist Erpressung!«

»Ist mir egal, also, soll ich meine Anzeige gegen dich abgeben?«

»Nein, ist ja gut, ich mach's! Nur halte mir dieses neuartige Internet-Ding vom Leib. Ich ziehe mich um, dann komme ich raus. Aber ich fahre mit meinem eigenen Auto, das hat keine Elektronik und die da oben können mich dann nicht orten«, sagte er und rauschte in ein Hinterzimmer der Werkstatt ab.

Scott verschränkte zufrieden die Arme vor der Brust.

»Fingerabdrücke, Blutgruppe?«, flüsterte Liam ihm über die Schulter zu.

»Der Zweck heiligt die Mittel.«

»Aber die werden diesen Irren doch festnehmen, oder?«

»Nein, die Bekloppten will keiner. Der ist vogelfrei.«

»Scott, du meinst, dass er Narrenfreiheit genießt.«

»Ist das nicht dasselbe?«

»Vogelfrei ist ein Begriff aus dem Mittelalter und bezeichnet jemanden, der die Strafe der Ächtung …«

»Tu mir einen Gefallen, Liam«, unterbrach ihn Scott.

»Welchen?«

»Halt einfach mal die Klappe. Und mach dir um Pete keine Sorgen. Die werden ihn allerhöchstens hinauswerfen. Solange er mir Zeit verschafft, Caitlins Akte mit den befragten Fahrzeughaltern auszuleihen, ist er ein Held, der sich für die gute Sache opfert.«

* * *

Scott betrat den Flur zu den Büros der Garda Station. Auf der Dreierbank saß wieder derselbe Jugendliche, den er schon bei seinem letzten Besuch gesehen hatte. Mittlerweile trug er ein Nasenpflaster und seine geschwollene Unterlippe schmückten zwei Nähte. Noch immer trug er einen Gesichtsausdruck zur Schau, als hätte er das System verdienterweise vor den Kopf gestoßen und es allen Bossen auf der Welt gezeigt.

Scott nickte ihm zu, setzte sich neben ihn und wartete darauf, aufgerufen zu werden.

»Hey, dich kenne ich doch, Mister«, bemerkte der Jugendliche.

»Möglich«, antworte Scott knapp. Er wollte sich eher darauf konzentrieren, dass sein Plan aufging, und sich nicht mit dem Möchtegern von Draufgänger verzetteln.

»Wir haben uns schon getroffen. Ich bin Jaydee, der Mann, den keiner festhält.«

Etwas biss Scott ins Gedächtnis. »Jaydee, also JD?«

»Nein, Mister, das heißt *Jay* und *Dee*.«

»Kennst du eine Jane Darcy?«

»Ja, die Alte, die abgehau'n ist? Geiler Arsch.«

»Kennst du eine SM?«, wollte Scott wissen.

»Ich bin ein zärtlicher Lover, ich mache kein SM.«

»Nein, als Abkürzung, so wie JD, ein Name und Nachname.«

»Nee.«

»Vor zwei Monaten wollte Jane zu dir, habt ihr euch getroffen?«

»Nee, Mister. Die Bullen haben mich das auch schon gefragt. Und ich hab ein Alibi, ich war in Untersuchungshaft, als sie getürmt ist. Woher weißt du das eigentlich, besorgst du es ihrer Mum?«

Scott knirschte mit den Zähnen. Wäre der Knirps größer und älter gewesen, hätte der Idiot sich morgen für diese Bemerkung die Kauleiste erneuern lassen müssen. »Das geht dich einen Dreck an«, zischte er. Zumindest wusste er nun, dass Jane vor Melissas geschätztem Todeszeitpunkt verschwunden war und Caitlin nach Melissa gestorben war. Möglich, dass alles mit Jane begonnen hatte, oder mit SM? Gab es vielleicht noch andere, von denen er nichts wusste?

»Wer bist du überhaupt, Mister?«

»Scott O'Connell.«

Alien Pete kam herein. Er blieb direkt hinter der Tür stehen und vermied es, Scott anzusehen.

Jaydee hob die gefesselten Hände, schnipste mehrfach mit den Fingern und deutete auf Scott. »Du bist doch der Typ, der was mit der Toten hatte, hab von dir gehört, du bist jetzt berühmt, Mister, alle reden über dich.«

»Ich will nicht, dass man über mich redet.«

»Gibst du mir ein Autogramm?«

Scott riss der Geduldsfaden. »Hör zu, James Dean oder Jay-leck-mich-Dee«, fauchte er, »ich war mal genauso wie du. Keiner konnte mir etwas vorschreiben und der Tag war erst dann gut, wenn ich Ärger und Prügel gefunden hatte. Es wird damit enden, dass du in Übersee landest, während man alles abschlachtet, was du liebst. Mach weiter und du wirst bald selbst berühmt werden und wenn du es wagst, Stift und Papier zu zücken, hau ich dir beides um die Ohren! Hast du das kapiert?!«

Dem Jugendlichen fiel das Grinsen aus dem Gesicht. »Sorry, Mister, ich halt dann mal die Klappe«, stammelte er und rutschte auf seinem Hintern auf den letzten Platz des Dreiersitzes.

Scott lockerte die Fäuste, die er unbewusst geballt hatte.

Bayne öffnete die Glastür. »Mr O'Connell, der Kollege vom Empfang meinte, dass Sie mich sprechen wollen. Sie werden sich heute zu benehmen wissen, oder?«

»Ja, und ich wollte mich entschuldigen und nach dem Stand der Ermittlungen fragen, aber nicht hier im Flur, wenn es geht.«

Der Detective schätzte ihn ein paar Sekunden lang ab, dann winkte er ihm, mitzukommen.

Scott nickte Alien Pete sachte zu, so gemessen, dass nicht einmal James Dean die Geste hätte sehen können.

»Sie sind nicht der Erste, der ausflippt«, begann Bayne die Unterhaltung und lehnte sich auf seinem metallisch knarzenden Bürostuhl zurück. Die Lehne tippte kurz gegen den Aktenschrank, dann schwang der Detective wieder nach vorne. Er goss sich eine Tasse Earl Grey ein und stellte die gläserne Kanne auf den größten Aktenstapel auf dem Tisch. Dabei gewährte er einen Einblick auf den Schweißfleck in seiner Achsel, der sein weißes Hemd leicht gelblich färbte.

Scott war entschlossen, eine lange Entschuldigung auszubreiten, den Stress und die Trauer zu betonen, die er zurzeit durchlebte, und die Ereignisse, die ihn als Sanitäter auf Übersee geprägt hatten. Doch dann begann Bayne zu sprechen.

»Ich weiß noch, vor zwei Jahren hatten wir einen ähnlichen Fall. Damals ist hier, auf diesem Stuhl, auf dem Sie sitzen, eine Witwe ausgeflippt. Keiner hatte erwartet, dass sie nach einer ausfallenden Tirade ein Messer zieht und meine Kollegen damit in Schach hält. Sie hatte solche Kraft, dass es fünf Männer brauchte, um sie zu entwaffnen und kampfunfähig zu machen. Nach zwei Tagen Untersuchungshaft war der Spuk vorbei – dachte ich zumindest. Doch dann tauchte ein Bild von ihr in der Zeitung auf, mit zerschundenem Gesicht, als hätten wir sie hier misshandelt. Keine Ahnung, wo sie sich die Flecken eingehandelt hat, aber von uns war das keiner gewesen. Damals habe ich verstanden, wie sehr Medien eine Sache aufbauschen können. Der Bürgermeister war außer sich, er gab eine Untersuchung in Auftrag, dann eine weitere und ich musste ein ganzes Buch von einem Bericht schreiben. Weder wissen wir, wie sie das Messer hier hereinbringen konnte, noch wieso sie das überhaupt getan hat. Ihr O'Connell'scher Wutausbruch hat Erinnerungen an diesen Vorfall wachgerufen, obwohl es nicht ganz so heftig war wie das Ereignis, bei dem ein Mann sich mit einem Pferd …«

Scott blinzelte ungläubig. Bayne hatte nicht einmal auf eine Entschuldigung gewartet, sondern das Thema gewechselt und knallte ihm seine berufliche Laufbahn um die Ohren, in der er sich selbst über alle Maße lobte. Nach fünf Minuten Selbsthuldigung begann Bayne von seiner Schulzeit zu erzählen, in der er schon ein cleverer kleiner Junge gewesen sei, der die Dinge immer hinterfragt und ein gesundes Maß an Skepsis und Intelligenz besessen habe. Langsam bekam Scott das Gefühl, dass dieser Mann insgesamt sehr redselig war.

Scott versuchte, den Redeschwall auszublenden und zu lauschen, ob Alien Pete bereits mit seiner Aufgabe begonnen hatte. Zu Scotts Erleichterung hörte er schon die Stimme des Hünen dumpf durch das Glas des Büros.

»… eine Antenne an einem öffentlichen Briefkasten gesehen habe! Ich schwöre, sie überwachen uns und pflanzen ihre Brut in unsere Körper! Die Post haben sie schon und jetzt wollen sie mich!«, schrie Alien Pete immer lauter.

Bayne brach seinen Monolog ab, stand auf und sah durch das Glas. »Dieser Pete schon wieder. Auch so ein Mann, über den ich viel erzählen könnte.«

»Lasst mich los! Ihr seid auch von denen manipuliert, merkt ihr das nicht, ihr menschenähnlichen …«, brüllte Alien Pete.

Bayne schnaufte genervt. »Bleiben Sie hier, der hat mal wieder einen seiner Aussetzer«, sagte er und verließ das Büro.

Scott versicherte sich, dass alle Augen auf Pete gerichtet waren, und lief dann schnell auf die andere Seite des Schreibtischs. Er nahm die Kaffeekanne vom Stapel und stellte sie auf den Aktenschrank. Dann sichtete er Mappe um Mappe, Stapel um Stapel und suchte unter all den Beschriftungen den Namen seiner Verlobten. Als er einen Blick durch die Glaswand warf, sah er Alien Pete auf einen Schreibtisch klettern und mit einem aufgeklappten Tacker nach den Beamten schießen. Bei seiner Körpergröße und dem todernsten Gesichtsausdruck mit dem Speichel um Mund und Wangen wagte es keiner, ihn direkt anzupacken. Scott überlegte, ob Alien Pete ein guter Schauspieler war oder endlich eine Bühne gefunden hatte, um seinen Wahnsinn herauszulassen. Egal was es war, es verschaffte ihm ungeahnt viel Zeit. Scott zog mehrere Schubladen aus dem Aktenschrank und wurde langsam nervös, ob er überhaupt fündig werden würde. Bevor er sich weiter mit der Frage beschäftigen konnte, fand er endlich die Mappe, auf der Caitlins Name stand.

»Ah«, schallte es von draußen, als Alien Pete mit rudernden Armen um sein Gleichgewicht kämpfte. Doch der Sturz vom Olymp war unausweichlich. Krachend fiel er vom Tisch und wurde von vier Beamten aufgefangen. Bayne hatte die Hände in die Hüften gestemmt und schüttelte den Kopf.

Scott schlug die Schublade wieder zu, schob sich die Akte unter das Hemd und setzte sich so ruckartig wieder auf den Stuhl, dass dessen Füße noch kreischend auf dem Boden kratzten, als der Detective wieder hereinkam.

Als Bayne sich setzte und seine Krawatte richtete, versuchte Scott, ein aufgeregtes Atmen zu unterdrücken, was ihm schwerfiel. Doch seinen Schweiß konnte er nicht kontrollieren, der ihm die Stirn hinunterlief und drohte, ihn auffliegen zu lassen.

»Dieser arme Mann«, murmelte Bayne und griff ins Leere, als er die Kanne nicht auf dem obersten Stapel fand.

Während der Detective die Stirn in Falten legte, schlug Scotts Herz verräterisch laut. Die Kanne stand auf dem Schrank, dort wo er sie vorhin abgestellt hatte, um alles zu durchsuchen.

»Sie schwitzen«, bemerkte Bayne.

Scott nickte verhalten und hatte immer mehr Mühe, den Sauerstoffmangel auszugleichen, der sich durch seine mit Mühe ruhig gehaltene Atmung immer weiter aufstaute. Außerdem klebte die Papiermappe unangenehm auf seinem Bauch.

»Ich bekomme auch jedes Mal Schweißausbrüche, wenn dieser Mechaniker mit seinen außerirdischen Verschwörungstheorien anfängt«, gestand Bayne.

Alle Dämme brachen, Scott atmete tief ein und aus, fühlte sich erleichtert und wischte sich den Schweiß von der Stirn. »Es ist mir peinlich, aber so groß und irre wie der Typ ist, hatte ich echt Angst, dass ihn keiner überwältigen kann«, log er.

»Keine Sorge, wir sind hier schon mit ganz anderen Typen fertig geworden. Also, wo war ich stehen geblieben …«

»Danke, Mr Bayne«, begann Scott und drückte beim Aufstehen mit der Hand auf den Bauch, damit sein Diebesgut nicht herausrutschte. »Dieser Stress tut meinem Reizdarm nicht gut, wenn Sie erlauben, ich brauche jetzt eine Toilette«, improvisierte er und schaffte es zufällig, einen Furz herauszuquetschen.

»Gehen Sie, gehen Sie, draußen im Gang gibt es Besuchertoiletten«, sagte Bayne und stand auf, um ihm die Tür zu öffnen. Er verzog das Gesicht und hielt sich die Nase.

Scott erlebte ein kleines Glücksgefühl, als er aus dem Büro hinaustrat und an den Polizisten vorbeiging, die sich zu viert um den Randalierer versammelt hatten und versuchten, ihm Handschellen anzulegen.

Scott nutzte die Verwirrung und ging in den Flur, wo James Dean zusammenzuckte, als er ihn sah. Er ließ den jungen Mann links liegen und ging in Richtung Ausgang, während er sich schwor, nie wieder etwas so Bekloppttes zu tun.

* * *

Liam fuhr hinter einem Traktor her, dessen Anhänger so stark nach links und rechts zuckelte, dass die Heuballen darauf drohten, herunterzufallen.

»Geht's nicht schneller?«, fragte Scott ungeduldig, während er sich die Liste mit den befragten Personen in der Akte anschaute. Noch immer hafteten die grausigen Fotos vom Anfang der Akte in seinem Verstand, als habe er in einen Lichtblitz geschaut und könne den weißen Fleck nur langsam wegblinzeln.

»Man überholt kein landwirtschaftliches Fahrzeug, wenn der Hänger in jeder Kurve weit nach außen schwenkt und man nicht über die Straßenkuppe den Gegenverkehr sehen kann.«

»Danke, Mr Oberlehrer.«

»Wäre es zu viel verlangt, wenn du Deo benutzt?«

Scott roch an seinem Anzug, den er seit der Totenwache trug. »Stell dich nicht so an.«

»Bist du dir sicher, dass es dieser Typ ist?«

»Ja, er ist der einzige von allen Befragten, der einen Pick-up fährt.«

»Und wieso konnte die Garda diese Verbindung nicht erkennen?«, wollte Liam wissen.

»Keine Ahnung. Vielleicht wissen die nichts von den Spuren, die ich im Carport am Cottage gefunden habe.«

»Glaubst du wirklich, dass er der Bruder von Caitlin ist?«

»Ich wünsche es mir.«

»Ist es nicht möglich, dass Caitlin mit ihm …«

»Dafür habe ich jetzt keinen Kopf, Liam. Es muss eine andere Erklärung geben, eine, die alles auflöst. Hier steht, dass er an der Blackwater Bridge lebt. Die Polizei ist auf ihn aufmerksam geworden, weil er eine Rechnung für Klempnerarbeit ausgestellt hat, die sie vor sechs Wochen bezahlt hat. Er heißt Patrick Walsh.« Scott spürte das Gewicht der Desert Eagle, die er in der Innentasche seines Sakkos trug – diesmal hatte er sie nicht vergessen.

Liam blickte über die Schulter und überholte den Traktor. Danach scherte er wieder ein und näherte sich einer gemauerten alten Brücke. »Schau mal, auf der anderen Seite, zwischen den Bäumen, da steht ein Holzhaus.«

»Das passt zu dem Pick-up, scheint ein Naturbursche zu sein, unser Walsh.«

Liam setzte den Blinker und fuhr nach der Brücke auf einen Parkstreifen, der auf einen unbefestigten Weg zum Blockhaus führte. Der Jeep wippte nach links und rechts auf dem unebenen Boden und kam vor dem Haus zum Stehen.

Scott legte die Mappe ins Handschuhfach und stieg aus, um sich einen Überblick zu verschaffen.

Das Gebäude bestand aus Erdgeschoss und dem ersten Stock sowie einem überdachten Unterstand, unter dem ein himmelblauer Pick-up stand.

»Das ist er«, flüsterte Scott und sah die Roststelle am hinteren Radlauf.

»Hast du einen Plan?«, zischte Liam, der Scotts Nervosität übernommen hatte. »Wie gehen wir vor?«

»Bauchgefühl«, erwiderte Scott kurz angebunden und ging geduckt an jedes Fenster, um einen Blick nach innen zu erhaschen. Drinnen standen klobige Sitzmöbel aus Holz, die so wie der Boden mit Fellen belegt waren. An den Wänden hingen präparierte Forellen und Welse, deren Schuppen einen rötlichen Schimmer besaßen. Der größte, ein kapitaler Hecht, hing schräg am Treppenaufgang zum ersten Stock, wo hinter einem Geländer ein Bett stand.

»Was siehst du«, wisperte Liam, der sich neben ihn drängte.

»Keiner zu Hause.«

»Aber das Auto steht da.«

»Gut bemerkt, Sherlock.« Scott ließ vom Fenster ab und umrundete das Auto. Auf der Ladefläche lagen eine krebsrote Kühlbox, mehrere Angelrouten und ein metallener Werkzeugkoffer. »Ich wette, der Typ ist Angler, würde mich nicht wundern, wenn er gerade unten am Blackwater fischt.«

Sie verließen das Grundstück und kletterten die Böschung hinunter zum Fluss.

Scott hielt sich an den Ästen und Zweigen niedriger Bäume fest und machte einen Schritt nach dem anderen, um auf den glitschigen Wurzeln und Blättern nicht auszugleiten. Der Abstieg verlangte ihm viel Gleichgewicht und Balance ab, was seine Atmung beschleunigte. Die Luft war feucht und schmeckte erdig.

Auf den letzten Metern zum Flussufer blickte er nach links zur Blackwater Bridge, die grau und verwittert wie das Stück eines römischen Aquädukts aussah. Kleine Büsche und Moose wuchsen in brüchigen Kanten, die Zeit und Witterung in das gemauerte Bauwerk gefressen hatten.

Als Scott sich nach rechts drehte, sah er in etwa zwanzig Metern Entfernung einen bärtigen Mann, der über einem karierten Hemd eine scharlachrote Steppweste trug. Er warf seine Angel aus und drehte langsam an der Kurbel, um den Haken am Ufer entlang zurückzuziehen.

Scott senkte den Kopf wie ein Stier und marschierte los.

»Mach jetzt nichts Falsches«, sagte Liam zu ihm.

Schweigend lief Scott weiter, so lange, bis er fünf Meter vor dem improvisierten Lager stehen blieb, das aus Klappstuhl, einem Kasten mit Anglerausrüstung und einer Plastikplane mit einer Decke darauf bestand. »Patrick Walsh«, sagte er mit Stahl in der Stimme.

Der Angler wandte ihnen den Kopf zu. »Was seid ihr denn für zwei Affen?« Der Mann holte den Köder aus dem Wasser, bückte sich zu seinem Kasten und inspizierte mehrere Haken darin.

»Sie sind Patrick Walsh.«

»Ihr beiden verschreckt mir die Fische. Wenn ich euch so ansehe, fällt mir wieder ein, dass ich scheißen muss. Geht es um die Steuersache?«, wollte er wissen. »Oder gibt es einen anderen Grund, wieso Typen in schwarzen Anzügen am Blackwater stehen?«

»Caitlin«, antwortete Scott knapp.

Die Bewegungen von Walsh wurden langsamer. »Seid ihr Bullen?«

»Nein, schlimmer. Ich bin Scott O'Connell.«

Walsh zog ein großes Messer mit geschwärzter Klinge aus seinem Kasten, ließ die Angel fallen und stellte sich breitbeinig auf. »Es ist nicht so, wie es scheint.«

»Sag mir, dass du ihr Bruder bist«, zischte Scott zornig, der es kaum fertigbrachte, die Kiefer zum Sprechen voneinander zu lösen.

»Nein, bin ich nicht.«

»Wart ihr beide … habt ihr … hat sie …« Scott brachte es nicht über die Lippen. Eine Weile herrschte Ruhe und er hörte das Rauschen des Flusses, das in seinen Ohren immer lauter und lauter wurde.

»Es ist, wie es ist, geht jetzt«, forderte Walsh und hob bedrohlich das Messer.

Liam verließ Scotts Seite und lief einen Halbkreis um Patrick, was den Kopf des Mannes zwischen beiden hin und her zucken ließ.

Scott wusste, dass in solchen Situationen Verlass auf seinen Bruder war, der ihm bei Schulhofprügeleien schon ein paar Mal den Hintern gerettet hatte. Doch heute war es anders. Dies war kein Schulhof und die Sache war ernst. »Hast du sie mit diesem Messer ausgeweidet, Rambo-Walsh?«

»Ich muss dir gar nichts sagen. Und jetzt verpiss dich!«

»Mich beeindruckst du mit diesem Messer nicht. Wir leben in der Moderne, du Psychopath«, bemerkte Scott trocken, zog seine Waffe und lud sie mit einem satten, metallischen Klacken durch.

Patrick ließ das Messer fallen und hob abwehrend die Hände. »Das willst du nicht!«

»Es hat dich einen Scheiß interessiert, was ich wollte, als du …« Scott hielt nur mit Mühe seine Tränen zurück. »Knie nieder.«

»Bitte, das kannst du nicht machen!«

»Knie nieder!«, brüllte Scott.

Liam näherte sich dem Mann, kickte das Messer mit seinem Fuß von ihm weg und trat ihm in die Kniekehlen, sodass er zu Boden ging.

»Bitte, das könnt ihr doch nicht wirklich wollen!«, flehte er.

Scott ging auf ihn zu, blickte dem Mann in die Augen, die ihn schuldbewusst anstarrten, und schlug ihm mit der Waffe gegen die Schläfe.

Patrick kippte zur Seite und verlor das Bewusstsein.

Liam nahm das Messer an sich. »Was jetzt?«, wollte er wissen.

Scotts Herz pochte wild. »Ich weiß noch nicht, was ich mit ihm machen werde, aber du solltest jetzt wegfahren. Die Sache wird nicht gut ausgehen.«

»Ich habe eine bessere Idee, Scott, komm, pack ihn an den Füßen.«

* * *

Patrick hob langsam den Kopf von der Brust und blinzelte gegen das Licht der Pendelleuchte von Liams Werkstatt an. Er zuckte kurz mit den Gliedmaßen, konnte sich aber nicht bewegen, da Hand- und Fußgelenke mit Packband an den Stuhl fixiert waren, auf dem er saß. Das Blut an seiner Schläfe war getrocknet und klebte in seinem Vollbart und dem Kragen seiner Steppweste.

Scott stellte die Fließgeschwindigkeit der Kochsalzlösung, die aus einem Tropf in Patricks Arm floss, etwas langsamer ein. Einen bewusstlosen Mann im Kofferraum zu haben, während man in der Apotheke einkaufte, war ein seltsames Erlebnis gewesen, dass er lieber kein zweites Mal durchmachen wollte.

Scott setzte sich rittlings auf den Stuhl, der vor seinem Opfer stand, und stützte sich mit den Armen auf die obere Kante der Rückenlehne.

»Wo bin ich, was habt ihr mit mir gemacht?«, stammelte Patrick.

»Keine Sorge, ich bin Sanitäter. Das Zeug wird dir guttun. Ich will, dass du so fit bist, dass du mir alles erzählen kannst, was vorgefallen ist. Wieso du das getan hast und wieso es ausgerechnet Caitlin sein musste«, forderte er kühl.

Patrick zog erneut an den Fesseln, rutschte mit dem Hintern auf der Sitzfläche herum und versuchte, den Stuhl zum Kippen zu bringen.

»Vergiss es. Wenn mein Bruder etwas kann, dann ist es eine Sache planvoll anzulegen. Das Möbelstück ist mit Winkeln am Boden befestigt. Wenn hier eine Bombe einschlägt, wirst du noch immer sitzen.«

Patrick sah sich hektisch um, atmete sichtlich schneller und schluckte. Schweiß hatte sich auf seiner Stirn gebildet und glänzte im Licht. »Du musst das nicht tun!«

»Ich weiß.« Ein Teil von Scott wusste, dass er tatsächlich die Wahl hatte, doch die Rache, die sein Innerstes auszehrte, hatte bereits entschieden. »Aber ich will es. Du hast es ja auch gewollt und hast es dir einfach genommen. Nicht wahr?«

»Hör zu, Mann, ich habe Detective Bayne schon alles erzählt. Ich war nur als Handwerker dort, ehrlich, es ging um eine Erweiterung des Cottage, ich habe nur die Anschlüsse gelegt und ein marodes Rohr ausgewechselt, das ist alles, ehrlich!«

»Du sagst also die Wahrheit?«

»Einhundert Prozent, ich schwöre auf Jesus!«

Scott drehte seinen Kopf in Richtung Werkbank, wo er Hammer, Stemmeisen, dicke Textilscheren, eine Säge und Nägel bereitgelegt hatte. In Sachen Folter war dies sein erstes Mal, daher hatte er Liam, bevor er losgefahren war, um eine Plane zu holen, um Werkzeuge gebeten, die besonders bedrohlich aussahen. Vielleicht würde der Mann auspacken, wenn er sah, wie ernst es Scott war. »Du schwörst also auf Jesus?«

»Ja, das tue ich!«

Scott stand auf, nahm sich Hammer und Nagel vom Tisch und setzte sich damit wieder auf seinen Stuhl. »Jesus wurde für seine Überzeugung ans Kreuz genagelt, denkst du, dass du dich mit ihm vergleichen kannst?«

»Nein, wenn ich genauer darüber nachdenke, nicht wirklich.«

»Wenn du noch einmal den Namen eines Heiligen von irgendeiner Religion in deinen schmutzigen Mund nimmst, dann schwöre ich dir beim Andenken an meine Verlobte, dass ich ihn dir zunageln werde, hast du das verstanden?«

Patricks Unterkiefer zitterte, während er eifrig nickte.

»Gut, ich sehe, du lernst dazu. Also, wieso warst du wirklich bei ihr?«

»Wegen dem Rohr, ich habe nur …«

Scott warf Hammer und Nagel auf den Tisch, schoss hoch und boxte dem Mann in den Bauch.

Patrick keuchte vor Schmerz und hustete.

»Du lügst. Wieso sollte ein Handwerker nachts am Haus der Totenwache halten, wenn er nur seine Arbeit gemacht hat? Erklär mir das!«

Die Tür ging auf, Liam kam mit einer zusammengefalteten Plane herein. »Hast du schon ohne mich angefangen, Scott?«

»Ich habe ihm nur erklärt, dass ich ihn kreuzige, wenn er nicht spurt.«

»Hast du gewusst, dass es nicht die Römer waren, die mit der Kreuzigung begonnen haben? Es waren die …«

»Nicht jetzt, Liam. Leg die Plane unter ihm aus, ich will dir nicht den Boden vollsauen«, sagte Scott.

Das Entsetzen in Patricks Augen wuchs, während sein Mund langsam aufklappte. »Okay, ich habe gelogen, ich geb's ja zu. Es ist einfach passiert, es war keine Absicht!«

Liam ließ sich nicht dabei stören, die Plane sorgfältig auszulegen und sie an den Stellen mit den Stuhlbeinen einzuschneiden, damit sie passte. Danach holte er sich ein Tapetenmesser aus der Schublade unter der Werkbank und lehnte sich mit verschränkten Armen an die Holzplatte.

»Ich will alles wissen!«, forderte Scott.

»Caitlin und ich«, Patrick schluckte, »kannten uns schon aus dem Kinderheim in Dublin. Wir haben uns aus den Augen verloren und dann, eines Tages, erfahre ich, dass sie hier lebt und habe Kontakt aufgenommen. Ich war so glücklich, sie wiederzusehen, und wir haben nur etwas getrunken, ganz harmlos, in einem Café. Sie erzählte mir von dir und dass du als Sanitäter auf See bist und erst nach einigen Monaten nach Hause zurückkehrst und sie sich so einsam fühlt. Als ich ihr davon erzählt habe, dass ich Handwerker bin, hat sie mir erklärt, dass sie an ihrem Cottage anbauen möchte und ob ich mir das mal anschauen kann. Natürlich konnte ich ihr das nicht ausschlagen, aber dann war da diese Flasche Wein und die alten Gefühle aus unserer Kindheit …«

»Ein Flasche Wein?«

»Ich war betrunken und sie auch, eins ging ins andere über …«

»Eins *glitt* ins andere über«, berichtigte ihn Scott und presste seine Hände zu Fäusten so dicht, dass er Kohle zu Diamanten hätte pressen können.

»Ja, ich … wir haben miteinander geschlafen. Wir waren schon lange vor dir ein Paar gewesen. Verstehst du, was das bedeutet?«

»Nein, erkläre es mir.«

»Da waren Gefühle im Spiel. Die flammten plötzlich wieder auf, wir wollten dir nichts Böses tun, aber sie wollte es ja auch.«

»Sie hat meinen Heiratsantrag angenommen«, erklärte Scott.

»Ich weiß, sie hat mir davon erzählt, aber sie wollte dir nicht wehtun, weil sie dich liebte.«

Scott spürte, wie ihm das Herz ein zweites Mal brach, genau an der Stelle, wo die Trauer seiner Verletzung nicht einmal Zeit gelassen hatte, frische Narben bilden zu können. »Du wagst es, über ihre Liebe zu mir zu sprechen?!«

»Nein. Aber ihr kanntet euch noch nicht so lange, wie sie mich kannte, und für uns war es, als ob wir wieder Familie haben. Sie hatte den Plan gefasst, mit dir Schluss zu machen, wenn du wieder zu Hause wärst.«

»Sie war *meine* Familie!«, kreischte Scott vor Wut, stand auf und schlug dem Mann ins Gesicht. Etwas knorpeliges knirschte unter seiner Faust.

Patrick heulte auf vor Schmerz.

Scott kickte seinen eignen Stuhl quer durch die Werkstatt und stellte sich vor dem Schwein auf. Der Mann blutete aus der Nase und spuckte roten Speichel auf die Plane. »Also, Patrick Walsh, was für eine Frau war Caitlin?«

»Was?«, fragte er in nasalem Ton.

»Ihr Charakter, den meine ich.«

»Direkt, das Herz auf der Zunge«, antwortete Walsh.

»Genau. Also kann das, was du erzählst, nicht ganz stimmen. Sie hätte niemals eine Verlobung mit mir angenommen, wenn sie das nicht aus ganzem Herzen gewollt hätte. Wie kann das alles wahr sein, fehlt da nicht etwas?«

»Ich schwöre beim Heiligen …«

Als Scott Hammer und Nagel vom Tisch nahm, schrie Patrick auf. »Nein! Okay, ich geb's zu. Sie wollte nicht mehr und meinte, das alles sei ein Fehler.« Ein blutiger Speichelfaden seilte sich von seiner Lippe ab. In der Werkstatt roch es plötzlich nach Urin, als sich sein Schritt dunkel verfärbte. Angst loderte in seinen Augen, während er zwischen Liam und Scott hin- und herschaute. »Ich habe Geld, okay, genug für euch beide. Ihr müsst mich nur gehen lassen, dann gebe ich es euch, Ehrenwort!«

»Du hast die Garda belogen und auch mich, zweimal sogar«, begann Scott und schüttelte den Kopf, »doch so langsam bekomme ich die Wahrheit aus dir heraus. Also, sag mir, was hast du getan, als sie dich abwies.«

»Ich bin gegangen, ehrlich, und habe nichts mit dem zu tun, was in der Zeitung steht.«

»Du hast sie nicht zufällig vergewaltigt, dann das ungeborene Kind aus ihrem Leib geschnitten und sie wie Müll hinter einem Supermarkt abgeladen?«

»Kind?«, fragte Patrick mit schriller Stimme. »War sie … ich wusste nicht, dass sie schwanger ist!«

»War«, berichtigte Scott. Er wollte kein Wort mehr glauben und setzte die Mündung seiner Pistole an die

Stirn des Mannes, der ihm alles genommen hatte, wofür es sich zu leben lohnte. Sein Finger ruhte auf dem Abzug, eine kleine Krümmung würde ausreichen, dann würde Caitlin morgen, nach ihrer Beisetzung, in Frieden ruhen. Aber er wollte es hören, aus dem Mund der Bestie, er sollte seine Tat endlich zugeben.

Patrick begann zu schluchzen. »Ja, verdammt, ja, ich wusste es. Ich wollte, dass sie es wegmachen lässt, aber sie hat sich geweigert, weil es Mord wäre.«

»Und dann hast du es weggemacht.«

»Nein, ich schwöre auf meine Mutter, auf meine Ahnen, auf alles, dass ich ihr so etwas nie hätte antun können!«

Scott wusste nicht, was mehr wehtat. Dass er betrogen, dass Caitlin grausamst getötet worden war oder dass dieser Drecksack es noch immer wagte, zu schwören. »Hör auf zu schwören«, schrie Scott. Er bebte vor Wut, spannte den Hahn und fletschte die Zähne.

Patrick schloss die Augen, weinte, schluchzte und jammerte. »Bitte, bitte, bitte.«

Scotts ganzer Arm zitterte, während er mit seinen Dämonen rang. Immer wieder blitzten Bilder vor seinen Augen auf, von ihrem Leichnam, von dem Froschtattoo an ihrem Hals, von den grausigen Bildern in der Akte, die er von Bayne gestohlen hatte. All diese Eindrücke rangen mit den guten, die unter all seiner Trauer und Wut nach oben schwemmten. Caitlins Lachen, ihr gespannter Gesichtsausdruck, wenn sie wieder etwas gekocht hatte und ihn probieren ließ, ob es gut war. Und ihre Wärme, wenn er morgens neben ihr aufwachte, sich an sie kuschelte und weiterschlief. Vielleicht hatte sie ihn betrogen, vielleicht nicht. Vielleicht war die Schwangerschaft ein Beweis dafür, vielleicht nicht. Vielleicht hatte sie verstanden, dass sie einen Fehler gemacht hatte, und sich vorgenommen, ihm alles zu gestehen, vielleicht aber auch nicht. Dennoch hatte sie es nicht verdient zu sterben und schon gar nicht auf solch eine widerwärtige Art. Alles Böse und Gute rang in seiner Seele, kämpfte um die Kontrolle seines Abzugsfingers. Und dann gab es da noch etwas anderes, subtiler, tiefer, als dringe es vom Boden eines ausgetrockneten Brunnenschachts nach oben. Und diesem Etwas gefiel, wie sich die Waffe in seiner Hand anfühlte, alle Macht in seiner Faust lag und die Lage sich seiner Kontrolle unterwarf. Scott blickte Liam in die Augen, sah die Erkenntnis darin aufleuchten, dass sein Bruder ihm bis in die Tiefen seiner Seele hineinblickte und das erkannte, was Scott selbst nicht sehen wollte. Er fühlte sich nackt und bloßgestellt. »Ich *will* es nicht«, zischte Scott, biss die Zähne zusammen und senkte langsam die Waffe.

Noch während sich ein schmales Lächeln auf den blutigen Lippen des Gefolterten abzeichnete, griff Liam Walsh in die Haare und schlitzte ihm in einem Zug den Hals auf. Das Blut floss wie ein Collier aus flüssigen Rubinen über seine Haut und lief über den Kragen seiner Weste, auf seinen Schoß und tropfte auf die Plane. Patrick röchelte, doch während sein Lebenssaft ihn verließ, wurde er ruhiger, ließ den Kopf in den Nacken sacken und starrte mit glasigem Blick zur Decke hinauf.

Scott stand reglos und starrte. Der Mann tat ihm nicht leid, nicht im Geringsten. Ein Teil von ihm empfand sogar tiefe Befriedigung, das Arschloch sterben zu sehen. Trotzdem fühlte es sich nicht gut an, ein Monster zu sein, wie dieser Abschaum es war. »Liam, wieso hast du das getan?«

»Weil du es nicht konntest, Bruder.« Liam schnitt die Fesseln an Hand- und Fußgelenken durch, wuchtete den Leichnam auf die Plane und holte einen Eimer mit Sägespänen, die er so verteilte, dass sie das Blut aufsogen und die Sauerei auf der Plane blieb. Er zog die Armbanduhr und den Ring des Toten ab und legte sie in eine alte Dose, die auf der Werkbank stand.«

»Ist es nicht besser, wenn wir seinen Schmuck wegwerfen?«, stammelte Scott.

»Nein, ich will mich an dieses Schwein erinnern.« Liam holte mehrere Rollen Klebeband aus dem Regal und begann, Patrick wie eine Wurst in die Plane einzurollen und zu verpacken. »Scott, du siehst blass aus. Keine Sorge, ich mache das hier schon. Geh nach Hause, vergiss diesen Typ, du hast jetzt deine Rache.«

»Was machen wir mit der Leiche?«

»Keine Sorge, ich lasse mir etwas einfallen. So einen Idioten wird keiner vermissen. Geh jetzt, trauere, morgen sehen wir uns zur Beisetzung, wenn ich alles bis dahin erledigt habe.«

Scott atmete tief, hielt die Luft an, bis er Sterne aufblitzen sah, und ließ sie dann langsam über seine zusammengepressten Lippen entweichen. »Danke«, sagte er.

»Kein Problem.«

»Ich meine für alles, dass du mir so oft beistehst. Und auch damals in der Schule.«

Liam schaute auf und schenkte ihm ein Lächeln. »Wir sind Brüder, das gehört für mich dazu. So einfach ist das.«

Mit zitternden Händen legte Scott die Waffe auf der Werkbank ab, richtete sich den Anzug und verließ ohne ein weiteres Wort die Werkstatt.

»Die Ägypter nahmen ihre Zeit als Ära der Hochkultur wahr. Wir nennen es heute Altertum.
Die alten Griechen bezeichneten ihre Gegenwart als den Gipfel der Zivilisation. Wir nennen es heute Antike.
Die Ritter des europäischen Festlands sahen sich als den Nabel der Welt und den Höhepunkt an Gelehrsamkeit. Wir nennen es heute Mittelalter.
Wir selbst definieren unsere Zeit als Moderne. Doch schon morgen nennen es andere …«

Entzauberung der Mythen und Irrtümer, Kapitel 16,
«Die Moderne – ein konstruierter Begriff«

16 Inspiration

Anna Caffrey

»Sie mir im Weg stehen«, bemerkte Isabella barsch, während sie versuchte, an Anna vorbei eine Porzellanschüssel mit Frühstückswürsten auf die Anrichte zu stellen.

Anna hielt einen großen Teller in der Hand, ließ die Hausdame gewähren und stach, noch während Isabella die Schüssel abstellte, nach zwei Würsten.

»Haben heute viel Hunger? Erlebnis mit schöne Mann gestern?«

Anna schmunzelte. Ihr Teller war voll mit Toast, Butterstücken, gebackenen Bohnen, mehreren Scheiben Edamer und Honig, der eine Brücke vom Brot bis zu den Bohnen bildete und mit der Soße verlief. »Erlebnis ja, Mann nein«, antwortete sie in derselben Ausdrucksweise wie Isabella und streifte die Würste von der Gabel auf ihren Teller ab.

»Noch wie lange da sind?«, wollte Isabella wissen und stellte eine Kaffeekanne auf den Tisch.

Anna schnappte sich das Behältnis und nahm es in die Armbeuge, griff sich eine Tasse mit der linken Hand und testete mit einer angedeuteten Kniebeuge, ob sie alles halten können würde. »Ich denke, noch etwa drei Wochen.«

»Das seien lange Zeit für Isabella. Sie zu früh kommen, zu spät gehen, machen Flecken in Teppich von Zimmer und andere Gäste kein Respekt, keine Ahnung von Ordnung, nix Sauberkeit«, beschwerte sie sich und blickte von ihrer Arbeit kaum auf.

»Ich hab Sie auch lieb«, sagte Anna, schob sich eine Wurst in den Mund und ging die Treppe hoch.

Kay kam ihr entgegen. »Anna, guten Morgen, was geht bei Ihnen ab, Sie sind gestern einfach abgehauen?«

Anna biss die Wurst ab und ließ den Rest auf den Teller fallen, da sie keine freie Hand hatte. »Muss arbeiten«, meinte sie mit vollem Mund. »Sue Murphy.«

»Was, wer?«

Anna rauschte an ihr vorbei, öffnete mit dem Fuß die Tür ihres Zimmers, die sie einen Spalt weit aufgelassen hatte, und stakste durch die Blätter mit den Krankendaten ihrer Patienten, die wie ein Puzzle auf dem Boden aneinandergereiht lagen. Zuerst ließ sie die Kanne aus ihrer Armbeuge auf den Schreibtisch gleiten, legte den Teller daneben ab und schenkte sich gleich eine Tasse mit schwarzem Kaffee ein. Allein der Duft weckte ihre Sinne, die sich nach einer solch kurzen Nacht kaum erholt hatten. Viele Gedanken waren ihr durch den Kopf geschossen und sie hatte überlegt, wie sie die Sache mit Kay knacken konnte. Als heute Morgen auf ihrem Laptop endlich die Krankenakten der drei eingetroffen waren, hatte sie die Idee gehabt, sich auf das Einzige zu konzentrieren, was sie in all den Jahren der Selbstkasteiung und des Studiums bis zum Erbrechen gelernt hatte: analytisches Denken.

Sie bugsierte sich das restliche Stück Wurst in den Mund und spülte mit Kaffee nach.

Es klopfte an der Tür. »Lady Caffrey?«, rief Vernan.

»Ja, kommen Sie herein.«

Als Vernan hereinkam, zog er die Brauen hoch, als habe er eine Maus gesehen. Auf einem Silbertablett trug er einen Stapel Papiere. »Lady Caffrey, ich habe die restlichen Ausdrucke für Sie dabei.«

Anna ging zu ihm und nahm sich die Dokumente. »Danke, Vernan.«

»Wenn ich bemerken darf, Mylady, Sie sind außerordentlich fleißig.«

»Das ist lieb von Ihnen, Vernan.«

»Gerne, Mylady. Ihre Patienten scheinen in guten Händen zu sein. Gestern hat Sir Brennan darum gebeten, dass ich ihm zeige, wie man ein Pferd mit Hufen beschlägt.«

»Sprechen wir von Mick Brennan, dem Partyhengst?«

»Ja, mir scheint, dass seine sorgsam aufgerichteten Bierdosentürme, die den ehrenwerten Big Ben beschämen würden, zwar immer noch Isabella verärgern, doch er scheint sich nun auch für gute, harte Arbeit zu interessieren.«

Anna nahm noch einen Schluck Kaffee und schmunzelte danach.

»Mögen Sie etwas Irish in Ihren Kaffee, Mylady?«

»Nein, danke, heute nicht, ich habe viel zu tun.«

Vernan deutete ein Nicken an und verließ sie wieder.

Anna stellte ihr Getränk zur Seite, verteilte jedes einzelne Blatt in dafür vorgesehene Lücken auf den Dokumententeppich und markerte, wie auf den anderen Bögen, bestimmte Stellen an. Danach stieg sie aufs Bett und sah sich alles an.

Mit rot waren die Nahtoderlebnisse bei allen dreien gekennzeichnet, mit gelb der Beginn der Behandlung beim jeweiligen Psychologen und mit blau die einzelnen Diagnosen. Das alles wirkte wie eine Landkarte. Durch die vielen Besuche bei den Therapeuten hatten sich viele Seiten mit Verlaufsprotokollen angehäuft, die mit Besuchen bei verschiedenen Hausärzten, Psychiatern und Neurologen sowie Visiten bei Institutsambulanzen von Nervenkliniken durchsetzt waren. Insgesamt war es ein chronologischer Ablauf der medizinischen Behandlung eines jeden von ihnen. Der Aktenberg begann jeweils mit dem Eintritt des Nahtoderlebnisses. Das Rot brachte praktisch eine Flutwelle blau markierter Stellen mit sich.

Anna überlegte, ob es eine Verbindung der Nahtoderlebnisse gab. Doch weder vom Zeitpunkt noch in der

Art und Weise des auslösenden Ereignisses gab es einen Zusammenhang. Auch ihre Ängste waren unterschiedlich. Bei Declan war es eine Sozialphobie und innere Spannung; bei Kay die Drogensucht und die Autoaggression; bei Mick der Narzissmus, der aus einem Vater-Sohn-Konflikt resultierte. Sie waren alle unterschiedlich, hatten aber die Albträume und den Nahtod als verbindendes Element. Dennoch verstand Anna nicht, wieso Kay als Einzige von den dreien stur und fest darauf beharrte, tatsächlich in Muckross Abbey gewesen, sogar dort getötet worden zu sein, ohne den Platz je betreten zu haben. Zwar wurde in ihrer Akte, genauso wie in den anderen, von wahnhaften Störungen berichtet, allerdings weigerte sich Anna, die Schilderung von Trauminhalten gleich als wahnhaft abzutun, wie es ihre fehlgeleiteten Kollegen taten. Denn schon Sigmund Freud hatte festgestellt, dass Träume der Schlüssel zum Unterbewussten waren.

Anna hievte ihr Buch mit dem Titel Arten von Traumata vom Schreibtisch und blätterte bis zu der Stelle, die von Störungen handelte, die tiefenpsychologisch behandelt werden konnten. Doch so viel sie auch überflog, es gab keine Stelle, die ihr zu einer Lösung verhalf. Jedoch blieb ihr eine Passage im Kopf hängen, die als Kommentar in der Fußzeile stand und eine Technik erklärte.

> *Analytisches Denken – beschreibt die Zerlegung eines komplexen Sachverhalts in einzelne Teile, um sie einzeln nach dem Wenn-Dann-Prinzip zu bewerten und die Gesamtkonstruktion zu begreifen.*

Anna überlegte, ob sie das auf diese Situation anwenden konnte. Was, wenn es ein Ereignis gab, das ursächlich für die Unstimmigkeiten war, etwas Simples, das sie übersah? Möglich, dass der Nahtod wie die grellen Scheinwerfer eines Autos bei nächtlicher Fahrt alles überschattete, aber die Lösung unscheinbar im dunklen Waldrand neben der Straße lag.

Sie überflog noch einmal Kays Akte, von den Säuglingsuntersuchungen, die alle problemlos abgelaufen waren, bis zum medizinischen Check bei Schuleintritt und auch die schwere Lungenentzündung, die sogar im St. Joseph's Hospital in Killorglin am Ring of Kerry behandelt werden musste. »Ring of Kerry?«, murmelte Anna und erinnerte sich, dass diese Landstraße an Killarney und einer Menge anderer Ortschaften vorbeiführte. Im Bericht des Krankenhauses stand die Stadt Killorglin als Adresse. War es möglich, dass Kay nach dem Krankenhausaufenthalt mit ihren Eltern von Killorglin aus einen Abstecher nach Killarney, nach Muckross Abbey, gemacht hatte? Dagegen sprach, dass sie versicherte, dass ihre Mutter sich nicht erinnern würde, je mit ihr dort gewesen zu sein.

Anna dachte an die Goldkette, holte sie unter ihrem Hemd hervor und rieb daran, als könne sie der Kontakt auf eine Idee bringen. Etwas musste an diesem Ereignis dran sein, denn es war die einzige Verbindung zu Killarney und Kay.

Sie hob den Bericht vom Boden auf und setzte sich damit an den Schreibtisch. Der Arzt berichtete von einer dreitägigen Behandlung, die sogar in der Isolierstation hatte durchgeführt werden müssen. Darunter standen noch die Blutwerte und eine Liste mit Antibiotika und Schmerzmitteln. Abschließend erklärte er, dass die Patientin genesen in die Weiterbehandlung des Hausarztes entlassen werde.

Insgesamt gab der Bericht nicht viel her. Vielleicht war es besser, der Klinik einen Besuch abzustatten. Als behandelnde Ärztin mit den Schweigepflichtentbindungen würde man ihr Auskunft geben.

Sie zog sich ihre Strickjacke über und machte sich auf den Weg.

***

Nach zwanzigminütiger Autofahrt über den Ring of Kerry hatte Anna die Ausläufer von Killorglin erreicht und näherte sich mit ihrem VW Käfer einer steinernen Brücke, deren Geländer mit Moosen bewachsen war, auf denen der leichte Nieselregen wie Strasssteine glitzerte.

Auf der linken Seite stand die metallene Statue eines Ziegenbocks, der mit seinem gekrönten Haupt und seiner stolzen Haltung auf einem Stein wie ein herrschaftliches Monument wirkte. Auf einem Schild unter seinen Füßen stand *King Puck*.

Anna war so irritiert von dieser Darstellung, dass sie um ein Haar eine alte Frau mit einem Einkaufswagen umgefahren hätte, aus dem Lauchstängel herauslugten. Sie zuckte zur Seite der Brücke und hob drohend den Zeigefinger.

Anna richtete schuldbewusst die Augen wieder geradeaus und drosselte ihr Tempo, während sie die Brücke auf der anderen Seite verließ.

Die Straße führte bergauf, vorbei an bunten Häusern in Blau, Rot, Gelb, Weiß und Grün, die hin und wieder von einem steingemauerten Gebäude in ihrer Regenbogenoptik unterbrochen wurden. Ihre Fassaden strotzten vor Werbeschildern mit Aufschriften wie *Health and Beauty, Eat'n'chill, Breakfast here*. Besonders häufig wurde das Angebot von *Free Wi-Fi* angepriesen, das praktisch an jeder Haustür und sogar an einem Briefkasten klebte. Anna ahnte schon, dass der gesamte Ring of Kerry so etwas wie ein Touristenmagnet für Reisehungrige aus aller Welt sein musste.

Sie schaute noch einmal auf die Navigation auf ihrem Handy, das sie in einen fragilen Stand zwischen dem ausgezogenen Aschenbecher und der Metallkante darüber drapiert hatte. Es blieb noch eine Fahrstrecke von etwa zehn Minuten, entlang des Flusses Laune am anderen Ende der Stadt.

* * *

Nach ein paar Kreuzungen und mehreren Schildern, auf denen der Geißbock prangte, erreichte sie das Gelände des St. Joseph's Hospital.

Sie fuhr auf den Parkplatz und stellte das Auto ab.

Die Klinik besaß eine sandgelbe Backsteinfassade, aus der links und rechts zwei moderne, verglaste Gebäudeflügel herausragten und dem Bau eine zeitgemäße Optik verliehen.

Anna nahm sich die Akte mit den unterschriebenen Erklärungen der Patienten und betrat durch die automatische Schiebetür das Hospital. Sofort schlug ihr der dezente Geruch nach Desinfektionsmitteln entgegen. Das Licht der Deckenbeleuchtung glänzte auf den frisch gereinigten Bodenfliesen aus wolkig grauem Marmor.

Am Empfang saß ein Mann, der den Hörer zwischen Schulter und Wange eingeklemmt hatte, während er auf seiner Computertastatur tippte. Als er sie sah, verabschiedete er sich von seinem Gesprächspartner, legte auf und lächelte sie an. »Guten Morgen, was kann ich für Sie tun?«, fragte er.

»Hallo, ich bin Anna Caffrey, Psychologin an der Dublin University. Ich suche einen Dr. …«, sie schlug ihre Mappe auf, weil sie sich den Namen des Arztes nicht hatte merken können, »einen Dr. Singh.«

Der Mann nahm den Hörer ab, wählte eine Nummer und wartete. »Ja, hier Morrisson vom Empfang, ist Dr. Singh heute im Haus? Eine Mrs Coffee möchte ihn sprechen.«

»Äh, nein«, unterbrach ihn Anna, »Miss Caffrey.«

Der Mann hörte noch eine Weile zu, dann legte er auf. »Sie haben Glück, die Studentengruppe hat für heute abgesagt. Er kann Sie in zehn Minuten empfangen. Gehen Sie bitte in den zweiten Stock in den Aufenthaltsraum mit dem Panoramablick, er kommt zu Ihnen, sobald er im Labor fertig ist.«

»Danke.« Anna verließ den Empfang und ging zum Aufzug.

Als die Tür sich öffnete, schob sich mit ihr zusammen eine alte Dame in den Aufzug, die einen Tropf schob und sie mit missmutigem Gesicht anstarrte. »Arbeiten Sie hier?«, fragte sie mit brüchiger Stimme.

»Wieso fragen Sie?«

»Sie klammern sich an Ihre Akte.«

Anna wurde bewusst, dass sie mit der Akte, die sie sich an die Brust drückte, aussah wie eine Ärztin auf Visite durch die Station. »Jeder hat etwas zu tun«, wiegelte sie ab und war froh, als der Aufzug anhielt und sich öffnete, was ihr den Rest des Gesprächs ersparte.

Sie ging raus, schaute nach links, dann nach rechts und entdeckte am Ende des Flurs einen lichtdurchfluteten Raum. Nach etwa zwanzig Metern hatte sie ihn erreicht.

Mehrere Tische und Stühle standen vor einer bodentiefen, breiten Fensterfront, die an einem großen Fertigkaffeeautomaten abschloss. Daneben hingen Bilder an der Wand, die das Hospital in früheren Jahren zeigten, als es noch keine Anbauten besaß und auf dem Parkplatz Autos standen, die nicht wesentlich jünger als ihr Käfer waren.

Anna ging an die Scheibe und warf einen Blick hinaus.

Unten spannte sich eine alte Eisenbahnbrücke über den Fluss. In mehreren flachen Rundbögen lag die rostige Stahlkonstruktion auf den gemauerten Füßen, die sich aus dem Gewässer erhoben. Die Bahnlinie sah stillgelegt aus. In der Mitte marschierte ein einsamer Dudelsackspieler über den Kies, wobei seine Melodie kaum durch die Doppelverglasung des Aufenthaltsraums drang.

Anna legte ihre Akte auf einem der Tische ab und zog sich einen Kaffee aus dem Automaten. Der Becher war so heiß, dass man ihn nur oben am Rand anfassen konnte.

Sie setzte sich und überflog noch einmal kurz den Bericht, um auf das Gespräch vorbereitet zu sein.

Nach einer Weile kam ein Mann, Mitte vierzig, mit weißem Kittel und einem apricotfarbenen Turban zu ihr. Er trug einen gepflegten, schwarzen Bart und schenkte ihr ein Lächeln. »Sie müssen Dr. Anna Caffrey sein«, begrüßte er sie mit indischem Akzent.

»Der Doktortitel kommt noch, bis dahin reicht Anna. Sie sind Dr. Singh, nehme ich an.«

Als Antwort deutete er nur auf sein Namensschildchen und schenkte ihr ein süffisantes Lächeln.

Anna war froh, dass der Mann einen gewissen Sinn für Humor hatte, das würde die Unterhaltung vielleicht etwas lockerer gestalten helfen.

Er setzte sich, prüfte den Sitz seines Turbans und steckte sich den Kugelschreiber, den er in der Hand hielt, in sein Revers. »Was verschafft mir die Ehre?«

Anna nippte vorsichtig am Kaffee und entschied, dass sie keinen weiteren Tropfen mehr von der widerlichen Brühe trinken wollte, die nach dem Fleischsaft einer zu Tode verbrannten Bohne schmeckte. »Das ist ja ein scheußliches Getränk.«

»Wie gut, dass die Dublin University hier ist, um mir diese Erkenntnis zu präsentieren«, spöttelte er und lächelte so breit, dass seine hellen Zähne in seinem dunklen Gesicht strahlten.

Anna mochte diesen Mann. Er war entwaffnend und auf seine Art sogar irgendwie anziehend. »Dr. Singh, der Kaffee hat nichts mit meinem Besuch zu tun.«

»Da bin ich aber beruhigt.«

»Es geht um eine Patientin, Kay McLennan, sie war als kleines Kind mal hier gewesen, vielleicht erinnern Sie sich nicht mehr, aber in den Papieren steht Ihr Name.« Sie schob ihm den Bericht und die Schweigepflichtentbindung vor.

Dr. Singh warf nicht einen Blick auf die Unterlagen. »Kay McLennan«, sagte er und machte eine Bewegung mit der Hand, als wolle er ein Taxi wegwinken, in das er nicht einsteigen wollte. »Wie könnte ich das vergessen. Seitdem habe ich graue Haare unter meinem Turban. An dem Tag herrschte Bettenknappheit und wir waren personell unterbesetzt. Ein absolutes Chaos in den Zimmern und den Gängen. Ich war damals Assistenzarzt hier und gleich meine zweite Patientin war ein kleines Mädchen namens Kay McLennan. Ihre Mutter kam mit ihr im Arm auf mich zumarschiert, hat mir ihre Tochter übergeben, die kaum noch ansprechbar war. Wissen Sie, einen Frischling kann so eine Situation schockieren«, sagte er und tippe sich gegen die Stirn. »Sie lag drei Tage bei uns auf Isolierstation, da wir anfangs nicht wussten, was sie hatte.«

»Und was genau hatte sie?«

»Eine Pneumonie, eine Lungenentzündung, die Kleine lag im Delirium. Die Mutter hat uns später erzählt, dass sie einen Tag vorher in den Fluss gefallen sei.«

»Kann man davon ins Delirium fallen?«

»Ja, es kommt zwar nicht so oft vor, dass Kinder eine Lungenentzündung haben, aber das kann einen lebensbedrohlichen Zustand hervorrufen. Ich weiß noch, dass ich froh war, dass mir eine der erfahrenen Schwestern bei der Diagnose geholfen hat.«

»Sie sind ehrlich, was?«

»Wohl eher demütig. Manchmal bekommen wir solche Fälle rein, bei denen wir rätseln – jeder kluge Kopf kann uns weiterhelfen.«

»Ist Ihnen bei der Patientin etwas aufgefallen, etwas, das sie nicht notiert haben?«

»Nicht, dass ich wüsste. Worauf wollen Sie hinaus?«

»Kay befindet sich momentan bei mir in Behandlung. Sie hatte eine Nahtoderfahrung und hat daher psychische Probleme. Ich möchte wissen, ob es vielleicht ein auslösendes Ereignis in ihrer Krankengeschichte gibt.«

»Sie meinen einen Trigger? Das kann ich nicht mit Bestimmtheit sagen. Damals haben wir sie in gebessertem Zustand entlassen. Wir haben zwar kein psychiatrisches Konsil einberufen, aber sie war zu allen Qualitäten orientiert, hatte keine Ich-Störung oder sonstige Auffälligkeiten. Das Einzige war ihr reduzierter Allgemeinzustand, nichts, was man nicht mit guter Ernährung wieder hätte ausgleichen können.«

Anna atmete durch. Das war nicht die Antwort, auf die sie gehofft hatte. »Kennen Sie eine Sue Murphy?«, fragte sie ins Blaue.

Dr. Singh überlegte einen Moment, holte dann sein Handy aus der Tasche und tippte darauf etwas ein. »Mal sehen, was die Datenbank sagt, aber so wie ich das hier sehe, hatten wir zwar einige Murphys hier, aber keine Sue Murphy. Hängt das mit Kays Fall zusammen?«

»Keine Ahnung«, gestand Anna.

»Hat die Nahtoderfahrung mit dem Delir zu tun, Miss Caffrey?«

»Nein, das kam viel später, die große Kay hatte eine Überdosis.«

Dr. Singh schüttelte den Kopf. »Da rettet man ein Leben, damit es sich ein paar Jahre später selbst zerstören kann? Manchmal verstehe ich nicht, was in dieser Welt schiefläuft. Ich hoffe, Sie können ihr helfen.«

»Das hoffe ich auch, allerdings fehlt mir der Ansatz. Sagen Sie, glauben Sie an Seelenwanderung?«

Der Arzt zog die dichten Brauen zusammen und blickte sie ernst an. »Wegen meines Turbans bin ich also automatisch so etwas wie ein Yogi, ist das nicht rassistisch?«

»Äh, nein, so war das nicht gemeint, ehrlich«, ruderte Anna zurück und schämte sich in den Boden.

Dr. Singh lachte auf. »Ich nehme Sie nur auf den Arm, alles gut. Tatsächlich glaubt meine Familie unter anderem an Wiedergeburt, das Samsara. Jede Seele wird so oft wiedergeboren, bis die Seele erlöst wird.«

Anna musste sich erst einmal fassen. Zwar mochte sie seinen Sinn für Humor, nicht aber, dass er sie vorführte. Dennoch schien er der richtige Gesprächspartner für diese Frage. »Also, ja oder nein?«

»Was?«

»Glauben Sie daran? Sie haben diese Frage nur ausweichend beantwortet und Ihre Familie vorgeschoben.«

»Ich bin Arzt, ich habe studiert und eine Doktorarbeit eingereicht. Ich bin ein Mann der westlichen Medizin.«

»Sie glauben an die Wissenschaft.«

»Nicht unbedingt. Die Wissenschaft hat Grenzen, beispielsweise berechnen wir die Gravitation eines schwarzen Lochs, aber bisher hat kein Mensch ein solches bereist und wir haben nicht einmal eine Sonde dahin schicken können. Außerdem hat Einstein Theorien aufgestellt, die erst Jahrzehnte später belegt werden konnten. Und es gibt nicht messbare Dinge wie die Mutter-Kind-Bindung, dennoch wissen wir alle, dass es sie gibt und sie so stark ist, dass eine Mutter McLennan einem jungen, indischen

Assistenzarzt für seine Grünohrigkeit eine Ohrfeige verpassen kann, die auch Jahre danach noch auf seiner Wange schmerzt.«

»Sie weichen mit Witzen aus. Ich frage sie noch einmal, ja oder nein?«

Der Arzt lehnte sich auf seinem Stuhl zurück und sah sie lange an. »Keine Ahnung. Und Sie?«

Anna stutzte.

Glaube. Übersinnlich. Metaphysisch.

Diese Begriffe wirbelten in ihren Gedanken herum und suchten sich einen Platz an den teflonbeschichteten Rezeptoren ihres Gehirns, das sich mit solchen Worten nicht anfreunden wollte. Die Mutter-Kind-Bindung war tatsächlich ein gutes Beispiel. Allerdings war Dr. Singh kein Psychologe und konnte nichts mit der Prägung durch die Schwangerschaft und Geburt anfangen, den affektiven, also gefühlsbetonten Verschaltungen zwischen den Synapsen, die stärker waren als gewöhnliche Verbindungen. Ärzte beäugten die Arbeit von Psychologen ohnehin oft mit einem mitleidigen Lächeln, ohne zu wissen, wie wichtig sie war, und dass auch die Psyche nur ein Organ war, das erkranken, schwächeln, aber auch heilen und gestärkt werden konnte. »Ich bin mir nicht ganz sicher, aber ich denke, dass Dinge erklärbar sind. Sie haben es selbst gesagt, dass Einstein Theorien aufgestellt hat, die erst Jahrzehnte später bewiesen werden konnten. Ich kann …«, sie ballte die Hand zur Faust, »ich werde das Problem lösen.«

»Sie scheinen fest überzeugt zu sein. Aber wieso unterhalten wir uns um zehn Uhr morgens über Seelenwanderung, Wiedergeburt und Glaube?«

»Kay denkt, sie sei an einem Ort gewesen, an dem sie noch nicht war. Das ist Bestandteil ihrer Nahtoderfahrung.«

»Ist sie dann nicht eher wahnhaft? Dagegen gibt es Psychopharmaka.«

»Tabletten sollten immer die letzte Wahl sein.«

»Medikamente, ein bisschen psychologisches Händchenhalten, schon sieht die Welt wieder anders aus«, meinte er und lächelte sie an.

Sie wusste nicht, ob sie über den Tisch springen und ihn erwürgen oder einfach so oft mit seinem Kugelschreiber auf sein arrogantes Grinsen einstechen sollte, bis es starb. Mit einem einzigen Satz hatte er das Leiden einer Patientin einfach als Fantasterei abgetan, Medikamentenabhängigkeit verherrlicht und die Psychologie als buckligen, aber im Haushalt nützlichen Bruder der Medizin abgestraft. Vor zwei Tagen hätte sie an dieser Stelle den Schwanz eingezogen und hätte das Thema gewechselt, um ihre Wut zu unterdrücken. Aber heute ließ sie ihren Filter weg. »Wann haben Sie sich eigentlich von der Pharmaindustrie kaufen lassen? Melden Sie sich ruhig bei meinen Kollegen zur Behandlung, wenn Sie irgendwann ausgebrannt sind und Ihre Frau Sie auf die Straße setzt, weil Sie mit der Krankenschwester vögeln!«

Anna klappte die Akte zu, stand auf und rauschte ab. Sie warf keinen Blick zurück, denn ihr Gesicht war puterrot und ihr war es irrsinnig peinlich, was sie ihm an den Kopf geworfen hatte. Es war ein Impuls gewesen, mehr nicht. Ihr Herz pumpte und aus jeder Pore drang Schweiß. Aber gleichzeitig war es wie ein Rausch, ein Gefühl, das sich wie … wie ein Sieg anfühlte.

Sie ging am Aufzug vorbei, wollte nicht riskieren, dass sie warten musste und er sie dann eventuell zum Gespräch stellte. Schon nach dem Öffnen der Tür zum Treppenhaus bereute sie diese Entscheidung. Der Alarm ging an und hallte schrill an den blanken Betonwänden. Sie eilte die Stufen hinunter, gelangte in die Eingangshalle und eilte nach draußen. Feiner Nieselregen fiel auf ihr erhitztes Gesicht, während der Klang des Dudelsackspielers über den ganzen Parkplatz hallte.

Erst nachdem sie im Käfer saß und die Mappe auf den Beifahrersitz gelegt hatte, griff sie mit beiden Händen ans Lenkrad und lehnte die Stirn an. »Die Aktion war so … gut«, gestand sie sich ein und grinste. Zwar war der Abgang theatralisch gewesen und hätte aus dem Drehbuch eines Bollywoodstreifens stammen können, aber der Rest war klasse gewesen. Wut tat gut. Der Arzt hatte eine blöde Bemerkung gemacht und sie hatte sofort zurückgeschossen. Wieso musste sie sich jahrelang hinter einem Schreibtisch verstecken, wenn sie das Zeug besaß, sich zu wehren?

Obwohl die Suche nach den Spuren von Sue Murphy sich wieder einmal als Sackgasse erwiesen hatte, fühlte sich Anna gestärkt und inspiriert. Sie drehte das Radio an, wechselte zwischen den Sendern und fand einen, der *Free Fallin'* von Tom Petty spielte. Das Lied befand sich am Anfang, der Künstler sang langsam, allein, dann setzte zu der Gitarre auch das Schlagzeug ein, gab der Melodie Körper und begleitete den Sänger zum krachenden Höhepunkt, den er wie eine Rockhymne in die Welt hinausschrie.

Anna schmetterte so laut den Refrain mit, dass zwei Omas auf der Bank vor der Klinik ihre Köpfe nach ihr drehten.

Ihr stellten sich alle Härchen am Körper auf und sie hatte das Gefühl, aus sich selbst herauszubrechen.

Es gab nur Anna. Den Käfer. Das Lied. Sonst nichts.

* * *

Als Anna zurückfuhr, passierte sie auf der Hauptstraße von Killorglin mehrere Läden, die sich alle auf ihren bunten Reklameschildern mit *Free Wi-Fi – Café- – Books – Cookies 'n' more* titulierten.

Ihr Magen knurrte und sie hatte keine Lust, dass Isabella ihr eine Nahtoderfahrung mit dem Nudelholz verpasste, wenn sie sich wieder außerhalb der Essenszeiten etwas aus der Küche holen wollte. Letztlich musste es nichts Großes sein, ein Cookie mit Kaffee würde schon reichen. Doch besser war ein saftiger, frischer Cookie mit Schokoladensplittern, Walnüssen, einem Überzug aus Mini-Marshmallows und Himbeeren, die so klebrig waren, dass die Kiefer beim Kauen aufeinander schmatzten. Allein beim Gedanken lief ihr das Wasser im Mund zusammen. Die Vorfreude auf Belohnungsschokolade war tatsächlich viel größer als die auf Trostnaschwerk. Moment – war das nicht ein und dasselbe?

Sie fuhr in einen freien Park Slot, stellte den Motor aus und betrat den nächstbesten Laden, der Cookies im Schaufenster hatte.

Beim Eintritt bimmelte ein Glöckchen über ihrem Kopf.

»Hi«, sagte ein junger Mann, der kaum älter als zwanzig war, desinteressiert am Tresen stand und durch Snowboard-Angebote auf seinem Tablet scrollte. Er trug seine langen, gewellten Haare als Pferdeschwanz und sein Kapuzenpulli war mindestens zwei Nummern zu groß.

Anna blickte sich erst im Laden um. Es gab drei kleine Bistrotische und Stühle, deren Lack abgenutzt und zerkratzt war. An den Seiten der Bücherregale, die mit abgegrabbelten Büchern vollgestopft waren, stand das Wi-Fi-Passwort *4yalawn*.

Obwohl es keine Aschenbecher gab, lag über allem der Hauch von Nikotin, als habe sich der Laden einst von einer Kneipe zu einem Hipster- und Backpackerclub gewandelt.

Anna schaute in die Auslage am Glastresen und entdeckte zwischen rosa und braun glasierten Cookies tatsächlich ein Exemplar, auf dessen Oberfläche Schokosplitter und Himbeerstücke glänzten. Zwar fehlten die Marshmallows, doch das war egal. »Den da«, sagte sie. »Und einen Kaffee, nein, Caffè Latte«, fügte sie hinzu.

Der Verkäufer drehte sich zur Maschine und begann mit der Zubereitung. Nach wenigen Handgriffen und etwas Dampf stellte er das schaumige Getränk in einem langhalsigen Glas bereit und holte den Cookie mit einer Zange aus der Auslage. »Das macht 6,20 Euro, Lady. Wie wollen Sie zahlen?«

»Mit Karte«, sagte Anna stolz und reichte ihm die Kreditkarte.

Er wickelte die Zahlung mit ihr ab, stellte ihre Order auf einem kleinen Tablett zusammen und überreichte es ihr.

»Sagen Sie mal, diese Bücher, sind die zum Leihen oder zum Kaufen?«

»Läuft beides hier, kein Ding. Sie können lesen – und wenn Ihnen was gefällt, können Sie es gegen Cash bei mir kaufen.«

Anna brachte ihre Sachen zu einem der Tische und stellte alles ab. Danach schaute sie die Regalfächer nach einer Broschüre durch, in der sie zum Caffè Latte schmökern konnte. Viele der Bücher handelten von esoterischen Reisen von irgendwelchen Popstars, die von ihren Selbstfindungstrips erzählten, und wie viele unterschiedliche Arten in wie vielen unterschiedlichen Ländern es gab, sich den Hintern abzuwischen. Am häufigsten fanden sich jedoch Reiseführer für Trips entlang des Ring of Kerry. Danach gab es auch noch vereinzelt andere Themengruppen wie Sport oder Kultur-Dating für Reisende.

Zwischen all den abgegriffenen Büchern, aus denen teilweise lose Seiten herauslugten, befand sich auch eine kleine Ecke mit Alltagspsychologie. Anna führte den Finger über die einzelnen Buchrücken: Kleiner Almanach des

Ichs; Entzauberung der Mythen und Irrtümer; Hypnose – Die Macht des Unterbewussten; Liebe und andere Neurotransmitter; Erlebnispädagogik auf dem Land. Neben den anderen, Müdigkeit versprechenden Lektüren, wirkte der letzte Titel fast schon heiter. Anna nahm das Buch heraus und setzte sich. Schon nach dem ersten Bissen in den saftigen Cookie entspannte sie sich. Trotz der Tatsache, dass es in der Villa Bedienstete und pompösen Luxus gab, war es nur ein Arbeitsplatz, an dem man sich nie wirklich zurücklehnen und abschalten konnte.

Während sie langsam mit dem langstieligen Löffel ihr Heißgetränk umrührte, schlug sie das Buch auf und blätterte die Seiten nach einer Stelle durch, die ihr zusagte. Etwa in der Mitte befand sich ein kleines Bild, auf dem ein Pferd mit einem lachenden Kind darauf abgebildet war. Anna erinnerte das an die Reitstunde mit Vernan, die sie selbst wie ein Kleinkind hatte aufleben lassen, und las den Text dazu.

»Tiere haben einen Zugang zu uns, den andere Menschen nicht haben. Denn sie sind Wesen, die im Gegensatz zu uns noch die Verbindung zu ihren Instinkten haben und auch nur nach diesen handeln. Sie werden weder von Zukunftsängsten geplagt noch verspüren sie den Drang, anderen gefallen zu müssen. Oft werden Hunde zu therapeutischen Zwecken eingesetzt. Dabei konnte schon in vielen Studien beobachtet werden, dass sich der Vierbeiner an den Menschen anpasst und auf einer Ebene auf den Betroffenen einwirkt, die nicht verbal erreichbar ist. Auch mit Pferden ist das möglich. Zusätzlich ermöglicht das Reiterlebnis neben dem Spaßfaktor auch die Vertrauensbildung zum Tier, den Zugang zum Natürlichen und die Loslösung vom Alltag.«

Anna nippte an ihrem Glas und wischte sich mit dem Handrücken den Schaum von der Oberlippe. Im Studium und auch bis jetzt hatte sie sich immer nur mit den schweren Themen beschäftigt. Doch vielleicht war sie wie Dr. Singh, der seine Kompetenz hinter lateinischen und altgriechischen Begriffen suchte und nicht die Eier in der Hose hatte, auch andere Lösungsansätze zu verfolgen, die nicht in medizinischen Fachzeitschriften unter dem Bild eines weißbärtigen Mannes standen, der in möglichst selbstbewusster Denkerpose seine sündhaft teure Armbanduhr präsentierte.

Anna fand die Einfachheit des erlebnispädagogischen Ansatzes inspirierend. »Was kostet das hier?«, fragte sie und hob das Buch zum Verkäufer.

Er warf kurz einen Blick auf das Cover. »Nix, das Ding krieg ich eh nicht los, behalten Sie es.«

Anna las noch eine weitere Seite und überlegte dann, wie viele Pferde Lady McMurrough besaß. Und mit etwas Glück hatte Vernan heute Zeit und würde mit ihr eine kleine Reitstunde für die Patienten geben. Natürlich würde sie davon kein Wort im Bericht erwähnen, weil die Therapie ausschließlich auf Gruppensitzungen und *Flooding* ausgerichtet war.

Sie nahm noch einen Bissen vom Cookie und las weiter.

»Etwa fünf Prozent unserer Gesellschaft besteht aus Psychopathen und knapp vier Prozent aus Soziopathen. Nur ein kleiner Teil davon sitzt im Gefängnis, da nicht alle durch Kriminalität auffallen bzw. nicht erwischt werden.«

Entzauberung der Mythen und Irrtümer, Kapitel 1,
»Warum meine Familie mich immer wieder verletzt«

17 Vertrauen

Anna Caffrey

»Lady Caffrey, die Pferde sind bereit, wie Sie gewünscht haben. Soll ich die Gentlemen und Lady McLennan holen?«

»Das wäre nett, Vernan«, bedankte sich Anna und rümpfte die Nase über den herben Geruch im Pferdestall.

Vernan verließ sie und ging zur Villa.

Anna schaute sich um.

Auf der linken Seite gab es vier Pferdeboxen, aus denen sie alle vier Tiere mit interessiertem Blick musterten. Auf der rechten stand eine lange Sitzbank, über der Sättel, Stiefel, Reitgerten, Lederriemen und andere Reitutensilien an der Bretterwand hingen.

Sie lief über den mit Stroh bedeckten Boden und setzte sich auf die Bank, direkt vor das Stiefelpaar, das Vernan für sie bereitgestellt hatte. Nachdem sie das Buch über Erlebnispädagogik zur Seite gelegt hatte, zog sie ihre Schuhe aus und schlüpfte in die Stiefel, die gut passten. Das Leder knarzte, als die Fäden über die Ösen daran zogen und es um die Wade spannte.

Eines der Pferde wieherte und zuckte mit den Nüstern, als sich mehrere Fliegen darauf niederließen.

Nachdem Anna fertig war, sah sie auch schon Vernan, der mit den anderen im Schlepptau zu ihr marschierte.

»Ich klettere auf keinen Fall auf so ein doofes Pferd!«, beschwerte sich Kay mit angewidertem Gesichtsausdruck. Vor dem Stall blieb sie stehen und schüttelte den Kopf. »Da kommt meine Frisur durcheinander und meine Schminke.«

Mick ging ohne Berührungsängste an eine der Boxen und stellte sich vor das Gitter. Er legte seine Hände an den Pferdekopf und streichelte ihn. »Sind doch voll zahm, hab dich nich' so, Satanspüppi. Ich zeig dir gleich, wie ein mongolischer Krieger reitet.«

»Du Blödmann weißt doch nicht mal, wo die Mongolei liegt. Du machst wieder nur Show!«

Declan näherte sich ihm vorsichtig, blieb dann stehen und kaute an seinen Nägeln. »Die Viecher sind ja viel größer als im Fernsehen«, bemerkte er mit unsicherer Stimme.

Anna stand auf und machte ein paar Schritte in den Reitstiefeln, die ihr das Gefühl gaben, eine richtige Reiterin zu sein. Ein Blick über die Gesichter der drei verriet ihr, dass sie diese mit der Aktion aus der Komfortzone geholt hatte. »Heute werden wir einen gemeinsamen Ausflug machen. Bitte ziehen Sie sich alle Reiterstiefel an, die Größen dürften nicht exakt passen, aber Sie müssen ja auch nicht laufen. Die Pferde sind bereits gesattelt und Vernan wird jedem von Ihnen beim Aufsetzen helfen.«

Vernan öffnete das Gitter und holte eines der Pferde heraus. »Ladys und Gentleman, linker Fuß in den Steigbügel auf der linken Flanke, dann folgt ein beherzter Schwung mit dem rechten Bein über das Pferd. Dann einfach in den rechten Steigbügel und schön am Knauf festhalten.«

Kay schüttelte den Kopf. »Was, wenn mich das Scheißding herunterwirft?«

»Kein Sorge, Lady Kay, alle diese Tiere sind abgerichtet und haben schon viele der Hausgäste, die weitaus weniger hübsch und mutig waren, als Sie es sind, sicher vom Hof und wieder zurückgebracht. Sie folgen alle der grau gescheckten Stute, der Chefin, die ich an den Zügeln führen werde. Sie müssen nur sitzen, alles andere, seien Sie gewiss, macht das Tier von selbst.«

»Is' wie freihändig Autofahren«, fügte Mick hinzu und band sich die Stiefel.

»Sir Mick, wenn Sie möchten, helfe ich Ihnen als Erstem in den Sattel.«

»Ähm, also, ladies first, oder?«, stammelte er.

Kay verschränkte die Arme. »Na, jetzt geht dir die Düse, was, Großmaul?«

Mick biss die Zähne zusammen, ließ sich von Vernan in den Steigbügel helfen, setzte die linke Hand auf seine Schulter und ließ sich in den Sattel dirigieren. Er rutschte halb ab und krallte sich so fest in den Knauf, dass er wie ein Bergsteiger wirkte, der eine schwierige Passage meisterte. Als er gerade saß, hielt er sich mit beiden Händen fest und machte einen angespannten Eindruck.

Kay hatte die Arme vor der Brust verschränkt, pustete eine Haarsträhne aus ihrem Gesicht und setzte sich neben Anna, um sich die Stiefel anzuziehen. »Was der Prollo kann, kann ich auch«, stellte sie klar.

Declan setzte sich neben sie und wechselte auch die Schuhe. »Man sagt, dass Pferde es merken, wenn man nervös ist, vielleicht rauche ich schnell noch einen Joint, bevor es losgeht, also nur, um das Pferd zu beruhigen.«

Anna schmunzelte. »Keine Sorge, Vernan weiß schon, was er macht. Beim ersten Mal war ich auch nervös und es ist nichts passiert.« Sie ging zum zweiten Pferd und ließ sich von Vernan auf die weißgescheckte Stute helfen. Anders als beim letzten Mal, hatte sie nicht mehr so wahnsinniges Herzklopfen und freute sich. Dennoch war es weder leicht aufzusteigen noch eine entspannte Haltung annehmen zu können, wenn man so weit oben saß und keinerlei Kontrolle hatte.

Nachdem Vernan auch den anderen in den Sattel geholfen hatte, kam er zu Anna zurück, nahm die Zügel ihrer Stute und führte sie langsam auf den Hof hinaus.

In einem Moment aus Aufregung und Spannung glitten Annas Mundwinkel unkontrolliert nach oben. Sie hatte noch keinen Mut, sich einfach im Sattel nach hinten zu drehen, aber an den *Ah-* und *Uh*-Rufen merkte sie, dass sich die anderen Tiere auch in Bewegung gesetzt hatten und ihre Patienten alle Mühe hatten, Kontrolle gegen Vertrauen einzutauschen.

Lady McMurrough stand auf ihrem Balkon und winkte wie die Queen of England, mit sparsamer Geste dem Reiterzug zu. »Nehmt ihr Bran mit auf die Jagd? Er ist schon ganz unruhig«, rief sie, während eine Brise an der Krempe ihres rosafarbenen Huts zupfte.

Anna winkte zurück und schenkte ihr ein Lächeln. »Wie geht es der Dame des Hauses?«, fragte sie in der Absicht, sich von ihrer Unsicherheit auf dem Rücken der Stute abzulenken.

»Der Lady geht es gut«, antwortete Vernan und suchte kurz Annas Blick. In seinen Augen veränderte sich etwas. »Vor ein paar Jahren beliebte sie noch draußen zu sein, ihre noch lebenden Bridge-Freundinnen zu treffen und bei Treibjagden zuzuschauen. Doch mittlerweile besinnt sich die Lady auf das ruhige Leben in ihrem Zuhause.«

Anna rang mit sich, ob sie ihn darauf ansprechen sollte oder nicht. Sein Blick hatte ihr zu verstehen gegeben, dass er etwas ahnte. »Wissen Sie, Vernan, ich denke, dass die Lady …«

»Nicht mehr die Jüngste ist«, vollendete Vernan ihren Satz. »Meine Familie ist schon lange im Dienst der McMurroughs. Meine Großmutter hat bei ihrem Vater als Hausmädchen gearbeitet. Man war gut zu ihr und es hat ihr an nichts gemangelt. Auch meine Eltern haben in der Villa gearbeitet und jetzt bin ich da.«

»Leben Ihre Eltern in Killarney?«

»Ja, mein Vater. Meine Mutter ist vor zwei Jahren von uns gegangen.«

»Was für eine Frau war sie?«

»Sie war gütig und tugendhaft, Mylady. Wenn ich hinfiel, hat sie mich getröstet, und wenn mein Vater zu streng zu mir war, gab es zum Abendbrot mein Lieblingsessen, Irish Stew mit Rosmarinkartoffeln. Die Kombination ist wahrlich schlecht, aber das esse ich heute noch gern.«

»Vermissen Sie sie?«

»Welcher Mann vermisst nicht seine Mutter? Schließlich hat jeder Mensch nur eine davon, man sollte sie daher zu schätzen wissen. Außerdem war ich als Junge sehr ungezogen und sie hat mich trotzdem geliebt, das muss ich ihr hoch anrechnen.«

»Sie waren ungezogen? Das kann ich mir nicht vorstellen.«

Vernan warf einen Blick nach hinten. »Ich war so umtriebig wie Sir Mick, bis mich der damalige Stallmeister von Sir McMurrough unter seine Fittiche genommen hat. Der Umgang mit den Tieren hat mich Demut und Geduld gelehrt.«

»Dann wurden Sie durch die Tiere rehabilitiert?«

»Das kann man so sagen, Lady Caffrey. Natürlich war der Stallmeister kein professioneller Therapeut, wie Sie zweifellos einer sind, aber allein seine Ruhe und Ausstrahlung haben mir schon weitergeholfen.«

»Ich bin kein Profi, ich habe noch nicht einmal einen Doktortitel.«

»Sie scheinen dennoch genau die richtige Person für diese Aufgabe zu sein, Lady Caffrey, denn Ihre Gruppe legt anscheinend keinen großen Wert auf hochtrabende

Titel. Manchmal ist die Haltung entscheidend, nicht die Länge des Namens.«

Wie schon öfter wirkten Vernans Worte wie Balsam auf ihrer Seele und sie dachte darüber nach, welch beachtliche Karriere er gemacht hätte, wenn er Psychologe geworden wäre.

Vernan führte die kleine Gruppe in das kleine Wäldchen vor dem Haus und drehte mit ihnen eine große Runde um das Anwesen, während die Abenddämmerung voranschritt.

* * *

Die orangegoldene Sonne stand noch knapp über der Schindelkante des Haupthauses und dehnte die Schatten der Villa bis über den Hof zum Reitstall. Die Pferde standen in ihren Boxen, hatten die Köpfe durch die breiten Gitter geschoben und zupften vom Hafer, das Vernan zu kleinen Haufen vor ihnen aufgetürmt hatte. Schweißtropfen glänzten auf ihren dunklen Hälsen.

Anna schnitt mit einem Jagdmesser die dicke Rebhuhnsalami in Scheiben, nahm danach das krustige Schwarzbrot in die Armbeuge, schnitt auch davon Stücke herunter und legte sie auf den kleinen Klapptisch, der nur unwesentlich stabiler aussah als die Holzschemel, auf denen sie alle saßen.

Mick stand vor ihnen und vollführte einen torkeligen Stand. »So hat unser Teufelsgirl aufm Pferd ausgesehen«, sagte er und lachte.

Kay hatte die Arme vor der Brust verschränkt und gab sich sichtlich Mühe, nicht zu lächeln. Es war ihr anzumerken, dass sie Mühe hatte, sich nicht von Micks gewinnender Art anstecken zu lassen.

Declan grinste breit, schob sich ein letztes Stück Wurstbrot in den Mund und griff nach dem Joint, der hinter seinem Ohr steckte. Er schaute schuldbewusst zu Anna und verzichtete dann auf seinen Rauchgenuss. »Du hast aber auch nicht besser ausgesehen, Mick.«

Mick pumpte seine Brust auf und machte ein ernstes Gesicht. Dann prustete er und lachte auf. »Ja, bei mir sah's nicht besser aus. Mein Pferd war cool wie Eis, aber mir ging die Düse. Du warst der Einzige von uns, der gut ausgesehen hat. Wie machst du das?«

»Der labert nicht so viel wie du!«, mischte sich Kay ein und schüttelte den Kopf. »Weniger Blabla, mehr Taten.« Sie stand auf und ging zu einer der Boxen. Langsam, aber bestimmt legte sie ihre Hand auf die Stirn eines der Pferde und streichelte sie. Ihre Miene war undurchdringlich.

Während Declan und Mick weiter herumblödelten, ging Anna zu Kay und sah sie fragend an. »Kay, geht es Ihnen gut?«

»Die beiden sind doof. Aber bei Tieren geht es mir anders, die sind so, wie sie sind, ohne Fake und solchen Scheiß. Hätte nicht gedacht, dass mir ausgerechnet so ein Reiche-Leute-Blödsinn wie Reiten Spaß machen würde.«

»Tiere sind die besseren Menschen. Ist es wegen Mick und seinen Scherzen? Der meint das nicht so.«

»Nein, es ist nicht wegen ihm. Declan und Mick sind … naja … die sind eigentlich ganz okay.«

»Was ist es dann?«

»Vernan ist so gut zu mir und die beiden Jungs machen Action, auch Sie tun mir gut. Aber wenn das hier vorbei ist, gehe ich wieder zurück ins echte Leben, zu den bescheuerten Hirnis, die mich nicht für voll nehmen. Vielleicht halte ich einfach die Klappe, lasse mich nicht mehr therapeutisch behandeln und unterdrücke alles.«

»Noch haben wir Zeit, Kay. Es ist möglich, dass wir es schaffen, Ihnen zu helfen.«

»Danke, Anna, aber ich bin anders als die Jungs. Die beiden scheinen zu akzeptieren, dass sie sich diese Orte irgendwie eingebildet haben. Doch mit diesem Traumtagebuch habe ich immer mehr das Gefühl, dass mein Traum, nein, meine Erinnerung, echt ist. Ich habe eine Scheißangst, dass ich nicht dicht bin, dass ich tatsächlich wahnhaft bin. Wie lange kann das dann gut gehen, wenn ich meinen Sohn wieder habe? Vielleicht bilde ich mir noch andere Sachen ein oder werde so eine bekloppte Psychomami mit Borderline.«

»Keine Sorge, Kay, Sie haben kein Borderline.«

»Woher wollen Sie das wissen?«

»Weil ich Ihre Psychologin bin.«

»Klingt erschreckend logisch.«

»Machen Sie sich keine Sorgen, lassen Sie die Zeit für sich arbeiten und versuchen Sie nicht, alles zu erzwingen. Es gibt Menschen, die unbelehrbar sind und in ihrer Dummheit sogar glücklich sind.«

Anna schaute ihr in die Augen und erkannte, dass sie immer noch Zweifel hatte. Unter all dem Intellekt war sie nur ein kleines, verunsicherte Mädchen, das seine Rolle in der Welt noch nicht gefunden hatte. Anna entschied, das Pferd für sich arbeiten zu lassen und ließ die beiden allein.

Sie setzte sich auf die Bank und mühte sich damit ab, die eng anliegenden Reiterstiefel zu lösen.

Declan nahm sich den Joint vom Ohr, verließ die Gruppe und zündete ihn sich zehn Meter weiter auf dem Hof an.

Mick klaute sich die Salami von Declans liegen gebliebenem Brot, stopfte sie sich in sein Sandwich und setzte sich zu Anna.

Zu ihrer Überraschung blieb er schweigsam.

Mick biss ein kleines Stück vom Brot ab und kaute viel länger darauf herum, als es nötig war.

Anna ahnte schon, dass er reden wollte, dass ihm etwas auf dem Herzen lag. Doch statt etwas zu sagen, ließ sie ihm den Vortritt, während sie es schaffte, ihren rechten Fuß mit viel Kraft aus dem Stiefel zu lösen.

»Anna, diese Sache mit mei'm Vater …«

»Ja?«

»Kann man das wegmachen?«

»Das funktioniert nicht wie eine Operation.«

»Sie können doch bestimmt Hypnose und so'n Kram. Einfach ausschalten, mit 'nem Fingerschnipper. Ich hab 'n paar Internetvideos gesehen, da hat so ein Psychomann aus Rauchern Nichtraucher gemacht.«

»Nicht alles, was im Internet gezeigt wird, ist wahr. Außerdem ist Rauchen etwas anderes als eine schwer gestörte Vater-Sohn-Beziehung. Ich spiele mit dem Gedanken, Sie nach dem Projekt in die Hände einer sehr erfahrenen Professorin zu übergeben.«

»Und die kann das?«

»Ich denke nicht, dass sie mit Hypnose arbeitet, aber sie ist sehr gut auf ihrem Gebiet.«

Mick beobachtete ein paar Sekunden lang Declan, bevor er weitersprach. »Der kleine Junkie ist echt 'n Freak, aber ich kann ihn besser leiden als meinen eigenen Bruder. Declan hört total zu und labert keinen Bullshit. Der Kleine is' mehr Familie als mein ganzer Anhang.«

»Familie kann man sich wählen.«

»Wie jetzt?«

»Nehmen Sie die Menschen in Ihr Leben, die Ihnen Energie geben und sie nicht aussaugen«, sagte sie mehr zu sich selbst als zu Mick. Dabei dachte sie an ihre Oma. Die Alte hatte jeden Tag jegliche Fröhlichkeit und Energie aus ihr gesaugt, wie eine runzlige Zecke.

»Energie? Ist das so'n spirituelles Ding?«

»Nein, es geht um das gute Gefühl, als würde man tanken und sich danach besser fühlen.«

»Die Leute hol'n sich das bei mir. Wenn ich richtig losleg, dann liegen alle aufm Boden. Declan konnte sich vorhin kaum auf dem Pferd halten, als ich ihm von meiner Ex erzählt hab.«

»Declan lacht?«

»Ja, wir waren ganz hinten im Tross, vielleicht haben Sie das vorne nicht mitgekriegt. Und er hat mir gesagt, dass er von so 'nem Idioten in der Schule gemobbt wird. Den schnapp ich mir, wenn das alles hier vorbei ist. Wer sich an meiner ausgesuchten Familie vergreift, den hau ich krumm.«

Anna war überrascht, wie gut sich die beiden ergänzten. Mick liebte die Bühne und Declan bot sie ihm. Vielleicht sah er so etwas wie einen großen Bruder in Mick, oder war es Mick, der einen kleinen Bruder brauchte? Sie wunderte sich, wie diese fast brüderliche Beziehung entstehen konnte, ohne dass sie es herbeigeführt oder gar mitbekommen hatte. Die Erlebnispädagogik konnte es nicht sein, da keine Therapie derart schnell wirken konnte. Egal was der Grund dafür war, es stellte einen Nebenerfolg des Projekts dar.

* * *

Anna hielt sich am Türrahmen fest und riskierte einen Blick in den Speisesaal, aus dem es nach frischem Kaffee und Würstchen roch.

Isabella war damit beschäftigt, die Frühstücksspeisen des jungen Tages von ihrem Rollwagen auf die Anrichte zu stellen.

Die Matrone war abgelenkt – und Anna zufrieden. Doch bevor sie gehen konnte, sah sie die Patienten an einem gemeinsamen Tisch sitzen. Während Mick und Declan mit ihren Gabeln herumblödelten und einen imaginären Fechtkampf bestritten, schaufelte Kay ihr Rührei in sich hinein.

Anna freute sich, dass die drei endlich soweit miteinander klarkamen, dass nicht jeder weiterhin einzeln aß. Vielleicht hatte die Reitaktion den Erfolg gebracht oder aber die Gruppentherapie, bei der sich jeder hatte öffnen müssen. Egal was, Anna wollte diesen Moment nicht stören. Außerdem beabsichtigte sie, Isabella um ein paar Lebensmittel zu erleichtern und einen Picknickkorb für sich und Angus zusammenzustellen.

Sie schlich über den Flur in die Küche. Darin standen moderne, weiß lackierte Möbel in rustikalem Design, das gut zu den freigelegten Deckenbalken mit den Halogenstrahlern darin passte. Der Raum war groß genug, dass sogar eine Kücheninsel darin Platz fand, über der ein Gitter hing, in dem kupferfarbene Töpfe und Pfannen lagen.

Anna suchte die Schränke ab, fand in einem davon einen Rucksack und ging zum Kühlschrank. Alle Fächer waren voll mit Gemüse, Fleisch, Eiern und anderen Lebensmitteln.

Sie nahm sich einen Kanten Gouda, eine Rebhuhnsalami, einen Bund Trauben und packte sie in den Rucksack. Danach griff sie sich das halbe Schwarzbrot, das auf der Arbeitsplatte lag, und eine Flasche Rotwein von der Kochinsel. Ein Messer wanderte ebenfalls in ihren Beutesack. Da Isabella jederzeit zurückkommen konnte, schlich sie sich schnell wieder hinaus und verließ das Haus.

* * *

Nach einer einstündigen Fahrt im Killarney-Nationalpark hatte sie das Gefühl, dass sie sich verirrt hatte.

Sie parkte vor einem Schaukasten mit einer Karte und stieg aus.

Die Luft war frisch und es roch erdig, wie in einem Blumenladen. Eine Nachtigall saß auf einem der Äste des Mischwaldes, in den der Herbst mit Gelb- und Orangetönen Einzug gehalten hatte. Ihr Gesang hallte weit zwischen den Bäumen und fand eine Antwort, als ein anderer Singvogel den Ruf erwiderte.

Anna suchte erst ihre eigene Position und dann die des Wasserfalls. Schnell wurde ihr klar, dass sie nicht mit dem Auto dahin gelangen konnte, denn es gab ab hier einen Trampelpfad, den sie zu Fuß zurücklegen musste. Und wahrscheinlich war sie hier nicht auf dem offiziellen Parkplatz, aber sie wollte nicht riskieren, sich wieder zu verfahren. Anna nahm den Rucksack vom Beifahrersitz und schloss ihr Auto ab.

Ihr Weg führte sie bergauf um einen Hügel herum. Der Boden war uneben, durchsetzt mit Wurzelwerk und Trittkuhlen.

Nach einer halben Stunde bereute sie, stets den Aufzug statt der Treppenstufen bevorzugt zu haben. Ihr Rücken war nass, ihr Deo versagte und sie schwitzte sogar auf ihrer Oberlippe. Die Wahl von Sportschuhen für den Wald hatte sich als gute Entscheidung erwiesen, allerdings verfluchte sie sich dafür, dass sie ein Date im Grünen vorgeschlagen hatte. War Natur immer so anstrengend? Was nützten Erholung und Ruhe im Wald, wenn man total fertig war und sich immer wieder die Krämpfe aus dem Waden reiben musste? Während sie sich vornahm, nur noch Dates in Räumen auszumachen, nahm sie bereits ein Hintergrundrauschen wahr. Sie blieb stehen, lauschte und war erleichtert, dass der Wasserfall nicht mehr weit zu sein schien.

Nach weiteren zehn Minuten war das Rauschen bereits so laut, dass sie nach wenigen Metern an einem felsigen Ufer angelangte. Klares Bergwasser floss in einem Bett aus Stein und Kies über eine schroffe Kante. Als Anna dem Fluss folgte, blickte sie hinab in die Tiefe, wo der Wind die Gischt des Wassers hochtrug und ihre Haut angenehm kühlte.

Anna setzte sich auf einen Stein und schulterte den Rucksack ab. Nacken und Rücken waren so verspannt, dass sich die Muskulatur wie ein Block aus prickelndem Schmerz anfühlte und bis in die Arme ausstrahlte. Sie blickte hoch zum Stand der Sonne, um abzuschätzen, ob es schon Mittag war. Vereinzelte Strahlen drangen noch durch die Wolkendecke, die sich zusammenzog und den Himmel langsam verdunkelte. Ein Blick auf die Uhr verriet ihr, dass es bereits zehn nach zwölf war und dass Angus jeden Moment hier sein musste.

Sie schnitt das Brot, trennte ein paar Scheiben von der Salami ab und drapierte mehrere Stücke Käse zu ihrem Arrangement, das sie auf einem flachen Stein vorbereitete. Danach holte sie die Weinflasche aus dem Rucksack und lachte auf. »Ein Korken, Anna, wo ist dein Korkenzieher, hm?«, kritisierte sie sich selbst und überlegte, wie sie die Flasche öffnen konnte. Vielleicht würde es helfen, mit dem Messer die Oberfläche des Korkens einzuritzen und dann ihren Autoschlüssel wie eine Art Widerhaken einzuführen und zu ziehen?

Nach knapp zwei Minuten bröselte der Kork oben auseinander, da der Bart des Schlüssels nicht wie geplant als Widerhaken funktionierte, sondern wie ein Eispickel Stücke herausbrach.

»Dazu brauchst du Werkzeug«, sagte Angus, der zwischen zwei Büschen heraustrat und sie anstrahlte. Er nahm sein Basecap ab und wischte sich den Schweiß mit dem Ärmel seiner Regenjacke von der Stirn.

Während Anna unsicher war, wie sie ihren ursprünglichen One-Night-Stand begrüßen sollte, kam er zu ihr, zog sie zu sich hoch und küsste sie. Er roch nach dem Schweiß eines langen Aufstiegs, was sie freute, da sein Duft wahrscheinlich ihren eigenen überlagerte. Dennoch küsste sie eher verhalten zurück, da sie noch nicht wusste, in welcher Beziehung sie zu ihm stehen wollte. »Du hast nicht zufällig eine Idee, wie wir die Weinflasche aufkriegen?«, fragte sie ihn, um aus der Situation herauszukommen.

Er grinste, griff in seine Hosentasche und zog ein Messer. »Das ist ein *Laguiole*, ein traditionelles französisches Messer.« Angus klappte den Korkenzieher aus, schraubte ihn ein und löste den Korken. Dann warf er einen Blick auf die Lebensmittel. »Wow, du hast ja Sachen für ein Picknick dabei. Ich hoffe, wir sind noch vor dem Regen wieder hier weg.«

Anna blickte hoch zu den Wolken. »Hm, da habe ich uns kein gutes Wetter ausgesucht. Aber zumindest sind hier keine Touristen.«

»Ja, die sind schlauer als wir und haben den Wetterbericht gesehen. Sieht nicht gut aus für heute.« Er setzte sich und nahm sich ein Stück Wurst. »Das schmeckt gut. Ist das Wild?«

»Rebhuhn. Habe ich aus der Küche von der Haushälterin der McMurrough Villa geklaut.«

»Geklaut? Machst du jetzt eine neue Karriere als Diebin? Ich dachte, du bist Psychologin und leitest dieses Projekt. Wie läuft das eigentlich?«

»Ganz gut, mittlerweile komme ich besser mit den Patienten klar, auch wenn ich noch gegen meine innere Unordnung kämpfen muss.«

»Ach übrigens, ich habe den Major nach dieser Sue Murphy gefragt …«

»Ich weiß, er hat mir schon gesagt, dass er nichts weiß«, antwortete sie, stand auf und ging zur Wasserfallkante, um in die Ferne zu blicken. Unter ihr wippten die Baumwipfel im aufziehenden Wind, der erste Regentropfen mit sich brachte. »Ich habe da eine Spur gehabt, die mich ins St. Joseph's Hospital geführt hat.«

»Und?« Angus hatte sich ein kleines Brot gemacht und biss davon ab, als er zu ihr kam und missmutig in den Himmel blickte.

»Nichts.«

»Tja, dann lass es bleiben. Meine Mutter sagt immer, dass man sich das Leben schwer machen kann, wenn man es darauf anlegt.«

»Das geht nicht. Das Wohl einer Patientin hängt damit zusammen.« Sie holte das Goldkettchen unter ihrer Bluse hervor und trug es so, dass Angus es sehen konnte.

»Du hast das mittlerweile um den Hals? Die Sache scheint dir wichtig zu sein, oder?«

»Ja.«

»Räum doch erst einmal dein Zimmer wieder auf und wenn du magst, kann ich für dich den Schmuck im städtischen Fundbüro abgeben. Vielleicht findet sich jemand, der danach sucht.«

Anna stutzte. »Mein Zimmer? Ich habe dir gesagt, dass ich innerliches Chaos habe. Aber vom Chaos in meinem Zimmer habe ich nichts erwähnt.«

Angus kaute seinen Bissen zu Ende und ließ den Rest vom Brot in den Fluss fallen.

Sie sah den Wurst- und Brotscheiben nach, bis sie zusammen mit ihrer Naivität über den Wasserfall aus ihrem Sichtfeld verschwanden. Ihr Herz begann zu klopfen und sie blickte langsam zu ihrem Date auf. Er trat dicht an sie heran, so dicht, dass sie den kalten, toten Blick in seinen Augen erkennen konnte.

»Stimmt, Anna, da habe ich mich wohl verraten, was? Wieso konnte das Kettchen nicht einfach in deinem Zimmer liegen, dann wäre ich nicht zu dem gezwungen, was ich jetzt tun muss. Glaube mir, ich will das auch nicht, ehrlich«, sagte er, als würde er ein Kleinkind belehren. Seine Hände schlossen sich um ihre Handgelenke.

»Angus? Du warst das? Aber ich habe dir doch vertraut!«, stotterte sie und spürte, wie sich seine Finger noch fester schlossen. »Au, du tust mir weh.«

»Vertrauen ist nichts weiter als Dummheit und du hast keine Ahnung, wie weh *er* dir tun kann.«

»Wer?«

»Der, in dessen Angelegenheiten du dich einmischst. Wieso konntest du es nicht einfach sein lassen? Sue Murphy ist tot, so wie das Wissen um ihre Anwesenheit in Killarney. Wieso musstest du deine hübsche Nase in diese dreckige Sache stecken? Wir hätten glücklich werden können, ich, du, meine Mutter … doch jetzt …«

»Ich verstehe nicht«, stammelte sie, als ihr ihre eigene Lage, einen Meter vor der Kante zum Abgrund und im Angesicht mit einem Soziopathen, klar wurde. Ihr Herz pochte wild und sie spürte kaum noch die Tropfen, die sich langsam zu einem Regen verdichteten und auf ihre Haare fielen. »B-b-bitte, tu mir nichts. Ich sag keinem auch nur ein Wort, versprochen, ich habe schon alles vergessen!«

Er grinste und schüttelte den Kopf. »Dafür ist es zu spät, aber keine Sorge, es wird schnell gehen, versprochen.« Langsam, Schritt für Schritt drängte er sie nach hinten.

»Bitte, bitte, tu das nicht, das hast du doch nicht nötig«, bettelte Anna und hatte Mühe, sich auf den glitschigen Steinen zu halten. Panik kroch in ihr Herz und trieb es mit wilden Schlägen an. Die Welt verdichtete sich auf den Abgrund, ihren Peiniger und sie selbst. Das Rauschen des Wasserfalls wirkte immer lauter, als wären es die Todesglocken, die ihr Ende einläuteten.

»Eine Wanderin, vom Unwetter überrascht, aus Unerfahrenheit von der Klippe gestürzt«, zitierte Angus einen imaginären Zeitungsartikel. »Und die Patienten, naja, da lasse ich mir noch etwas einfallen. Vielleicht wird er mir dabei helfen, denn er hat immer eine Lösung für alles.«

»Die Patienten?«, jammerte Anna. Widerstand regte sich in ihr, sie begann sich zu widersetzen und versuchte, sich aus dem Griff zu lösen. »Nein, lass sie in Ruhe, du Mistkerl!«, schrie sie und wehrte sich. Doch sein Griff löste sich nicht, verstärkte sich sogar, als er sie noch einen weiteren Schritt nach hinten drängte. Seine Nägel gruben sich schmerzhaft in ihre Unterarme, während sie weinte und schrie.

Plötzlich rutschte Anna mit dem Fuß über einen nassen Stein, fiel zur Seite und riss Angus mit sich.

Er fiel über sie, schrie vor Schreck und ruderte mit den Armen, als er über die Kante rollte und in den Abgrund fiel.

Anna krabbelte sofort mehrere Meter weit weg, zurück zum Ufer, und kämpfte heftig mit ihrer Atmung.

Nach einer Weile, in der der Regen auf ihr Gesicht fiel, fuhr sie sich mit zittrigen Händen übers Gesicht. »Angus, was habe ich getan?«, murmelte sie und taumelte langsam zum Abgrund.

Weder am Ufer noch in der Böschung beidseits war etwas von ihm zu sehen.

»Das ist nicht echt. Das ist nicht echt. Das ist nicht echt«, sagte sie sich immer wieder. Doch es war real und es war tatsächlich passiert. Dennoch fehlte jede Spur von ihm. Hatte er überlebt, kam er zu ihr hoch, um es zu beenden, oder ging er zur Villa, um die Patienten zu erledigen? Sie holte ihr Handy aus der Hosentasche und schaltete den Bildschirm an, der nicht mehr hergab als ein Testbild mit Streifen in allen Regenbogenfarben. Der Regen war in das Gerät eingedrungen und hatte es unbrauchbar gemacht. »Ich muss zur Villa«, sagte sie sich. Mit tapsigen Schritten begann sie zu gehen, erreichte die Büsche und den matschigen Boden, wurde schneller und schneller, bis sie rannte. Ihr Weg führte sie über herausstehende Wurzeln, Kieselsteine, Erhebungen und Senken auf dem Trampelpfad. Niedrige Zweige schlugen ihr entgegen, rissen an ihrer Bekleidung und an ihren Haaren. Dabei hatte sie Mühe, die Geschwindigkeit bergab so zu drosseln, dass sie nicht zu schnell wurde und stürzte. Dennoch gab es mehrfach Momente, in denen ihr Fuß über eine rutschige Stelle glitt oder sie in eine unerwartete Senke trat, doch ihr Tempo trug ihren Sturz in ihren Lauf hinein, sodass sie ihren Schwung nach vorne auffangen konnte.

Mittlerweile hatte sich der Regen verdichtet und prasselte auf sie ein, während sie über eine Lichtung rannte, und verwandelte den Boden in eine gefährliche Matschpiste. Es gab nur noch sie, ihren keuchenden Atem, das Stechen in ihrer Lunge, das sie versuchte zu ignorieren, und ihre Füße, die sich wie von selbst bewegten und sie immer weiter trugen.

Als sie glaubte, nicht mehr rennen zu können, erreichte sie den Platz mit dem Schaukasten, in dem die Karte angebracht war. Beim Versuch, ihre Geschwindigkeit zu drosseln, schlitterte sie nach vorn und stieß hart gegen die Flanke ihres Käfers. Das Auto wackelte, die Scheibe hielt stand. Unter heftigem Keuchen suchten ihre Finger in ihrer Hosentasche nach dem Schlüssel, den sie zweimal fallen ließ und wieder aufhob, bevor sie aufschloss und sich in den Wagen setzte. Als die Tür zuschlug, ebbte der Lärm des Regens etwas ab, allerdings hörte sie sich jetzt umso deutlicher nach Luft keuchen, was ihre Anspannung wieder verstärkte.

Sie startete den Motor, setzte zurück und fuhr mit durchdrehenden Reifen los.

»John Rambo hat an seinem Überlebensmesser eine Angelschnur, Haken, Streichhölzer, Nadel und Faden und einen Kompass. Das französische Überlebensmesser, das Laguiole, besitzt einen Korkenzieher.«

Angus McAngus, Trinkspruch in Doug's Harp, ein Tag nach seiner Heimkehr aus der Provence

18 Blutregen

Anna Caffrey

Anna drückte die Bremse durch und kam über den Schotter schlitternd zum Stehen. Kaum, dass sie das Auto vor der Villa abgestellte hatte, sprang sie heraus, eilte über die Stufen zum Eingang und hämmerte gegen das dicke Holz der Tür.

Nach einer gefühlten Ewigkeit öffnete Vernan die Tür. Er musterte sie mit verwundertem Gesichtsausdruck von oben bis unten. »Lady Caffrey, Sie sind ja komplett nass«, bemerkte er.

»Keine Zeit für Erklärungen«, quittierte Anna seine Bemerkung, während sie am Türrahmen lehnte. »Ist er schon da?!«

»Wer?«

»Angus, Angus McAngus.«

»Welch ein seltsamer Name, aber nein, Mylady, er ist nicht hier. Erwarten Sie denn diesen Herrn?«

»Nicht im Geringsten. Vernan, rufen Sie die Polizei, sofort. Dieser Irre ist hinter mir und den Patienten her. Wo sind die drei?«

»Im Haus verteilt, soll ich sie für Sie rufen?«, sagte er so gelassen, als habe er den Ernst der Lage nicht begriffen.

»Ja, bitte. Und es tut mir leid, dass ich Ihnen solch einen Ärger bereite, ehrlich, das haben Sie nicht verdient, Vernan, und auch Lady McMurrough nicht.«

Vernan hob beschwichtigend die Hände. »Kommen Sie erst einmal herein. Ich werde die drei rufen und Ihnen ein Handtuch bringen, der Tod kommt mit der Feuchtigkeit, so viel ist gewiss. Danach rufe ich die Polizei und Sie gönnen sich einen guten Whiskey.« Er nickte ihr zu und verließ sie.

Anna kam langsam zur Ruhe, da er ihr so viel Sicherheit vermittelt hatte, als könne ihr die Welt nichts anhaben, solange die Vernan'sche Ordnung herrschte. Dennoch zitterten ihre Hände und auch ihr Herz pochte noch. Sie schloss die Tür, schob den Riegel davor und ging ins Jagdzimmer, in dem bereits ein Feuer brannte. Die Glasaugen der Tierpräparate glänzten im Schein des Feuers und wirkten, als würden sie Anna beobachten. Als Mick das Zimmer betrat, wäre Anna fast das Herz in die Hose gerutscht.

»Hi Anna, was is'n los? Sie sin' ja nass, sind Sie in den Lough Leane gefallen?«, fragte er belustigt.

»Mick, rufen Sie die Polizei, sofort, wir sind in großer Gefahr!«

Micks heitere Gesichtszüge entglitten in eine besorgte Miene. Er machte den Mund auf, wollte etwas erwidern, zog dann aber sein Telefon. Er tippte darauf herum und schüttelte den Kopf. »Kein Empfang. Das kann doch nich' sein, gestern hatte ich noch bestes Netz.«

»Probieren Sie das Festnetz.«

»Wo soll das sein?«

»Keine Ahnung, Vernan muss hier irgendwo ein Büro oder so haben.«

Mick eilte los und hätte fast Kay angerempelt, die das Jagdzimmer betrat. »Pass doch auf, du Idiot!«, rief sie empört. Als sie Anna anblickte, zog ein Schatten über ihr Gesicht. »Sie sehen scheiße aus, das ist kein Vergleich zu der Sache mit Ihrer Wäsche in der Strickjackentasche. Ist alles okay?«

Anna trat an sie heran und nahm sie bei den Schultern, um ihr die Dringlichkeit dessen, was sie zu sagen hatte, zu verdeutlichen. »Woher weißt du von der Goldkette?«

»Die Info aus meinem Traum?«

»Ja.«

»Wie gesagt, aus meinem Traum. Was ist denn los?«

Anna zeigte ihr das Collier, das sie um ihren Hals trug. »Kennst du es?«

»Ähm, nein. Sollte ich?«

»Das ist die Kette aus deinem Traum. Ich habe sie in Muckross Abbey gefunden. Auf dem Anhänger ist ein Name eingraviert, Sue Murphy. Sagt sie dir irgendetwas?«

»Wie soll sie mir etwas sagen, wenn sie nicht hier ist?«

»Wir haben keine Zeit für Spitzfindigkeiten! Also, sag mir, was du weißt«, forderte Anna zornig.

»Anna, ich ...« Sie wirkte eingeschüchtert.

»Es tut mir leid, Kay, das war etwas zu heftig. Es geht um diese Metempsychose, von der du gesprochen hast. Ich denke, dass diese Kette ein Beweismittel ist, das den Mord an einer Frau Namens Sue Murphy belegt.«

Kay blickte erst irritiert, dann begann sie zu lächeln und machte große Augen. »Dann bin ich also nicht wahnhaft, dann ist alles wahr! Kann es sein, dass die Seele des Opfers in mir wiedergeboren wurde?«

Anna schluckte und wusste nicht, was sie erwidern sollte. »Keine Ahnung, Kay, aber was es auch immer sein mag, der Mörder ist uns auf den Versen, weil wir ihm auf die Schliche gekommen sind.«

»Sie verarschen mich, oder?«

»Nein, hier in Killarney ist etwas passiert und wir sind jetzt so etwas wie Zeugen, wir sind in Gefahr, Sie müssen die Polizei rufen.«

Kay nahm ihr Telefon aus der Tasche, wählte und schaute verwundert. »Keine Verbindung, kein Netz, das ist doch jetzt kein Zufall, oder? Verdammt, was machen wir denn jetzt?«

»Gehen Sie ins erste Obergeschoss, versichern Sie sich, dass alle Fenster zu sind.«

Kay zischte los.

Anna ging in den Flur und wollte alle Fenster im Erdgeschoss sichern, als Declan die Treppe herunterkam. »Was geht denn hier ab?«, wollte er wissen, als er Kay hochrennen sah.

»Declan, haben Sie Empfang oder wenigstens WLAN?«

Declan schaute nach und schüttelte den Kopf. »Das Ding ist tot, ist ja seltsam.«

Anna begriff langsam, dass Angus dahinterstecken musste. Wie auch immer er es angestellt hatte – es gab im ganzen Haus keinen Empfang. »Declan, prüfen Sie alle Fenster im Erdgeschoss, alle Eingänge und schauen Sie, ob Isabella noch im Haus ist, wenn ja, dann bringen Sie sie hierher.«

Declan machte ein unsicheres Gesicht. »Keine Ahnung, was hier gerade läuft, aber ich bin zu breit für solche Action.«

Anna lief ein paar Stufen zu ihm herauf und schaute ihm in die Augen. Beide waren glasig und gerötet, mehr als sonst. »Schließen Sie alles, was offen ist, okay?«

»Geht klar.«

Jemand läutete an der Tür.

Anna bekam einen Schreck und ihr Herz schlug wieder wild. Sie hatte solche Gänsehaut am ganzen Körper, als würde sie in ein riesiges Reibeisen rutschen. Während Declan weglief, ging Anna Schritt für Schritt zum Eingang. Es gab keinen Spion, kein Glaselement oder sonst etwas, mit dem man nach draußen hätte spähen können.

»Angus, bist du das?«, fragte sie mit erhobener, zittriger Stimme.

»Hier ist Professor Dr. Kent, von der Dublin University.«

Anna schüttelte den Kopf, da sie nicht glauben konnte, was sie eben gehört hatte. »Professor, sind Sie das wirklich?«

»Ja, aber ich kann Sie wegen des Regens kaum hören.«

Anna konnte sich keinen Reim darauf machen, wieso er ausgerechnet jetzt da war. Sie schob den Riegel zurück und machte die Tür auf.

Professor Kent stand unter dem Vordach und stützte sich auf seinen schwarzen Regenschirm, den er wie einen Gehstock benutzte. Er richtete sich das weiße Hemd, das er unter seinem schwarzen Filzsakko trug, und nahm einen Hub von seinem Asthmaspray.

Anna sah ihn genau an, um sich zu vergewissern, dass sie nicht träumte. Der schlohweiße Bart und die zerzausten Haare, der Kaffeefleck auf dem Hemd und das Antlitz, das so viele Falten wie ein Mopsgesicht hatte – er war es tatsächlich.

»Entschuldigen Sie, dass ich so überraschend auftauche, aber ich konnte Sie nicht erreichen. Vielleicht eine Netzstörung oder so. Nach unserem letzten Telefonat wollte ich mich vergewissern, dass alles so läuft, wie es der Auftraggeber möchte und …«

Anna sah, wie sich sein Mund öffnete und schloss, doch sie konnte sich weder seine Worte merken noch fassen, dass er tatsächlich einfach so hier stand. »Professor«, unterbrach sie ihn, »wir müssen das alles abbrechen, denn …«

»Nein«, fuhr er ihr ins Wort. »Sie brechen gar nichts ab, wie ich schon sagte, beenden Sie das alles und erhalten Ihren Titel.«

»Nein, Sie verstehen nicht, wir …«

»Reißen Sie sich mal zusammen, ich bin Ihr Doktorvater und Sie werden tun, was ich Ihnen rate!«

Mit einem Schlag war Anna wieder bei der Sache. »Ich lasse mir nichts mehr vorschreiben, nie wieder. Und Sie werden jetzt zuhören, was ich Ihnen zu sagen habe!«

Kent machte den Mund auf und wortlos wieder zu.

»Wir sind in Gefahr, Dr. Kent, keiner von uns ist sicher, draußen sogar noch weniger.«

»Was? Ist etwas schiefgelaufen, sind es die Patienten, gab es einen …«

Ein gedämpfter Knall hallte durch den Regen.

Der Professor blickte an sich herab. Auf seinem weißen Hemd erblühte ein roter Fleck, der immer größer wurde. Kent blickte auf und zog die Brauen zusammen, bevor er umkippte.

Anna stand da, unfähig sich zu bewegen.

Wieder ertönte ein Knall.

Sie bewegte sich wie in Zeitlupe, drehte den Kopf und blickte auf ein gesplittertes Einschlagloch im Türrahmen.

»Lady Caffrey, Deckung!«, schrie Vernan, zog sie von der Tür weg und knallte sie zu. Er zog den Riegel vor und nahm ihr Gesicht zwischen seine Hände. »Lady Caffrey, sind Sie verletzt?«, rief er.

Anna hörte seine Stimme, die wie durch weite Ferne zu ihr drang. Erst als er ihr eine Ohrfeige verpasste, war sie wieder klar. »Was?«

»Ob Sie verletzt sind?«

»Nein, aber Kent, er ist …«

»Nicht unser Problem«, ergänzte Vernan und zog sie sanft, aber bestimmt am Oberarm ins Jagdzimmer.

Mick stürmte herein. »Boah, war'n das Schüsse?«, fragte er und schaute sich hektisch um.

Anna zwang sich, ruhig zu atmen und gelassen zu klingen. »Ja, das waren Schüsse. Mick, haben Sie das Festnetztelefon gefunden?«

»Ja, das Ding geht nich', ist kaputt oder so.«

»Das heißt, dass alle unsere Verbindungen nach außen gestört sind.«

Kay stürmte ins Zimmer. »Fuck, was läuft hier?! Als ich alles zugemacht habe, hat es geknallt, zweimal!« Sie wirkte aufgebracht und drehte immer wieder an ihrem Totenkopfring.

»Beruhigen Sie sich, Kay. Setzen Sie sich, hier drinnen sind wir geschützt. Jemand wird die Schüsse hören und die Polizei rufen.«

»Ich muss Sie leider enttäuschen, Lady Caffrey«, begann Vernan. »In dieser Gegend wird oft gejagt, außerdem dämpft der Regen alle Geräusche. Und da unsere Verbindungen zur Außenwelt offensichtlich komplett abgeschnitten sind, müssen wir uns selbst verteidigen.«

»Aber Angus hat eine Waffe!«, erwiderte Anna.

»Mit Verlaub, wir befinden uns im Jagdzimmer, Lady Caffrey.« Er ging zum Waffenschrank, schloss ihn auf und holte die drei Flinten heraus, die darin hingen. »Es gibt zwei Waffenschränke im Haus. Aber einer dürfte uns reichen.« Er holte mehrere gelbe Kartonschächtelchen heraus, auf denen irgendwelche Ziffern standen, nahm daraus Munition und lud die Waffen durch. Obwohl die Flinten alle unterschiedlich waren, bediente er die Waffen, als würde er das tagtäglich tun. »Das sind 308er Winchester, damit kann man Eber erlegen und jeden, der den Wahnwitz besitzt, sich der Villa einer Jägerfamilie zu nähern. Lady Caffrey, können Sie damit umgehen?«

»Äh, nein.«

Vernan gab ihr die Waffe, positionierte ihre Rechte am Abzug und die Linke am Schaft. »Hier drücken Sie ab, doch achten Sie auf den Rückstoß. Stehen sie breitbeinig, so wie ich, und hier vorne laden Sie nach.« Er zog einen Hebel durch und arretierte ihn wieder. »Sir Mick, haben Sie schon mal geschossen?«

Mick nahm sich die Flinte, legte sie kurz an und nickte ihm danach zu.

»Gut. Lady Caffrey, Sir Mick und ich, wir werden zurückschießen. Lady Kay, wenn Sie so nett wären, reichen Sie uns bitte zusammen mit Sir Declan Munition, wenn wir danach rufen.«

»Ist gut, das mache ich«, stammelte Kay.

Als Declan ins Zimmer eilte, nahm ihn Kay in Empfang und erklärte ihm alles.

»Was ist mit Lady McMurrough?«, wollte Anna von Vernan wissen.

»Keine Sorge, Mylady schläft in ihrem Zimmer. Schüsse ist sie gewohnt, daher wird sie wohl kaum aufwachen.«

Eine Kugel schlug durch das Fenster und sprengte einen der blanken Rehbockschädel, der an der Wand hing, in Stücke.

»Alle runter!«, schrie Vernan.

Anna warf sich mit dem Bauch auf den Boden und wagte es kaum, den Kopf zu heben.

»Bleiben Sie alle bitte unterhalb der Fensterkante«, rief Vernan.

Anna richtete sich langsam auf alle viere auf und krabbelte zum Fenster.

Vernan robbte von Fenster zu Fenster und zog die schweren Vorhänge zu. Bei zwei von fünf Fenstern schlugen weitere Kugeln ins Zimmer ein und hinterließen Löcher im Stoff.

Anna zog die Waffe dicht an sich, als könne das Metall sie beruhigen. Sie beobachtete Vernan, der sich langsam an eine Fensterkante heranschlich, zielte und schoss. Er gab mehrere Schüsse ab und lud so schnell nach, dass Annas Augen Probleme hatten, seine einzelnen Bewegungen auszumachen. Obwohl die Situation lebensbedrohlich war, das Prasseln des Regens durch die zerstörten Fenster drang und der Lärm der Schüsse fast ohrenbetäubend war, blieb Vernan so ruhig, als säße er am Jahrmarktstand und arbeitete an seiner Trefferserie für den großen, pinkfarbenen Teddybären. Nachdem er ein paarmal geschossen hatte, ließ er sich von Kay neue Munition geben, lud nach und krabbelte danach zu Anna.

»Mylady, wie gut kennen Sie diesen Angus?«

»Nicht besonders gut. Er lebt in einem Wohnwagen und betreibt eine Pension mit seiner Mutter.«

»Hat er eine Waffenausbildung, ist er Jäger oder etwas Vergleichbares?«

»Keine Ahnung«, gestand Anna, der es peinlich war, wie wenig sie über einen Mann wusste, mit dem sie sich das Klappbett geteilt hatte. Oder war es eine Eckbank gewesen? Sie wusste es nicht mehr so genau, aber ihr fiel doch noch etwas ein. »Er hat einen Mord begangen, denke ich.«

»Hm, dann wird er Erfahrung in Sachen Töten haben. Was wissen Sie noch?«

Sie dachte nach. Tatsächlich wusste sie doch mehr über ihn, als sie anfangs dachte. »Seine Art, von Muttersöhnchen auf *Dirty Harry* zu switchen, das ist nicht normal. Ich denke, dass er ein Soziopath ist.«

»Ist er allein?«

»Nein, er meinte, dass es da noch jemanden gebe.«

»Mindestens zwei Personen, waffenkundig, ortskundig, wahrscheinlich Scharfschützengewehre, Telefonleitung gekappt, zusätzlich ein Funkunterdrücker versteckt«, dachte er laut nach.

Anna beäugte ihn, wie er fast mechanisch die Situation beurteilte. Mittlerweile wirkte seine Ruhe fast unnatürlich, während sich alle anderen vor Angst fast in die Hosen machten. Anna dämmerte, dass Vernan mehr war, als er vorgab. »Wer sind Sie wirklich?«, hauchte sie.

Vernan lud die Waffe durch und schenkte ihr einen Blick, als würde er in die Vergangenheit schauen. »Ich hatte Ihnen ja schon erzählt, Lady Caffrey, dass ich in meiner Jugend ungestüm war. Damals dachte ich, wie meine Freunde auch, dass wir ein anderes Irland wollen.«

Mick robbte langsam zu ihnen.

Vernan lächelte, mehr zu sich selbst als zu Anna und schaute in die Flammen des Kaminfeuers. »Es war eine jugendliche Narretei, bis zum 20.07.1982. Dieses Datum werde ich nie vergessen. London, elf Menschen tot, viele verletzt. Obwohl ich nicht der Drahtzieher war, wusste ich, was passieren würde. Ich bin genauso schuld wie die anderen.«

Anna suchte seinen Blick und schaute in glasige Augen, in denen der Schein des Feuers tanzte.

»Boah, voll cool«, raunte Mick. »Sie ham's ja voll drauf!«

»Nein, Sir Mick, ich rühme mich nicht damit. Und es ist wahrlich keine Heldentat.«

»Aber die Protestanten sin' die Besatzer, die tun uns doch genau dasselbe an!«, empörte sich Mick.

»Jeder muss seinen eigenen Kampf wählen, Sir Mick, und ich habe mich entschieden, diesen Kampf nicht mehr zu führen.«

»Aber Sie haben doch voll die Skills und so, wir machen die Angreifer fertig, wir ham'nen Soldaten der IRA, die da draußen haben keine Chance!«

Anna legte Mick die Hand auf die Schulter, um ihm Einhalt zu gebieten, denn sie sah, wie Vernan um seine Fassung rang, während er immer noch endlos höflich antwortete. »Vernan, sagen Sie uns, was wir tun müssen. Wenn wir zusammenarbeiten, schaffen wir es hier heraus.« Sie wunderte sich über sich selbst, wie entschlossen sie mittlerweile sprach und handelte.

Vernan nickte. Danach legte er seine Hand ans Ohr und lauschte eine Weile. »Wie lange haben wir nichts mehr gehört?«

»Keine Ahnung, vielleicht ein paar Minuten«, sagte Anna.

Leises Klirren von Glas ertönte aus dem oberen Stock.

Vernan gebot ihnen, mit der Hand hierzubleiben, während er im Entengang zum Ausgang watschelte.

»Vernan!«, zischte Anna.

Er hatte bereits die Tür erreicht und versteckte sich hinter dem Türrahmen.

Ein vierschrötiger Mann mit Boxernase kam um die Ecke, grinste zahnlückig und zielte mit seiner Pistole auf Anna.

Vernan glitt aus seiner Deckung, schlug ihn mit einem knorpeligen Knirschen den Schaft gegen die Nase und schoss dem Mann, der vor Schmerz und Verwirrung nach hinten taumelte, in den Bauch.

Anna hielt sich die Ohren zu, da der Lärm ohrenbetäubend war und von den Wänden widerhallte. Dabei beobachtete sie, wie der Angreifer zusammenbrach und sich schnell eine Blutlache neben ihm bildete. Während ein weiterer Mann die Treppe herunterrannte, ging Vernan auf die Knie, zielte und schoss erneut. Sein Gegner wurde in die Schulter getroffen, wirbelte auf der Treppe herum und fiel die restlichen Stufen herunter. Nach der letzten Stufe blieb er mit unnatürlich verdrehtem Hals liegen.

Vernan drehte sich zu Anna, gebot ihr mit der Hand, im Jagdzimmer zu bleiben, und schlich mit der Waffe im Anschlag die Treppe hoch. Sein Gesicht war eine Maske der Konzentration.

Anna lief der Schweiß bis in die Poritze und ihr Herzschlag dröhnte in ihren Ohren. Ihr war nicht klar, wann sie in ihrem Leben je solch eine Angst erlebt hatte. Sie fühlte sich ausgeliefert und es war für sie unfassbar, dass es in der heutigen Zeit nicht möglich war, Hilfe zu holen.

Oder doch? Was hatte Vernan gesagt, *Funkunterdrücker*? »Mick, wissen Sie, wie ein Funkunterdrücker aussieht?«

Er schüttelte den Kopf und blickte fragend zu Kay und Declan, die in der Ecke des Raums kauerten. Beide zuckten mit den Schultern.

Anna überlegte, ob es möglich war, das Gerät zu finden und auszuschalten. Doch wo würde man solch ein Gerät verstecken, damit es niemand fand? Ihr war es lieber danach zu suchen, als hier weiter auf der Schlachtbank zu sitzen und zu hoffen, dass jemand durch den strömenden Regen zu ihrer Rettung eilte. »Mick, Declan, Kay, suchen Sie nach einem Gerät, das für sie keinen Sinn ergibt«, forderte sie und überlegte, ob denn wenigstens ihre Anweisung einen Sinn ergab. »Schalten Sie alles ab, das blinkt oder am Strom hängt. Und schauen Sie auf Ihr Telefon, ob Sie Netz haben und die Polizei holen können.«

Oben erklangen Schüsse.

Anna zuckte zusammen und sah die anderen an, die einen Ausdruck im Gesicht trugen, der zwischen Hoffnung und Angst hin- und herpendelte.

Mick ahmte Vernans Entengang unbeholfen nach und bewegte sich bis zum Türrahmen. Als er in den Flur hinausgelangte, traf ihn ein Waffengriff auf die Schläfe und ließ ihn zusammensacken.

Anna rutschte das Herz in die Hose, als Angus plötzlich das Jagdzimmer betrat. Er war klatschnass und trug ein Gewehr in Herbstlaub-Lackierung mit Fernrohr, das er locker in den Händen hielt.

Anna wich mit den anderen beiden zurück, fummelte panisch an allem, was sich am Gewehr schieben, drücken oder ziehen ließ, und richtete die Flinte auf ihn aus. »Keinen Schritt weiter!«, kreischte sie und war sich nicht sicher, ob es sie überhaupt selbst überzeugte.

»Was dann?«, wollte Angus wissen und sah sie grinsend an.

Anna positionierte sich vor Declan und Kay, stand auf und versuchte so breitbeinig zu stehen, wie Vernan es ihr gezeigt hatte.

Angus hob sein Gewehr hinter die Schultern und griff mit beiden Händen an Schaft und Lauf, als wolle er sie damit verhöhnen.

»Ich meine es ernst, ich drücke ab!« Der Lauf ihrer Waffe zitterte, da ihre Hände zitterten.

»Du hast vorhin die Waffe gesichert, wahrscheinlich nur ein Zufall, aber letztlich ein grober Fehler.«

»Du lügst, das glaube ich dir nicht!«

»Dann drück doch ab«, forderte er und trat noch einen Schritt näher.

Anna schloss die Augen und krümmte den Finger um den Abzug.

Nichts geschah.

Anna nahm die Waffe herunter und fummelte wieder panisch daran herum.

Angus legte sich sein Gewehr an die Schulter und zielte in aller Ruhe. »Ich habe dich mit einem Irish Stew herumgekriegt, ganz leicht, und jetzt jage ich dir eine Kugel durch den Kopf, ebenfalls ganz leicht. Entspanne dich, geht ganz schnell. Und wenn du mal wieder jemanden in den Wasserfall stößt, vergewissere dich, dass er tot ist.«

Anna stellte sich schützend vor Declan und Kay und konnte den Blick nicht vom soziapathischen Grinsen Angus' abwenden. In Sekundenbruchteilen zog ihr Leben an ihrem inneren Auge vorbei. Es waren Bilder, Momentaufnahmen vom Unfall ihrer Eltern, vom missmutigen Gesicht ihrer Großmutter und von dem kleinen Mädchen, das ihr im Traum Vergebung geschenkt hatte. Anna ließ die Waffe fallen.

Sie hatte keine Angst mehr.

Sie war bereit.

Wie aus dem Nichts erschien Lady McMurrough hinter Angus, richtete ihre Flinte auf seinen Kopf aus und schoss. Hirnmasse, Knochenstücke und Blut sprenkelten den Raum.

Anna blickte überrascht auf die alte Dame, die in ihrem weißen Nachthemd mit Rüschen an den Ärmeln und am Saum wie ein Engel wirkte, den ihr das Universum zur Rettung gesandt hatte. Vor ihren Füßen glänzten Blutstropfen im Schein des Feuers wie Rubine, als wäre der Teppich mit einer Unmenge von Edelsteinen besetzt.

»Zu Hause wird nicht geschossen«, bemerkte sie trocken. »Ich wiederhole mich ungern«, fügte sie hinzu und schüttelte sachte den Kopf.

Anna wollte etwas sagen, doch dann kullerte zwischen den Beinen der Dame etwas über den Boden. Es war ein grauer, unscheinbarer Zylinder, nicht größer als eine Faust. Noch während sie versuchte, zu begreifen, was es war, explodierte das Teil mit einem lauten Knall und einem Lichtblitz, der sie so stark blendete, dass sie nichts außer einem Lichtbogen sehen konnte und orientierungslos herumstolperte. Um sie herum überlagerten sich Geräusche, Schreie ertönten, bis ein harter Schlag auf den Hinterkopf ihr Bewusstsein raubte.

»Wir haben keinen Waffenstillstand, sondern nur Zeit, um noch mehr Bomben zu bauen.«

Brief an eine nordirische Polizeistation,
Verfasser unbekannt

19 Sieben Fuß tief

Scott O'Connell

Auf dem St. John's Friedhof stand eine schwarz-weiß bekleidete Trauergesellschaft. Die Frauen trugen Hüte mit breiten Krempen und feinen Netzen darunter, die wie Fliegengitter ihre Gesichter bedeckten. Die Männer hatten die Hände vor ihrem Schritt gefaltet und die Köpfe gesenkt, während zwei Friedhofsmitarbeiter den mahagonifarbenen Sarg in der Halterung der Ablassvorrichtung am Grab befestigten. Dabei achteten sie darauf, nicht auf die Blumenkränze zu treten, die davor ausgelegt waren

Pater Daniels richtete sich den weißen Kragen seiner Amtstracht und hielt eine aufgeschlagene Bibel in den Händen, aus deren Mitte ein Rosenkranz heraushing.

Scott stand mit seiner Familie auf der höheren Seite des abfallenden Friedgeländes und blickte über die Versammelten, die Gräber und weit hinaus über den Lough Leane, dessen dunkles Wasser unter dem steten Wind unruhig und rau wirkte, als stünde die Wasseroberfläche unter ständiger Vibration. Dahinter erhoben sich kahle Hügel, die mit ihren Spitzen im Dunst unter der grauen Wolkendecke lagen.

Scott stand neben seiner Mutter, die sich die Tränen von den Wangen tupfte. »Wo ist dein Bruder?«, flüsterte sie mit belegter Stimme.

»Er … wollte noch einen Blumenkranz holen«, log er.

»Hätte er das nicht vorher machen können?«

»Du weißt doch, wie er ist, die Bedeutung der Blumensorte muss für ihn zum Zweck passen und eine tausend Jahre alte Tradition haben.« Zwar wusste er nicht, ob seine Stimme so überzeugend klang, wie er das wollte, allerdings belog er seine Mutter, die schon so viele seiner Lügen gehört hatte, dass sie es entweder dabei beließ, wenn sie ihn ertappt hatte, oder ihn später unter vier Augen zur Rede stellte. Ironischerweise war Liam dennoch auf einer Beerdigung, auch wenn er der einzige Gast war und niemand dabei betrauert wurde. Scott stellte sich vor, wie sein pedantischer Bruder den Leichnam sorgfältig an einer gottverlassenen Stelle irgendwo im County Kerry vergrub, Blätter, Äste und Zweige in gewollt willkürlicher Anordnung darauf verteilte und seine Fußspuren verwischte. Vielleicht hatte er sich stattdessen ein Fischerboot angemietet und fuhr mit ihm hinaus aufs offene Meer, um den Körper mit Ketten und Betongewichten zu beschweren und auf den Grund des Ozeans sinken zu lassen. Egal wie er es tat, Scott war ihm dankbar. Vor allem, weil es ihm das Gefühl gab, alles für Caitlin getan zu haben, sie gerächt zu haben, auch wenn der Mörder ihm das Geständnis schuldig geblieben war und Scott deswegen nicht die Genugtuung empfand, die er sich so sehnlichst gewünscht hatte. Außerdem nagte an ihm der Zweifel, wie viel Glauben er den Worten des notorischen Lügners Patrick Walsh schenken konnte. Die Trauer und die Liebe in Scotts Herzen wollten glauben, dass Caitlin nur bis zur Verlobung, als es ernst zwischen ihnen beiden wurde, etwas mit Patrick gehabt hatte und ihn danach abgewiesen hatte. Dass sie sich auf das Leben mit Scott gefreut und mit ihrer Vergangenheit abgeschlossen hatte.

Mehr brauchte es nicht.

Mehr wollte er nicht.

Als der nasskalte Wind auffrischte, knöpfte er sich das Sakko vorne zu und wischte sich die Tränen weg.

Pater Daniels machte das Kreuzzeichen in der Luft und räusperte sich. »Liebe Trauergemeinde, heute haben wir uns versammelt, um von der lieben Caitlin Abschied zu nehmen. Denn der Herr hat sie zu sich genommen, verfrüht für die, die sie lieben, doch alles geschieht nach seinem Plan. Alles wird gut, solange wir es uns vorstellen können. Gemäß dem Wunsch von Scott O'Connell möchte ich eine alte Geschichte mit Ihnen teilen, von der er mir erzählt hat. Die Verstorbene habe sie ihm einst aus einem Buch mit alten irischen Legenden vorgelesen, mit denen sie sich leidenschaftlich beschäftigt hat.

»In einer Zeit, in der in Irland das Gastrecht noch galt und ein jeder, der fremd war, Einlass bei guten Leuten fand, kam einst ein weitgereister Meister der Harfe an den Hof des Königs von Connacht. Er bat um Einlass, Obdach und Nahrung – bot im Gegenzug seine Weisheit und seine Spielkunst. Der Herrscher fühlte sich geehrt über die Anwesenheit des unerwarteten Gastes und bat ihn, dem festlichen Bankett beizuwohnen, das er für seine Vasallen abhielt. Der Harfenist aß und trank, labte sich am Hirsch und gönnte sich Tafelwein. Danach bat ihn der König, für die Leute am Tisch zu spielen. Daraufhin holte der Meister eine goldene Harfe aus seiner Reisetasche und begann das erste Stück, das so traurig war, dass alle weinen mussten. Das zweite war so fröhlich, dass die Gäste lachten. Und das dritte war so beruhigend, dass die Leute einschliefen.

Am nächsten Tag wurde der Meister zu einer politischen Besprechung des Königs eingeladen. Die Edelleute stritten sich, ob sie den Bauern nicht noch mehr Steuern für einen aufziehenden Krieg abverlangen konnten. Der Herrscher hörte sich die Argumente aller an und fragte dann den Musiker, ob er mit seiner Weisheit, die er durch alle seine bereisten Länder hindurch angesammelt hatte, Rat geben könne. Der Meister nahm seine Harfe zur Hand und zupfte zwei Saiten nacheinander. Danach teilte er dem König mit, dass alles Geschick eines Landes wie die Saiten einer Harfe sei. Erst wenn man eine Vorstellung vom perfekten Klang habe, könne man das Instrument danach stimmen.

Der König, unwissend, ob er beleidigt, belehrt oder getadelt worden war, ließ seinen Schreiber kommen und eine Abschrift von dem verfassen, was er sich als das Ideal eines Königreichs vorstellte, bevor er eine Entscheidung traf.«

Dies ist die Geschichte, die Caitlins Leben prägte. Sie war, wie wir alle, keine vollkommene Person, doch sie besaß den Keimling dessen, was Vollkommenheit ist. In ihrem Streben, das Beste zu werden, was sie sein kann, hinterlässt sie einen Verlobten und eine herzliche Schwiegerfamilie, die in Trauer und Liebe Abschied von einem wertvollen Menschen nehmen.« Pater Daniels blätterte in seiner Bibel und rezitierte einige Verse daraus.

* * *

Die Trauergäste hatten sich am schwarz lackierten, schmiedeeisernen Tor des Friedhofs versammelt und nahmen einer nach dem anderen Abschied von Scott. Wie bei der Totenwache wurde er auch jetzt wieder an dicke Brüste gedrückt und von großen Männern mit der Bemerkung *Kopf hoch* so fest auf den Rücken geschlagen. Und als ob der Tag nicht schon schmerzhaft genug gewesen wäre, lehnte Detective Bayne mit dem Hintern am Kotflügel seines Autos und rauchte eine Zigarette. Er hatte den Hut abgenommen, hielt ihn mit der anderen Hand vor seinen Trenchcoat und nickte ihm zu.

Scott schluckte. Wahrscheinlich hatte er alles herausgefunden und nun würden die Handschellen klicken. Oder wollte er nur sein Beileid ausdrücken?

Nachdem sich der letzte Trauergast verabschiedet hatte, schmiss Bayne seine Zigarette weg, warf seinen Hut durch das offene Beifahrerfenster in seinen Wagen und lief über die Straße.

Scott drückte seine Mutter. »Bitte geh schon mal nach Hause, ich komme gleich nach. Ich will noch mit dem Detective sprechen«, sagte er. Sie sah blass aus und hatte Augenringe. Er wollte nicht, dass sie miterleben musste, wie ihr Sohn in Handschellen abgeführt wurde.

Sie sah ihm tief in die Augen, schaute zu Bayne und flüsterte ihm ins Ohr. »Ich hoffe, du hast nichts angestellt. Komm nach Hause, Junge, egal wie, ich mache dir etwas zu essen.«

»Ist gut, Mutter.«

Sie wandte sich ab und ging die Straße hinunter, wo Dad schon am Auto saß und wartete.

»Mein Beileid«, begann der Detective das Gespräch.

»Danke. Sind Sie hier, um mir Ihr Beileid auszusprechen?«

»Ich wünsche Ihnen und Ihrer Familie Kraft in dieser Zeit, Mr O'Connell, aber ich bin hier, um Ihnen die neuesten Entwicklungen mitzuteilen.«

Scott ließ den Kopf leicht sacken. »Und die wären?«

»Die Akte Ihrer Verlobten ist verschwunden«, sagte er und zündete sich eine neue Zigarette an.

Scott streckte seine Hände mit der Innenseite nach unten aus und erwartete die Handschellen. Er hatte keine Kraft mehr für Ausreden und Diskussionen und wollte es schnell hinter sich bringen.

Bayne blickte mit schrägem Kopf auf seine Armbanduhr. »Ihre Uhr geht falsch, Sie sollten sie nachstellen.«

»Ist Funk.«

»Schön für Sie. Außerdem ist einer der Befragten verschwunden. Spurlos. Sein Kleiderschrank ist leer und sein Auto ist weg. Wir vermuten, dass er es irgendwie geschafft hat, ins Revier einzubrechen und die Akte zu stehlen. Eins der Fotos aus der Mappe wurde in seiner Blockhütte gefunden. Das alles macht ihn vom Befragten zum Verdächtigen, dringend tatverdächtig. Wir werden ihn zur Fahndung ausschreiben, auch bei Interpol. Ich weiß nicht, ob Ihnen das hilft, aber Sie sollten es wissen.«

Scott ließ langsam die Hände sinken. Er war überrascht, wie Liam es geschafft hatte, ihrer beider Köpfe mit einem Mord aus der Schlinge zu ziehen.

Der Detective nahm einen langen Zug von seiner Zigarette, ließ sie auf den Boden fallen und trat sie aus. Während er sprach, klang seine Stimme rauchig. »Wenn das meiner Frau passiert wäre, dann hätte ich den Mörder verschwinden lassen, sieben Fuß tief, und die Totenwache als Alibi benutzt. Ein Glück für Sie, dass Sie nicht so sind wie ich«, bemerkte er und verabschiedete sich mit einem schiefen Grinsen.

Scott stand da, als Bayne ins Auto stieg, und auch dann noch, als er mit dem Wagen um die Kurve bog und verschwand. Der Schweiß rann ihm aus allen Poren und er brauchte eine Weile, bis er realisierte, dass der Detective ihn davonkommen ließ. So inkompetent der Polizist auch wirken mochte, war er nicht dumm und hatte tatsächlich einen Sinn für Gerechtigkeit.

Scott zog sein Handy aus der Tasche und rief seinen Bruder an.

»Hallo Liam, hier Scott. Hast du alles erledigt?«

»Keine Sorge, den findet keiner.«

»Bayne war eben hier.«

»Auf der Beerdigung?«

»Nein, auf dem Mond. Natürlich auf der Beerdigung, ich glaube, er ahnt es, lässt uns aber laufen.«

»Dann ist ja gut.«

»Mir ist heute nach saufen, kommst du ins Doug's Harp?«

»Ich bin im Moment noch im Betrieb von Dad, mache gleich seine Abrechnungen fertig und gehe dann in meine Werkstatt. Wenn ich alles aufgeräumt habe, komme ich nach. Ich denke, es dürfte dann schon Abend sein. Hast du eigentlich gewusst, dass die Inder grundsätzlich im Feuer bestatten, so wie es unsere Vorfahren taten?«

»Nicht jetzt, Liam«, erwiderte Scott gereizt, der nun wirklich keinen Nerv für eine Schulstunde hatte, und legte einfach auf.

* * *

Über die Lautsprecher des Pubs lief eine schlechte Coverversion von *Stand by Your Man*, das den Lärmpegel der abendlichen Trinkgesellschaft kaum zu durchdringen vermochte. Eine blonde Kellnerin mit ausladendem Dekolleté servierte zwei Guinness und strahlte Scott und Liam an. »Ihr seid aber fein gekleidet, mit Anzug und Krawatte«, meinte sie.

»Beerdigung«, erwiderte Liam.

»Oh, entschuldigt, ich bin manchmal so ein Schaf«, stammelte sie, räumte die leeren Biergläser vom Tisch und dampfte mit hochrotem Kopf wieder ab.

Scott stützte sich kraftlos auf seine Ellbogen und kippte die Hälfte des Biers herunter. Das kühle Prickeln machte ihn wacher, während der Alkohol eine baldige Betäubung seines Schmerzes versprach.

Die Kellnerin kam mit gesenktem Kopf zurück, vermied jeden Blickkontakt und stellte eine Schüssel mit Erdnüssen hin.

»Ich dachte, dass du eher der Whiskeytrinker bist«, sagte Scott.

Liam nahm einen Schluck, wischte sich den Schaum vom Mund und betrachtete die Färbung des Gebräus. »Bin ich auch. Allerdings bekommt man bei Doug nur Blended Whiskey, ein widerlicher Mix, der keinen Eigengeschmack hat. Bevor ich mir den Geschmackssinn damit ruiniere, bleibe ich bei einem guten Bier, das Einzige, was unser geiziger Barkeeper nicht auf Sparflamme anbietet. Apropos Geiz, schau doch mal, wer da sitzt.« Liam zeigte zwei Tische weiter.

Scott drehte den Kopf und erblickte Alien Pete. Er wandte sich schnell wieder ab und schaute auf die Tischplatte. »Nicht hinsehen, Liam, ich will nicht, dass er sich eingeladen fühlt.«

»Zu spät, er kommt. Und er hat eine Portion Kartoffelstampf auf dem Teller, die so hoch ist wie der Berg, auf dem die Außerirdischen in diesem Spielberg-Film landen, wie hieß der noch gleich?«

Alien Pete war so groß, dass er die Menge vor sich wie der Bug eines Schiffs teilte. Als er vor dem Tisch stand, sah er aus wie Jesus nach einem Wachstumsexperiment, der versuchte, die Dreifaltigkeit des Breis unter seine Jünger zu bringen. »Ist hier noch frei?«, fragte er und setzte sich, ohne auf die Antwort zu warten, auf einen Stuhl.

»Ist frei, setz dich ruhig«, meinte Scott zynisch. Für einen Moment kam er sich selbst veralbert vor, da er vergessen hatte, dass weder Pete noch sein Bruder die Ironie in Bemerkungen heraushören konnten.

Alien Pete plättete mit einem Löffel seinen Stampf, goss die Soße darüber, in der dicke Fettaugen schwammen, und sah zu, wie sie zu kleinen Pfützen zusammenlief.

»Danke für deine Hilfe«, sagte Scott.

»Du hast mich erpresst.«

»Heul doch. Ich glaube, du hast den Plattfüßen einen ganz schönen Schrecken eingejagt.«

»Das sind doch nur die Symbionten von denen da oben, geboren von Menschenmüttern, die entführt wurden. Was glaubst du, wieso es Rektaluntersuchungen gibt?«

»Ich will unbedingt wissen, wieso.« Scott biss sich auf die Lippe. Schon wieder Zynismus, den keiner verstand.

Alien Pete nahm es wörtlich und bearbeitete seinen Brei so lange mit dem Löffel, bis er ein Rektum samt eindringender Sonde geformt hatte. Das Verstörende daran war die Liebe zum Detail, mit der er sein Essen misshandelte. »So sieht das aus, also wenn man alles von der Seite aufschneidet und hineinblickt.«

Liam beugte sich über den Teller und nickte. »Du scheinst dich ja gut auszukennen, das sieht aus wie auf den Bildern im Wartezimmer bei meinem Arzt, wenn ich zur Darmkrebsvorsorge gehe.«

»Nicht ermuntern«, zischte Scott ihm von der Seite zu. »Pete, ich hoffe, die Beamten waren nicht allzu grob zu dir.«

»Nur eine Nacht in der Ausnüchterungszelle. Das Beste, was es gibt. Abgeschlossene Stahltür, keine Telefone, keine Strahlung. Die von da oben kommen da nicht rein. Manchmal gehe ich auch einfach so dahin, wenn zu viel Strahlung in der Luft liegt.«

»Warst du mal beim Arzt deswegen in Behandlung?«

»Du meinst diese Krebssache?«

»Nein, ich rede von …«, Scott überlegte, ob es so eine gute Idee war, diesem Mann einen Psychologen vorzuschlagen. Wenn er schon mit einem Tacker mehrere bewaffnete Polizisten in Schach halten konnte, wollte er sich nicht ausmalen, was er mit einem Löffel tun konnte. »Schon gut, vergiss es.«

»Hast du bekommen, was du wolltest?«

»Kann man so sagen.«

Der Barmann kam mit einem Handtuch über seiner breiten Schulter an den Tisch und beugte sich zu Alien Pete herunter. »Es gibt 'ne Beschwerde gegen dich, Pete, von einer Frau an der Bar. Du hättest ihr etwas von außerirdischen Einpflanzungstechniken erzählt.«

»Nein, das war gestern, nicht heute.«

Der Wirt stützte sich mit seiner fleischigen Hand auf dem Tisch ab und sah ihm in die Augen. »Sie hat 'ne Scheißangst, fühlt sich von dir bedroht. Ich denke, du hast heute wieder genug Aliengeschichten verzapft, du haust jetzt besser ab.«

Alien Pete steckte den Zeigefinger in seinen Brei, nahm ihn in den Mund und stand auf. »Liam, ich komme später vorbei, wegen des Pick-ups, den ich verschrotten soll«, sagte er gelassen und ging.

»Sorry, Jungs, hat der Typ euch genervt?«, fragte der Barmann.

»Nein«, erwiderte Scott und trank sein Bier aus. »Macht er denn öfter Probleme?«

»Ab und zu braucht er 'nen Stoß vor den Kopf, das ist alles. Ihr beide kriegt 'nen Whiskey aufs Haus«, sagte er und verließ den Tisch.

Liams Gesichtszüge kippten. »Dieses Gesöff trinkt nicht mal sein Hund, der will es nur loswerden. Es ist eine Beleidigung der Geschichte des Whiskeys, der übrigens das erste Mal historische Erwähnung im Jahre …«

Scott schaute auf den Schaum, der auf dem Boden seines Glases zu Flüssigkeit schmolz, und überlegte, ob es genug Alkohol auf der Welt gab, um allein die Ereignisse in der letzten Woche sacken zu lassen. Zumindest hatte der Mörder büßen müssen. Allerdings nagte ein kleiner Zweifel an seiner Rache, da der Mann bis zum Schluss nicht gestanden hatte. Die Tat war die eines Irren gewesen, eines Soziopathen. Hatte Walsh das Zeug dazu gehabt? War er irre gewesen? »Sag mal«, unterbrach er Liams Ausführung, »glaubst du, dass wir den Richtigen erwischt haben?«

»Wie meinst du das?«

»Walsh. Meinst du, dass er krank genug für solch eine Tat war?«

»Er hat doch vieles zugegeben.«

»Ja, aber nicht, dass er sie getötet hat.«

»Du hast doch selbst gesagt, dass er ein Lügner ist, oder?«

»Schon.« Scott drehte sein leeres Glas auf dem Bierdeckel.

»Versuche, mit der Sache abzuschließen. Wir haben den Mörder gestellt und dafür gesorgt, dass er das nie wieder jemandem antun kann.«

»Für dich ist alles schwarz-weiß, aber manchmal gibt es auch Grautöne. Außerdem habe ich mittlerweile Kopfschmerzen – das alles war einfach zu viel.«

»Dann solltest du die Finger von dem Bier lassen, das wird es nur schlimmer machen. Geh nach Hause, gönn dir eine Dusche und lass dich von Mum aufbauen.«

Während Liam sich durch die Menge der Pubgäste zum Zahlen an den Tresen durchwühlte, kippte sich Scott den letzten Schaum aus dem Glas rein und atmete durch. Sein Bruder hatte recht, es war besser, mit der Sache abzuschließen, als zu glauben, dass Walsh zu Unrecht hatte büßen müssen. Er massierte sich die Schläfen und versuchte, den Kopfschmerz abzuschütteln, aber er hatte wenig Hoffnung, dass dies helfen würde.

* * *

Dampf waberte im Badezimmer bis hinunter zu dem weißen Fliesenspiegel und tropfte als Kondenswasser von den Oberflächen der Keramikquadrate auf den Boden mit dem Schachbrettmuster.

Scott lehnte mit beiden Händen an der Duschwand und ließ das warme Wasser aus dem Duschkopf auf seinen Nacken prasseln. Es fühlte sich an wie eintausend Nadelstiche, die jede Muskelfaser trafen und massierten. Die Wärme und der beständige manuelle Reiz lockerten seinen Hals und oberen Rücken. Langsam zog sich der Schmerz in seinem Schädel zurück. Das Wasser wusch die letzten Tage von ihm ab, dennoch wummerte die Sehnsucht und das Gefühl des Verlusts in seiner Seele.

Nach einer Weile stieg er aus der Dusche, trocknete sich ab und war überrascht, dass auf dem Toilettendeckel sorgfältig gefaltete Wäsche für ihn bereitlag. Der Anblick der Jeans und des Rollkragenpullovers fühlte sich nach Geborgenheit an, nach Zuhause, danach, von einer fürsorglichen Frau bemuttert zu werden. Während er sich anzog, roch er den Weichspüler, der zwar nichts anderes als Chemie war, aber bis zu seinem neunzehnten Geburtstag das Klima seines Kleiderschranks geprägt hatte.

Er lief über die knarzenden Dielen des Flurs in sein Zimmer und legte sich aufs Bett. Mit dem Blick nach oben entdeckte er die Basketballabdrücke an der Decke, die er an den Tagen hinterlassen hatte, als sein Bruder im Nachbarzimmer im Fieber gelegen hatte. Das war ihr gemeinsames Ding gewesen. Scott hatte ihm damit klar gemacht, dass er da war und ihn nicht allein ließ. Jeder Aufprall an der Decke war ein Morsezeichen der Beistandschaft gewesen.

Jemand klopfte am Türrahmen.

Als er sich umdrehte, sah er seine Mutter.

Sie setzte sich zu ihm aufs Bett und nahm seinen Kopf auf ihren Schoß, so wie sie es immer getan hatte, als er klein war.

»Mum, ich bin kein Kind mehr«, lamentierte Scott und gab schnell auf, als sie mit ihrer Hand durch sein Haar fuhr. Es war der Gipfel der Geborgenheit.

»Du hast deinen Kopf nicht richtig getrocknet, Junge.«

»Hatte keine Zeit.«

»Du wirst dich erkälten.«

»Egal, Mum.«

»Ich mache mir Sorgen um dich.«

»Brauchst du nicht.«

»Wo warst du nach der Beerdigung?«, wollte sie wissen.

»Was trinken, mit Liam.«

»Ich hoffe, nicht wieder diesen gottlosen thailändischen Schnaps mit der Schlange darin.«

»Nein«, wiegelte er ab. »Vater hatte nur eine Flasche und die haben Liam und ich schon gesoffen, als ich sechzehn war. Außerdem hat mich mein kleiner Bruder dazu überredet, weil er so fasziniert davon war, ich bin also fast unschuldig gewesen.«

»Er hat immer zu dir aufgesehen, Scott.«

»Ich war ja auch sein einziger Freund.«

»Neben den vielen Büchern. Ihr beide hattet immer eine Verbindung, die ich nie begriffen habe. Etwas, das ihr gemeinsam habt, als wäre es euer Geheimnis.«

»Ist ganz einfach. Entweder haben wir uns gegenseitig oder zusammen andere verprügelt. Das ist unsere gemeinsame Eigenschaft.«

»Ich weiß nicht, ob das wirklich alles ist. Doch jetzt seid ihr groß und es ist schön, dass ihr euch noch versteht. Ist es nicht gut, zu Hause zu sein?«

»Mum, hör auf, ich weiß genau, worauf du hinauswillst.«

»Was ist denn so schlimm daran, die Whiskeybrennerei deines Vaters zu übernehmen?«

»Ich will nicht für immer in diesem Nest festsitzen.«

»Weißt du, Junge, ich habe mich so für dich gefreut, als du uns diesen Brief geschrieben hast, dass du heiraten möchtest. Ich hatte gehofft, du würdest bodenständig werden.«

Scott schnaufte. »Wir wären weggezogen.«

»Sicher? Es schien mir eher so, als würde sie ihr Cottage lieben.«

»Kann sein. Ich weiß nicht, vielleicht wäre … keine Ahnung. Wird es irgendwann aufhören?«

»Was?«

»Der Schmerz, Mum, dieser elende Schmerz.«

»Unsere geliebten Menschen kommen und gehen, so wie wir selbst. Als du deine Tante verloren hast, dachte ich, dass es mich auffrisst. Sie war meine Schwester, ich bin mit ihr aufgewachsen. Auch wenn man es nicht will, der Schmerz verblasst mit der Erinnerung. Tage vergehen, Wochen, Monate. Man verändert sich, ist nicht mehr dieselbe Person wie vorher und auch wenn die Zeit unser grausamster Feind ist, kann sie uns bei der Trauer ein Freund sein.«

»Das hört sich sehr nach Pater Daniels an.«

»Ja, mein Junge, so ist es. Er ist ein guter Mensch, ein guter Ire und ein guter Seelsorger. Vielleicht kann er dir auch helfen.«

»Nein danke, ich habe einen Friseur und außerdem wirkt dieses Zimmer wie eine Therapie auf mich.«

»Was immer dir hilft, mein Junge. Dad wollte eure Zimmer an Touristen untervermieten. Aber ich habe ihm mit Scheidung gedroht, wenn er auch nur eine deiner alten Socken anfasst und es wagt, so einen neumodischen Möbelschnickschnack zu kaufen, mit dem Gästepensionen ausgestattet werden.«

»Als hättest du gewusst, dass ich es brauchen würde.«

»Eine Mutter liebt das Nest ihrer Jungen. Wenn ich dich vermisse, komme ich hier hoch und atme den Geruch deiner Kindheit ein. Liams Zimmer ist ebenfalls unverändert, auch wenn er keinen Schritt mehr hineinsetzen will, da er durch sein Fieber teilweise wochenlang daran gebunden war.«

»Schön, dass es dich gibt, Mum.«

Sie lächelte und küsste ihn auf die Stirn, während sie mit ihren warmen Händen weiter durch seine Haare fuhr. »Du wirst wieder lachen, mein Junge, du wirst wieder lieben, du hast noch so viel Leben vor dir. Nur tu dem alten Herz deiner Mutter einen Gefallen, fahr nicht wieder auf See, bleib hier, bleib bei deiner Familie, deinem Zuhause.«

»Das ist unfair.«

»Was denn?«

»Du ziehst dieses ganze Mutterding ab, das ist Beeinflussung, Hypnose.«

»Ich will nur, dass du darüber nachdenkst. Ich mache jetzt gleich Abendessen, Kartoffelbrei mit Hackbraten und Soße.«

»Mein Lieblingsessen, als ich neun war? Bist du Verhörspezialistin bei der CIA?«

Sie hob seinen Kopf an, schob ein Kissen darunter und stand auf. »Ich gehe jetzt in die Küche und mische die Drogen unter das Essen«, sagte sie mit einem Lächeln und verschwand.

In solchen Momenten erkannte Scott, wie sehr er nach seiner Mutter geraten war. Auch sie hatte eine Ader für Sarkasmus.

Er stand auf und sah sich um. Tatsächlich hatte sich nichts verändert, seit er ausgezogen war. Auf seinem Kleiderschrank klebten noch immer Sticker von internationalen Fußballspielern, von denen einige heute Ehefrauen hatten, die deren Namen als Marke ausschlachteten, oder bereits Trainer anderer Mannschaften waren. Viele von ihnen dümpelten heute in der Versenkung herum, so wie die Bandnamen auf den CDs, die an die Videospielesammlung anschlossen. Scott glitt mit dem Finger über die Titel in aufwendiger Effektschrift. Neben Renn-, Zombie- und Sportspielen gab es auch welche, die mit dem Weltraum zu tun hatten. Eins davon griff er heraus und betrachtete die CD-Hülle. Es war *Aliens – die Wiedergeburt*, eine Geschichte, die er schon als Film klasse gefunden hatte. Was die Außerirdischen den Menschen antaten und wie sie sich mithilfe deren Körper fortpflanzten, war damals der Gipfel des Grauens gewesen. Kein Wunder, dass sich Alien Pete davor fürchtete, dass es solche Wesen wirklich geben könnte. Wie mochte es wohl sein, dauerhaft in dem Glauben zu leben, dass es diese Wesen wirklich gab? Was machte das mit einem Menschen? Scott dachte über die verstörende Rektumdarstellung mit dem Kartoffelbrei nach, seinen Gesichtsausdruck, als er die Polizisten mit einem Tacker beschossen hatte, und an das irre Funkeln, das in seinen Augen blitzte, wenn er *von denen da oben* sprach. Dieser Mann war tatsächlich irre, fürchtete sich davor, dass Aliens unter den Menschen waren und belästigte Frauen mit seinen Schauermärchen. Scott spürte ein Kribbeln in seinem Bauch, sein Puls beschleunigte sich und er hatte plötzlich den Geschmack von Galle im Mund. »Alien Pete«, flüsterte er. Er war es gewesen, der ihm erzählt hatte, dass er Caitlin und Patrick Walsh auf der Straße gesehen hatte. Und er hatte etwas von Symbionten erzählt, die Menschen in sich trugen. Glaubte er vielleicht auch, dass man die Saat der Aliens aus Menschen herausschneiden konnte? »Nein«, wisperte Scott. »Nein, zu abwegig, zu irre, zu krank.« Er wollte es nicht glauben, schüttelte den Kopf, griff sich fahrig durch die

Haare. Dieser Geisteskranke hatte ihn an der Nase herumgeführt, von Anfang an. Und er hatte etwas davon erzählt, dass er heute noch zu Liam wollte, wegen des Pick-ups. »Liam!«, rief Scott, ließ das Videospiel fallen und hob seine Matratze an, um seine Desert Eagle zu schnappen. Dabei fiel ihm ein, dass er sie bei Liam in der Werkstatt vergessen hatte. Er eilte aus seinem Zimmer und polterte die Treppe hinunter.

»Mein Junge, was ist los?«, fragte seine Mutter besorgt aus der Wohnküche.

Scott griff sich seine Lederjacke und den Autoschlüssel seines Vaters vom Haken und schlug die Haustür hinter sich zu.

* * *

Scott brachte den alten Kombi seines Vaters mit quietschenden Reifen auf der Straße zum Stehen und rannte über einen Hinterhof zur Werkstatt seines Bruders. Er stellte sich an die alte, matte Scheibe des Sprossenfensters und sah zu seinem Erschrecken Alien Pete, der vor Liam saß und ein Glas Whiskey in der Hand hielt.

Scott war klar, dass der Mann beim kleinsten Anzeichen für Gefahr durchdrehen konnte, daher glättete er sich das Haar, kontrollierte seine Atmung und versuchte, gelassen zu wirken, als er die Tür öffnete.

Alien Pete grüßte ihn mit einem beiläufigen Nicken.

Scott entging nicht, dass der Mann neben einem großen Hammer saß, der auf der Werkbank lag.

Liam, der mit einer Lupenbrille, die ihm Fischaugen verlieh, auf einem Schemel an einer Holzschnitzerei arbeitete, legte seinen Leimpinsel quer auf einer Dose ab und drehte sich zu Scott. »Du willst wohl doch noch einen guten Whiskey, was? Frisch rasiert und mit neuen Klamotten siehst du schon besser aus. Nimm dir einen Stuhl und setz dich zu Pete. Ich habe ihm erklärt, dass diese Holzschnitzerei eine Kreuzigungsszene von Jesu Christi darstellt. Sie ist Teil eines Triptychons, eines dreiteiligen Andachtsbilds aus der St. Mary's Cathedral. Ich habe extra Knochenleim hergestellt.«

Scott versuchte, die Lähmung abzuschütteln und sich normal zu geben. Er nahm sich einen Stuhl, der neben einem hochkant aufgestellten Stapel von Sperrhölzern stand, und setzte sich.

Liam wischte sich die Hände an einem Handtuch ab und zapfte ihm ein Glas Whiskey aus seinem Fass. »Hier, Scott, das wird dir guttun«, meinte er und drückte ihm das Glas in die Hand. Danach setzte er sich wieder an seine Arbeit. Er fügte aus einem Setzkasten voller Kleinteile aus Holz einzelne Stücke an die mit Leim bestrichenen Stellen. Dabei führte er die Pinzette, mit der er die Teile herausfischte, ruhig und sicher. »Wenn man es macht, dann richtig. Die Restaurierung muss die Materialien seiner Zeit enthalten, sonst geht viel von der Originalität verloren. Alte Dinge werden nicht mehr hergestellt.«

»So wie der himmelblaue Ford Bronco«, fügte Alien Pete dazu. »Ein Klassiker von 1973. Soll ich den wirklich verschrotten? Der hat kaum Elektronik, viel Mechanik, die da oben können den nicht orten.«

Liam wandte sich ihm zu. »Ich will, dass er in die Schrottpresse kommt, noch heute, die Bezahlung hast du erhalten.«

»Ist das *der* Pick-up?«, mischte sich Scott ein.

»Ja«, antwortete Liam mit einem Augenzwinkern.

Alien Pete zuckte die Schultern. »Solange es Geld gibt, habe ich keine Probleme damit. Nur bei Oldtimern frage ich lieber zweimal.«

Scott suchte unauffällig nach seiner Pistole. Dazu tat er so, als würde er seinen Nacken und Hals lockern und schaute dabei alles ab. Dabei entdeckte er die Spitze des Laufs, der metallen unter einem mit Farbklecksen besprenkelten Lappen auf der Werkbank hervorlugte. Beides lag neben der Dose, in die Liam den Schmuck von Patrick Walsh hineingesteckt hatte. »Dann hast du ja heute noch viel zu tun und keine Zeit zu verlieren, Pete«, versuchte Scott ihn zum Gehen zu bewegen.

»Ich weiß nicht, ob es da draußen im Moment sicher ist. Eine der Straßenlaternen hat geflackert.«

»Aber du hast doch Scheinwerfer am Auto, oder?«

»*Die* geben Morsezeichen mit den Laternen, draußen ist es nicht sicher.«

Scott schluckte. Wie um Himmels willen und des Teufels Willkür konnte man so einen Mann mit logischen Argumenten zum Gehen bewegen? Die Antwort lautete: Gar nicht. Und das war die Lösung. Scott fuhr sich unruhig mit der Hand über den Nacken und sah sich in alle Richtungen um. »Spürt ihr das auch?«, fragte er.

Liam wandte ihm den Kopf zu. »Meinst du den Fischgeruch? Habe ich doch schon erklärt, wegen des Leims.«

»Nein, das ist es nicht. Es ist, als würde etwas in der Luft liegen, so … eine Spannung.«

Alien Pete versteifte sich auf seinem Stuhl und machte ein ernstes Gesicht. »Meinst du Elektrizität?«

»Ja, vielleicht kommt das von der großen Antenne, die oben auf dem Nachbarhaus steht.«

»Eine Antenne, ein Funkmast?«

»Keine Ahnung, ich bin kein Spezialist.«

Alien Pete kratzte sich an den Armen, stellte den Whiskey ab und griff sich in den Nacken. »Ich kann es auch spüren, vielleicht schaue ich mir das mal lieber an.« Er stand auf, zog seine Jacke an und ging.

Liam öffnete mit einem Tapetenmesser einen Plastikbeutel mit Ziernägeln und blickte dabei Scott mit seinen Fischaugen an.

»Kann es sein, dass du ihn auf den Arm genommen hast?«

»Das wollte ich nicht.«

»Dann ist ja nicht schlimm.«

»Zynismus.«

»Was?«

»Du lernst es nie«, sagte Scott, spähte vorsichtig aus dem Fenster und schlich dann zu Liam. »Alien Pete, er war es!«, zischte er.

»Wovon redest du? Und wieso flüstern wir?«

»Der Mörder von Caitlin.«

»Du machst dich lächerlich, der ist harmlos.«

»Nein, verdammt, ganz Killarney akzeptiert ihn, macht sich über ihn lustig, und deswegen kapiert keiner, welche Gefahr von seinem Irrsinn ausgeht.«

Liam legte die Tüte beiseite. »Du willst mir doch jetzt nicht erklären, dass ich den Falschen umgebracht habe?«

»Tut mir leid, ich war mir so sicher.«

»Welche Beweise hast du?«

»Ich glaube, dass er sich eingebildet hat, dass in Caitlin ein Symbiont heranwächst und er ihr deswegen die Gebärmutter herausgeschnitten hat. Und um von sich abzulenken, hat er den Verdacht auf Walsh gelenkt.«

Liam zog sich die Lupenbrille ab und hängte sie auf das Triptychon. »Gebärmutter … was? Das ist doch irre, was du mir da erzählst.«

»Ganz genau, das ist irre. Kapierst du es jetzt?«

Liam blinzelte, nahm die Hand vor den Mund und riss dann die Augen auf. »Deswegen hat Walsh die Tat nicht gestanden.«

»Genau.«

»Alien Pete kann jede Sekunde zurückkehren. Hast du einen Plan, was mir machen?«

Scott kippte sich den Whiskey in die Kehle, stellte das Glas auf der Werkbank ab und nahm sich die Pistole. »Keine Sorge, ich mache das.« Als er die Waffe durchlud, warf er versehentlich die Dose auf der Werkbank um. Der Inhalt verteilte sich auf der Holzplatte. Uhren, Armbänder aus Silber und Gold, Halsketten mit Anhängern und ein silberner Ring, der Scotts Aufmerksamkeit erregte. Mit seiner freien Hand nahm er ihn zwischen Zeigefinger und Daumen, um ihn genauer zu betrachten. In der Mitte einer stilisierten Distel prangte ein Bernstein. In Scotts Kopf kollidierten Gefühle und Gedanken, verschmolzen zu Plasma und brannten sich in jede einzelne Gehirnzelle ein.

»Es ist eine Trophäe«, begann Liam hinter seinem Rücken mit kalter Stimme. »Sie war mit dir verlobt und hat sich von diesem Idioten schwängern lassen. Es war Verrat an dir, an eurer Liebe. Ich wusste, dass sie dir sehr wehtun wird. Das musste ich verhindern, genauso, wie ich auf dem Pausenhof für dich gekämpft habe.«

Scott konnte nicht aufhören, den Ring in seiner Hand anzustarren. »Woher hast du den Ring«, stammelte er benommen. Seine Ohren hatten die Worte gehört, doch sein Verstand hatte sich unter der Bettdecke verkrochen und hoffte, dass das Monster im Schrank verschwinden würde, wenn man es nicht sehen konnte.

»Du, ich, Mum, Dad, für immer, verstehst du?«

»Was hast du getan?«, flüsterte Scott.

»Es war für dich.«

»Was hast du getan, Liam?«

»Das, was nötig war.«

Scott ließ den Ring klirrend zu Boden fallen und stützte sich mit der Pistole in der Hand auf dem Tisch ab, da ihm kurz die Sinne schwindelten. Seine Kiefer zitterten, während ihn der eiskalte Wind in der Tundra seines Herzens erfasste. »Was hast du getan?«, wisperte er.

»Ich habe sie und den ungeborenen Bastard bestraft. Alien Pete war nicht der Einzige, der von den beiden wusste. Als ich ihr einen Kuchen von Mum bringen wollte, war ich bei ihrem Cottage und habe geklingelt. Da anscheinend keiner da war, wollte ich das Backwerk auf einem Sims abstellen, doch zu ihrem Pech habe ich das Schlafzimmerfenster erwischt. Ich habe sie gesehen, zusammen mit diesem Patrick Walsh, wie sie mit ihm Unzucht trieb. Dafür musste sie büßen. Aber im Gegensatz zu dir fiel es mir nicht so schwer, denn es war nicht das erste Mal. Menschen sind so leichtsinnig wie Lemminge, sie sind Opfer von Beginn an. Sie glauben daran, dass der Mitmensch, den sie treffen, ihnen nichts Böses will. Das geht schon mit der Erziehung los, in der Kinder lernen, dass man anderen trauen muss. Was für ein Fehler!« Er tippte mit dem Zeigefinger gegen seine Schläfe. »Stell dir vor, du näherst dich einer Schar Hühner und keines von ihnen flüchtet. Du schnappst dir einfach die Unartigen unter ihnen und sie beginnen erst dann zu strampeln, wenn du ihre Bäuche mit der Schere aufschneidest. Und die Erste, die ich aufgeschnitten habe, war eine Frau namens Sue Murphy. Sie stammte aus Trallee, eine depressive Gothic, die sich gerne auf Friedhöfen herumtrieb und zwei Nächte wegen irgendwelcher dummen Rituale mit Opferdolch und Kerzen heimlich auf Muckross Abbey verbrachte. Ich habe sie bei meinem Besuch dort zufällig getroffen, weil ich mir Inspiration für die Restaurationsarbeiten holen wollte, wegen der schönen Rundbögen und des Gewölbes. Aber stattdessen fand ich den ersten Menschen, der mir die Augen für mein eigenes Wesen geöffnet hat. Sie hat über das Jenseits geredet, dass sie sich nach dem Tod sehnt, weil sie mit dem Freund ihrer besten Freundin geschlafen und deren Beziehung zerstört habe. In dem Moment hat es sich angefühlt wie auf dem Pausenhof, Scott. Ich wollte wieder einen Menschen für seine Schlechtigkeit bestrafen, verstehst du? Als ich ihr den Opferdolch in ihren Bauch rammte, war es nichts anderes als Wiedergutmachung, denn sie hatte sich das Leben nicht verdient. Und ich bin nicht der Einzige, der so denkt.« Er deutete auf seinen Bruder und nickte sachte. »Auch du hast es, Scott. Ich habe deinen Blick gesehen, als du Walsh die Kanone an die Stirn gehalten hast. Es fühlte sich gut an, stimmt's? Herr über Leben und Tod, dieser Rausch, das Verlangen. Du bist nicht grundlos in den Rettungsdienst, besitzt nicht aus Zufall eine Waffe und deine ganze Racheaktion – das war nicht alles Caitlin geschuldet, ein Teil von dir wollte es für dich selbst. Auch wenn du dich noch nicht kennst, so kenne ich dich, Bruder. Denn dieses Gefühl verbindet uns beide.«

Scott sah auf den vielen Schmuck, der vor ihm lag. »So viele Menschen, so viele Leichen. So bin ich nicht.«

»Die Engel holen sie sich nun. Niemand wird sie finden. Niemals. Dafür habe ich gesorgt.« Er zeigte auf das Triptychon. »Weißt du noch? Originalität und Authentizität? Farben strahlen anders, wenn Organisches in sie eingearbeitet wird. Leim haftet besser, wenn er eine menschliche Note in sich trägt. Die Kathedrale wird strahlen, wenn ich mit ihr fertig bin, und es gibt noch so viel mehr Möglichkeiten, die ich dir erklären möchte.«

»Möglichkeiten? Das, was du Caitlin und Melissa genommen hast?«

»Melissa, diese gackernde Schlampe, musste vor Caitlin dran glauben. Denn sie war es, die den Kontakt zwischen Patrick Walsh und deiner Verlobten hergestellt hatte. Melissa hielt dich nicht gut genug für ihre Freundin, meinte, du wärst ein Tagträumer, der mehr auf See sei als zu Hause. Und dann hat Caitlin dich verraten, denn sie war menschlicher Abschaum, Abfall, daher habe ich ihren Körper auf dem Abfall entsorgt.«

Scott wirbelte wütend herum und im gleichen Moment spürte er einen Zug am Hals.

Liam klappte der Mund auf, während er das blutige Tapetenmesser in seiner Hand anstarrte. Er wirkte geschockt über seine Tat. »Scott, das wollte ich nicht, es war nur ein Reflex«, beteuerte er mit bestürztem Gesichtsausdruck.

Scott hielt sich den Hals und fühlte, wie warmes Blut über seine Hand lief. Während er nur halb realisierte, was eben passiert war, wunderte sich ein Teil seines Verstands über Liams Gefühlsausbruch. Denn sonst war der Mann wie ein Automat. Scott ließ die Pistole fallen und sackte am Bein der Werkbank zu Boden. Jeder Atemzug tat weh, ließ ihn röcheln und der Schmerz brannte sich durch seinen Hals.

Liam ging vor ihm auf die Knie und sah ihm mit glasigem Blick lange in die Augen. Danach schnappte er sich die Desert Eagle. »Du hättest nicht abgedrückt. Du konntest noch nie zu Ende bringen, was du begonnen hast, da du dich selbst nicht kennst. Daher werde ich es für dich tun, wie damals auf dem Schulhof, als ich deine Konflikte beendet habe. Wähle dein Ende, Bruder, sonst wählt dein Ende dich«, erklärte er, setzte sich die Mündung an die weiche Stelle unter dem Kiefer und schoss. Blut, Hirn und Knochensplitter sprenkelten den Triptychon-Himmel über den Figuren, die sich um die Heilige Mutter Gottes geschart hatten, und fielen wie blutiger Regen auf sie herab.

Während Scott um sein Blut und sein Leben kämpfte, hatte er mit ansehen müssen, wie sich sein Bruder in den Kopf geschossen hatte und nun wie in Zeitlupe zur Seite kippte. Liam war tot. Diese Erkenntnis traf ihn wie ein heißes Messer ins Herz. Tränen rannen über seine Wangen und mischten sich mit dem Blut, das zwischen seinen Fingern durchsickerte. Schlimmer als die Wunde an seinem Hals blutete sein Herz. Ein Teil seines Wesens war mit Caitlin gestorben, der andere mit Liam. Wieso sollte er noch kämpfen? Wieso noch weiter durchhalten? Als er loslassen wollte, ging die Tür auf.

»Was zur Hölle ...«, stammelte Alien Pete und kniete sich zu Scott herunter. »Verdammt, haben die da oben euch fertig gemacht?!«, schrie er panisch. Nachdem er die Waffe, Scott und das blutige Tapetenmesser erblickt hatte, eilte er weg, veranstaltete einen Heidenlärm und kam mit einem dicken, roten Koffer mit einem weißen Kreuz darauf zurück. Er klappte ihn ungeschickt auf, sodass sich Mullbinden, verpackte Wundauflagen und Gewebebandrollen über den Boden verteilten. »Verflucht, keine Ahnung, was ich machen soll!«

Scott bereitete sich auf den Tod vor, den er sich so nicht vorgestellt hatte. Es fühlte sich hart an, schwer, als habe er noch einen schroffen Hügel vor sich, den er überwinden musste. Das Atmen fiel ihm schwer und seine Kräfte verließen ihn.

»Du bist Sanitäter, du sagst mir jetzt gefälligst, was ich tun soll!«, brüllte Alien Pete mit einem Blick in den Augen, die in Panik badeten.

Wie ein Autopilot übernahm die Übung aus seinem Dienst das Ruder über Scotts Handlungen. Er zeigte mit der freien Hand auf die Mullbinden, Wundauflagen und das Tape, während Sterne in seinem Gesichtsfeld blitzten.

»Ist ein Mann der Tat ein Täter?«

Forensische Psychologie, Kapitel 3, »Wo liegen die moralischen Grenzen der Eigeninitiative?«

20 Der Kopf der Schlange

Das Erste, was Anna wahrnahm, war ein leises Pfeifen in ihren Ohren. Erinnerungsbruchstücke eines Dudelsackspielers auf einer Brücke schwemmten an die Festen ihres Bewusstseins, das zwischen Dämmern und Aufklaren wechselte. Dann kroch der Schmerz in ihren Schädel und nistete sich pochend und dumpf in ihrem Hinterkopf ein. Als ihre Lider hochflatterten, brauchte es eine Weile, bis sie das grelle Licht vor ihren Augen weggeblinzelt hatte und sie ihre Umgebung wahrnehmen konnte.

Die Luft roch modrig und alt, als sei sie stehen geblieben und verrottet. Sie saß auf einem Stuhl auf einer Art Empore in einem gemauerten Gewölbe, an dessen Decke schwarze Kabel zu vergitterten, angelaufenen Industrielampenschirmen führten, die gelbes, schwaches Licht abgaben. Es reichte nur spärlich, um die Fässer zu beleuchten, die im unteren Geschoss aufgestapelt waren und die Anna zwischen den Latten des morschen Geländers hindurch sehen konnte.

Links neben ihr saß Mick, dessen Kopf auf seiner Brust ruhte und der bewusstlos war. Er blutete aus einer Stelle am Kopf, an der die Mütze bereits rot glänzte. Neben ihm saß Kay, die hin und wieder den Kopf hob, wieder wegdämmerte und stöhnte. Rechts von ihr war Declan, ebenfalls auf einem Stuhl, der sich vornübergebeugt hatte und leise weinte. Seine Tränen fielen auf seine Knie und hinterließen dunkle Flecken auf seiner Jeans.

Anna wollte die Arme heben, merkte aber, dass ihre Gelenke an der Stuhllehne hinter ihrem Rücken gefesselt waren. Sie versuchte sich zu erinnern, was passiert war. Villa, Schüsse, Angus, Blut, ein Lichtblitz. Langsam fügte sich alles zusammen und sie begann zu verstehen, dass sie überlebt hatten und wahrscheinlich entführt worden waren.

Um sich ein besseres Bild zu verschaffen, wollte sie den Kopf drehen, allerdings hatte sie dabei die Schmerzen vergessen, die sich mit der Härte eines Vorschlaghammers in ihrem Kopf austobten. Kurz bevor sie das Bewusstsein wieder verlor, kniff sie die Augen zusammen und versuchte, die Schmerzspitze mit vollkommener Reglosigkeit auszuhalten.

»Das sind Kollateralschäden des Krieges, vergeht schon wieder«, sagte jemand mit rauer Stimme.

Anna wagte es, wieder zu atmen, wenn auch langsam, und öffnete die Augen.

Der Major stand vor dem Geländer und steckte sich eine silbern glänzende Pistole unter den Gürtel, damit er die Hände freihatte, um sich seinen Camouflage-Schal zu richten. »Wachen Sie jetzt auf, wir haben dreiundzwanzighundert, den Müden beißen die Granaten.«

»Welche Granaten?«, murmelte Anna. Ihr Kiefer tat weh und ihre Stimme hörte sich trocken an. Außerdem schmeckte sie Blut im Mund.

»In Ihrem Fall die Blendgranate, Miss Caffrey. Also, kommen Sie zu sich.«

Sie versuchte, sich zusammenzureißen und zu verstehen, was der Major jetzt hier suchte. Sein Blick war hart und sein Körper war wie eine Bogensehne gespannt, als habe er einen Stock verschluckt und wisse nicht, wie er ihn wieder herausbekommen sollte. »Was, wieso …«

»Weil ich es so will«, antwortete der Major.

Anna erinnerte sich, dass Angus von einem *Er* gesprochen hatte. »Gehören Sie zu Angus?«

»Nein, ich bin der General, er ist, nein, war der Soldat. So wie die anderen. Ich habe fünf Mann in der Schlacht verloren. Die alte Lady und ihr Butler haben sich als echte Krieger entpuppt.«

Anna hatte Tränen in den Augen. »Sind ... sind die beiden noch am Leben?«

Er lachte düster.

»Dann sind Sie derjenige, der hinter allem steckt?«

»Ja, ich bin der Kopf der Schlange.« Er zog seinen Flachmann aus dem Revers und gönnte sich einen Schluck, bevor er weitersprach. »Und ich lasse mir von keinem das Geschäft vermiesen«, sagte er und schaute zu Declan, dessen leises Weinen von Schluchzen unterbrochen wurde. Der Major ging zu ihm, verpasste ihm eine Ohrfeige und schrie ihn an. »Elender Feigling! Soldaten weinen nicht!«

Declan wurde wieder leiser.

»Lassen Sie ihn in Ruhe!«, forderte Anna.

Ihr Peiniger ging wieder ans Geländer, nahm sich den Schieber vom Kopf, richtete sich das schüttere, ergraute Haar und setzte die Kopfbedeckung wieder auf, bevor er sie mit seinen eisblauen Augen musterte.

»Was wollen Sie von uns?!«, wollte Anna wissen.

»Was ich will? Die Frage ist doch, was Sie von mir wollen. Wer hat Ihnen von Sue Murphy erzählt? Wieso haben Sie mir nachspioniert?«

»Nachspioniert? Wir waren nur zur Verkostung hier, das ist alles«, beteuerte sie.

»Ein General merkt, wenn ihm Bluthunde auf den Versen sind. Sie haben in Muckross Abbey herumgeschnüffelt und die Halskette gefunden, kann das etwa Zufall sein? Dann haben Sie Angus davon erzählt, der mir sofort Bericht erstattet hat. Ich wollte das Beweismittel an mich nehmen und Sie einschüchtern, daher habe ich ihn Ihr Zimmer durchsuchen lassen. Als das alles nicht geholfen hat, gab ich den Befehl für Ihre Liquidierung. Aber entweder war Angus unglaublich inkompetent oder Sie hatten einfach Glück, dass Sie ihn am Torc Wasserfall überwältigen konnten. Schließlich musste ich mit mehreren Leuten anrücken und die Hölle des Krieges über Ihnen entfesseln.«

»Dann haben Sie Sue Murphy getötet?«

Ein Schatten zog über das Gesicht des Majors und seine Miene verrutschte für einen Moment zu einem gequälten Gesichtsausdruck. »Ich verlange zu wissen, wie Sie mir auf die Schliche gekommen sind! Wird's bald?!«

»Ich …«, begann Kay mit brüchiger Stimme. »Ich war es, die die Abbey und die Kette im Traum gesehen hat. Deswegen waren wir dort.«

Der Major sah sie mit zusammengezogenen Augenbrauen an und kochte sichtlich vor Zorn. »Das ist eine Lüge!«

»Nein, das ist die Wahrheit«, mischte Anna sich ein, um sein krankes Interesse wieder auf sich selbst zu lenken. »Ich bin im Rahmen eines psychologischen Projekts hier und behandle Patienten, die Nahtoderfahrungen gemacht haben. Sie muss irgendeine Art Verbindung zu Sue Murphy haben.«

»Generäle glauben nicht an Hokuspokus!«, schrie er sie an.

»Ich will es wissen«, forderte Kay, die langsam klarer wirkte. »Ich will endlich wissen, welche Scheiße hier abgelaufen ist, damit ich weiß, ob ich die Seele einer Verstorbenen in mir trage oder nicht, ob ich irre bin oder nicht!« In ihrer Stimme schwang das Zittern der Verzweiflung.

Der Major sah sie eine Weile lang an, nahm einen tiefen Zug aus seinem Flachmann und lehnte sich gegen das Geländer. »Anfangs habe ich es nicht gemerkt. Ich dachte, dass mein Bruder mir auf dem Pausenhof beisteht, weil er so mutig und furchtlos ist. Manchen hat er mit seinem

Rucksack die Nase gebrochen, andere hat er aus einem Gebüsch von hinten angegriffen und sie mit einer Flasche auf den Kopf geschlagen. Egal wie viel größer und älter sie waren, keiner von ihnen wusste, dass sie Liam nicht gewachsen waren. Ich dachte, dass es mit seinen Fieberschüben zu tun hat und er sich noch härter und extremer beweisen will, da er manchmal wochenlang zu Hause oder in der Klinik im Bett lag. Als Jugendlicher hatte ich mich daran gewöhnt, dass er unter seinen Fieberträumen spricht, aber als Kind fand ich das sehr unheimlich. Wir wussten nicht, was es war, das ihn krank machte, aber wir haben es akzeptiert. Erst später, als es zu spät war, erfuhr ich, dass er noch etwas ganz anderes hat. Der forensische Psychiater erklärte mir, dass er wohl ein Soziopath war.« Der Major suchte seine Taschen ab, fand einen zweiten Flachmann und gönnte sich mehrere kleine Schlucke, als müsse er das Erzählte Brocken für Brocken herunterspülen.

»Fieberträume?«, murmelte Anna vor sich hin und hatte das Gefühl, als müsse sie das Kunststück vollbringen, ihren Verstand um die Ecke zu biegen, um das Mosaik zu vervollständigen, das sich dem Zusammenfügen widersetzte. Wie gerne hätte sie den Verstand von Kay besessen, die dazu in der Lage gewesen wäre … »Kay«, wisperte sie und hatte das Gefühl, dass ihr Denkvermögen etwas erfasste, das nach Erkenntnis schmeckte. »St. Joseph's!«, rief sie in die Stille hinein. »Das ist es! Major, wissen Sie, ob Ihr Bruder wegen der Fieberschübe im St. Joseph's in Killorglin war?«

»Ja, es ist das einzige Hospital in der Nähe. Er war oft dort.«

»Wann zuletzt?«

»Wahrscheinlich vor zwanzig Jahren.«

Anna atmete erleichtert auf, blickte zur Decke hoch und hatte das Gefühl, als würde sie zu den Himmelreichen emporsteigen. »Kay«, sagte sie, »Sie sind nicht wahnhaft. Sie waren vier Jahre alt, als sie mit Ihrer Mutter im St. Joseph's waren. Am Tag Ihrer Einlieferung war die Klinik überbelegt, es gab zu wenig Personal und es herrschte Chaos. Dort lagen Sie im Delirium, auf Isolierstation. Und wegen des Durcheinanders lag wohl auch der Bruder des Majors im gleichen Zimmer. Dabei muss er im Fieberwahn von seinem Mord an Sue Murphy und von dem Kettchen erzählt haben, das er wohl nach dem Mord gesucht, aber nicht gefunden hat. Das muss sich in Ihr Unterbewusstsein eingegraben haben und die Nahtoderfahrung hat allem Anschein nach genau diese Erinnerung wieder nach oben gespült und Ihr Verstand hat das Ganze als Wahrheit angenommen, weil Soziopathen sehr detailreich erzählen können.«

Kay starrte sie nur an. Ihr Unterkiefer begann zu zittern und Tränen liefen über ihre Wangen, verwischten das helle Make-up und gruben Furchen in ihr Gesicht. Sie formte mit den Lippen ein solch leises *»Danke, Anna Caffrey«*, dass es knapp unterhalb der Hörbarkeit lag.

Doch Anna badete in diesem gehauchten Danke, sog es in ihre Lungen und prägte sich jede Millisekunde dieses überragenden Erfolgs ein.

Der Major schraubte den Verschluss seines Flachmanns immer wieder auf und zu, während er mit leerem Blick auf den Boden starrte. »Daher wissen Sie das also? Durch einen Zufall, durch eine Patientin? Andererseits kann ich mich gut erinnern, wie er im Fieber davon erzählt hat, wie er den Nachbarsjungen verprügelt hat. Wer hätte das gedacht. So ist das also geschehen, nach all den Morden hat er sich selbst verraten. SM, oder auch Sue Murphy, war nur eine von ihnen. Ich weiß nicht, wie lange er schon getötet hat, aber als er meine Verlobte umbrachte, erklärte er mir, dass er seine Tat für mich begangen habe, um sich für mich zu rächen. Bei seinen Worten hatte ich damals Gänsehaut, als stünde ich vor einem Monster. Eiskalt. Berechnend. Tödlich. Mir war klar, dass ich ihn aufhalten musste.«

Anna fiel auf, dass die Sprache des Majors, die üblicherweise vor militärischen Begriffen nur so strotzte, anders war als vorher. Vielleicht hatte dieser Mann sich über die Jahre eine Fassade aus Stärke und Härte aufgebaut, unter der sich ein verletzter Mensch verbarg und nur so überleben hatte können? Wenn es so war, dann hatten sie alle vielleicht doch eine Chance, hier lebendig herauszukommen. »Und dann haben Sie Ihren Bruder getötet?«, sagte Anna und legte so viel Mitgefühl in ihre Stimme, als würde sie ihn auf einer Couch therapieren.

»Nein. Und dennoch glaube ich, dass wir uns gegenseitig getötet haben. Mein Blut tötete ihn und seines das letzte Gute, das die Dunkelheit in mir in Schach zu halten vermochte«, erklärte er vieldeutig und zog seinen Schal ab. Darunter kam eine Narbe zum Vorschein. Groß. Hässlich. Von links nach rechts, wie ein Collier der Grausamkeit. »Stimmband beschädigt, Schlucken gestört, Aorta verletzt – nur durch meine Arbeit als Sanitäter bei der Marine konnte ich überleben. Und vielleicht auch mit ein wenig außerirdischer Hilfe.«

»Und Sie haben die Opfer begraben, in Muckross Abbey, Sie haben ihnen allen eine würdevolle Bestattung auf heiliger Erde ermöglicht. Sie haben richtig gehandelt, einer musste es tun«, griff sie seine eigene Wortwahl auf, um ihm zu suggerieren, dass sie seine Verbündete war.

»Nein, das ist inkorrekt«, sagte er und glitt wieder in seinen Militärjargon. »Die Leichen fanden ihre Gräber, wenn auch in anderer Art und Weise«, widersprach er und trank noch einen Schluck aus seinem Flachmann. »Das Einzige, was unser Vater uns vermacht hat, war diese Destillerie, sein Betrieb. Und mein Bruder, auch wenn er ein kranker Mann war, hatte eine Methode gefunden, den besten Whiskey herzustellen, den dieses Land je getrunken hat. Er hat den Geschmack des Wildhound 83 geschaffen, die Lebensader meines Geschäfts, der Pulsschlag Killarneys und der vielleicht beste Single Malt der Welt.« Er drehte sich um und blickte über das Geländer auf die Fässer.

Anna sortierte erst nach und nach den Inhalt der Worte des Majors. Als sie kurz nach Micks Zustand schauen wollte, sah sie, wie er sie mit gesenktem Kopf spitzbübisch anstarrte. Seine Augen sagten, *»Ich bin schon die ganze Zeit wach und warte auf diesen einen Augenblick.«* Unter seinem Stuhl lag eine blutige Hanfschnur, deren Ende er sich von der linken Hand abwickelte.

Anna schüttelte den Kopf und formte mit ihren Lippen immer wieder ein *Nein*.

Doch Mick hatte sich bereits von ihr abgewandt, stand auf und schlich sich an den Major heran.

Kay blickte zwischen beiden hin und her und riss tonlos den Mund auf.

Unvermittelt drehte sich der Major um und schlug Mick aus dem Schwung heraus den Lauf seiner Pistole gegen die Schläfe. Mick klappte zusammen, als habe man einer Marionette die Fäden durchtrennt.

»Ein guter General behält seine Feinde stets im Blick«, kommentierte der Major seine Aktion, lud die Waffe mit einem Zug am Schlitten durch und richtete sie auf Mick. »Dein Mut soll belohnt werden, Soldat, mit einem präzisen Kopfschuss.«

Anna reagierte, ohne nachzudenken. Mit einer schnellen Gewichtsverlagerung kippte sie ihren Stuhl nach vorne, genug, dass sie auf die Füße kam und all ihre Kraft in einen beherzten Sprung legen konnte. Sie traf den

Major mit der Schulter und prallte mit ihm zusammen gegen das Geländer, das ächzend nachgab und beide nach unten auf die Fässer krachen ließ.

* * *

Scott nahm einen metallischen Geschmack im Mund wahr, während er langsam zu sich kam. Als er sich bewegen wollte, schmerzte sein Bein. Ein flaches Metallstück vom Geländer steckte tief in seinem Oberschenkel. Er brauchte eine Weile, bis ihm seine Lage klar wurde. Er war durch das Geländer gestürzt und lag nun auf den Fässern, mit einem Fremdkörper, der wahrscheinlich in der Beinarterie steckte und sich nicht ohne Weiteres herausziehen lassen würde. Neben ihm lag die Psychologin. Ihr Gesicht war blass und sie schien nicht bei Bewusstsein. Er hatte sie unterschätzt, ihren Mut und noch mehr den Wahnwitz, der ihn ein wenig an seine eigene Impulsivität erinnerte. Sie war tapfer, zweifellos, und hatte alles getan, um zu verhindern, dass man ihr diejenigen nahm, für die sie sich verpflichtet fühlte. Scott beneidete sie und wünschte sich, dass auch er zur richtigen Zeit am richtigen Platz gewesen wäre, um wenigstens die Möglichkeit gehabt zu haben, für seine Lieben kämpfen und sterben zu dürfen. Denn seit man ihm diese Option genommen hatte, war sein Leben nichts weiter als ein dauerhafter Kriegszustand gewesen. Mum hatte sich nach zwei Jahren tiefster Depression auf dem Dachboden erhängt und Dad war sechs Monate später an einem Herzinfarkt gestorben. Scott hatte vorher nicht ahnen können, dass der Schmerz um Caitlin nur ein Vorgeschmack dessen war, was ihn noch erwarten würde. Einzig der Rückzug in den militärischen Drill seiner Ausbildung und die Arbeit im Betrieb seines Vaters, die *Wildhound Distillery,* die er nach dessen Ableben übernommen hatte, vermochten ihm seither etwas wie innere Stabilität zu vermitteln, damit er nicht völlig abdriftete. Denn schließlich hatte Liam recht, das Dunkle in Scott hatte so lange geschwelt und gelauert, bis es aus den Untiefen seines Seelenbrunnens hochgeklettert war und Besitz von ihm ergriffen hatte. Und das nur, weil eine Fremde versucht hatte, die Taten seines kleinen Bruders aufzudecken. Ihr Handeln hatte sich angefühlt wie ein erneuter Angriff auf Scotts Familie. Schließlich hatte er die Schießerei in der McMurrough Villa nicht gewollt. Genauso wenig, wie er Liams fantastischen Whiskey hatte verkaufen wollen. Dennoch hatte Scott es getan, auch wenn er selbst bis heute keine Morde begangen hatte. Aber hatte er wirklich eine Wahl gehabt? Die Schande, die sich seine Familie aufgeladen hatte, war so immens, dass es keine andere Möglichkeit gegeben hatte, als einfach weiter zu verkaufen und die Spuren des Geschehenen zu verwischen. Das Einzige, was zählte, war, die Brennerei so fortzuführen, wie Dad und Liam sie hinterlassen hatten, denn sie war das letzte Stück Familie, das er noch besaß, der letzte Strohhalm im Sturm. Doch all das war nur Aufschub gewesen, die Folge einer Entscheidung, die er nicht getroffen hatte. Doch nun, da einfach nichts mehr eine Rolle spielte, war es an der Zeit, das Richtige zu tun. *»Wähle dein Ende, Bruder, sonst wählt dein Ende dich«*, hatte Liam einst gesagt.

Scott atmete noch ein paarmal durch, griff nach dem Metall, biss die Zähne aufeinander und zog es heraus. Er stöhnte vor Schmerz, als der Fremdkörper durch Fleisch und Ader schnitt, doch es war geschafft. Arterielles Blut, dunkel und glänzend, sickerte aus der Wunde. Scott entspannte sich, denn endlich hatte er seine eigene Wahl getroffen. Es würde nicht mehr lange dauern, keine Minute mehr. Er schaute auf seine Funkarmbanduhr, in der noch immer das Plastik steckte. Sie stand auf zwei Uhr nachts, seit Caitlins Totenwache. Er überlegte kurz, ob die Batterie noch funktionierte, zog den Kunststoffstreifen und beobachtete, wie die Zeiger von selbst über das Ziffernblatt wanderten und bei 23:24 Uhr stehen blieben. Nicht jedoch der Sekundenzeiger, der von der zwölf aus mit jedem Tick wanderte.

Scott spürte feine Nadelstiche am ganzen Körper, es wurde kälter und sein Blickfeld schrumpfte. Für einen Moment wurde es dunkel und er hatte Angst, aber dann wuchs ein Lichtpunkt in weiter Ferne, der wohlige Wärme abstrahlte und die Kälte wegschmolz. Stimmen drangen an sein Ohr, flüsterten Worte der Liebe und Zuversicht und ließen ihn Teil eines großen, allumfassenden Wissens werden. Scott wunderte sich, dass er sich je Sorgen gemacht hatte, denn er war nicht länger als einen Sekundenbruchteil allein gewesen.

* * *

Als Anna die Augen wieder aufschlug, lag sie neben dem Major, der sich nicht mehr regte. Eines der Fässer war leckgeschlagen und der Whiskey floss über ihre Schulter. Der linke Arm schmerzte so sehr, dass sie ihn nicht bewegen konnte, doch dafür konnte sie den rechten heben und sah, dass ein gelöster Strick samt abgebrochenem Stuhlbein daran hing. Vorsichtig versuchte sich Anna auf den Bauch zu drehen, um besser aufstehen zu können. Dabei fiel ihr Blick auf das Innere des kaputten Fasses. Zwei milchige Augen starrten sie aus einem beinahe kalkweißen Gesicht an.

Tot. Kalt. Konserviert im Wildhound 83.

– Entsetzen in Killarney –

Ein Bericht von Jim Davys, Killarney News

Gestern hat sich ein Vorfall ereignet, der weit über Killarneys Grenzen hinaus Wellen schlägt. Sechs bewaffnete Personen drangen in die Villa McMurrough ein, fünf von ihnen starben zusammen mit der Eigentümerin des Hauses im Kugelhagel, darunter auch Professor Dr. Mark Kent. Drahtzieher der Aktion war Scott O'Connell, auch bekannt als der Major, der die Psychologin Anna Caffrey und ihre drei Patienten nach dem Überfall entführte.
Nach ersten Erkenntnissen der Polizei war Caffrey einem monströsen Verbrechen auf der Spur und hat, unter Einsatz ihres Lebens, heldenhaft ihre Patienten gerettet und den Entführer getötet. Dabei brach sie sich den Arm und wird zurzeit im St. Joseph's von Oberarzt Dr. Singh behandelt.
Die ermittelnden Beamten haben 27 Leichen sichergestellt, die in den Fässern lagen, die den Geschmack des Single Malt Wildhound 83 prägten. Anscheinend sind sie die Opfer einer Mordserie, die 18 Jahre zurückliegt und bislang nicht geklärt werden konnte. Die geschäftsführende Teilhaberin der Destillerie hat Konkurs angemeldet und verweigert bisher jegliche Aussage zu dem Vorfall.
Prof. Dr. Edward Richardson, Direktor der Dublin University, an der Caffrey arbeitet, nahm heute Stellung zu dem Ereignis und betonte, dass ihm das Talent der jungen Psychologin bereits aufgefallen sei und er sie für die Ehrendoktorwürde und eine frei gewordene Stelle als Professorin vorgesehen habe.
Im Zuge der Ermittlungen sehen die Beamten auch Verbindungen zur IRA und sind einem Flüchtigen auf der Spur, der das Massaker überlebt zu haben scheint. Inwiefern die Untergrundarmee an den Vorkommnissen beteiligt ist,

sei noch nicht absehbar. Die Polizei rät allen Kunden der Wildhound Distillery vom Verzehr des Alkohols ab. Caffrey selbst konnte bislang noch keine offizielle Stellungnahme abgeben.

Epilog

Vor Professor Kents Büro stand ein Hausmeister, der mit einer Rasierklinge den Namen des Toten von der Tür abkratzte und die einzelnen Reste des Aufklebers an der Tasse auf seinem Rollwagen abstreifte. Das schabende Geräusch hallte im gefliesten Flur der Universität von Dublin wider.

Anna blieb mit der Aktentasche unter dem rechten Arm hinter ihm stehen, der linke ruhte in einer Stoffschlaufe, die sie um den Hals trug. Sie räusperte sich.

Der Mann drehte sich um, wischte sich die Klinge am Blaumann sauber und sah sie mit verkniffenem Gesicht an. »Ich kenne Sie doch! Sind Sie nicht *Lion-Heart-Caffrey*, die aus der Zeitung?«, fragte er mit leuchtenden Augen.

Anna hatte sich noch immer nicht an den Namen gewöhnt, den ihr die Medien angedichtet hatten. Er war wie ein zu großer Pullover, in den man unmöglich hineinwachsen konnte, doch er war um Universen besser als *Anna-Bad-Luck-Caffrey*. »Ähm, ja, die bin ich.«

»Sie haben es denen ganz schön gezeigt. Von wegen legt euch bloß nicht mit Caffrey an, was?«

»Es war vielleicht nicht ganz so heftig, wie in den Artikeln über mich geschrieben wurde. Und ich bin kein Mitglied der IRA, das Ganze wurde falsch dargestellt.«

»Keine Sorge, ich halte dicht. Außerdem kann ich Leute bei mir im Keller verstecken, wenn nötig. Wenn Sie etwas brauchen, egal was, Sie können mich anrufen, Tag und Nacht.« Der Hausmeister beugte leicht den Kopf und zwinkerte, als wisse er nicht, ob er eine höfische Verbeugung oder eine konspirative Miene machen sollte.

»Äh, danke, das ist wirklich sehr nett.«

»Was ist mit dem Alten passiert, Professor Kent?

»Der kommt nicht mehr.«

»Die Leute kommen und gehen, doch der Wilbour bleibt bis zum Schluss«, sagte er und zeigte auf seine Brust. »Was macht Ihr Arm? Ich habe gelesen, dass Sie erst nach der Schlägerei gemerkt haben, dass Sie verletzt sind.«

»Schlägerei? Wie gesagt, Sie sollten nicht alles glauben, was in der Zeitung steht. Aber dem Arm geht es schon besser, auch wenn er noch wehtut.«

»Ich hab was für Sie, Miss.« Er kramte zwischen den Werkzeugen auf seinem Rollwagen und fischte sich ein Stück Papier heraus. Er zog einen Klebestreifen davon ab und brachte ihn auf dem Türschild an. »Dr. h. c. Anna Caffrey«, las er das Offensichtliche vor.

Obwohl Anna die Aufschrift gefiel, hatte sie sich mehr davon erhofft. Nach den Jahren des Studiums waren es nur ein paar Buchstaben und Punkte, die auf einem Schildchen ihren Namen ergänzten. Wieso schmeckte das Ankommen am Ziel nicht so gut wie die Vorstellung davon, es zu erreichen?

Der Hausmeister hauchte zweimal darauf, polierte das Schildchen mit einem Lederlappen und nickte ihr zu, bevor er seinen Wagen weiterschob.

Anna machte die Tür auf und betrat das Büro. Bevor sie sich auch nur irgendetwas anschaute, schloss sie die Augen und sog den Duft ein. Es roch nach Holzpolitur und trockener Luft, da die vielen Bücher im Raum die Feuchtigkeit aus ihr sogen. Als sie die Lider öffnete, fiel ihr Blick als Erstes auf den opulenten Schreibtisch mit eingeschnitzten Efeuranken an der Front und den Seiten sowie das Messingfernglas, das dahinter auf einem Stativ am Fenster stand. Die schweren Vorhänge waren kunstvoll zur Seite gerafft und gewährten einen freien Blick auf den Campus mit der quadratischen Rasenfläche in der Mitte.

Anna lief langsam über die knarzenden Fußbodendielen die Schrankwände ab. Dabei glitt ihr Blick über Bücher, die so alt waren, dass ihre Rücken teilweise bröselig waren. Sie blieb an einer Vitrine stehen und schaute durch das Bleikristallglas auf eine Sammlung alter Bügelbrillen. Sie waren alle fein säuberlich hintereinander aufgereiht und mit kleinen Pappschildchen versehen, auf denen krakelige Bezeichnungen standen. Anna lief weiter, legte ihre Aktentasche auf dem Tisch ab und setzte sich auf den Bürostuhl mit geschwungenen Armlehnen und Lederpolster. Sie lehnte sich zurück und atmete durch. Einfach jedes Detail im Raum besaß eine hohe Wertigkeit und vermittelte ihr das Gefühl, wichtig und geschätzt zu sein. So langsam schmeckte es ihr, am Ziel ihrer Träume zu sein. Es war nicht der Doktortitel, sondern die Annehmlichkeiten, die damit verbunden waren, auf die es ankam.

Erst jetzt fiel ihr das Chesterfield-Sofa auf, das neben dem Eingang stand und sie an das in der McMurrough Villa erinnerte. Sie fragte sich, wie es ihren Patienten ging, holte ihr Notebook aus der Aktentasche und fuhr das System hoch. Jeder Handgriff dauerte länger, da sie den linken Arm noch nicht voll belasten konnte. Sie zog ihn aus der Schlaufe und roch am Gips, der nach einem Monat nach alter Socke muffelte, und bewegte die Finger durch, ballte eine Faust und öffnete sie wieder. Es half, die Muskulatur zu stärken, und war Bestandteil der Hausaufgabe von Dr. Singh, der sie nach der Sache in der Whiskeybrennerei im Krankenhaus behandelt hatte. Zwar hatte er sich mehrmals für seine dumme Bemerkung entschuldigt, hatte aber auch jede Menge blöder Witze gemacht, über die nur er selbst lachen konnte.

Als das System bereit war, öffnete sie ihr E-Mail-Programm, filterte die Interviewanfragen, die Spams und andere unnütze Nachrichten und wollte eine Botschaft für Declan, Mick und Kay verfassen, als es an der Tür klopfte.

»Herein.«

Professor Richardson kam ins Zimmer gerauscht, blieb vor dem Schreibtisch stehen und knallte einen dicken Bericht auf den Tisch. Unter seinem grauen Haaransatz tobte eine Wutader auf seiner Stirn. Er lockerte sich hastig die Krawatte seines sündhaft teuren, azurblauen Wall-Street-Businessanzugs und schnaufte sich in Rage, bevor er seine Wut zur Sprache brachte: »Was denken Sie sich eigentlich dabei? Miss McLennan sei erfolgreich therapiert, Mr Brennan habe sich gebessert und sei in Weiterbehandlung bei Professorin Fielding und Mr Shannahan sei angstreduziert? Hat man Ihnen denn nicht gesagt, dass einer unserer Hauptsponsoren von der Pharmaindustrie finanziert wird? Ich führe hier ein Unternehmen, das Leute wie Sie und Ihre Kollegen bezahlt! Was zur Hölle haben Sie getan?«, schrie er.

Anna war am Anfang seiner Tirade zusammengezuckt und blickte auf die Spucketröpfchen, die sich von seinem Mund gelöst und auf der Schreibtischplatte gelandet waren. »Ich habe meinen Job gemacht«, sagte sie knapp.

»Ihren Job? Sie tun, was ich sage, haben Sie das kapiert?«

Der Direktor, der knapp zwei Meter groß war, besaß eine einschüchternde Erscheinung, doch Anna hatte einfach zu oft in den Lauf einer Waffe geblickt, als dass sie sich wieder zu etwas zwingen lassen wollte, worauf sie keine Lust hatte. Sie bugsierte sich den Arm wieder in die Schlinge, stand auf, ging um den Tisch herum und blickte hoch zu Professor Richardson, der versuchte, sie mit seinem Blick niederzustarren.

»Dr. Caffrey, wagen Sie es nicht, die Hand zu beißen, die sie …«

»So läuft das hier nicht!«, erwiderte Anna barsch und unterbrach einfach seinen Satz. »Erstens: Wenn Sie in mein Büro eintreten, haben Sie mich freundlich zu grüßen. Ein Hallo und eine Frage, wie es mir geht, wären angemessen. Zweitens: Ich möchte nicht angeschrien werden. Auch wenn Ihr Anzug teurer ist als mein Auto und Ihr kompletter Namenszusatz nicht auf Ihren Personalausweis passt, haben Sie nicht das Recht dazu!« Sie hob den Finger ihres gesunden Arms und machte einen Schritt vorwärts, während der Direktor einen Schritt zurücksetzte. »Drittens: Wenn Sie der Vasall der Pharmaindustrie sein wollen, empfehle ich Ihnen, Ihren Kopf mit Vaseline einzuschmieren, da können Sie ihn besser in den Hintern Ihres Finanziers schieben!«

Professor Richardson stieß rückwärts an die Kante der Couch. Sein Gesicht war eine Mischung aus *Hilfe!* und *verdammt-was-überfährt-mich-da-gerade*.

Doch Anna war noch nicht fertig. »Und viertens, das ist das Wichtigste: Ich will einen neuen Kaffeeautomaten in der Mensa, die ekelhafte Brühe, die es hier gibt, hält doch kein Mensch aus!«

»Was glauben Sie, wer Sie sind?«, stammelte er.

Anna rückte so dicht an ihn heran, dass er auf die Couch fiel und zu ihr hochschauen musste. »Ich bin *Lion-Heart-Caffrey* und diese Uni hat auch andere Sponsoren, solche, die auf mein Projekt aufmerksam geworden und mit mir in Kontakt getreten sind. Ich kann mir vorstellen, dass diese mich dabei unterstützen würden, wenn ich auch nur auf den Gedanken käme, dass diese Fakultät eine neue Leitung braucht!«

»Das ist Erpressung, das würden Sie nicht wagen«, stammelte er ungläubig.

»Das letzte Mal, als ich etwas nicht wagen sollte, wurden Menschen getötet.«

Der Direktor erbleichte. »Dann sind die Gerüchte wahr? Sie sind ein Mitglied der I …«

»Das überlasse ich Ihrer Fantasie«, antwortete sie in eiskaltem Tonfall und nutzte seine Angst für sich. »Und jetzt verziehen Sie sich lieber, bevor ich wirklich wütend werde.«

Professor Richardson saß noch ein paar Sekunden fassungslos auf der Couch, mit blassem Gesicht, stand unbeholfen auf und verließ mit eingezogenem Kopf das Büro.

Anna brauchte ein paar Herzschläge, bis sie ihren Zorn wieder unter Kontrolle bekam. Dabei half ihr, dass sie gewonnen und ihren Willen durchgesetzt hatte. Sie atmete durch, ging zum Fenster und schaute in den blauen Himmel, über den Zugvögel in Pfeilspitzenformation flogen. Sie beneidete diese Wesen, die frei waren, ungebunden und so wie alle Tiere einzig und allein ihrem Instinkt folgten. Menschen besaßen ihn ebenfalls, wenn auch reduziert und versteckt hinter Begriffen wie Fernweh, Bauchgefühl, Unmut und Unterbewusstsein. Wieso wollte der Mensch als einziges Geschöpft seine Natur verleugnen und fern von sich selbst sein? Anna legte die Arme um sich selbst und trotz der Schmerzen durch den heilenden Bruch fühlte es sich gut an, nicht allein zu sein, sich selbst zu haben, mit dem kleinen Mädchen im Herzen vereint zu sein.

»War es das Wirken der Muse, die einen Bildhauer zur Schaffung des Davids inspiriert hat? Oder war es das Fallen einer mentalen Barriere, die dem Künstler ermöglichte, sein ungenutztes Gehirnpotenzial freizusetzen?«

Dr. Anna Caffrey, Die Macht des Wortes Nein, Kapitel 1

Psychologische Begriffe

Analytisches Denken – Hierbei wird eine Problem-Aufgabenstellung in einzelne Teile und Unterteile zerlegt, um diese gesondert betrachten zu können und den Zusammenhang zu erkennen. Aus den gewonnenen Erkenntnissen kann dann eine Lösung entwickelt werden. Diese Form des Denkens wird auch als logisches Denken bezeichnet.

Anamnese – Hierzu befragt der behandelnde Mediziner den Patienten oder einen Dritten zu therapierelevanten Informationen aus der Vorgeschichte des Betroffenen im Rahmen der Therapie.

Borderline – Betroffene sind in ihren Emotionen und Stimmungen impulsiv und instabil. Dies wirkt sich auf zwischenmenschliche Beziehungen und die Wahrnehmung und Verortung der eigenen Identität aus.

Craving – Ein Begriff der Suchtforschung. Beschreibt das intensive Verlangen, das »Sich-verzehren« nach dem Suchtmittel.

Delirium – Ist der Zustand einer Trübung des Bewusstseins. Dabei können Wahnvorstellungen und Verwirrtheitszustände auftreten.

Demenz – Ein hirnorganischer Abbauprozess, der körperliche, motorische und intellektuelle Fähigkeiten zunehmend stört. Als Hauptfaktor unter den wahrscheinlichen Auslösern wird fortgeschrittenes Alter betrachtet.

Elaboration – Beschreibt die Netzwerkbildung im Gehirn, um Informationen mit sprachlichen, aber auch bildlichen Assoziationen zu verknüpfen. Dadurch können Informationen leichter gespeichert und später schneller abgerufen werden.

Empirie – Eine Methode, Erkenntnisse aus wissenschaftlichen Annahmen zu gewinnen. Fakten, Daten, Analysen, Naturgesetze etc.

Flooding – Eine Technik der Konfrontationstherapie, in deren Verlauf der Betroffene dem angstauslösenden Reiz so lange ausgesetzt wird, bis die Angst wieder abebbt. Dabei ist die Annahme, dass der Stresszustand nicht sehr lange gehalten werden kann, elementarer Bestandteil der Therapie.

Gender – Definiert im Gegensatz zum sexuellen Geschlecht das soziale Geschlecht, zum Beispiel im Hinblick auf Rollenverhalten, Selbstwahrnehmung usw.

Kognition – Umfasst den gesamten Prozess der Wahrnehmung und Verarbeitung von Informationen. Dazu gehören zum Beispiel das Denken, Lernen, Erinnern, Wissen und andere geistige Fähigkeiten und Fertigkeiten des Verstands.

Konditionierung – Methode aus der Verhaltenspsychologie. Ein auslösender Reiz wird so oft mit einem fremden Reiz kombiniert, bis der Betroffene auf den Fremdreiz mit demselben Verhalten reagiert wie auf den ursprünglich auslösenden.

Metaphysik – Beschreibt die Welt, die nicht mit den Sinnen erfahrbar ist, also darüber hinaus liegt. Die Metaphysik ist eine Grunddisziplin der Philosophie und beschäftigt sich mit Fragen wie dem Sinn hinter allem, göttlicher Existenz, Körper-Geist-Seele usw.

Metempsychose – Seelenwanderung. Menschen, die solch ein Erlebnis hatten, beschreiben, dass sie sich an Sinneseindrücke erinnern, die nicht aus ihrem eigenen Leben stammen.

Narzissmus – Eine starke ich-bezogene Persönlichkeitsstörung. Betroffene erleben sich als Mittelpunkt, haben ein überschwänglich positives Bild von sich selbst und nehmen keine negative Kritik an. Sie handeln vornehmlich nach eigenen Interessen und Zielen.

Panik – Eine Reaktion von Körper und/oder Psyche auf eine Stresssituation, die das eigene Leben/Gesundheit bedroht. Panik kann durch den Körper ausgelöst werden und die Psyche triggern oder aber auch von der Psyche ausgelöst den Körper betreffen. Dabei schaltet die Person in einen Überlebensmodus und ist zu normalem Denkverhalten nicht mehr fähig.

Projektion – Ein Abwehrmechanismus der Psyche. Dabei verlagert der Betroffene innere Konflikte auf andere Menschen, Objekte, Beziehungen und andere Dinge der Außenwelt. Dadurch kann die Person selbst vermeiden, sich mit den eigenen Problemen auseinandersetzen zu müssen.

Psychopath – Ein Mensch, der keinerlei soziales Verantwortungsgefühl besitzt, über keinerlei Empathie verfügt und sich oft durch rücksichtsloses Verhalten hervortut. Jemand mit dieser Störung kann anderen Menschen Empathie vortäuschen und ist oft von Macht- und Gewaltgier getrieben. Laut einer Studie leben allein in Deutschland über eine halbe Million Psychopathen und nur ein kleiner Teil davon sitzt im Gefängnis.

Sozialphobie – Bei dieser Störung werden soziale Situationen wie Gruppentreffen, Massenveranstaltungen, aber auch einfach Dinge wie Besuche im Supermarkt als belastend empfunden. Der angstauslösende Faktor ist dabei eine mögliche soziale Interaktion, von der eine betroffene Person annimmt, sie nicht beherrschen zu können.

Soziopath – Im Gegenteil zum Psychopathen ist ein Soziopath imstande, Gefühle zu empfinden. Dennoch sind Menschen mit dieser dissozialen Persönlichkeitsstörung oft rücksichtslos und überschreiten ohne Bedenken Gesetze. Sie können sich nur bedingt bis gar nicht in andere Menschen hineinversetzen und daher auch nicht verstehen, welchen Schaden sie bei ihnen anrichten. Der geschätzte Anteil dieser Störung in einer Bevölkerung liegt bei vier Prozent.

Substitution – Methode in der Suchtbehandlung. Beschreibt das Ersetzen des Suchtmittels durch ein Medikament, das ähnliche Rezeptoren bedient und somit die Entzugserscheinungen mindern hilft.

Trauma – Hiermit wird eine Verletzung bezeichnet, die im Sinne der Psychologie auch mental bzw. seelisch vorliegen kann.

Unterbewusst – Begriff aus der Tiefenpsychologie. Das Unterbewusste ist der Teil menschlichen Erlebens, das dem direkten Zugriff nicht zugänglich ist und auch nicht bewusst wahrgenommen wird. Doch in Form von unbeabsichtigtem Fehlverhalten, wie zum Beispiel Versprechern oder spontanen Reaktionen, kommen sie zum Vorschein und begegnen uns auch in Träumen. Im Unterbewusstsein befinden sich auch oft unterdrückte Wünsche, Begierden und Ängste, die im jeweiligen soziopolitischen/ kulturellen Dasein nicht ausgelebt werden können.

Verdrängung – Begriff aus der Tiefenpsychologie. Dieser Mechanismus der Psyche hilft einem Menschen dabei, sehr traumatische, nicht verarbeitete Erlebnisse und Empfindungen ins Unterbewusstsein zu schieben und die Funktionsfähigkeit des Betroffenen zu erhalten.

Personenregister

Alien Pete
Mechaniker und Betreiber von *Killarney Garage*

Angus McAngus
Betreiber einer Pension

Anna Caffrey
Psychologin und Doktorandin aus Dublin

Caitlin Kelly
Verlobte von Scott O'Connell

Declan Shannahan
Patient von Anna

Detective Bayne
Ermittler der Polizeistation Killarney

Doug
Pubbesitzer von Doug's Harp

Dr. Singh
Oberarzt im St. Joseph's Hospital

Ibrahim
Betreiber der Tankstelle in Killarney

Isabella
Hausdame in der McMurrough Villa

Jane Darcy
Vermisste junge Frau

Kay McLennan
Patientin von Anna

Liam O'Connell
Restaurateur, Bruder von Scott

Major
Besitzer der *Wildhound Distillery*

Marla McMurrough
Witwe und Besitzerin der McMurrough Villa

Melissa Kavanagh
Freundin von Caitlin

Mick Brennan
Patient von Anna

Pater Daniels
Priester aus Killarney

Patrick Walsh
Gas-Wasser-Installateur

Prof. Dr. Edward Richardson
Direktor der Dublin University

Prof. Dr. Fielding
Professorin an der Dublin University

Prof. Dr. Kent
Professor und Doktorvater von Anna

Scott O'Connell
Marinesanitäter, Bruder von Liam

Sue Murphy
Vermisste junge Frau

Vernan Doyle
Alltagsmanager von Lady McMurrough

Der Autor

Cole Brannighan kam 1981 als Einwandererkind in Aschaffenburg zur Welt. Dort entdeckte er das Lesen für sich und begann im Rettungsdienst zu arbeiten. Zum Studium zog es ihn nach Frankfurt, wo er als psychosozialer Berater tätig ist.

Seine Leidenschaft fürs Schreiben entflammte 2015, als er eines Morgens inspiriert aufwachte und begann, sein erstes Buch zu schreiben. Diese Energie treibt ihn bis heute, seine Fantasie zu entfesseln und die Unfassbarkeiten der menschlichen Psyche packend zu beschreiben.

Mehr zum Autor finden Sie auf Instagram unter »cole_brannighan« und auf seiner Webseite unter»www.colebrannighan.de«.

Sein Norwegen-Thriller »Botschaft in Stücken« ist 2021 ebenfalls im edition krimi Verlag erschienen.

Cole Brannighan
BOTSCHAFT IN STÜCKEN
Norwegen-Thriller

kartoniertes Buch
360 Seiten
14,00 EUR [D]
ISBN 978-3-948972-24-0
lieferbar

Ebook epub
ISBN 978-3-948972-25-7
Ebook PDF
ISBN 978-3-948972-26-4

Bankdirektor Magnus Farstad hat ein gutes Leben, bis eines Tages ein blutiges Päckchen vor seiner Haustür liegt. Der Inhalt: eine menschliche Nase. Die Botschaft dazu: die schriftgewordene Hölle.

Ein grausamer Sadist treibt sein Spiel mit ihm, zerstückelt Menschen und raubt dem beschaulichen Odda am norwegischen Sørfjord den Atem. Um seinem Peiniger auf die Schliche zu kommen, wird Magnus selbst kriminell und verstrickt sich in die

Geheimnisse und Intrigen, die unter der Oberfläche seiner kleinen Gemeinde brodeln. Dabei ahnt er nicht, was der Sadist wirklich mit ihm vorhat ...

Alexandra Huß

FEUER IM EIS

Island-Thriller

kartoniertes Buch
276 Seiten
13,00 EUR [D]
ISBN 978-3-948972-33-2
lieferbar

Ebook epub
ISBN 978-3-948972-34-9
Ebook PDF
ISBN 9978-3-948972-35-6

Im Fjord der isländischen Stadt Seyðisfjörður macht Fischer Andri Finnarsson eine grauenvolle Entdeckung: Im Eiswasser treibt die Leiche eines gehäuteten Mannes.

Die Polizei in Reykjavík setzt Gunnar Arnarsson auf den Fall an. Bald schon wird die kleine Stadt im Osten Islands auf eine harte Probe gestellt. Unter den rauen Bedingungen eines Jahrhundertsturmes, der die Bevölkerung von der Außenwelt

abschneidet, müssen sie dem Bösen buchstäblich ins Gesicht blicken.

Markus Herder
ARCHITEKT DES TODES
Thriller

kartoniertes Buch
472 Seiten
14,00 EUR [D]
ISBN 978-3-946734-78-9
lieferbar

Ebook epub
ISBN 978-3-948972-43-1
Ebook PDF
ISBN 978-3-948972-36-3

Ein mysteriöser Anruf drängt den Studenten Henri Holmes zu einem nächtlichen Treffen. Doch vor Ort findet er nur noch die Leiche seines Gesprächspartners im Tegernsee. Für den ermittelnden Hauptkommissar Mathias Schweinberg wird er schnell zum Verdächtigen, da das Opfer laut Gerichtsmedizin schon vor dem Anruf tot war.

Schon bald entdeckt Henri eine Verbindung zwischen dem Mord und seiner Facharbeit über das Kriegsende im Tegernseer Tal. Eine gefährliche Jagd nach dem Mörder beginnt und mit jeder weiteren Leiche hängt seine Zukunft mehr von der Beantwortung einer Frage ab: Was ist 1945 wirklich passiert?